W0204527

PICKWICK

SVEVA CASATI MODIGNANI

ROSSO CORALLO

Sperling & Kupfer

www.pickwicklibri.it
www.sperling.it

Rosso corallo
di Sveva Casati Modignani
Proprietà Letteraria Riservata
© 2006 Sperling & Kupfer Editori S.p.A.

ISBN 978-88-6836-101-3

I edizione Pickwick agosto 2013

Anno 2014-2015-2016 - Edizione 8 9 10 11 12 13 14 15 16 17

Dedicato a Nullo

Ringraziamenti

AVEVO letto la biografia di una famosa manager milanese, Ada Grecchi (*Una vita di corsa*, Koiné). A questa mi sono liberamente ispirata per raccontare le tappe professionali di Liliana Corti, protagonista di *Rosso corallo*. Ringrazio l'avvocatessa Grecchi che ha puntualizzato i dettagli tecnici di una carriera.

Con Luciano Lanza, direttore di *Libertaria* e autore del libro-inchiesta *Bombe e delitti*, ho riscoperto i difficili anni Settanta. Lo ringrazio.

Come sempre, nella ricerca storica sono stata aiutata dalla mia amica Annamaria Andreini Arisi. Sono grata anche a lei.

Grazie a Manlio Bevilacqua che ha ripercorso la zona di Porta Romana.

Benedico tutte le ragazze della Sperling, che mi accudiscono e mi sopportano amorevolmente sempre e ovunque.

Questo romanzo è anche frutto del sostegno affettuoso e della professionalità di Donatella Barbieri, che segue passo dopo passo la nascita delle mie storie fornendomi preziosi consigli e facendo utili interventi. La ringrazio di cuore.

Via Mascagni

1

La sveglia suonò alle sei del mattino. Liliana la bloccò subito per non disturbare il sonno del marito. Scivolò fuori dal letto e uscì dalla camera senza fare rumore. Il contatto dei piedi scalzi con il marmo del pavimento la fece rabbrividire mentre andava nel vestibolo per disattivare l'impianto d'allarme. Poi, entrò in bagno. L'acqua tiepida della doccia le diede un po' di tono, senza riuscire a dissipare la tensione accumulata nei giorni precedenti. Anche quella notte aveva dormito solo poche ore, con l'aiuto di un tranquillante. Indossò un morbido accappatoio e, con una salvietta di spugna, frizionò i capelli cortissimi, scuri. Calzò le ciabattine di ciniglia e raggiunse la cucina. Alzò le tapparelle e spalancò la finestra. Minnie, la gatta soriana, fece un balzo dalla credenza, su cui amava trascorrere la notte, atterrò ai suoi piedi e, inarcando la schiena, prese a strofinarsi contro le sue gambe. L'aria carica di umidità di quel caldo mattino di luglio invase la stanza annullando il fresco del condizionatore. Liliana offrì un biscotto a Minnie mentre preparava il solito caffè americano, lungo e abbondante, che andò a bere sul balcone.

Osservò i passeri che volteggiavano cinguettando tra gli alberi del giardino sottostante, al di là del quale si profilava la via Mascagni dove, attorno al camion della nettezza urbana, gli spazzini si scambiavano battute a voce piena. Il cielo opaco annunciava un'altra giornata torrida. Non era l'afa dell'estate milanese a opprimere Liliana, ma il pensiero di quel messaggio che aveva trovato pochi giorni prima, bene in vista sulla scrivania del suo ufficio. Erano poche righe scritte a stampatello: PAGHERAI CARO, PAGHERAI TUTTO, SERVA DELLO STATO. Una stella e la firma BRIGATE ROSSE concludevano il testo.

La strategia della tensione dilagava nel Paese con attentati a giornalisti, imprenditori, intellettuali, magistrati, sindacalisti e grandi dirigenti d'azienda.

Liliana aveva letto quelle parole ed era impallidita. Poi, aveva raggiunto nel suo ufficio il direttore della Collenit, l'azienda per cui lavorava come direttore del personale, e gli aveva mostrato il foglio.

Lui si era rivolto alla Polizia che aveva constatato l'autenticità della minaccia e assegnato a Liliana una scorta armata. Da tre giorni, due poliziotti la scortavano ovunque con una macchina di servizio.

Liliana finì di sorseggiare il caffè, rientrò in cucina e chiuse la finestra. L'aria fresca del condizionatore si fece subito sentire. Andò nello spogliatoio e sedette al tavolo della toilette. Accanto al telefono c'era un portaritratti con la fotografia di Stefano, il figlio di undici anni che era al mare con la nonna, la zia Rosellina e i cuginetti, figli di suo fratello Pucci. La osservò pensosa, poi alzò il ricevitore e compose il numero della villa di Forte dei Marmi, in Versilia. Sapeva che sua madre si alzava presto, la mattina. Infatti rispose al primo squillo. «Tuo figlio sta ancora dormendo. Anche gli altri, per fortuna», disse.

«Che cosa stai facendo, mamma?» domandò Liliana.

«Preparo i panini per la colazione in spiaggia e, quando si alzeranno i bambini, brontolerò, distribuirò scappellotti e litigherò con tua sorella Rosellina che è una scansafatiche. Spero di vedere te e tutta la famiglia per il fine settimana», rispose con il tono burbero di sempre, senza osare chiederle la ragione di quella telefonata a un'ora così insolita. In genere si parlavano soltanto la sera, quando Liliana dava la buona notte a Stefano.

«Mi manca il mio bambino», sussurrò Liliana.

«Non inventare storie. Se così fosse, saresti qui, oppure lui sarebbe a Milano con te. La verità è che sei voluta diventare una donna di potere, invece di accontentarti di un buon lavoro che ti avrebbe permesso di stare vicina a tuo figlio», la rimbrottò.

Era l'accusa che sua madre le ripeteva da anni, mentre Liliana si ostinava a voler dimostrare che una donna può fare carriera senza trascurare la famiglia.

«Va bene, mamma», tagliò corto e proseguì: «Di' a Stefano che sarò lì tra due giorni e che gli voglio bene».

«L'amore si dimostra con i fatti, non con le parole», intervenne alle sue spalle Sandro, nel momento in cui posava il ricevitore.

Lei guardò suo marito riflesso nello specchio. Indossava una veste da camera di seta arabescata e aveva i capelli grigi ancora arruffati. Era un uomo non molto alto, magro, con uno sguardo dolce e riflessivo. Aveva cinquantacinque anni, diciassette più di lei, ed era l'unica persona da cui Liliana accettava osservazioni e critiche, sempre pacate, senza reagire. Anche questa volta non replicò.

Si spalmò sul viso una crema idratante mentre lui le posava le mani sulle spalle e si chinava per sfiorarle i capelli con un bacio.

«Sei così bella e io sono uno stupido vecchio pazzamente innamorato di te», le sussurrò.

I grandi occhi ambrati di Liliana brillarono di tenerezza.

«È vero», replicò, sorridendogli.

«Che cosa?» domandò lui, accarezzandole il collo.

«Che sono bella e che tu sei il mio stupido vecchio marito», tentò di scherzare senza riuscire a nascondere una nota di ansia nella voce. «Ma che senso avrebbe la mia vita senza di te?» gli domandò girandosi per guardarlo negli occhi.

«A volte penso che avresti potuto avere un compagno più giovane e brillante», osservò lui.

Il suono del citofono impedì a Liliana di rispondergli.

«I tuoi paladini sono arrivati», annunciò Sandro.

Erano i poliziotti che venivano a prelevarla per accompagnarla in via Paleocapa negli uffici della Collenit.

«Falli entrare, per favore, mentre finisco di vestirmi.»

Il marito annuì. Sul punto di uscire dallo spogliatoio, le regalò un sorriso di incoraggiamento. «Stai serena, ragazzina, te la caverai anche questa volta.»

Sandro aveva ragione. La vita l'aveva sottoposta a tante, durissime prove, che Liliana aveva superato affrontandole con coraggio e determinazione. Ma non aveva mai ricevuto minacce di morte. Solo pochi giorni prima di trovare il messaggio delle Brigate Rosse, il direttore del personale di una grande azienda era stato freddato dai brigatisti con un colpo di pistola mentre scendeva dalla metropolitana. Per la prima volta nella sua vita Liliana aveva paura e non sapeva come reagire.

Si liberò dell'accappatoio e indossò un tailleur di lino azzurro che metteva in risalto la sua figura longilinea. Si guardò allo specchio: era pronta per affrontare la giornata.

Andò nel suo studio e raccolse i documenti sui quali aveva lavorato a lungo durante la notte, per formulare una serie di proposte da discutere con i rappresentanti sindacali.

Mentre riponeva le carte nella borsa di pelle, squillò il telefono.

«Sì?» disse con voce esitante.

«Come stai?» Era suo padre.

«Mai stata meglio», mentì. «E tu?» domandò

«Ho chiamato per farti una proposta: andiamo al mare, dai bambini. Ho chiesto due giorni di ferie, così possiamo metterci subito in viaggio. Non è una bella idea?» chiese Renato Corti. Sapeva che sua figlia era in pericolo e cercava di allontanarla da Milano.

«È difficile rifiutare una proposta così allettante», rispose Liliana.

«Allora partiamo.»

«Papà, sono alla fine di una contrattazione estenuante con i sindacati. Se oggi tutto andrà come spero, riuscirò a chiudere la vertenza. Non posso andarmene proprio adesso.»

Suo padre emise un lungo sospiro.

«Papà, mi hai sentito?»

«Ti voglio bene», disse lui e aggiunse: «I tuoi angeli custodi sono già arrivati?»

«Mi stanno aspettando in anticamera.»

«Liliana, non abbassare la guardia. I lupi cattivi sono pronti a tutto per sbranarti.»

«Stai tranquillo, papà, sono ben protetta. Ti mando un bacio.»

«Buona giornata», la salutò Renato.

Poco dopo Liliana era sull'ascensore con le guardie del corpo e ripensava allo schema che si era proposta di seguire nella trattativa con i sindacati.

Preceduta da uno dei poliziotti – l'altro era al suo fianco – attraversò l'atrio del palazzo e raggiunse il portone che si apriva su una breve gradinata. L'auto blindata era ferma davanti al marciapiede, l'autista al volante teneva il motore acceso.

Non c'era in giro nessuno.

Sul lato opposto della strada, solo uno spazzino che aveva finito il suo lavoro stava infilando la ramazza nel bidone aperto dell'immondizia.

Liliana varcò la soglia con il poliziotto che le teneva aperto il portone e insieme scesero velocemente i pochi gradini della scalinata. Sentì un urlo – «A terra!» – e tre colpi di pistola in successione. Si trovò proiettata sul marciapiede, schiacciata dal corpo del poliziotto che le gridava: «Stia ferma!»

Il falso spazzino che aveva fatto fuoco saltò su un motorino comparso all'improvviso, e guidato da un uomo con il passamontagna, che ripartì a tutta velocità.

Liliana sentì un dolore lancinante alla gamba sinistra che le fece perdere i sensi.

Tutto era accaduto in una manciata di secondi.

Sito della Guastalla

1

«DUNQUE, è stata colpita da tre proiettili», constatò il professor Nelson De Vito, che l'aveva ascoltata in silenzio.

«Solo due, professore: uno mi ha trapassato il polpaccio e l'altro mi ha frantumato il perone. Il terzo ha ucciso il poliziotto che mi precedeva. Quando ho ripreso i sensi ero su un'ambulanza che mi trasportava al Policlinico a sirene spiegate e urlavo per il dolore», spiegò Liliana facendo scorrere la mano sulla gamba sinistra solcata da una sottile cicatrice. E soggiunse: «Il ricordo di quella violenza mi accompagna ormai da più di vent'anni».

Il professor Nelson De Vito, un sessantenne dal volto paffuto e dai vivaci occhi azzurri, era un eccellente psichiatra. Figlio di un giornalista napoletano e di una pediatra inglese, era nato a Londra, dove i suoi genitori vivevano e lavoravano. Dopo la laurea in medicina, era andato negli Stati Uniti per la specializzazione in psichiatria e lì si era fermato a lavorare in diversi ospedali. A

Boston aveva conosciuto Maria, una ragazza italiana, che aveva sposato.

Cinque anni prima era venuto in Italia con la moglie per assistere il padre che si stava spegnendo in una clinica milanese E non era più ripartito. Aveva trovato casa in via San Barnaba e aperto uno studio nel Sito della Guastalla. Era un uomo metodico e tranquillo che dedicava il suo tempo allo studio, ai pazienti, agli affetti famigliari.

Alle sette di sera di un gelido febbraio, mentre la città festeggiava il Carnevale, aveva congedato un giovane gravemente depresso. Dopo aver accuratamente pulito la pipa e riordinato i suoi appunti, si era guardato intorno per controllare che tutto fosse in ordine. Era un bello studio: aveva le pareti rivestite da librerie, le luci soffuse, un divanetto di cuoio, due avvolgenti poltrone ricoperte di velluto azzurro e una grande scrivania antica con poche carte rigorosamente impilate. Era tutto a posto. Quindi, riattivato il cellulare, lo aveva infilato nel taschino della giacca. In quel momento, aveva sentito un suono di passi che proveniva dal vestibolo. Rita, la sua segretaria, se n'era andata alle sei, dopo aver introdotto l'ultimo paziente della giornata. Il professore era uscito dalla stanza e si era trovato di fronte una sconosciuta. La donna, non più giovane, decisamente bella, alta, sottile, avvolta in una pelliccia di castoro biondo, lo guardava con occhi inquieti. I capelli corti, grigi con ampie striature bianche, lasciavano scoperto il viso.

«Buona sera», le aveva detto.

La porta dell'ascensore, che immetteva direttamente nell'anticamera dello studio, era socchiusa e aveva pensato che la signora avesse sbagliato piano.

«È lei il professor De Vito?» aveva domandato la donna. Dunque, l'ospite inattesa non si era sbagliata: cercava proprio lui. Nelson aveva annuito

«Lo studio è chiuso, signora», aveva annunciato.

«Lo so. Me l'ha detto il custode. Tuttavia devo assolutamente parlare con lei», aveva replicato la donna.

«Telefoni lunedì mattina alla mia segretaria e chieda di fissarle un appuntamento», aveva aggiunto Nelson.

«Già fatto. La sua segretaria mi ha proposto una data impossibile: maggio. Siamo in febbraio e io non posso aspettare così a lungo. Ho bisogno del suo aiuto adesso», aveva insistito.

Nelson le aveva dedicato un sorriso affettuoso.

«Lei è la signora...» aveva chiesto, lasciando l'interrogativo in sospeso.

«Mi perdoni, non mi sono nemmeno presentata. Mi chiamo Liliana Corti», e gli aveva teso la mano che Nelson aveva stretto. Subito dopo si era tolta la pelliccia e l'aveva appoggiata su una poltrona, come se il medico l'avesse invitata a restare.

In quel momento, si era sprigionato da lei il profumo appena percettibile di un fiore molto comune nella brughiera inglese, a primavera. *Lily of the Moor*, aveva pensato Nelson, lo stesso profumo di Evelyn, sua madre, che era nata e cresciuta in un paesino della Cornovaglia dove era ritornata a vivere dopo la morte del marito.

Il professore aveva pensato che sua moglie lo stava aspettando a casa e doveva affrettarsi perché quella sera, come ogni venerdì, avevano ospiti a cena. Tuttavia, lo sguardo sofferente di Liliana e quel profumo familiare lo avevano indotto a restare. Chiuse la porta dell'ascensore e disse: «Si accomodi, signora», indicandole il suo studio con un gesto ampio del braccio.

Mentre la donna attraversava la stanza, Nelson aveva notato la sua andatura lievemente claudicante.

Liliana indossava un pullover celeste e una gonna stretta, color tabacco, che sottolineava i fianchi sottili e le gambe ben modellate. Si erano seduti l'uno di fronte all'altra, ai lati opposti della scrivania.

Lei lo aveva guardato a lungo negli occhi, in silenzio. Poi, aveva detto: «Non riesco a dominare la mia vita. Mi sento come una nave che sta per affondare travolta dalle onde del mare in tempesta. È un'angoscia terribile che mi toglie il fiato».

«Da quanto tempo soffre di questo disturbo?» chiese il medico.

«I primi attacchi di panico li ho avuti subito dopo l'attentato. L'angoscia mi perseguita ormai da una vita.»

E gli aveva raccontato l'agguato delle Brigate Rosse.

«Il suo telefono sta suonando», gli fece notare Liliana, interrompendosi.

«Fra poco smetterà», la rassicurò il professore. Nell'ufficio di Rita entrò in funzione la segreteria telefonica. Nelson era sicuro che fosse sua moglie a chiamarlo, preoccupata perché non era ancora tornato a casa. Tra poco avrebbe squillato il cellulare, pensò. Così lo spense. Non rispondeva mai al telefono durante le sedute con i pazienti e Liliana era entrata a pieno titolo nella lista delle persone da curare. Estrasse dal cassetto della scrivania un foglio prestampato su cui inserì il nome della nuova paziente e glielo tese.

«Per la legge sulla privacy, è necessario che lei prenda atto di questi stupidi codicilli e mi autorizzi a trattare il suo caso.»

Liliana si affrettò a firmare

«Sono avvocato. Conosco questo testo a memoria», precisò, restituendoglielo. E riprese a raccontare. «Mi sono laureata a ventitré anni. Avevo una gran fretta di bruciare le tappe per aiutare i miei genitori che avevano fatto molti sacrifici per far studiare me e i miei fratelli. Loro erano operai. Ecco, guardi», disse mostrando un patetico orologino d'oro che aveva al polso, in contrasto con il prezioso diamante paglierino che le brillava all'anulare. «Questo me lo aveva regalato mia madre e credo che le sia costato molte rinunce. Allora avevo tredici anni »

Corso Lodi

1

INTORNO al tavolo della cucina, coperto da una tela cerata a quadretti bianchi e blu, sedevano Ernestina e i suoi quattro figli. Stavano cenando con riso in bianco, condito con foglie di salvia saltate nel burro, e purè di patate. Era un cibo gustoso ed economico che saziava tutti.

I ragazzini mangiavano in silenzio. Avvertivano la preoccupazione della mamma che, di tanto in tanto, guardava la sedia vuota di suo marito.

Nel silenzio della cucina si sentivano il tintinnio delle posate, il ticchettio della sveglia sulla credenza, lo sfrigolio del carbone nella stufa che riscaldava, oltre la cucina, un piccolo bagno e due camere da letto: quella di Ernestina e del marito e quella delle figlie, Liliana e Rosellina. I maschi, Giuseppe e Palmiro, i cui nomi erano stati scelti dai genitori in onore di Di Vittorio e di Togliatti, dormivano in cucina su due brandine pieghevoli che, durante il giorno, venivano addossate a una parete.

Per allentare la tensione, Liliana dichiarò: «Vorrei essere ricca per potermi ingozzare di cotolette alla milanese e vitello arrosto. Non ne posso più di pasta, riso e patate».

Liliana era la maggiore dei quattro figli. Aveva tredici anni e studiava con eccellente profitto. I suoi fratelli la rispettavano e un po' la temevano, perché a volte era più severa della mamma. In quel momento aveva espresso un desiderio condiviso da tutti.

Ernestina scattò come una molla e, attraverso il tavolo, le allungò uno scappellotto che scompigliò i capelli scuri della figlia.

«La tua protesta è un insulto a me e a tuo padre, e un pessimo esempio per i tuoi fratelli», la rimproverò con minore convinzione di quando l'aveva colpita.

Ernestina si sentiva in colpa per non essere riuscita a controllare il suo perenne stato di angoscia. Era sempre in pena per il marito che definiva «una testa calda». Renato Corti era un buon padre e un compagno fedele, ma la fabbrica, il sindacato, la Casa del Popolo erano i suoi interessi primari. Non perdeva un comizio, marciava in prima fila nei cortei, faceva volantinaggio davanti ai cancelli e negli spogliatoi dell'azienda in cui lavorava. Così Ernestina viveva nel terrore di ritrovarsi un marito disoccupato o, peggio, arrestato durante una delle tante manifestazioni a cui partecipava.

Renato lavorava alla Righetti-Magnani dalla seconda metà degli anni Trenta. Lì aveva poi conosciuto Ernestina, era stato amore a prima vista. Si erano sposati in fretta, poco prima che nascesse Liliana. Quando l'Italia era entrata in guerra, lui non era stato arruolato perché i suoi due fratelli maggiori erano già sotto le armi. Invece, gli era stato imposto di lavorare in quella fabbrica che produceva ordigni bellici. Lei confezionava spolette per le bombe, lui torniva i bossoli dei proiettili.

In fabbrica, Renato aveva aderito a un comitato partigiano che incitava gli operai a rallentare la produzione destinata all'esercito tedesco. Se fosse stato scoperto, sarebbe stato deportato in Germania. Ernestina lo sapeva e tremava di paura.

«Maledetto il giorno in cui mi sono lasciata prendere da te tra le casse d'imballaggio! E poi ho dovuto sposarti!» si sfogava quando erano soli.

«Però ti è piaciuto! Eccome, se ti è piaciuto», replicava lui, gonfio d'orgoglio.

Renato era un ragazzone forte e bello. Lei impazziva di gioia tra le sue braccia. Lui, mentre la teneva stretta a sé e la copriva di baci, le raccontava i suoi sogni di pace, di festa, di abbondanza. Ernestina gli credeva. Ma erano solo attimi di felicità in quegli anni di guerra, con un marito che aveva il coraggio di scioperare nella città invasa dai nazisti. Poi la guerra era finita. C'erano stati giorni di euforia, ma l'abbondanza non era mai arrivata. Lei aveva avuto quattro figli e Renato aveva continuato a prospettarle un mondo migliore.

Ora le dispiacque di aver dato uno scappellotto a Liliana e le sorrise come se volesse scusarsi.

Invece, fu la figlia a sussurrare: «Scusa, mamma».

Ernestina scosse la testa e si alzò dal tavolo. Si coprì le spalle con uno sciallетto e uscì sul ballatoio per guardare giù in cortile, sperando di vedere suo marito che rientrava.

Quel giorno c'era stato uno sciopero generale indetto da tutti i sindacati contro il governo. I politici al potere continuavano a ignorare le richieste degli operai che reclamavano una maggiore equità salariale, e favorivano i padroni. Renato, come molti suoi compagni, aveva partecipato a un corteo di protesta e lei non si sarebbe tranquillizzata fino a quando non l'avesse visto tornare. Anche perché, in caso di disordini, la Celere, creata nel 1949, usava i manganelli per disperdere i manifestanti e Renato era stato colpito più di una volta.

Mentre stava lì, in ansia, appoggiata alla ringhiera, Ernestina sentì una mano che si posava sulla sua spalla.

«Dai, mamma, vieni in casa. Il papà tornerà presto», le disse Liliana.

«Sono sempre nervosa. E questo non è bene né per te né per i tuoi fratelli», sussurrò lei.

«Noi non ci badiamo», la rassicurò sua figlia.

Ernestina guardò le finestre illuminate che davano sul cortile. Nel caseggiato vivevano, con le loro famiglie, il sarto, la bustaia, il tramviere, il tabaccaio, l'ortolano, l'infermiere del Policlinico. Tutte persone oneste e tranquille. L'unica «testa calda» era suo marito, pensò con rabbia.

«Andiamo in casa, mamma. Qui si gela», insistette Liliana.

«Ma sì, rientriamo», sospirò, rassegnata.

Ernestina lavorava nove ore al giorno nel maglificio in cui era stata assunta dopo la nascita di Rosellina, l'ultima dei suoi figli. Quando ritornava a casa, si occupava di loro e delle faccende. Ma non era la fatica fisica a innervosirla. Piuttosto, si sentiva prigioniera di una situazione senza vie di uscita. Aveva creduto in un futuro sereno accanto a Renato, un uomo splendido che, però, non le avrebbe mai garantito nessuna stabilità.

In cucina, Giuseppe stava sparecchiando la tavola. Aveva dieci anni e si occupava volentieri delle piccole faccende domestiche.

Ernestina ripose la cena del marito sopra la credenza. Ormai erano quasi le nove.

«Adesso andate tutti a dormire», ordinò.

«Io voglio aspettare il mio papà», protestò Rosellina. Aveva cinque anni, era molto graziosa e tutta la famiglia la coccolava.

Ernestina non ammetteva che i figli le disobbedissero. Così, fulminò la piccola con un'occhiataccia e lei si avviò speditamente verso la sua camera. La mamma le sorrise e le mise in mano una caramella.

I maschietti dispiegarono le brande e, in quel momento, Renato spalancò la porta di casa. Aveva uno zigomo tumefatto che alterava i bei lineamenti del viso e, dal berrettone di lana che gli copriva la testa, spuntava il bordo di un cerotto. Le sue labbra, tuttavia, erano schiuse in un sorriso smagliante. Aveva lo sguardo vittorioso di un eroe che ha trionfato in una dura battaglia. Spalancò le braccia come se volesse stringere a sé tutta la famiglia.

«Come sta la mia tribù?» domandò, felice.

Ernestina respirò di sollievo. Poi, l'angoscia che l'aveva tormentata si trasformò in rabbia.

«Voi, fuori di qui», ordinò ai figli, indicando la porta della sua camera da letto.

Non appena i ragazzini chiusero l'uscio, si avventò sul marito e lo colpì con uno schiaffo pesante sulla guancia sana. Renato non fece niente per sottrarsi all'aggressione, ma fu rapido nell'afferrarle il polso. Portò alle labbra la mano di sua moglie e la baciò.

«Ti ho fatto stare in pena, mi dispiace. Ma ho preso una legnata che mi ha mandato in orbita, Ernestina mia», disse, sorridendole.

Lei liberò la mano dalla presa del marito e gli voltò le spalle.

«Stai male?» domandò in tono rude.

«Ho sete», rispose lui, sedendosi al tavolo.

«Vuoi mangiare?»

«Non ho fame. Voglio solo dell'acqua fresca.»

Lei gli portò un bicchiere d'acqua, gli levò il berrettone di lana e accarezzò con tenerezza il cerotto che gli copriva la fronte.

«Ti hanno bastonato un'altra volta», sussurrò. E soggiunse: «Scotti come se avessi la febbre».

«Sei bella, Ernestina. E io sono molto, molto innamorato di te. Il bene che ti voglio è così grande, che mi metterei a piangere», disse piano. La fece sedere sulle sue ginocchia e la strinse forte tra le braccia.

2

LILIANA si coricò. La camera che divideva con Rosellina si affacciava sul ballatoio. Era una stanzetta molto spartana che conteneva, oltre ai due letti di ferro smaltato, un comodino e un vecchio armadio per appendere gli abiti. Ernestina aveva cercato di renderla più accogliente, rivestendo i muri con una carta a fiori.

La ragazzina era preoccupata per il padre. Le sembrava che quell'uomo forte, bello e sorridente dovesse essere il padrone del mondo. Invece, non era così. Liliana si poneva domande per le quali non trovava una risposta e non riusciva a prendere sonno.

Si alzò dal letto e, in punta di piedi, andò in cucina a bere un bicchiere d'acqua. Palmiro, detto Pucci, e Giuseppe dormivano profondamente. Dalla porta chiusa della camera dei genitori filtrava un filo di luce. Sentì la mamma che, con voce sommessa, diceva a Renato: «Ecco, vedi? Trentotto e mezzo. Con un febbrone così, domani non potrai andare a lavorare». E aggiungeva con tono carezzevole: «Su, bevi il vin brûlé. Ti farà sudare e la febbre se ne andrà».

«Ho freddo. Mettimi un'altra coperta», chiese suo padre.

«Hai i piedi gelati. Te li friziono bene, così si scaldano.»

A Liliana sembrò di essersi insinuata nell'intimità dei suoi genitori. Tornò subito nella sua camera e si infilò nel letto, sotto la trapunta d'ovatta. Ripensò alla dolcezza con cui sua madre curava il marito: non era mai altrettanto tenera con i figli. E su questo confronto, finalmente si addormentò.

Quando la mamma la scosse per svegliarla, credeva di avere dormito solo pochi istanti, invece erano già le sei e mezzo del mattino.

«Vado a lavorare», le annunciò Ernestina. «Raccomanda ai bambini di fare piano perché il papà dorme e non ho osato chiamarlo. Ieri sera aveva la febbre. Prima di andare a scuola, passa da Fermo e chiedigli di venire a dargli un'occhiata.»

Liliana annuì, alzandosi dal letto. Dopo essersi lavata, indossò la gonna di flanella grigia a pieghe e un maglione con tutte le sfumature dall'azzurro al blu che la mamma le aveva confezionato con gli scarti dei filati del maglificio. Spazzolò i capelli e li fermò con un cerchietto di metallo dorato. Poi svegliò Pucci e Giuseppe.

Giuseppe era un bambino quieto e gentile. Gli piaceva giocare con la bambola, che Liliana aveva abbando nato da tempo, e le cuciva addosso fantasiosi abitini di carta crespata, dimostrando un notevole buon gusto. Pucci, invece, aveva rivelato da un pezzo il suo spiccato spirito mercantile e barattava con i compagni di scuola fionde e altri oggetti che costruiva da solo con i giornalini di Tex Willer e gli astucci per le matite.

Pucci e Giuseppe rispettavano la sorella maggiore che non ripeteva mai due volte lo stesso ordine. Così, quando li svegliò raccomandando di fare piano per non disturbare papà, loro scivolarono fuori dalle brande e le piegarono in silenzio. Dopo essersi lavati e vestiti, si sedettero a tavola davanti alle scodelle piene di latte che Liliana aveva riscaldato per loro.

«Le vostre cartelle sono pronte?» domandò la sorella, mentre finiva di imburrare le fette di pane.

Pucci e Giuseppe annuirono.

Poi Liliana si occupò di Rosellina, che raggiunse i fratelli in cucina per fare colazione.

Dopo avere sparecchiato, si infilarono i cappotti e uscirono tutti insieme. Giuseppe e Pucci dovevano accompagnare Rosellina all'asilo, prima di andare a scuola. Liliana, invece, salì al terzo piano e bussò alla porta di Fermo, l'infermiere. Le aprì una donna anziana, la madre.

«Il mio papà non sta bene. Può chiedere a Fermo di andare a vederlo?» domandò.

«È appena ritornato dal turno di notte. Che cos'ha Renato?» s'incuriosì la donna.

«Non lo so», disse la ragazzina, combattuta fra la preoccupazione per il padre e il timore di arrivare tardi a scuola.

«Ieri, durante la manifestazione, molti sono finiti al Pronto soccorso», aggiunse la donna riferendo quello che aveva appena saputo dal figlio. «Hanno bastonato anche il tuo papà?» chiese.

Liliana annuì. L'infermiere, chiamato da sua madre, si affacciò sulla porta della stanza e ascoltò la richiesta di Liliana.

Nel quartiere, tutti erano convinti che Fermo fosse meglio di un dottore. Andava a trovare i malati, faceva iniezioni e provava la pressione, medicava le ferite e suggeriva rimedi. Era un uomo molto generoso. Gli piaceva suonare la chitarra e ricordare la moglie che, sei mesi dopo il matrimonio, era stata ammazzata da un cecchino, alla fine della guerra.

«A Renato ci penso io. Bevo un caffè e scendo subito», disse alla ragazzina.

Liliana andò a scuola con il cuore più leggero. Era un'eccellente studentessa e quella mattina l'insegnante la interrogò in matematica gratificandola con un dieci e lode.

Alla fine delle lezioni, ritornando a casa, come sempre fece progetti per il suo futuro. Molte delle sue compagne desideravano diventare attrici o ballerine, lei, invece, sognava di essere la direttrice di una grande biblioteca, come quella in cui era stata di recente per una piccola ricerca sugli imenotteri. Oppure, si vedeva nei panni di una coraggiosa esploratrice che scopriva un territorio sconosciuto nel cuore dell'Africa. Quella mattina pensò che avrebbe voluto diventare un potente personaggio politico per eliminare l'ingiustizia sociale, come la definiva suo padre.

Liliana si rendeva conto del divario esistente tra lei e alcune sue compagne che indossavano cappotti eleganti, andavano a lezione di danza, al cinema, a teatro, a sciare, a pattinare. I loro genitori venivano a prenderle a scuola in macchina. Suo padre, invece, poteva offrirle soltanto un passaggio sulla canna della bicicletta.

Immersa in questi pensieri arrivò a casa e, mentre attraversava il cortile, si sentì chiamare dall'alto. Era la madre di Fermo che si sporgeva dalla ringhiera.

«Hanno portato in ospedale il tuo papà», disse e aggiunse: «Non preoccuparti, mio figlio è con lui. Vai al Policlinico, troverai la mamma. Ai tuoi fratelli pensiamo noi», la sollecitò la donna.

3

PER arrivare al Policlinico, Liliana aveva preso il tram e poi aveva percorso un lungo tratto a piedi. Aveva il cuore in tumulto e si sforzava di non piangere. Il pensiero che suo padre soffrisse o, peggio, morisse, la riempiva di sgomento. Camminando, continuava a ripetere la sua preghiera: «Gesù, fai vivere il mio papà».

Arrivata in ospedale, seguendo le indicazioni del personale Liliana imboccò un lungo corridoio che terminava con la porta a vetri del blocco operatorio. Lì vide sua madre. Era con tre uomini e stava parlando con un medico che indossava un lungo camice verde. Le corse incontro chiamandola: «Mamma!»

Ernestina l'abbracciò e le sussurrò: «Tutto bene. Il professore ha appena finito di operare il papà».

«Così all'improvviso? Perché?» domandò Liliana.

I tre uomini - due compagni di lavoro di Renato e Attilio, un delegato sindacale – la rassicurarono: «Stai tranquilla. Il tuo papà tornerà come nuovo».

Il medico spiegò che il colpo alla testa inferto a Renato il giorno prima gli aveva causato una lieve emorragia. Nel corso della notte la situazione si era aggravata e, quando Fermo era andato a visitarlo, Renato era privo di sensi. Lo aveva subito portato in ospedale, dove era stato operato immediatamente.

«Quelli, dovranno pagare per ciò che hanno fatto a Renato», sottolineò Attilio.

«Quelli, come li chiama lei, sono povera gente mandata a bastonare altra povera gente», commentò il medico, amaramente.

«Posso vedere mio marito?» domandò Ernestina, che non aveva voglia di ascoltare frasi che conosceva a memoria e non intendeva sporgere denunce.

«Solo per qualche minuto. Ma dopo, vada a casa dai suoi figli. Lui è in buone mani», dichiarò il chirurgo.

«Me l'hanno bendato come una mummia», commentò preoccupata, dopo aver visto Renato. E soggiunse: «Io non mi muovo da qui fino a quando non si sveglia».

Così Liliana ritornò a casa da sola e non si stupì di scoprire che la macchina della solidarietà era entrata subito in funzione. La bustaia aveva portato un tegame di polpette di carne, il fruttivendolo aveva lasciato un cesto di arance, sul tavolo della cucina c'erano pacchi di biscotti e tavolette di cioccolato. Lei ringraziò tutti e decise che non doveva approfittare oltre di tanta generosità. Era perfettamente in grado di badare ai fratelli. La sera, quando sedettero intorno al tavolo, venne subissata di domande. Pucci, Giuseppe e Rosellina erano molto eccitati per l'avvenimento che li vedeva protagonisti del caseggiato, felici per l'abbondanza del cibo, ma soprattutto ansiosi di sapere che cosa era successo al papà.

«Che cos'è un ematoma? Che cosa significa rimuoverlo? Se cado dall'altalena e picchio la fronte, aprono la testa anche a me? Se il papà muore, noi diventiamo orfani? Se guarirà, si vedrà il segno della ferita? Domani possiamo non andare a scuola?»

Liliana era stremata da quell'interrogatorio incalzante e accolse con sollievo il ritorno della mamma che sembrava più serena. Ernestina spiegò che Renato era sveglio e in buone condizioni. Si abbandonò su una sedia e decise che, per quella notte, Pucci e Giuseppe avrebbero dormito nel lettone con lei.

Poi chiese: «C'è qualcosa da mangiare?» Era a digiuno dalla mattina.

Liliana le offrì le polpette che aveva tenuto al caldo.

«E adesso, che cosa succederà?» chiese a sua volta, sedendosi di fronte alla mamma dopo che i fratelli erano andati a dormire.

La domanda comportava una serie di considerazioni che Ernestina aveva già fatto e ripeté alla figlia. Renato era una spina nel fianco dei padroni che privilegiavano operai meno combattivi. Dopo un episodio così grave, ci sarebbe stata tensione in fabbrica. La proprietà avrebbe fatto di tutto per allontanarlo, magari offrendogli una buona liquidazione. Ma Renato Corti non voleva una liquidazione. Pretendeva invece uno stipendio più adeguato al costo della vita che diventava sempre più cara. «Il sindacato lo protegge e il caporeparto lo stima. Sa che tuo padre è un uomo giusto e onesto. Sono sicura che farà di tutto perché non perda il lavoro. Almeno, lo spero», concluse Ernestina.

Liliana annuì. Quel quieto ragionare nel silenzio della cucina, mentre la mamma sbocconcellava una polpetta e lei sgranocchiava un biscotto, la rassicurò.

«Il mio papà è una roccia», sussurrò.

«Però, anche la roccia si sgretola, a volte», osservò Ernestina. E proseguì: «In questo momento abbiamo su di noi le attenzioni di tutti, ma la gente si stanca presto e dimentica. I nostri problemi, invece, rimangono. Tuttavia, dobbiamo farci forza e andare avanti. Non abbiamo un'altra possibilità. Non oggi, almeno», disse Ernestina. E soggiunse: «Ma io mi dannerò perché tu possa averla. Te lo prometto».

Si alzò dal tavolo e andò ad abbracciarla.

Quella sera, sul punto di addormentarsi, Liliana elaborò un nuovo progetto per il suo futuro: da grande avrebbe fatto l'avvocato e si sarebbe servita della legge per difendere i deboli dalle prepotenze dei potenti.

Corso di Porta Romana

1

«BRAVA, Liliana! Hai fatto un'ottima traduzione. Ora ripetimi i verbi irregolari incominciando da *to be*», la spronò Angelina Pergolesi.

La ragazzina li elencò senza un attimo di incertezza.

Nel salottino rococò delle signore Pergolesi, illuminato da un pallido sole invernale, Liliana era felice di ampliare le sue conoscenze. Nella scuola media che frequentava insegnavano una sola lingua straniera: il francese.

Il caso le aveva fatto incontrare un'anziana signora, piccola e sottile, che viveva con la madre al primo piano di un palazzo di fine Ottocento in fondo a corso di Porta Romana, poco distante da dove abitava Liliana. Tornando da scuola, alla ragazzina era capitato spesso di incrociare quella donna minuta ed elegante che teneva al guinzaglio un grosso cane peloso, bianco e nero. Quando l'animale vedeva Liliana, tentava di avventarsi su di lei abbaiando.

«Non aver paura. Buck ha solo voglia di giocare», le disse un giorno la signora, rivelando uno spiccato accento straniero. Liliana, rassicurata, allungò una mano esitante e accarezzò la testa del cane. Lui emise una serie di uggiolii festosi.

«Gli piaci», affermò la donna, soddisfatta.

Così, giorno dopo giorno, scambiandosi qualche frase, Liliana aveva saputo che la signora si chiamava Angelina Pergolesi, era nata e cresciuta in America, a Brooklyn, dove la sua mamma si era rifugiata per sottrarsi al marito, un italiano con cui aveva vissuto per qualche anno a Milano, che la signorina Pergolesi definì «irriverente».

«Quando mamma attraversò l'Atlantico per ritornare negli Stati Uniti, io ero nel suo grembo, ma lei non lo sapeva. Aveva già due figli maschi, i miei fratelli. Il maggiore, Cesare, vive ancora a Brooklyn ed è un pastore della Chiesa Anglicana, come lo zio. L'altro, Mario, sta a Toronto, in Canada, ed è molto ricco. Commercia in pelli. È una lunga storia, Liliana», le sussurrò un giorno, con fare misterioso.

L'idea delle lezioni d'inglese nacque un po' per volta. Erano gratuite, naturalmente, e le venivano impartite la domenica pomeriggio.

La frequentazione delle signore Pergolesi, madre e figlia, era molto stimolante per la ragazzina che imparava una nuova lingua straniera e, soprattutto, veniva a contatto con modi di vivere e di pensare molto diversi da quelli della sua famiglia. Non si stancava mai di ascoltare il chiacchiericcio delle due donne. In particolare, l'affascinavano i racconti della madre Pergolesi, che usava un linguaggio frizzante e imitava la voce delle persone di cui parlava.

Ora, dopo avere elencato i verbi irregolari, Liliana avvertì l'aroma intenso della cioccolata calda che Luisella, la domestica, serviva puntualmente alle cinque del pomeriggio.

«È ora di merenda», annunciò Angelina.

Liliana ripose il libro di grammatica e il quaderno.

«Accendi pure la radio», la sollecitò la donna, mentre usciva dal salotto.

I Corti non possedevano una radio. Le signore Pergolesi, invece, avevano un apparecchio monumentale, dotato anche di grammofono, che si inseriva perfettamente nell'arredo ridondante del salotto. A quell'ora, la radio trasmetteva un programma di musica leggera che Liliana non riusciva mai ad ascoltare perché, all'annuncio della cioccolata, si presentava anche l'anziana signora Pergolesi che, in un tintinnio di braccialetti, si sedeva al centro del divano e faceva conversazione.

«Ho sentito che tuo padre è tornato dall'ospedale», esordì quel giorno. E si affrettò a chiedere notizie.

«Sta proprio bene. Tra una settimana riprenderà il lavoro. È stata una brutta avventura ma lui non ha mai perso il suo buonumore», disse Liliana.

«Quando si è giovani si ha sempre voglia di ridere e di scherzare. Anch'io ero così, almeno, lo sono stata fino a sedici anni, quando l'ingegner Pergolesi ha colto il fiore della mia virtù e sono stata costretta a sposarlo. Questo non gli ha impedito di continuare a correre la cavallina, non so se mi capisci. Lui si giustificava dicendo che ero una moglie noiosa. Intanto a vent'anni avevo già due figli e lui mi metteva corna tanto lunghe che sfioravano il soffitto. Le corna pesano, cara Liliana. Così mi sono decisa a mettere l'oceano tra lui e me. Chi se lo immaginava che ero già incinta di Angelina? La quale, peraltro, è identica a suo padre. Intendo fisicamente, non per altre intemperanze. È ricca di buone qualità, ma è rimasta una bambina. Naturalmente è tutta colpa del padre che l'ha molto viziata.» L'anziana signora riprese fiato e continuò: «Quando stavamo in America, io ero giovane e bella e non mi sono certo mancati i corteggiatori. Non immagini quanto Angelina fosse gelosa di loro! Era capricciosa e insopportabile. Ora siamo due vecchiette, anzi tre, considerando Luisella, e ci accapigliamo per un nonnulla. Che altro potremmo fare? Aspettiamo la domeni- a, perché vieni tu a portare una nota di giovinezza in questo cronicario. Tutta colpa dell'ingegner Pergolesi che venne in America a reclamare i suoi figli dopo vent'anni di separazione. Io stavo bene nella canonica di mio fratello Alfredo. È vero che dovevo sopportare sua moglie Florence, un'inglese del Dorset con la puzza sotto il naso, ma ero pur sempre la sorella del pastore e avevo un ruolo di rilievo nella comunità anglicana di St. Paul. Comunque, Cesare e Mario, i nostri due figli maschi, quando il padre disse 'Torniamo tutti in Italia' gli risposero picche. Angelina, invece, si abbandonò tra le braccia di quel papà sconosciuto, quasi fosse il Salvatore e tanto disse e tanto fece che sono stata costretta a ritornare. Così ho dovuto sopportare il fascismo, la guerra, gli sfollamenti e altre corna fino a quando un infarto ha fulminato mio marito, nel '44. Sono rimasta a Milano con Angelina, che riesce a dare un senso ai miei giorni».

«Ecco la cioccolata», trillò Angelina, sospingendo nel salotto il carrello di ottone e mogano, preparato con tovaglioli immacolati, tazzine Rosenthal di porcellana bianca, l'alzatina colma di biscotti fragranti e la cioccolatiera d'argento con il lungo manico d'ebano.

«Non sentite una nota un po' speciale nel profumo della cioccolata? Oggi ho aggiunto un pizzico di cannella. In inglese, *cinnamon*, cara Liliana», spiegò Angelina, mentre serviva la prima tazza alla mamma.

«Sai, stavo raccontando alla nostra giovane amica tutte le pazzie che facesti per seguire tuo padre in Italia», disse l'anziana signora.

«Mamma, ti prego! Queste cose a Liliana non interessano. Vero, cara?» protestò Angelina. Poi si rivolse alla madre: «Il fatto è che zia Flo era stanca di sopportarti e zio Alfredo disse a papà: 'Per favore, portamela via'. Questa è la verità».

Fra le due donne incominciò uno dei soliti battibecchi che divertivano molto Liliana.

«Ecco, la senti? Ogni cosa è colpa mia. Però, con tuo padre, tu ci andavi a nozze! Sempre complici, sempre a tramare contro di me», l'accusò la madre. Poi, con un tono vagamente mondano si rivolse a Liliana: «Un giorno anche tu dovresti andare in America. Là ci sono tutti i nostri parenti e sono una tribù».

Angelina s'infervorò immediatamente.

«Appena sarai in grado di esprimerti correttamente in inglese, scriverò a mio fratello Mario che sarà felice di ospitarti. Sua nipote Beth ha la tua stessa età. Conoscerai anche l'altro nipote, Brunetto, che è un cantante famoso in tutto il Midwest.» E aggiunse: «Dopo la merenda, ti accompagnerò a casa con Buck che sarà felice di fare una passeggiata».

Poco dopo uscirono insieme e si incamminarono verso corso Lodi. Lungo i bordi della strada c'erano cumuli di neve sporca e ghiacciata. Nel cielo, il sole si spegneva in una nebbiolina rarefatta.

«Crede davvero che, un giorno, potrei andare in America?» domandò Liliana, quando erano ormai in prossimità del suo caseggiato.

«Andrai in capo al mondo, se lo vorrai. Nessuna strada ti sarà preclusa», affermò convinta Angelina

Si salutarono e Liliana salì in casa. La mamma stava stirando le lenzuola sul tavolo di cucina. Fermo accompagnava con la chitarra Renato che cantava, con bella voce baritonale, una canzone degli anarchici: *Addio Lugano bella*. Rosellina ascoltava accucciata davanti alla stufa. Pucci e Giuseppe erano ancora in cortile a giocare con i loro amici.

«Quando sarò grande, andrò in capo al mondo», annunciò Liliana alla sua famiglia.

Renato smise di cantare e la mamma rimase con il ferro da stiro a mezz'aria.

Rosellina domandò: «Dov'è questo capo al mondo?»

«Già, dov'è?» domandò Renato.

«È molto lontano da qui. È a Filadelfia, nel Midwest a New York, al Polo, in Cina e chissà dove ancora. Viaggerò su grandi navi e aeroplani. Parlerò tutte le lingue del mondo e sarò amica di gente famosa», affermò con enfasi Liliana.

«Non sono così sicuro di far bene a lasciarti frequentare quelle due signore dell'alta società che ti riempiono la testa di fandonie», disse Renato.

«Tu sei uno che vive di sogni e avresti la pretesa che tua figlia fosse diversa da te?» lo rimbrottò Ernestina e aggiunse: «Liliana vuole migliorare. Dovresti esserne fiero».

«Vado di là a studiare», dichiarò Liliana, più che mai determinata a realizzare i suoi sogni.

2

«SEI diventata una signorina», constatò Ernestina, guardando la biancheria che Liliana le mostrava.

Era primavera. La donna stava preparando la minestra di pasta e fagioli, insaporita con un soffritto di lardo tagliato a dadini. Erano sole nella cucina invasa dal sole che entrava dalla finestra spalancata. Ernestina avrebbe voluto dilungarsi sull'argomento, soprattutto per mettere in guardia sua figlia dalle conseguenze che questa nuova condizione comportava. Ma non sapeva come esprimersi.

«Ho alcune compagne che hanno già avuto le regole e si danno un sacco di arie. Adesso posso darmele anch'io?» la spiazzò Liliana.

«Se ti fa piacere. Però, c'è poco da vantarsi. È inutile che ti elenchi i problemi che potrai avere d'ora innanzi, tanto li scoprirai da sola», tagliò corto la mamma.

«Vuoi spaventarmi?» osservò la figlia.

Ernestina la guardò negli occhi con tenerezza e poi l'abbracciò.

«Cara bambina, mi conosci abbastanza per sapere che non ho certo l'intenzione di spaventarti. Sono solo emozionata nel vederti crescere così rapidamente e così bene.» La scostò da sé e andò in camera da letto a prendere un pacchettino legato da un bel fiocco di raso rosso.

«È un regalo che ti ho comperato l'anno scorso», spiegò nel consegnarlo a sua figlia. «È arrivato il momento di dartelo: tutte le signorine hanno un orologio d'oro da polso.»

I bambini e il padre fecero irruzione in cucina mettendo fine a quella breve intimità tra madre e figlia

Qualche giorno dopo, era un sabato pomeriggio, Angelina Pergolesi chiamò Liliana dal cortile.

«Se la tua mamma lo permette, ti propongo qualche ora di svago», disse.

Ernestina era d'accordo e Liliana si affrettò a raggiungerla.

«Devo andare in via Orefici», annunciò Angelina. E proseguì: «Mio fratello Mario mi ha spedito un bel pacchetto di dollari che ho cambiato in lire. Faremo acquisti».

Liliana indossava un abitino blu con la giacca dello stesso tessuto, confezionati da Ernestina che sapeva tagliare e cucire meglio di una sarta. Il grande fiocco di seta bianca a pallini blu, che ravvivava il colletto, era un'idea di Giuseppe. Suo fratello aveva un talento naturale per disegnare abiti femminili. Liliana, invece, riusciva solamente a fare pasticci quando la mamma le metteva in mano ago e filo.

«Il buon Dio ha fatto un po' di confusione», si lamentava con lei Ernestina. «Ha dato a tuo fratello una dote che avresti dovuto avere tu. Temo che da grande farà il sarto, invece di studiare medicina, come sarebbe piaciuto a me.»

Ora Liliana camminava al fianco di Angelina Pergolesi in direzione di piazza del Duomo.

«Sei molto elegante», constatò la donna.

«*You too*, Miss Pergolesi», rispose Liliana che era molto fiera dei suoi progressi con l'inglese e coglieva ogni occasione per dimostrarlo.

Anche Angelina era graziosa con l'abito in crespo di lana color blu madonna e il sette ottavi a grandi quadri con sfumature dal rosa al glicine.

«Come si traduce in inglese la parola mestruazioni?» domandò Liliana, all'improvviso.

«*Periods*. È plurale», precisò la donna e subito dopo le sue labbra, dipinte di un rossetto pallido, si schiusero in un largo sorriso: «Mi stai dicendo che...»

La ragazza annuì.

«Ma è fantastico! A questo punto sei una *young lady*. Tra non molto avrai dei corteggiatori e allora sceglierai il tuo *boy-friend*.»

«Per carità, non si faccia sentire dalla mamma a dire queste cose. Lei è molto rigida, un po' all'antica, insomma», disse Liliana, arrossendo.

«Anche la mia mamma lo era, e lo è ancora oggi. Certo, quand'ero giovane, si poteva uscire con un ragazzo solamente dopo i diciott'anni. Comunque, non ho mai avuto spasimanti, un po' perché non sono mai stata bella, un po' a causa della canonica, che era una specie di barriera invalicabile, e infine perché mia madre avrebbe scoraggiato chiunque. Ha sempre castigato la mia femminilità in tutti i modi possibili, obbligandomi anche a vestire abiti goffi. Penso che volesse proteggermi dalle delusioni. I miei fratelli mi chiamavano il brutto anatroccolo. Ho vissuto l'amore solo attraverso i racconti delle mie amiche.»

Liliana si commosse nel percepire il rimpianto e l'amarezza di Angelina per una vita non vissuta. Arrivarono in via Orefici.

«La mamma non sa che Mario, di tanto in tanto, mi manda del denaro da spendere come piace a me. Ora andiamo dal parrucchiere. Faremo tutte e due taglio e piega», decise con una gioia quasi infantile.

«Non posso accettare che lei paghi il parrucchiere per me. Le farò compagnia mentre lei si fa bella», dichiarò Liliana.

«Invidio il tuo orgoglio. Io sono sempre stata così avida di attenzioni che ho sempre accettato quello che mi veniva offerto, senza alcun ritegno», confessò Angelina. E soggiunse: «Ma non potrai impedirmi di farti un piccolo dono per festeggiare il tuo ingresso nell'età adulta».

La ragazzina accettò con entusiasmo un minuscolo bouquet di roselline d'organza bianca da appuntare al risvolto della giacca. Poi acquistarono una crema per il viso da regalare alla signora Pergolesi, tagli di raso colorato, cordoncini di seta e pompon, strass e perline con cui Angelina confezionava piccole borsette da sera che spediva alle numerose parenti americane.

«Non vorrebbe tornare a New York?» le domandò Liliana.

«Sai, temo che non sia più la città che ho conosciuto. E poi, dovrei lasciare sola la mamma che non è in grado di affrontare un viaggio così lungo. Non avrei mai il coraggio di farlo. Devo confessarti che guardo al mio futuro con sgomento. La mamma mi tiranneggia, è vero, ma non riesco a immaginare la mia vita senza di lei.»

Liliana la capiva. Nemmeno lei sarebbe riuscita a sopravvivere senza Ernestina.

«Anche i padri sono importanti», osservò la ragazzina. E soggiunse: «Lei non conosce il mio. È straordinario, assomiglia a un antico guerriero che combatte a mani nude contro un esercito armato fino ai denti. Perché lui è in guerra da sempre per difendere i suoi ideali».

«Davvero? E quali sono?» s'incuriosì la donna.

«Mio padre sostiene che tutti gli uomini hanno gli stessi diritti e gli stessi doveri davanti alla legge. Quindi, combatte le prepotenze e le ingiustizie dei padroni che sfruttano i lavoratori.»

«Io ho lavorato con mio padre nella sua azienda e non credo che i suoi dipendenti fossero sfruttati», ragionò Angelina.

«Questo significa che lei stava dall'altra parte della barricata», s'infervorò Liliana, che ripeteva quello che sentiva dire da suo padre.

«Che parolone! Le barricate, in inglese *barricades*, si alzano quando si è in guerra. Noi, per fortuna, ora siamo in pace e viviamo in un Paese democratico dove l'imprenditore e il lavoratore possono discutere dei loro problemi», precisò Angelina.

«Non credo che prendere bastonate sulla testa e finire in ospedale, come è capitato a mio padre, sia una discussione democratica», insistette Liliana.

«Vedi, cara, la democrazia è un esercizio difficile per un Paese come il nostro che per vent'anni ha subìto una dittatura. Dobbiamo imparare a metterla in pratica un po' alla volta. Io ricordo che, quando nell'azienda di papà i lavoratori minacciavano uno sciopero, lui li incontrava e chiedeva quali fossero le loro richieste. Papà stava a sentirli, poi contrattava e, quando poteva, li assecondava. Lui capiva le loro ragioni, come loro capivano le sue. Era un dialogo democratico, insomma. E nessuno ha mai scioperato», spiegò Angelina.

«Gli operai di suo padre facevano i loro interessi, non quelli di tutta la categoria», replicò Liliana, prontamente.

«Forse hai ragione. Io sono sempre vissuta nella bambagia. Inoltre, oggi i giovani come te sanno molte più cose di quante non ne sappia io che sono ormai anziana. Ma c'è qualcosa di nuovo che sarei felice di farti conoscere. Ho due biglietti per un concerto al teatro *Dal Ver-*

me. Dobbiamo sbrigarci se vogliamo arrivare in tempo», la sollecitò Angelina.

Liliana avrebbe preferito andare al cinema, ma non osò replicare.

Il cartellone, davanti al teatro, annunciava l'esecuzione della *Simple Symphony* di Benjamin Britten. Liliana ammirò l'eleganza della sala e del pubblico e rimase affascinata dalla musica limpida, meravigliosa, che le toccò il cuore.

Sulla strada del ritorno Angelina le parlò di quel compositore inglese.

«Scrisse questa sinfonia quando aveva dodici anni.»

«Era più piccolo di me. Ma lui era un genio», constatò Liliana.

«Tu sei molto intelligente e questo ti deve bastare», affermò la donna.

Quando entrò in casa, Ernestina la guardò con aria di rimprovero.

«Ti sembra questa l'ora di tornare?»

«Sapevi con chi ero», replicò lei, stizzita.

«Ma non dov'eri. Sei troppo piccola per farmi stare in pena», brontolò la mamma.

«Ho talmente tante cose da imparare che nemmeno te lo immagini», asserì sua figlia con voce ferma.

Ernestina notò il mazzolino di rose d'organza appuntato sul bavero della giacca. Guardò pensosa sua figlia e le chiese: «Ma dove vuoi arrivare? Ricorda che l'ambizione è un'arma del diavolo».

«Sai, mamma, mi aspetta un lungo, lunghissimo cammino», rispose Liliana con tono enfatico.

Ernestina nascose un sorriso. Poi, le diede una carezza e disse: «Stai attenta a non finire come quel poveretto che cercò per tutta la vita, in giro per il mondo, quello che aveva in casa»

Sito della Guastalla

1

MENTRE Liliana parlava, il professor De Vito aveva preso appunti

La violenza sembrava avere segnato la vita di quella donna: le bastonate della Polizia al padre, le pallottole dei terroristi a lei. Inoltre, il conflitto tra le opposte personalità dei genitori aveva creato a Liliana molti problemi psicologici che aveva cercato di compensare con un affannoso desiderio di affermazione

Ora lo psichiatra le sorrise e disse. «Ci vediamo lunedì».

«Abbiamo già finito?» si rammaricò Liliana.

«Riprenderemo il discorso la prossima volta», la rassicurò il medico alzandosi per accompagnarla alla porta.

«Mi fa bene parlare con lei. La confusione rimane, però mi sento meglio», affermò Liliana, prima di entrare nell'ascensore.

Nelson ritornò nel suo studio e telefonò a sua moglie.

«Stai bene?» si preoccupò la signora De Vito.

«Benissimo. Ho dovuto ricevere una persona che sta male, per questo non ho risposto alla tua chiamata. Sono vergognosamente in ritardo. Scusami con gli amici. Ar rivo tra pochi minuti», promise.

Lo psichiatra guardò l'orologio: erano le otto e venticinque. Alzò nuovamente il ricevitore e telefonò a sua madre.

«È successo qualcosa, caro?» si allarmò Evelyn. Di solito Nelson la chiamava la domenica pomeriggio, all'ora del tè.

«Ho una nuova paziente che usa il tuo profumo. È uscita adesso e volevo sentire la tua voce», spiegò Nelson.

«Grazie, figliolo. Uno di questi giorni verrò a trovarti», promise Evelyn, commossa.

Negli anni dell'adolescenza, Nelson le aveva dato molti problemi, vivendo in modo trasgressivo. Aveva perso due anni di scuola e c'era voluta tutta la fermezza di sua madre per indurlo a riprendere gli studi. I successi ottenuti in seguito da suo figlio come medico e studioso l'avevano ripagata di quel periodo difficile e tormentato.

Dopo aver parlato con sua madre Nelson chiuse lo studio e se ne andò. Uscì sulla via coperta di coriandoli e stelle filanti, tra lo schiamazzo dei giovani che passavano ridendo e imbrattandosi con schiume colorate.

Quando entrò in casa, gli ospiti erano sul punto di sedere a tavola.

«Vi chiedo scusa per il ritardo», esordì, salutandoli. Erano i Marra, una coppia di vecchi amici entrambi neurologi, conosciuti al Boston Medical Center dove Nelson era stato direttore del reparto di neuropsichiatria.

La cameriera servì lasagne al pesto con ottimo vino siciliano.

Poi, arrivò in tavola il famoso polpettone della signora De Vito che gli ospiti conoscevano bene.

Allora iniziò il solito minuetto tra la padrona di casa che si scusava per la monotonia della sua cucina e gli ospiti che decantavano la delicatezza dei sapori.

La cena si concluse con un trionfo di dolci di Carnevale: bignè fritti ripieni di crema pasticciera, frappe croccanti e frittelle con l'uvetta. Più tardi la padrona di casa servì in salotto una tisana al tiglio aromatizzata con anice stellato. Poi, mentre Nelson e l'amico Marra riempivano le loro pipe, le signore si concessero una sigaretta, scambiandosi informazioni sui saldi del momento. I due uomini intanto commentavano una ricerca recente sugli stati depressivi.

«La depressione è il grande male della nostra epoca ed è la risposta al benessere economico della società occidentale. Là dove si lotta per la sopravvivenza, la depressione è meno diffusa», osservò Marra.

«Nell'Ottocento affliggeva soprattutto le donne dei ceti abbienti e veniva chiamata melanconia. Oggi ne soffrono anche gli uomini, soprattutto i giovani», disse Nelson, pensando ai ventenne che aveva in analisi da qualche mese.

«Sto seguendo una ragazza che è un caso estremamente complesso. Come psichiatra, tu potresti fare molto per lei», propose Marra.

«Ho un paio di casi che si stanno avviando a una buona conclusione. Ti farò sapere quando mandarmela.»

«È possibile che non riusciate a parlare d'altro che di lavoro?» s'intromise Cecilia Marra, spalleggiata da Maria De Vito.

«Solo perché voi due ci state trascurando», disse Nelson, amabilmente.

I coniugi De Vito trascorsero un fine settimana casalingo, tra letture di libri e di giornali, il pranzo domenicale al ristorante e il riordino di uno scaffale strapieno di volumi. Polemizzarono su quelli da tenere e quelli da buttare. Lei propendeva per una eliminazione drastica, lui per la conservazione assoluta. Come sempre, trovarono una via di mezzo.

Nelson rivide Liliana Corti lunedì pomeriggio, alle sette.

«Come è andato il suo weekend?» le domandò, quando la donna si sedette di fronte a lui.

«Piuttosto male, ma forse ho individuato una delle cause della mia angoscia. Sono a un punto cruciale della mia vita perché ho smesso di lavorare, concludendo una carriera di successo che mi ha impedito, però, di fermarmi a riflettere su me stessa. Soltanto adesso mi chiedo che senso abbia la mia esistenza, come se tutti questi anni vissuti a inseguire sempre nuovi obiettivi di lavoro non li avessi spesi per me stessa, ma per gli altri. Non so nemmeno chi sono. Valeva la pena di affannarsi tanto per arrivare a questo?»

«Cercheremo insieme la risposta ai suoi interrogativi», la incoraggiò Nelson.

Giardini pubblici di Porta Venezia

1

A DICIANNOVE anni Liliana ebbe finalmente il suo primo boy-friend. Si chiamava Danilo, aveva cinque anni più di lei e frequentava la facoltà di filosofia alla Statale. Nella stessa università, Liliana era iscritta al primo anno di giurisprudenza. Si erano incontrati in libreria. Lei aveva appena acquistato le dispense di diritto romano e Danilo stava chiedendo al commesso un romanzo molto venduto in quel periodo: *Il gattopardo*. Liliana lo aveva già letto, perché glielo aveva prestato la signorina Pergolesi.

«Leggi la prima pagina e non lo lasci più, fino alla fine. È una storia fantastica», dichiarò d'impulso.

«Ma pensa un po'! Aspettavo solo la tua opinione per comperarlo», replicò Danilo, guardandola con supponenza.

Era poco più alto di lei, aveva un ciuffo ribelle che scendeva sulla fronte spaziosa, un incarnato pallido e occhi azzurri vivacissimi. Indossava un trench color verde militare e aveva in mano il tesserino che dava diritto allo sconto sull'acquisto dei libri.

Liliana arrossì violentemente.

«Non mi faccio mai i fatti miei», sussurrò, indispettita con se stessa.

«Ti porti ancora addosso il fetore liceale», commentò lui, con un sorriso di superiorità.

Liliana si era già abituata alle battute sprezzanti degli «anziani» nei confronti delle matricole. Mentre lui si accendeva una sigaretta, lei riuscì a leggere il nome e la data di nascita sul tesserino che teneva in mano.

«Peccato», disse, restituendogli il sorriso sprezzante. Il rossore sul viso si era spento e lei aveva ritrovato la prontezza abituale.

«Peccato, cosa?» domandò lui.

«Hai uno sguardo intelligente e fai commenti di una banalità disarmante. Ma, forse, tutto dipende dal fatto che, a ventiquattro anni, non ti sei ancora laureato», affermò. Si girò e si avviò verso l'uscita.

Era molto fiera della sua replica e anche dell'impermeabile Pirelli, color tabacco, che aveva indossato quel giorno per la prima volta.

Liliana aveva battagliato a lungo con la mamma per averlo.

«Che bisogno ci sarà mai di un impermeabile? Tuo padre e io non lo abbiamo mai avuto e siamo diventati grandi lo stesso», aveva replicato alla richiesta della figlia.

«Voi non siete andati all'università. Io ci vado e non

voglio sfigurare con le altre studentesse», si era impuntata.

Alla fine, Ernestina era riuscita ad avere un buono sconto per lo spaccio della Pirelli-Bicocca. Erano andate insieme, madre e figlia, ad acquistare il prezioso capo d'abbigliamento. Quando Liliana se l'era provato, Ernestina aveva guardato con orgoglio quella figlia bella ed elegante. Così, oltre l'impermeabile le aveva regalato anche un foulard di seta a fiori vivacissimi su fondo bianco.

Liliana non aveva pagato la tassa di iscrizione all'università perché era uscita dal liceo con la media dell'otto. Provvedeva alle sue piccole spese dando lezioni private di matematica e di latino ai bambini della sua zona che frequentavano le scuole medie.

Ora Liliana uscì dalla libreria con passo marziale sentendosi addosso lo sguardo di Danilo.

Lui la raggiunse sulla strada e si mise al suo fianco.

«Ma lo sai che sei un bel tipo?» esordì.

«Non posso dire lo stesso di te», replicò lei, senza rallentare il passo.

«Ti senti la regina di Saba, ma sei soltanto una ragazzina», proseguì lui, mentre si accendeva un'altra sigaretta.

«Perché fumi tanto?» domandò Liliana.

«Perché non so dove mettere le mani», rispose. E soggiunse: «Come ti chiami?»

«Liliana. Tu Danilo. L'ho letto sul tesserino.»

Era arrivata alla fermata del tram e lì si fermò.

Danilo era un bel ragazzo e le piaceva, ma lei aveva

dato il meglio di sé per indurlo alla fuga. Infatti lui la guardò con occhi di ghiaccio, girò sui tacchi e si allontanò. Lei scrollò le spalle, rassegnata. Prima o poi, finivano sempre così i suoi rapporti con i ragazzi. Salì sul tram e se lo ritrovò accanto. Lo guardò sbalordita.

«Ti accompagno a casa. Posso? E non dirmi che conosci la strada», disse lui.

Danilo l'aveva lasciata sul portone di casa.

«Ci vediamo domani. Stessa ora, stessa libreria», dichiarò sul punto di andarsene.

Era iniziata così una serie di incontri fatti di schermaglie e colpi di fioretto che, qualche volta, Danilo non riusciva a rintuzzare. Le raccontò di sé: i suoi genitori erano morti quand'era bambino e lui viveva a Varese, in una vecchia casa con giardino, con la nonna che lo aveva cresciuto e lo manteneva agli studi. Per guadagnare, insegnava italiano e storia agli allievi di una scuola privata milanese. Un giorno la invitò a mangiare un panino con würstel e crauti in un locale in piazza Beccaria. Poi si avviarono a piedi verso San Babila e da lì imboccarono corso Venezia. Entrarono nei giardini pubblici e percorsero i viali coperti da un tappeto di foglie dorate. Sedettero su una panchina, in prossimità dello zoo, e Danilo l'abbracciò, attirandola a sé. Il barrito di un vecchio elefante e il singhiozzo di una foca fecero da sottofondo al loro primo bacio.

«Mi piaci da impazzire», sussurrò Danilo, con tono un po' enfatico.

«A quante altre ragazze lo hai detto?» gli domandò Liliana.

«A poche, per la verità. Non è che io abbia molto tempo per intrattenere rapporti sentimentali. E non ho nemmeno tanti soldi.»

«Allora siamo pari.»

«Che cosa fai la domenica?»

«Studio inglese con la signorina Pergolesi. E tu?»

«Vado alla Casa della Cultura, in San Babila, dove si discute di politica. Siamo tutti socialisti.»

«Che strano, credevo tu fossi un liberale. Hai l'aria del conservatore menefreghista», lo provocò.

«Non potrei permettermelo. I liberali sono tutti figli di papà.»

«Io invece sono comunista. Mio padre ha una lunga storia di militanza e di lotta», spiegò Liliana.

«Una ragione di più per venire con me alla Casa della Cultura così potrai rivedere le tue convinzioni politiche. Noi socialisti abbiamo preso posizione sui fatti d'Ungheria e abbiamo aspramente condannato la repressione russa, mentre voi comunisti siete stati zitti e vi siete arrampicati sugli specchi per giustificarla.»

Liliana ricordò le parole di suo padre quando a Budapest era scoppiata l'insurrezione popolare antisovietica soffocata dai carri armati russi.

«Quello che hanno fatto i sovietici in Ungheria è una vergogna. Ma se il mondo vuole progredire, deve comunque andare a sinistra.»

Così ora disse a Danilo: «Socialisti e comunisti sono

cugini e, tra parenti, non sempre corre buon sangue. Ma stiamo tutti e due dalla parte giusta. Verrò alla Casa della Cultura con te. Adesso, però, devo lasciarti».

Per stare con lui aveva disdetto due lezioni private, ma lo aveva fatto a cuor leggero.

Arrivò a casa volando su una nuvola d'oro. Danilo l'aveva stretta a sé quasi tremando e lei aveva percepito una sorta di inebriante potere su di lui. Non aveva mai fatto nulla per piacere ai ragazzi. Detestava le stupide, ridicole civetterie delle sue amiche. Lei voleva piacere per quella che era e finalmente un ragazzo le aveva detto: «Mi piaci da impazzire». Doveva subito raccontarlo a qualcuno che non fosse la mamma e neppure quelle pettegole delle sue compagne d'università. Lo avrebbe detto alla signorina Pergolesi.

Entrò in cucina. Pucci e Rosellina stavano facendo i compiti e la salutarono appena.

«Dov'è Giuseppe?» domandò Liliana

«Di là», disse Pucci, indicando la camera da letto dei genitori.

La porta era chiusa. La spalancò e vide il fratello seduto sul bordo del lettone di mamma e papà con un compagno di liceo. Si stavano baciando.

Corso Lodi

1

Liliana richiuse subito la porta. Quello che aveva visto l'aveva sconvolta. Osservò Pucci e Rosellina che continuavano tranquillamente a fare i compiti, ignari di quello che accadeva nell'altra stanza. A quel punto, pensò ai suoi genitori. Come avrebbero reagito se avessero sorpreso Giuseppe tra le braccia di un compagno di scuola?

In quel momento i due ragazzi entrarono in cucina, visibilmente imbarazzati. Liliana si rivolse all'amico di Giuseppe: «Tu vai via, vero?» Più che una domanda era un ordine perentorio.

Il ragazzo annuì, tenendo lo sguardo basso.

«Lo accompagno», disse il fratello, sul punto di seguire l'amico.

«No, tu rimani in casa», affermò Liliana con un tono che non ammetteva repliche. Poi si rivolse a Pucci e Rosellina. «Per oggi basta compiti. Potete scendere in cortile a giocare.»

Ora era sola con Giuseppe, che non aveva il coraggio

di guardarla e le dava le spalle armeggiando intorno al lavello.

«Bisogna pure che tu mi dica qualcosa», sbottò, di fronte al silenzio del fratello.

Giuseppe aveva sedici anni. Frequentava il terzo anno del liceo artistico con eccellente profitto. Era molto bello, parlava poco, rideva raramente, aveva una cura quasi maniacale della sua persona.

Liliana non l'aveva mai osservato con particolare attenzione, era semplicemente uno dei suoi fratelli. Però quando doveva rifare l'orlo di una gonna, o comperare un vestito nuovo, si rivolgeva a lui, che era felice di aiutarla.

Quando Giuseppe aveva compiuto quindici anni, Ernestina gli aveva detto: «Adesso sei grande. Il papà e io ti paghiamo gli studi, quanto al resto, devi arrangiarti da solo». E Giuseppe aveva trovato un lavoro: tre pomeriggi la settimana, nella bottega di un sarto da uomo in via Lamarmora. Maneggiare stoffe, filo e forbici era la sua passione e i soldi che guadagnava gli servivano per andare al cinema o per comperarsi qualcosa che gli piaceva.

Ernestina non era entusiasta di quel lavoro.

«Tua sorella dà lezioni private, mentre tu attacchi bottoni e fai imbastiture. Ti paghiamo il liceo artistico e potresti dare lezioni di disegno», lo spronava.

«Mamma, i ragazzini non vanno a lezioni private di disegno», si difendeva lui.

A quel punto la mamma strillava: «Lo so già come

andrà a finire! Farai il sarto e io avrò buttato tanti soldi per avere un figlio che taglia e cuce».

Ora Giuseppe si voltò e aveva gli occhi umidi di pianto.

«Non umiliarmi», disse piano.

«Se c'è qualcuno che si sente umiliato, questa sono io», ribatté Liliana. «Sono ancora senza fiato per quello che ho visto sul letto di mamma e papà.»

«Mi dispiace», sussurrò lui. Sedette al tavolo e si prese il volto tra le mani.

«Prima fai le porcherie e dopo mi dici che ti dispia ce?» lo incalzò lei in preda alla collera.

«Non erano porcherie, Liliana. Non so come dirtelo ma io sono... sono... sono diverso dagli altri ragazzi e mi dispiace tanto.»

«Mi stai dicendo che sei un invertito?» l'ultima parola venne appena sussurrata e, subito dopo, Giuseppe scoppiò in un pianto disperato.

L'omosessualità era considerata come una depravazione di cui non si doveva parlare.

Negli anni del liceo, Liliana aveva avuto un'insegnante di storia e filosofia che aveva accennato all'omosessualità dei greci e dei romani, di molti famosi artisti, guerrieri, poeti. La professoressa aveva spiegato che omosessualità è una parola che deriva dal greco e indica la tendenza a trovare il piacere sessuale con una persona dello stesso sesso. «L'omosessualità, insomma, è un modo di essere», aveva concluso l'insegnante.

«Be', io sono fiero di non esserlo», aveva esclamato

un compagno di classe di Liliana, suscitando l'ilarità generale.

L'argomento era stato liquidato così, con una risata. Ma ora Liliana non aveva nessuna voglia di ridere. Le lacrime di suo fratello le spezzavano il cuore. Gli andò vicino e lo abbracciò.

«Giuseppe, aiutami a capire», gli disse.

«Come faccio a spiegartelo? Credi forse che sia felice di essere diverso dagli altri? Lo sono sempre stato, fin da piccolo, e soffro da sempre per la mia diversità che vivo come una colpa. La nascondo anche a quelli come me e ce ne sono più di quanti immagini. Gino è il mio solo amico, l'unico con cui sono riuscito ad aprirmi, perché anche lui vive il suo dramma in silenzio», si sfogò. Singhiozzava senza ritegno sulla spalla della sorella.

Liliana avrebbe voluto ripensare alle sensazioni straordinarie che il bacio di Danilo avevano fatto scaturire in lei e costruire castelli tra le nuvole sulle ali della sua femminilità che stava sbocciando. Invece, doveva misurarsi con un dramma che non sapeva come affrontare.

Stringendo fra le braccia il fratello disse solamente: «Fai in modo che la mamma non sappia».

Giuseppe si asciugò le lacrime, si soffiò il naso e trovò la forza di sorriderle.

«La mamma lo sa da un pezzo. E credo che lo sappia anche il papà.»

2

Rosellina e Pucci si guardarono bene dal contestare l'ordine di Liliana, sebbene non avessero ancora finito i compiti e sapessero che il cortile era vietato ai giochi fino alle cinque del pomeriggio.

Da oltre un anno, infatti, l'amministrazione dello stabile consentiva l'uso di quello spazio soltanto per due ore: dalle cinque alle sette del pomeriggio.

C'era stata una sollevazione dei genitori contro questa assurda disposizione che impediva di tenere sotto controllo i figli in un luogo protetto. Gli inquilini più anziani, invece, l'avevano accolta con sollievo perché i ragazzini facevano chiasso e più di una volta avevano rotto con il pallone vasi e vetri

Il caseggiato di corso Lodi apparteneva a una grande società immobiliare che, con una serie di divieti, cercava da tempo di rendere difficile la vita degli inquilini per indurli a traslocare. Infatti, al posto di quello stabile edificato nella seconda metà dell'Ottocento, voleva costruire un palazzo moderno con affitti adeguati e maggiori profitti. Così, oltre la limitazione che riguardava il cortile, era stato imposto di non usare la fontana per lavare i panni, di non trasportare le biciclette lungo le scale di non stendere la biancheria sulle ringhiere.

Gli inquilini si erano dovuti adeguare al nuovo regolamento e i ragazzini avevano trovato altri luoghi per i loro giochi. Molti avevano preso a frequentare l'oratorio della Chiesa parrocchiale che disponeva di un campo sportivo, altri andavano in un vicolo, non lontano dal caseggiato, dove c'erano le rovine di alcune case bombardate durante la guerra e un grande campo occupato in parte da un insediamento di zingari. Lì, i ragazzini potevano fare chiasso senza disturbare nessuno.

Ora, mentre scendevano le scale, Pucci disse a Rosellina: «Andiamo nel vicolo a vedere i conigli».

Pucci era un quattordicenne che non amava la scuola. Si accontentava di ottenere una sufficienza stiracchiata in tutte le materie, tanto per non scontentare i genitori. Ma era intelligente, aveva molti interessi e una naturale inclinazione per il commercio.

Il sabato lavorava nel bar-tabaccheria sotto casa, dove lavava tazzine e bicchieri, e riceveva dal padrone una piccola mancia che metteva in una scatola di latta. La sera, prima di andare a dormire, controllava il suo capitale che sfiorava ormai le cinquemila lire. Quei soldi gli avrebbero consentito di realizzare un suo progetto.

Tutto era iniziato durante l'estate, nel vicolo, quando aveva trovato un coniglio tremante in una delle case diroccate. Lo aveva catturato e portato a casa per la gioia di Ernestina, che lo aveva cucinato in salmì.

Il giorno dopo, Pucci aveva pensato che, dove c'era un coniglio, potevano essercene altri. Aveva iniziato una ricerca sistematica ma discreta, perché non voleva che gli amici lo scoprissero. Ed era stato premiato. Tra le macerie di un'altra casa diroccata aveva individuato una famigliola di conigli che lì viveva indisturbata. Aveva subito iniziato a costruire una gabbia con assi di legno e una rete metallica di recupero. Intanto raccoglieva l'erba nel campo e la portava a quelle bestiole che, seppure timorosamente, accettavano volentieri il cibo supplementare.

Terminata la gabbia, pensò che, prima di rinchiudervi i conigli, doveva trovare un luogo sicuro in cui collocarla e capì che aveva bisogno di un socio affidabile. Lo individuò nel vecchio Anacleto, uno degli inquilini del suo caseggiato che, in un angolo del campo, coltivava ortaggi per uso domestico, dando un senso ai suoi giorni da pensionato.

Un giorno, Pucci lo affrontò.

«Dobbiamo fare un discorso da uomo a uomo», gli disse.

Il vecchio, che aveva passato gli ottant'anni e conosceva Pucci da quando era nato, fece uno sforzo per non ridere. Assunse un'aria grave e rispose: «Ti ascolto».

Era una bella mattina d'estate e Anacleto, in canottiera e calzoni corti, aveva finito di zappare il suo orticello e si era acceso un buon sigaro.

«Avrei una famiglia di conigli, con due femmine gravide. Ho costruito per loro una gabbia grande e ora mi servirebbe un luogo sicuro in cui sistemarla», spiegò il ragazzino.

«Giusto», annuì Anacleto, incuriosito da quel discorso.

«Tu hai un capanno nell'orto e la mia gabbia starebbe proprio bene lì dentro», disse Pucci d'un fiato.

Anacleto si era accorto già da qualche giorno che Pucci stava tramando qualcosa, perché, mentre si occupava del suo orto, lo vedeva raccogliere l'erba con fare circospetto. Senza contare che Ernestina gli aveva raccontato del coniglio con cui avevano banchettato. Adesso annuiva divertito e aspettava il seguito del discorso.

«Naturalmente avresti il tuo tornaconto», lo sollecitò Pucci.

«Non mi piace la carne di coniglio», disse lentamente il vecchio. «In tempo di guerra il pollivendolo vendeva conigli senza testa e ho sempre sospettato che fossero gatti. Ora, se dovessi mangiare un coniglio, mi sembrerebbe di mangiare un gatto. E io amo i gatti», dichiarò.

«Ma non sei obbligato a mangiarli. Devi solo tenerli dentro il tuo capanno», insistette Pucci.

«Nel capanno ci sono gli attrezzi. Non c'è posto per una gabbia», affermò.

«Volendo, il posto si trova.»

«Già, bisogna volerlo.» Si divertiva a veder cuocere il ragazzino a fuoco lento.

«Allora?» Pucci aveva in serbo una carta vincente per

indurre Anacleto ad accettare, ma l'avrebbe giocata solo se fosse stato indispensabile.

«Ci penserò», disse il vecchio, con fare laconico, aspirando con evidente godimento il suo sigaro.

Pucci tossì e disperse uno sbuffo di fumo con la mano. Il vecchio era un osso duro e lui doveva proprio sfoderare l'ultima carta.

«Potremmo diventare soci», propose con voce dolente, come se si strappasse un pezzo di cuore. «Gabbia e conigli sono miei. Io procuro il foraggio e pulisco la lettiera. Tu metti a disposizione il capanno e, quando è il momento, ammazzi gli animali e li pulisci. Potremmo venderli a un prezzo inferiore a quello del pollivendolo e tu potresti intascare il venti per cento dei ricavi. È una proposta onesta.»

Anacleto sorrise. Non aveva pensato neppure per un istante di chiedere dei soldi a Pucci per aiutarlo a realizzare il suo progetto. Ma si divertiva a condurre quella trattativa.

«Secondo te, chi comprerebbe i tuoi conigli?» domandò.

«Tutte le donne del nostro caseggiato e anche quelle delle case vicine. Ho già saggiato il terreno. Se tutto andrà bene come spero, all'inizio dell'inverno una gabbia sola non basterà più. E a Natale, invece del cappone, in corso Lodi si mangerà coniglio», spiegò Pucci, con entusiasmo.

«Ma lo sai che tutte le carni devono avere il timbro

dell'ufficio di igiene del Comune? Il tuo sarebbe un commercio illegale», dichiarò.

«Mio padre dice che dietro ogni grande fortuna si nasconde un crimine. Io diventerò il più grande allevatore e commerciante di conigli e l'illegalità di questo periodo iniziale sarà il mio crimine. Pazienza! Correrò il rischio perché la fortuna aiuta gli audaci.»

«Dovrei rischiare anch'io, se diventassi tuo socio», obiettò Anacleto.

La discussione tra il vecchio e il ragazzino andò avanti per un bel pezzo. Anacleto citò anche una recente ordinanza del Comune, proprietario di quel campo, che ingiungeva agli occupanti di lasciarlo libero entro due anni, perché era un'area destinata all'edilizia.

«Quando mi toglieranno il mio capanno, dove metterai i tuoi conigli?»

«Da qui a due anni avrò trovato un'altra soluzione. Intanto ho abbastanza denaro da parte per costruire nuove gabbie», lo informò Pucci.

Anacleto, ricco d'anni e di saggezza, era convinto che il grandioso progetto del piccolo Corti non avrebbe avuto nessun successo. Ma non voleva privarlo di un sogno e così vestì seriamente i panni del socio di minoranza e decise di trattare al meglio la sua percentuale.

«Il venti per cento è troppo poco. So già che, quando andrai a scuola, toccherà a me accudire le tue bestie. Dunque propongo il quaranta.»

Pucci si mise le mani nei capelli, sostenendo che quella era una richiesta da capestro. Si accordarono sul trenta. L'allevamento iniziò e Pucci riuscì a ottenere anche l'appoggio dell'ortolano, disposto a offrire carote e altri ortaggi di scarto per l'ingrasso degli animali.

Nei mesi successivi le coniglie avevano figliato, alcuni piccoli erano morti, ma altri erano cresciuti a meraviglia e ormai una ventina di animali erano quasi pronti per essere venduti. Così, avviandosi con la sorella verso il vicolo, Pucci le disse: «Voglio controllare come stanno le mie bestie».

«Però dobbiamo sbrigarci, perché viene buio presto e quando la mamma ritorna dal lavoro deve trovarci in casa, con i compiti finiti», dichiarò Rosellina.

Invece, quando rincasarono, la mamma era già arrivata e sembrava di pessimo umore. Stava rimproverando Liliana e Giuseppe che non avevano preparato la tavola e non sapevano dove fossero i fratelli più piccoli.

Non appena li vide, allungò uno scappellotto a tutti e due, urlando: «Ho già abbastanza problemi per conto mio, senza dovermi preoccupare anche della vostra lazzaronaggine».

Nessuno dei suoi figli osò domandarle che cosa le fosse successo.

3

«La bombola del gas è agli sgoccioli. Vai a prendere quella nuova in cantina», ordinò Ernestina a Giuseppe.

«Proprio adesso?» protestò il figlio. Era stremato dopo il colloquio con Liliana.

«Vediamo se riesci a cuocere le patate con il fiato. Sarebbe un bel risparmio», lo sferzò. Si passò una mano sulla fronte e soggiunse a mezza voce: «Oggi ho toccato il fondo della sopportazione». Andò in camera e chiuse la porta dietro di sé.

Rosellina e Pucci finirono i loro compiti in silenzio, mentre Liliana incominciò a sbucciare le patate. Era abbastanza preoccupata per Giuseppe e non voleva angosciarsi anche per i problemi di sua madre.

Al maglificio, Ernestina era passata dalle macchine al reparto progettazione e, da un anno, studiava e disegnava nuovi modelli. Tuttavia, continuava ad avere un contratto come apprendista e lo stipendio non era affatto adeguato al lavoro svolto. Quando ne parlava con Liliana, sua figlia le diceva: «Devi licenziarti».

«Credi che sia facile trovare un altro posto? Guardati intorno e vedrai quanti disoccupati ci sono. Il salario di tuo padre è buono, ma siamo in tanti e abbiamo bisogno del mio stipendio», replicava la mamma.

Ogni volta Liliana si sentiva in colpa, perché avrebbe voluto aiutare la sua famiglia e invece aveva davanti a sé quattro anni di università, prima di laurearsi e di trovare un impiego.

Ora, mentre Liliana lavava le patate, sua madre ritornò in cucina.

«Oggi, al maglificio, si sono fatti vivi a sorpresa quelli dell'Ispettorato del lavoro», disse. «Una bella mazzata per quei due farabutti», soggiunse.

Si riferiva a Leo e Marta Scanni, padre e figlia, proprietari del maglificio.

«Il portiere li ha avvertiti subito. La padrona correva in giro come una matta impartendo ordini. Io stavo esaminando una mazzetta di campioni di lana e quella mi ha urlato: 'Lei che cosa fa? Vada subito giù e si metta a una macchina!' Capirai, non dovevano scoprire che disegno modelli con un contratto da apprendista operaia. Marta Scanni ha anche costretto due impiegate che non sono in regola a chiudersi nel gabinetto, altre due le ha nascoste dentro gli scatoloni della lana. Che umiliazione! Comunque, quelli dell'Ispettorato non sono scemi e hanno steso un verbale di dieci pagine.» E aggiunse: «Non dire niente a papà, altrimenti si rode il fegato, pover'uomo».

Giuseppe entrò in cucina portando la bombola nuova del gas.

«Voi due avete una faccia che non mi piace», osservò la mamma, guardando i due figli più grandi. Era tornata a casa prima del previsto e aveva trovato Giuseppe e Liliana che parlavano fitto seduti al tavolo, l'uno di fronte all'altra. Era troppo arrabbiata per quello che era accaduto al maglificio per fare domande. Ma adesso voleva sapere. «Che cosa vi è successo?» domandò.

Nessuno dei due rispose. Lei non insistette e si mise a cucinare. Quella sera, avrebbero mangiato spaghetti al sugo e tortino di patate.

Alle sette e mezzo rientrò anche Renato e sedettero tutti a tavola.

«Sono stato eletto delegato sindacale», annunciò con scarso entusiasmo.

«Allora sei diventato ancora più importante», si inorgoglì Pucci.

«Questo significa che se adesso ti vediamo poco, d'ora innanzi ti vedremo ancora meno», brontolò Ernestina, che sapeva quanto i figli avessero bisogno di una maggiore presenza del padre.

Da qualche mese, Renato era stato promosso caporeparto. Era stata una mossa strategica da parte dei dirigenti, i quali sapevano che un contestatore ben retribuito è più conciliante. Ma Renato godeva della stima dei compagni di lavoro, così il sindacato aveva messo in atto la sua contromossa proponendolo come delegato. Era stato eletto nel pomeriggio con votazione unanime. Pertanto, da quel momento avrebbe dovuto conciliare le esigenze dei lavoratori con quelle della proprietà, seguendo le direttive del sindacato e confrontandosi in modo responsabile con i dirigenti dell'azienda. Un compito difficile e delicato. Oltre a ciò, Ernestina gli aveva appena rimproverato la sua latitanza in famiglia. Così avrebbe dovuto conciliare anche le esigenze lavorative, sindacali e famigliari.

«Ma io non sono un equilibrista», sbottò Renato.

La moglie, intenerita, gli offrì un sorriso d'incoraggiamento.

«Non preoccuparti, tutto andrà bene. Sei sempre stato un galantuomo e continuerai a esserlo. Ed è il migliore esempio che tu possa dare ai tuoi figli», affermò.

Liliana, Pucci e Rosellina erano molto eccitati per quella novità.

Giuseppe, invece, teneva lo sguardo fisso sul piatto e non partecipava all'euforia dei fratelli.

«Posso raccontare alla mia maestra che sei diventato un delegato sindacale?» domandò Rosellina.

«Ma certo. Anche se non c'è proprio niente di cui vantarsi. Credimi, piccolina», le rispose Renato, con dolcezza.

Quando si alzarono da tavola, Liliana e Giuseppe sparecchiarono, Pucci e Rosellina si misero a lavare i piatti, Ernestina incominciò a rammendare calzini, Renato andò in camera da letto a leggere gli atti di un convegno sindacale.

Qualcuno bussò alla porta e, subito dopo, si profilò sulla soglia il vecchio Anacleto.

Aveva il fiato grosso e un'aria grave.

«Scusate il disturbo. Ho bisogno di parlare con Pucci», disse.

«Quello che devi dire a lui, possiamo ascoltarlo tutti», dichiarò Ernestina, deponendo ago e filo.

«Hanno rubato i conigli», annunciò il vecchio, con un filo di voce.

4

La notizia dilagò in pochi minuti e il furto dei conigli si trasformò immediatamente in un dramma non soltanto per la famiglia Corti e per Anacleto, ma per l'intero caseggiato. Renato si fece promotore di una caccia al ladro cui aderirono tutti i ragazzini.

In cortile si tenne una specie di consiglio di guerra. Pucci, Rosellina e Anacleto esposero i fatti.

I due piccoli Corti avevano cambiato le lettiere delle gabbie tra le quattro e le cinque del pomeriggio. Poco prima delle sei, quando era già buio, Anacleto era andato a fare la solita visita di controllo ai conigli e aveva trovato le gabbie vuote. Accesa la pila, aveva ispezionato il terreno intorno al capanno rilevando parecchie impronte di scarpe. Erano spariti anche i sacchi di iuta con cui venivano coperte le gabbie durante la notte per riparare le bestiole dal freddo. Evidentemente i ladri li avevano utilizzati per rinchiudervi i conigli e portarli via. «Tutto questo è avvenuto tra le cinque e le sei del pomeriggio», concluse Anacleto.

In quel momento, Rosellina ricordò che, quando aveva lasciato il capanno con Pucci, poco distante da loro c'erano due zingare con quattro bambini.

Renato depose un bacio sulla fronte di sua figlia.

«Sei un angelo, piccolina», sussurrò con un sorriso smagliante. «Adesso sappiamo dove cercare i conigli.»

«Se me lo avessi detto, sarei rimasto lì a fare la guardia», la rimbrottò Pucci.

Renato e Anacleto si misero alla testa del drappello di volontari e tutti insieme marciarono verso l'insediamento degli zingari. I ragazzini erano molto eccitati da quell'avventura, tutti tranne Pucci che, colpito a morte nel suo spirito imprenditoriale, era annientato dalla frustrazione.

Si profilò il campo degli zingari illuminato dai fuochi. I volontari avanzarono silenziosamente, affondando i piedi nell'erba umida, fino a scorgere i nomadi radunati intorno a un grande fuoco, su uno spiazzo davanti a tre carrozzoni un po' malandati. Udirono il loro vociare festoso e, quando si avvicinarono, videro quello che restava del grande sogno di Pucci: i conigli nutriti e curati con tanto impegno erano infilzati sugli spiedi e il fuoco li stava arrostendo. Si fermarono, impietriti. Renato strinse forte la mano di suo figlio.

«Mi dispiace tanto», gli sussurrò.

«Brutti malnati!» imprecò Anacleto.

«Sono sporchi, ladri e cattivi», disse un ragazzino.

«Brutti malnati», ripeté Anacleto e soggiunse: «Bisognerebbe davvero dargli una bella lezione»

Renato era furibondo, ma impose la calma a tutto il gruppo.

«Adesso li affrontiamo e vediamo come reagiscono», decise, muovendo verso gli zingari. Gli altri lo seguirono. Due cani che erano davanti al fuoco, in attesa della loro parte di cibo, presero ad abbaiare. L'allegria chiassosa si spense e i nomadi osservarono stupiti quegli uomini e quei ragazzi che si avvicinavano.

Renato fece segno ai suoi di fermarsi.

«I conigli che state arrostendo sono di mio figlio e qualcuno di voi glieli ha rubati», affermò, con voce ferma.

Uno zingaro che aveva la stessa corporatura massiccia di Renato, gli occhi scuri come la notte e i baffi neri, lo affrontò: «Come puoi essere così sicuro che li abbiamo rubati noi?»

«I miei figli hanno visto due delle vostre donne con dei bambini che si aggiravano intorno al capanno», spiegò Renato.

Lo zingaro sbottò a ridere.

«Chi ruba un coniglio è ladro, chi ruba un regno è principe. C'è chi finisce in prigione e chi su un trono. Che cosa vogliamo fare?» domandò.

«Non siamo qui per fare della filosofia», precisò Renato.

Una donna anziana si staccò dal gruppo dei nomadi, si avvicinò a Rosellina e la scrutò a lungo, poi disse: «Anche tu, un giorno, sarai ladra, ma ti applaudiranno come una principessa».

«Non ascoltarla», intervenne lo zingaro, «lei leggeva il futuro, ma adesso è vecchia... Sedetevi con noi e ci divideremo il pranzo.»

«Non vogliamo dividere con voi quello che è nostro. Dovete chiedere scusa a mio figlio. Questi animali erano suoi e li aveva allevati con cura e con fatica. Voi lo avete privato di un sogno.»

Aveva pronunciato queste parole con fermezza e Pucci gli sussurrò: «Grazie, papà. Va bene così. Adesso torniamo a casa».

Lo zingaro chinò il capo davanti al piccolo Corti e disse in un sussurro: «Io e la mia famiglia siamo molto dispiaciuti. Non volevamo farti del male, avevamo solo fame».

Gli uomini e i ragazzini guardarono quella gente che viveva di espedienti in uno stato di totale precarietà. La rabbia si trasformò in compassione.

Pucci tese la mano allo zingaro, che la strinse tra le sue.

«Dividete con noi quello che era vostro», propose l'uomo.

Pucci guardò suo padre e dichiarò: «In fondo, li avevo allevati perché finissero sul fuoco».

Così si ritrovarono tutti insieme a spartirsi pezzi di coniglio croccante. Mancava solo il vecchio Anacleto che aveva dichiarato: «Io me ne vado. Solo l'odore del coniglio mi dà il voltastomaco».

Rosellina stava al fianco di suo padre e, a un certo punto, gli sussurrò: «Chiedi alla vecchia che cosa intendeva quando ha detto che sarò ladra ma mi chiameranno principessa».

«Hai sentito anche tu che è un po' fuori di testa», la rassicurò Renato.

La vecchia, quasi avesse sentito la domanda della bambina, si avvicinò a loro e disse a Renato: «Dammi la tua mano destra».

Renato stava mangiando una coscia di coniglio e rispose: «Non mi piace conoscere il futuro prima del tempo».

«Dai, papà, dalle la mano», lo spronò Rosellina.

Renato, per non scontentare la figlia, tese la mano che la vecchia osservò.

«Hai una donna bella che ti ama e quattro diamanti che sono i tuoi figli. La morte ha già cercato di acciuffarti, poi è scappata, lasciandoti solo qualche graffio...» Non finì la frase. Abbandonò la mano di Renato, si girò e se ne andò.

Quando il gruppo di corso Lodi ritornò a casa era ormai notte.

Pucci, disteso nel suo letto, sussurrò al fratello Giuseppe: «Da domani mi metterò a studiare con tutto il mio impegno. Fare il commerciante è troppo rischioso».

Rosellina, dal suo letto, domandò a Liliana: «Secondo te, che cosa ha visto la zingara nel mio futuro?»

«Un bel niente. Quella è gente che vive di superstizioni e di chiacchiere. Dormi che è meglio», tagliò corto la sorella.

Nel grande letto coniugale, Renato baciò la fronte di

Ernestina e le sussurrò: «Sei bella. Lo sanno perfino gli zingari. E i nostri figli sono puro diamante, così ha detto una vecchia».

«E tu sei un eterno bambino», s'intenerì sua moglie, accarezzandogli il viso.

5

ERNESTINA portò in tavola il tipico piatto invernale della domenica, polenta e salsiccia, accolto con allegria da Renato e dai ragazzi.

Si sedette e li guardò mentre si servivano. Erano sani, forti, onesti e avevano ben radicato il senso del dovere. Davvero una bella famiglia, pensò. Eppure lei non era tranquilla.

Renato la preoccupava a causa del suo incarico sindacale, che diventava sempre più gravoso e difficile. In quei mesi il governo Fanfani aveva proposto un programma di riforme sociali gradite ai lavoratori, ma osteggiate dagli imprenditori. Le correnti politiche di destra, inoltre, avevano prospettato dei premi «antisciopero» che avevano scatenato la rabbia dei lavoratori più intransigenti. A quel punto erano sorti conflitti all'interno delle fabbriche e i sindacalisti, come Renato, si trovavano tra l'incudine e il martello, dovendo invitare alla calma gli spiriti bollenti e sollecitare alla riflessione quelli più accomodanti.

Ernestina non faceva che ripetere al marito: «Stai in

guardia. Ti esponi troppo. Un giorno potrebbero crocefiggerti».

«Sei nata pessimista», le rispondeva Renato.

Ernestina era preoccupata anche per i figli, a cominciare da Liliana che aveva smesso di passare i pomeriggi della domenica dalle signore Pergolesi. Ora usciva con Danilo, che a Ernestina non piaceva. Non lo aveva mai visto, ma dalle poche parole della figlia ne aveva tratto un quadro negativo. «Uno che a ventiquattro anni vive a carico della nonna e non si è ancora laureato, non mi dà nessun affidamento», le diceva. «È un filosofo. Non bada a certe cose», lo difendeva Liliana. Quello la prende in giro, pensava Ernestina, senza avere il coraggio di dirlo. Non sapeva a che punto fossero i loro rapporti e anche questo era fonte di preoccupazione. Liliana non si confidava e lei temeva il peggio. Diceva al marito: «Se resta incinta, che cosa facciamo? Addio studi! Dovrà sposarsi e tutti i sacrifici che abbiamo fatto andranno in fumo». Renato le rispondeva con un sorriso: «Anche tu ti sei sposata perché eri incinta e non ti è andata poi così male».

Giuseppe era un'altra grossa fonte di preoccupazione. Studiava con impegno e con ottimi risultati. Tuttavia era un solitario e la mamma leggeva nei suoi occhi una tristezza che la faceva soffrire. Da tempo aveva capito che quel figlio non sarebbe mai stato un uomo come gli altri e pensava con dolore al suo futuro. Prima o poi la sua diversità sarebbe diventata di dominio pubblico e temeva lo scherno di cui sarebbe stato oggetto. Vincendo ogni reticenza, ne aveva parlato con il dottore della mutua.

«Non c'è una cura per i casi come questi?» gli aveva chiesto.

Il dottore aveva scosso il capo e allargato le braccia. «Si rassegni, signora», aveva detto. «Non si diventa omosessuali in seguito a una malattia. Non la consideri una vergogna, né si colpevolizzi per questo. Tutto quello che può fare è voler bene a suo figlio, così com'è.»

«Se almeno fosse felice!» aveva sussurrato Ernestina.

Anche Pucci stava cambiando. Non era più lo scavezzacollo di un tempo. Dopo il furto dei conigli si era quietato e si era anche messo a studiare con impegno, ma i risultati erano molto scarsi. Brillava soltanto in matematica; quanto al resto era un disastro. Gli insegnanti le dicevano che aveva una scarsa capacità di concentrazione, anche se la natura lo aveva dotato di un'intelligenza vivace. «Sarà per via dell'età difficile», lo scusava Ernestina con i professori, e intanto si macerava nella preoccupazione.

Non era soddisfatta neppure di Rosellina che stava diventando sempre più vanitosa. Quando in casa entrava una novità – il telefono, il televisore, l'utilitaria che Renato aveva comperato – Rosellina andava a vantarsi di casa in casa. Non c'era verso di indurla a essere più modesta e riflessiva. Forse l'avevano viziata troppo, in famiglia. Quella ragazzina di undici anni, bella come una statuina di porcellana, rischiava di andare in pezzi al primo impatto con i problemi della vita. Parlava, rideva, gesticolava come se fosse sempre su un palcoscenico. Ernestina temeva che non sarebbe mai diventata una donna solida e concreta.

La salsiccia, arrostita con la salvia e cotta nella passata di pomodoro, diffondeva nella cucina un profumo stuzzicante. Mentre tutti assaporavano quel cibo appetitoso, Ernestina non si decideva a mangiare.

«Non stai bene?» le domandò Renato che la teneva d'occhio da quando si era seduta a tavola e aveva notato il suo sguardo assente.

Oltre alle preoccupazioni per la famiglia, la donna aveva anche un problema personale che avrebbe voluto spartire con il marito, ma non si era ancora decisa a farlo.

«Mai stata meglio», mentì e gli sorrise.

«Dovresti sorridere più spesso, perché, quando lo fai, anche la casa sorride», la lusingò il marito. «Dico bene, ragazzi?» proseguì, sollecitando il consenso dei figli che risposero distrattamente con un vago borbottio.

«Oggi c'è la macedonia di frutta», annunciò Ernestina. E proseguì: «È merito di Pucci. Ieri, mentre voi eravate da qualche parte a divertirvi, lui ha lavorato per il fruttivendolo che lo ha ricompensato con un bel cesto di frutta», precisò la donna.

Questa volta, quasi si fossero messi d'accordo, i fratelli recitarono in coro: «Grazie, Pucci! Grazie, mamma!» Poi risero tutti insieme.

Ma Ernestina non riuscì a farsi contagiare dall'allegria generale.

Dopo pranzo Liliana sgattaiolò fuori di casa con aria furtiva. Sua madre la salutò dicendo: «Pensaci bene prima di fare qualche stupidaggine».

Anche Giuseppe si preparò a uscire dopo essersi assicurato che il nodo alla cravatta fosse perfetto e i capelli ben pettinati.

«E tu, dove vai?» indagò Ernestina, anche se sapeva che si sarebbe incontrato con quel suo compagno di liceo che aveva i suoi stessi problemi.

«Vado a vedere la Torre Velasca con un mio amico», disse il ragazzo. E spiegò al padre: «È una costruzione quasi avveniristica e assolutamente rivoluzionaria rispetto all'architettura tradizionale».

Renato si rivolse alla moglie: «Hai voluto che studiasse? Ecco il risultato: va a visitare le case per i ricchi, mentre sarebbe sacrosanto che a scuola gli insegnassero a guardare come sono le case dei lavoratori».

Dal cortile salirono voci di ragazzini che chiamavano Pucci e Rosellina. I due diedero un bacio ai genitori. Andavano all'oratorio.

Ora marito e moglie erano soli. Renato aprì un pacchetto di sigarette e lo tese alla moglie, che rifiutò.

«Facciamo il caffè?» le propose.

«Sono stanca. Vado a stendermi sul letto. Però, se lo fai per te, un goccio lo prendo anch'io», disse, infilandosi nella loro camera.

Non aveva toccato cibo. Da giorni aveva la faccia stanca e il suo nervosismo contagiava tutti. Renato, che la conosceva bene, era sicuro che gli nascondesse qualcosa.

Preparò il caffè per sé e per lei e glielo servì in camera. Si sedette sul letto accanto a lei e le disse dolcemente: «Allora, mi racconti quello che ti succede?»

«Mi sono iscritta al sindacato», rispose.

«Tutto qui? Era inevitabile che lo facessi», disse il marito.

«Non cantare vittoria, perché non ho scelto il tuo sindacato. Ho scelto quello dei preti.»

«Non ha importanza, Ernestina mia.»

«Ho dovuto farlo per convincere le altre operaie a iscriversi. Quasi tutte, come sai, sono giovani, vengono dal Veneto e alloggiano dalle suore. Considerano il sindacato uno strumento del diavolo, anche se non è quello dei comunisti. Hanno recitato rosari con le suore per chiedere perdono al Signore della loro decisione che, per fortuna lo hanno capito, era inevitabile. La misura era colma anche per loro. Non so dove ho trovato la forza per riuscire a convincerle tutte quante, ma ci sono riuscita.» E raccontò le pause-pranzo nel cortile della fabbrica, sedute tutte insieme per terra, le spalle appoggiate al muro del maglificio, a scartocciare il sacchetto dei panini. Quanta foga nei ragionamenti appena sussurrati, quanta speranza di riuscire a far valere i loro diritti!

«Ho avuto un grande maestro per vent'anni e grazie a te ho trovato le parole giuste per svegliarle un po'. Nessuna di loro ha fatto la spia. Al sindacato non volevano credere che portassi tante nuove richieste di tesseramento. Abbiamo chiesto e ottenuto assunzioni regolari per tutte e una giusta qualifica per ognuna. Dopo otto anni ho avuto il passaggio da apprendista a impiegata. Ti sembra una bella vittoria?»

«È straordinario!» esclamò Renato, abbracciandola.

«Allora aspetta di sapere il seguito», lo gelò sua moglie. E proseguì: «Ieri è stata consegnata una comunicazione a tutte noi: siamo licenziate in massa perché l'azienda chiude. Sessanta donne tra un mese saranno senza lavoro. E sai di chi è la colpa? È mia, Renato», sbottò, scoppiando a piangere.

6

QUELLA domenica, Liliana uscì di corsa per andare dalle signore Pergolesi e non per incontrare Danilo, come avrebbe desiderato.

La sera prima, aveva ricevuto una telefonata da Miss Angelina, che non vedeva da tre settimane.

«Domani vieni a trovarmi?» Più che una domanda era una supplica.

«Certo», aveva replicato Liliana, sentendosi colpevole per le numerose assenze. Un mese prima era corsa da lei a raccontarle la sua storia d'amore con Danilo. Angelina aveva condiviso la sua eccitazione, ma le aveva rivolto anche alcune raccomandazioni. «Stai in guardia, tesoro. Gli uomini a volte sono un po' malandrini, mentre tu sei ancora molto ingenua», le aveva detto.

Poi Liliana si era dileguata, limitandosi a qualche telefonata di saluti. Danilo occupava i suoi pensieri e il suo tempo libero. Angelina Pergolesi lo aveva capito e non gliene voleva per questo. Quella sera, al telefono, le aveva detto: «Non portare il tuo quaderno. Non faremo lezione».

«Meno male, perché non ho avuto il tempo di tradurre Chaucer», aveva risposto.

Poiché il suo inglese era quasi perfetto, la signorina Pergolesi aveva deciso che Liliana dovesse affrontare seriamente la letteratura anglosassone a cominciare dal poeta Geoffrey Chaucer.

Liliana aveva accolto come una sfida la difficile traduzione di quei versi scritti nel Trecento in un inglese arcaico. Ma da quando Danilo era apparso nella sua vita, aveva trascurato anche questo compito stimolante.

Così, quella domenica si fiondò in corso di Porta Romana. Avrebbe incontrato il suo ragazzo dopo la visita in casa Pergolesi.

Angelina era di vedetta sul balcone e, quando la vide davanti al portone, le disse: «Non suonare. Ti apro subito».

«Avete il campanello guasto?» domandò la ragazza non appena si trovò di fronte alla signorina Pergolesi.

La sua insegnante si portò l'indice alle labbra, invitandola ad abbassare la voce. Aveva perduto il suo sguardo allegro e sembrava invecchiata. Muovendosi in punta di piedi, raggiunsero insieme il salotto. Sedettero sul divano e Liliana avvertì il gelo di una cattiva notizia che stava per esserle comunicata.

«La sua mamma...» sussurrò.

La signorina Pergolesi tolse dalla tasca un fazzolettino di batista bianca, finemente ricamato, asciugò una lacrima e sussurrò: «Sta morendo». Fu un pianto lieve, pudicamente silenzioso.

«Mi dispiace tanto», sussurrò la ragazza, sinceramente scossa da quella notizia. «Che cosa è successo?» domandò.

La donna si asciugò gli occhi, piegò il fazzoletto e lo strinse nella mano.

«La mamma se ne va e mi lascia sola. E io non so come affronterò i giorni che mi restano senza di lei. Non avevo mai pensato che potesse arrivare questo momento, perché la consideravo immortale. Da qualche tempo era diventata un po' strana: non mi punzecchiava più. Un giorno mi ha persino dato una carezza. Ha incominciato ad aggirarsi silenziosa per l'appartamento, faceva ordine nei cassetti e non mangiava. Per quanto Luisella e io la interrogassimo, lei sorrideva e diceva: 'Va tutto bene'. Invece andava tutto male. Quando ho chiamato il nostro vecchio medico di famiglia perché la visitasse, lui ha sentenziato: 'Non vedo segni di alcuna patologia. La signora sta bene, anche se la pressione è un po' bassa e il cuore è un po' affaticato. Le prescrivo un cardiotonico e, se proprio non vuole mangiare, la faccia bere. Le dia delle belle spremute d'arancia ben zuccherate'. La mamma si era distesa sul letto per essere visitata e, da quel momento, non ha più voluto alzarsi. Ieri pomeriggio è caduta in un sonno profondo e né io né Luisella riuscivamo a svegliarla. Abbiamo chiamato il medico: ha detto che è in coma. Questo è tutto, tesoro.»

«Perché non mi ha telefonato subito?» domandò Liliana.

«Hai l'università, le lezioni private, la tua prima storia d'amore. Che diritto avevo di turbare tutto questo? Però, ieri sera ho pensato che dovevi saperlo e ti ho chiamato. L'ho detto solo a te. I nostri parenti americani ancora non lo sanno. Li informerò quando sarà il momento, ma non saranno sconvolti dall'annuncio. Molti di loro non l'hanno mai conosciuta. Questa vecchia signora che per tanti anni è vissuta nella lontana Europa non rappresenta niente per loro. Per me, invece, è il solo punto fermo di tutta la mia vita.»

Liliana le accarezzò una spalla.

«Grazie, cara», sussurrò la donna.

«Posso vederla?» domandò la ragazza.

«Ma certo, se lo desideri. Ti raccomando solo di fare silenzio. Il medico, che se ne è andato poco fa, dice che ormai non sente più nulla e che è solo questione di ore. Ma io credo che la mamma abbia ancora un udito fine e i rumori potrebbero infastidirla. Ha proprio scelto di non vivere più. Chissà perché? Si stava così bene insieme, lei e io», sussurrò mentre la precedeva verso la camera da letto, dove l'anziana domestica sedeva accanto alla malata.

Mamma Pergolesi dormiva di un sonno profondo. I capelli bianchi e ondulati erano un'aureola di seta intorno al viso pallido che esprimeva una stupefacente serenità.

«Vorrei farle un po' di compagnia», bisbigliò Liliana,

che aveva completamente dimenticato il suo appuntamento con Danilo.

Luisella e Angelina si scambiarono dei cenni e la lasciarono sola. Liliana si chinò sulla malata e le accarezzò la fronte. Come Angelina, anche lei pensò che forse l'anziana signora era consapevole di quello che le accadeva intorno, ma non gliene importava niente, perché si preparava ad affrontare un grande viaggio verso un mondo misterioso. Liliana ricordò i racconti coloriti della vecchia signora Pergolesi che le parlava delle luci di New York, delle folle lungo le grandi Avenue, delle file di automobili strombazzanti, della *subway* che correva nei sotterranei della città trasportando milioni di passeggeri, degli uomini «sandwich» che percorrevano i marciapiedi pubblicizzando le marche di tanti prodotti, dei fiumi di birra che scorrevano nei bar per la gioia di «quei selvaggi» che non conoscevano l'elegante squisitezza di un buon bicchiere di vino. Le aveva raccontato un mondo sfavillante, caotico, modernissimo, esuberante e l'aveva fatta sognare. Di questo le era profondamente grata. La vecchia signora le aveva dato molto e le aveva chiesto in cambio solo la sua capacità di ascoltare.

«Grazie di tutto, cara signora Pergolesi», sussurrò Liliana, accarezzandole una mano.

La signora sbadigliò e il suo respiro si spense.

«Se n'è andata», disse Liliana, tra le lacrime, affacciandosi sulla porta della cucina dove Angelina e la domestica stavano preparando la cioccolata.

7

In casa dormivano tutti, tranne Liliana che, seduta sul letto, era ancora sui libri. Stava studiando per i suoi primi esami. Non era un'impresa da poco per una matricola di giurisprudenza. Ma lei era assolutamente determinata a bruciare le tappe, spinta dal suo orgoglio di primogenita che deve essere d'esempio agli altri fratelli.

Erano passate le undici di sera e la mamma rientrò in casa in punta di piedi, reduce da una estenuante trattativa con i padroni del maglificio. Alla notizia della chiusura dell'azienda, Ernestina aveva reagito sollevando un vero pandemonio di cui avevano parlato i giornali e perfino la televisione. Aveva organizzato cortei e comizi davanti al maglificio con l'intervento di delegazioni di operai di altre fabbriche. Era evidente che gli Scanni non intendevano affatto chiudere l'azienda che era quanto mai florida e aveva un giro d'affari miliardario. Volevano solo sostituire il personale sindacalizzato con nuove maestranze che non creassero problemi. Ma non avevano previsto che la loro strategia avrebbe scatenato una reazione così imponente. Da giorni, dunque, Ernestina divideva il suo tempo tra il lavoro e le sedute con il sindacato e gli Scanni. Per anni aveva criticato l'impegno del marito e ora si trovava nella sua stessa situazione.

«Dovresti riposare», sussurrò a Liliana, affacciandosi alla porta della sua camera da letto. Rosellina dormiva profondamente e non si sarebbe svegliata neppure se avessero alzato la voce.

«Anche tu, mamma», replicò Liliana, chiudendo il libro.

«Già, anch'io», sospirò Ernestina, sedendo sul bordo del letto.

«Com'è andata?» domandò sua figlia.

«Staremo a vedere. Adesso ci sono le feste e fin dopo l'Epifania non succederà niente di nuovo», tagliò corto.

«Io vorrei passare il Capodanno fuori città», disse Liliana.

«Con quel Danilo, suppongo», precisò la mamma.

«Supponi giusto.»

La donna ebbe una smorfia di disappunto.

«Ne riparleremo», disse, alzandosi dal letto.

«È meglio che ne parliamo adesso, perché domani è l'ultimo giorno dell'anno e io vorrei partire nel pomeriggio», insistette sua figlia.

«Se ti dico di no, ti arrabbi. Se ti dico di sì, starò in pena fino a quando non sarai ritornata. Non potevi trovarti un moroso più affidabile?»

«Mamma, io sono innamorata di Danilo e mi dispiace che tu lo giudichi male», si lamentò.

«Tu hai le fette di salame sugli occhi, come tutti gli innamorati. Ma sono troppo stanca per affrontare una discussione. Fai quello che ti pare, ma esigi rispetto e non dimenticare che gli uomini, tranne tuo padre, sono un branco di mascalzoni.»

Il giorno dopo Liliana prese il treno per Varese, nella piena convinzione che la mamma non avesse capito niente di Danilo, l'uomo con cui avrebbe diviso la sua vita, perché era il solo capace di far vibrare le corde della sua femminilità, le dedicava piccole meravigliose attenzioni, e sussurrava: «Liliana, sei bellissima», e quando la baciava, si sentiva strettamente imparentata con tutti i santi del paradiso. Danilo l'aspettava alla stazione di Varese. La raggiunse mentre lei scendeva dal treno e le offrì una rosa rossa. Salì con lui sulla sua Lambretta, attraversarono la città e arrivarono alla casa della nonna. Era una graziosa villetta Liberty sulla strada che portava al Sacro Monte, attorniata da un grande giardino.

La nonna, un'anziana signora ingobbita dall'artrosi, era stata un'impiegata comunale. Da anni era in pensione e ringraziava la sorte che aveva risparmiato il nipote nell'incidente automobilistico in cui erano morti il figlio e la nuora. Accolse Liliana con il sorriso e i modi garbati delle donne di una volta.

«Si accomodi, signorina», le disse, introducendola in un salotto minuscolo e triste con i muri rivestiti da una tappezzeria color bordeaux punteggiata da piccoli fiori gialli, il divano e due poltrone di foggia antica, una étagère piena di ninnoli di porcellana e le fotografie incorniciate dei parenti più cari appese alle pareti.

«Mi chiami Liliana, per favore», disse la ragazza. «E mi dia del tu», soggiunse accogliendo l'invito a sedersi.

Sul tavolino di fronte al divano c'erano la bottiglia del vermut, tre bicchierini a calice e un piatto di biscotti savoiardi.

«Sono nata nell'Ottocento e, per quei tempi, ero una specie di rivoluzionaria, perché sono andata a lavorare mentre, a quell'epoca, tutte le donne di estrazione piccolo-borghese stavano in casa a sferruzzare. Lo sa che ho fatto fatica a trovare marito proprio a causa del mio lavoro? Gradisca un goccio di vermut, per farmi piacere. Dunque, volevo spiegarle che non è semplice per me trattare confidenzialmente una signorina che ho appena incontrato. Il mio papà era segretario dei conti Bettola, che qui avevano vaste proprietà. Qualche volta, raramente, mi portava in visita alla villa. Ero soltanto una bambina e lo sfarzo di quella dimora mi abbagliava. Pensi che il conte e la contessa, già anziani, si davano del lei, proprio come faceva Giacomo Leopardi con il padre e la madre. Ho sempre letto molto, anche adesso continuo a leggere, ma dopo un po' le parole vanno insieme e la stanchezza mi impedisce di continuare. Così, signorina Liliana, lei mi scuserà se continuerò a darle del lei. Questo non significa che non sia la benvenuta. Intinga il biscotto nel vermut, se le fa piacere. Come il mio Danilo le avrà detto, faccio una vita molto ritirata. Esco solo per fare la spesa e così incontro qualche vecchia conoscenza. Ci si saluta, si parla un po' dei nostri acciacchi, vengo a sapere di qualcuno che è morto. Per fortuna ho mio nipote da accudire e questo mi tiene in vita. La sera ceniamo insieme, la mattina lo sveglio e gli preparo il caffellatte. Poi lui se ne va a Milano e io mi occupo della casa e del suo guardaroba. Non ho il tempo per annoiarmi. Quando prenderà questa benedetta laurea e troverà una brava ragazza che lo sposi, allora mi riposerò», concluse la nonna.

Liliana ascoltò allibita quel fiume di parole. Di tanto in tanto guardava Danilo di sottecchi. Lui aveva chiuso gli occhi, come se dormisse, e sembrava beato. Si chiedeva se e come dovesse replicare, ma la nonna la liberò dall'imbarazzo, perché, dopo aver golosamente vuotato il suo bicchierino di liquore, riprese a parlare.

«Non ho mai permesso al mio Danilo di portare in casa amici e, tanto meno, ragazze. Ora, però, mio nipote mi ha parlato molto bene di lei e poiché il buon giorno si vede dal mattino, devo dire che il suo aspetto mi rassicura. Ho notato che non si trucca e questo è già un buon segno, dati i tempi. So che studia con profitto e questo è un altro segno positivo. Danilo è socialista come il mio defunto marito da cui ha preso il nome. Anche nostro Signore era socialista. Lo sapeva? I comunisti non mi piacciono: sono dei senzadio e non hanno alcun rispetto per la morale. Il mio Danilo e io teniamo molto alla moralità. Signorina Liliana, lei tiene alla moralità, vero? Dunque, sarebbe imbarazzante che una signorina dormisse sotto lo stesso tetto di un giovanotto. So che questa sera andrete al veglione di Capodanno dai Conforti, che sono una famiglia stimata. Per me il Capodanno è un giorno come un altro e dunque andrò a dormire. Lei, signorina Liliana, se vorrà riposarsi per qualche ora, prima di andare alla festa, potrà farlo su questo divano. Adesso vi lascio soli, mentre vado a preparare la cena. Una cosa leggera, perché so che avrete modo di pranzare degnamente dai Conforti.»

Radunò sul vassoio biscotti e bicchieri, chiuse a chiave il vermut nel credenzino dei liquori e trotterellò verso la cucina, lasciando Liliana sbalordita.

Danilo aprì gli occhi e le sorrise.

«Questa è mia nonna», disse.

«E non aggiungere altro», replicò lei.

Danilo le andò vicino, si piazzò alle sue spalle e infilò le mani grandi e tiepide nella scollatura del maglione della ragazza. Le accarezzò il seno sussurrando: «Le mie mani ti amano».

«Perché non possiamo restare soli?» domandò Liliana.

«Lo saremo tra poche ore. I Conforti non danno nessun veglione. Sono tutti in montagna, ma il figlio, che è un mio amico, mi ha lasciato le chiavi della loro casa. Così rassegnati a mangiare la tempestina in brodo, un pezzo di pollo lessato con purè di patate e il budino alla vaniglia. Fai i complimenti alla nonna per la cena e lei ne sarà felice», le consigliò.

I Conforti avevano un grande appartamento all'ultimo piano di un palazzo signorile nel centro di Varese. Sfidando il freddo, arrivarono fin lì in Lambretta. Liliana rimase incantata dallo sfarzo e dall'eleganza di quella casa. Danilo la guidò con passo sicuro lungo un dedalo di corridoi fino a un salotto. C'erano scaffalature di libri lungo le pareti, ampi divani rivestiti di velluto verde scuro, fiori freschi nei vasi e lampade con enormi paralumi di seta bianca.

«Questa stanza è tutta per noi, fino a domattina», annunciò Danilo.

Liliana aprì una porta che era socchiusa. Vide una stanza da bagno rivestita di marmi e specchi.

«Chi sono questi Conforti?» domandò la ragazza.

«Industriali, da un paio di generazioni.»

«Sei stato qui altre volte?»

«Ogni settimana, il venerdì sera, quando insegno greco e latino al figlio più piccolo, Francesco. Suo fratello maggiore è il mio più caro amico. Gli ho parlato di te e, prima di partire con tutta la famiglia per Crans-sur-Sierre, mi ha dato le chiavi di casa. Voleva che la nostra prima notte insieme fosse memorabile», spiegò, mentre si sfilava il maglione.

«Come potevi essere così sicuro che avrei accettato di passare la notte con te?» Il suo battito cardiaco aveva assunto un'improvvisa accelerazione e sentì una vampata di calore salirle al viso.

«Perché? Non è così, forse?» affermò Danilo, con un sorriso.

Si era tolto scarpe e calze e, a piedi nudi, uscì dalla

stanza per ricomparire di lì a poco con una bottiglia di champagne e due coppe di cristallo.

«Non sono mai stata con nessuno prima d'ora. Perché dovrei fare l'amore proprio con te?» gli domandò Liliana che aveva ritrovato il suo controllo.

«Perché sei la mia ragazza», rispose lui. Depose la bottiglia e i bicchieri su un tavolino. Le andò vicino e incominciò a sbottonarle il cardigan color grigio perla. Il tocco lieve delle sue mani la fece rabbrividire.

Liliana era innamorata e desiderava soltanto abbandonarsi tra le sue braccia, come fantasticava ormai da settimane, ma la sfacciata sicurezza di Danilo era una nota stonata che non faceva parte dei suoi sogni.

«Voglio fare un bagno. Non ho mai visto una vasca che sembra una piscina», decise.

Allontanò Danilo da sé, entrò nella stanza accanto e aprì i rubinetti. In una nicchia lunga, scavata nel marmo, vide una serie di vasi di vetro che contenevano sali da bagno di colori diversi. Scelse quelli alla lavanda e ne buttò una manciata nell'acqua.

Si spogliò e, mentre entrava nella vasca, avvertì la presenza di Danilo alle sue spalle. Sapeva di avere un bel corpo e non le dispiacque che lui la vedesse nuda.

«Dio mio, come sei bella», sussurrò il ragazzo.

Liliana si distese nell'acqua e guardò il suo innamorato. Reggeva nelle mani due coppe di champagne. Lei sorrise e gli tese un braccio che grondava schiuma.

«Il mio nettare, prego», ordinò con voce languida. Poi

esplose in una risata e disse: «Stiamo recitando la scena di un film scadente».

Danilo le tese il bicchiere e lei versò il vino nella vasca.

«Non mi prenderai mai per ubriachezza», affermò. «Però ti autorizzo a spogliarti e a entrare in questa piscina. Pensi che la tua nonna mi disapproverebbe?» lo stuzzicò.

«Quale nonna?» scherzò.

Scivolò dentro la vasca, di fronte a lei. Allora si accarezzarono guardandosi negli occhi e desiderandosi come se non esistesse niente altro al mondo se non il loro bisogno di appartenersi.

Danilo la baciò sussurrandole: «La mia bocca ti ama, le mie mani ti amano, il mio corpo ti ama».

«E tu, mi ami?» domandò lei.

«Io ti voglio, Liliana.»

Quella fu la loro prima, straordinaria, irripetibile notte d'amore con cui salutarono l'anno vecchio e tennero a battesimo il 1959.

In città esplodevano i fuochi d'artificio, sulle colline brillavano i falò e la gioia esplose nel cuore di Liliana.

Il mattino dopo, Danilo la riaccompagnò alla stazione. Non era voluta andare a salutare la nonna. Pensò che se quella terribile vecchietta l'avesse guardata in viso, avrebbe capito tutto e l'avrebbe messa alla porta. Salì sul treno in partenza per Milano, sola. L'euforia di quella notte si stemperò nella malinconia e faticò a trattenere le lacrime.

Sito della Guastalla

1

«SEMBREREBBE una prima volta quasi perfetta», commentò il professor De Vito. E proseguì: «Aveva l'età giusta per un rapporto sessuale e lo ha avuto con un uomo che amava, mettendo in chiaro che non sarebbe stata una vittima sacrificale».

«Ha presente la mela di Biancaneve? Era bella, lucente e, al primo morso, sembrava squisita. Invece era avvelenata. Così è stato con Danilo, che ha usato il modo più subdolo per trasformarmi in una vittima.»

«Per oggi, la seduta finisce qui», la interruppe Nelson, controllando l'orologio che aveva al polso.

Liliana si alzò, gli strinse la mano e se ne andò.

Nelson ripulì con cura la sua pipa, fece ordine sulla scrivania e uscì dallo studio. Era marzo e l'aria profumava di primavera.

Quando entrò in casa, la signora De Vito e Sir Pitt, il loro cane, lo accolsero festosamente, come sempre. Si sedette in salotto e sua moglie gli preparò il solito succo di pomodoro condito.

«Perché mi hai sposato?» le domandò Nelson, all'improvviso.

«Perché ti amavo, caro», rispose tranquillamente.

«Non abbiamo avuto figli», constatò Nelson.

«Tu non ne volevi. Io avevo già te e il tuo cane.»

«E non hai rimpianti?» le chiese Nelson.

«Per me è andata bene così, caro. Ti sbuccio un pistacchio?»

Nelson ricordò la ragazza solare che frequentava un corso di letteratura romanza, che cantava con voce dolcissima le canzoni italiane, accompagnandosi con la chitarra, che una sera lo aveva invitato a casa sua a mangiare la pastasciutta. «Non sono una brava cuoca», gli aveva detto. La pastasciutta era pessima, eppure lui reclamò una seconda porzione non per compiacerla, ma perché adorava qualunque cosa lei facesse.

Ora sgranocchiò alcuni pistacchi, finendo di bere il suo succo di pomodoro. La domestica annunciò che la cena era servita. Il medico si alzò e baciò con tenerezza la fronte di sua moglie.

«Ti amo», le sussurrò.

In quel momento pensò a Danilo, il fidanzato di Liliana Corti, che non era riuscito a dirle queste due semplici parole. Lei sarebbe dovuta scappare subito. Se lo avesse fatto, la sua vita, forse, sarebbe stata diversa.

Quando Liliana si ripresentò nello studio di Nelson, iniziò la seduta dicendo: «Vorrei raccontarle di quel frutto bacato, di quanto veleno mi ha lasciato nel cuore».

Corso Lodi

1

LILIANA ricevette una lettera di Beth Pergolesi da New York. La corrispondenza tra lei e la nipote di Miss Angelina durava da qualche anno e le era molto utile per tenere vivo il suo inglese. Tante volte Beth le aveva espresso il desiderio di venire in Italia per conoscere la zia.

Ora, invece, le aveva scritto: «Tu sai quanto Angelina si senta sola dopo che la sua mamma l'ha lasciata. Così ha deciso di venire a vivere da noi, nella città dove è nata. Perché non l'accompagni? Sarebbe un'occasione unica per incontrarci, finalmente. Potresti fermarti a lungo perché la nostra casa è grande e c'è spazio in abbondanza...»

Liliana aveva aperto la busta sottile della posta aerea mentre imboccava le scale di casa e aveva incominciato a leggere. Si fermò a mezza rampa. Lei non sapeva niente di questa decisione di Miss Angelina. Per la verità non aveva sue notizie da più di un mese perché era stata molto impegnata a preparare la tesi di laurea e a decifrare il comportamento infantile di Danilo. Ora veniva a sapere che la signorina Pergolesi stava per cambiare la sua vita. Invece di continuare a salire, si girò, scese a precipizio le scale e corse verso la casa della sua insegnante.

«Sono le tre. La signorina sta ancora riposando», disse Luisella, che le aveva aperto la porta.

«È vero», si rammaricò Liliana, ben sapendo che, da quando era mancata la mamma, Angelina si concedeva un sonnellino pomeridiano. Quella pausa di un paio d'ore le serviva ad abbreviare le sue giornate di donna sola.

«Entra. Ti faccio un caffè», la invitò l'anziana cameriera.

La ragazza sedette al tavolo della cucina, tamburellando le dita sul piano di marmo.

«Che cosa succede? Ti vedo un po' nervosa», constatò la donna, mentre metteva sul gas la napoletana.

La signorina Pergolesi si affacciò sulla soglia.

«Che piacere vederti!» esclamò, felice.

Liliana scattò in piedi e l'abbracciò.

«Ho avuto una notizia che mi è arrivata di là dall'oceano, mentre io, che sto a pochi metri da qui, avrei dovuto saperla per prima», disse, con aria di rimprovero, mostrando la lettera di Beth.

L'anziana signorina sorrise.

«Luisella ci porterà il caffè in salotto. Vieni, cara, andiamo di là», replicò, precedendola verso la stanza in fondo al corridoio.

«Allora, mi racconti quando ha deciso di andarsene

dall'Italia», la sollecitò la ragazza, mentre si sedeva accanto a lei sul divano.

«Lo sai, è da un pezzo che avevo in mente di tornare là dove sono nata», esordì Angelina.

«Sì, ma dal dire al fare...» osservò Liliana.

«C'è di mezzo il tempo della riflessione», concluse la signorina. E proseguì: «Ti confesso che, quando è mancata la mamma, mi sono detta che finalmente avrei potuto vivere da adulta consapevole, invece che da anziana bambina soggetta alla guida materna. Sono soddisfatta di me stessa perché me la sono cavata piuttosto bene. Però gli anni passano anche per me e Luisella è sempre più stanca».

«E avrei diritto di andare in pensione», affermò la domestica, entrando in salotto per servire il caffè.

«Così ho deciso di riunirmi a quel che rimane della mia famiglia materna», affermò Angelina. E proseguì: «Te ne avrei parlato quando ci fossimo viste, anche perché ho una proposta da farti».

«Accompagnarla negli Stati Uniti? È la cosa che desidero di più, ma non se ne parla nemmeno. Discuterò la tesi tra due settimane e subito dopo mi metterò a caccia di un impiego», spiegò la ragazza.

«Non si tratta di questo. Vorrei vendere questo appartamento e mi chiedevo se la famiglia Corti sarebbe interessata ad acquistarlo», disse Angelina.

I Corti, come tutti gli altri inquilini del caseggiato di corso Lodi, avevano avuto uno sfratto ingiuntivo e dovevano lasciare la casa entro la fine dell'anno. Avevano tentato di protestare contro questa decisione, ma la proprietà era stata irremovibile. Alcune famiglie avevano già trovato una nuova casa, altre, come i Corti, si erano iscritte a una cooperativa che costruiva una serie di palazzi in fondo a via Ripamonti.

«Stiamo per accollarci un mutuo di trentacinque anni», si era lamentata Ernestina.

«Sarò già morto prima di riuscire a pagarlo per intero», aveva detto Renato.

Nessuno era contento di andare ad abitare in un grande caseggiato anonimo, in una zona periferica. Ma era una scelta obbligata perché gli affitti in città erano troppo costosi. La proposta della signorina Pergolesi suscitò l'entusiasmo di Liliana, ma era inaccettabile.

«Non poteva dirmi niente di più bello», esclamò la ragazza. «Però lei conosce le nostre condizioni. Non possiamo permetterci un appartamento come questo. Grazie, comunque, per aver pensato a noi.»

«Non assumere questo tono rassegnato, non è da te, e ascoltami. Come sai, non ho bisogno di denaro. Così, potreste pagare a me il mutuo che versereste alla cooperativa. Ogni mese riceverei una specie di vitalizio per le mie piccole spese. Non ti sembra una proposta da prendere in considerazione?»

Quella sera Liliana ne parlò in famiglia, mentre erano tutti riuniti intorno al tavolo per la cena.

«Ha più l'aria di un regalo che di un acquisto», osservò Renato.

«Se accettassimo, qualcuno potrebbe pensare che abbiamo raggirato una donna sola. E poi io non mi ci vedo in quel palazzo signorile», osservò Ernestina.

«Io, invece, mi ci vedo benissimo», affermò Rosellina, felice.

«Se i compagni sapessero che ho comperato una casa in corso di Porta Romana, penserebbero che ho rubato. Non se ne fa niente, Liliana. E poi, la cooperativa ci ha già assegnato l'appartamento», tagliò corto Renato.

«Le case in periferia nascono come funghi e, poiché c'è molta richiesta, i prezzi salgono di giorno in giorno. Se rivendessimo ad altri la nostra quota, secondo la valutazione di oggi, faremmo un affare. E i tuoi compagni, papà, non penserebbero mai che hai rubato, perché ti conoscono bene», osservò Liliana.

«Quando parte la signorina Pergolesi?» domandò Ernestina.

«A settembre. Ci lascia anche l'arredamento, tranne pochi quadri che spedirà in America», spiegò Liliana.

«C'è sempre tempo per dire di no. Pensiamoci, Renato», decise Ernestina.

Quella sera, prima di addormentarsi, Rosellina sussurrò alla sorella: «Speriamo che la mamma e il papà accettino la proposta della tua insegnante. Te lo immagini come sarebbe bello andare ad abitare in un palazzo da signori? Non vedo l'ora di dirlo alle mie amiche».

2

LILIANA era diventata una specie di pendolare della domenica. Saliva sul treno delle nove in piazzale Cadorna a Milano, e un'ora dopo scendeva alla stazione di Varese dove Danilo l'aspettava. Insieme andavano nella casa della nonna che era mancata due anni prima. Per il suo ragazzo, questo lutto era stato una tragedia. Per molte settimane si era allontanato da tutti, rifiutandosi di vedere chiunque. C'era voluta tutta la pazienza di Liliana per convincerlo a uscire dall'isolamento in cui si era rifugiato. Gli telefonava ogni sera e ascoltava i suoi silenzi, mentre Ernestina commentava: «Quello è matto. Se avessi un minimo di buon senso, lo lasceresti perdere».

La nonna era morta dopo che Danilo si era laureato e aveva incominciato a insegnare storia e filosofia in un liceo privato di Varese. A quel punto, quasi avesse assolto il suo compito, se ne era andata da questo mondo avendo ammonito il nipote: «Devi trovare una donna quieta che sappia accudirti e che ti dia dei figli».

Quando Danilo le aveva riferito queste parole, Liliana gli aveva domandato: «Perché tua nonna non mi ha mai accettato?»

Il fidanzato si era arrampicato sui vetri per dimostrarle che non era così, che la nonna la stimava moltissimo, ma non era riuscito a convincerla. La vecchia signora l'aveva sempre trattata come un'estranea e, poiché non perdeva occasione per ripeterle che una brava ragazza non si concede mai prima del matrimonio, Liliana non si era mai appartata con Danilo nella villetta Liberty. Quando volevano stare soli, i due ragazzi si incontravano nella casa di qualche amico compiacente.

In quelle camere, ogni volta diverse, Liliana si sentiva a disagio. Dopo che avevano fatto l'amore, lui si addormentava e lei rimaneva sveglia a interrogarsi sul loro futuro. Nei momenti di intimità, Danilo le sussurrava parole dolcissime, ma quando lei accennava a qualche progetto per la loro vita insieme, taceva o cambiava argomento. In quei momenti, Liliana diceva a se stessa: Mandalo al diavolo. Ma non sopportava l'idea di perderlo.

«Mi sento una peccatrice», si era lamentata, una volta, dopo aver fatto l'amore.

«Ma lo sei», aveva replicato Danilo, con tono scherzoso.

«Se faccio peccato, lo fai anche tu.»

«L'uomo non pecca mai, in queste cose», aveva risposto, sicuro.

«E tu saresti socialista? Saresti quello che sostiene che l'uomo e la donna hanno uguali diritti? Sei un bieco conservatore, un maschilista che considera le donne come vittime sacrificali», si era arrabbiata.

«E tu, saresti la ragazza moderna, padrona di sé e delle sue scelte, come vorresti farmi credere da quando ci siamo conosciuti?»

Avevano litigato ma, la domenica successiva, Liliana aveva accettato di nuovo di incontrarlo in una casa sconosciuta. Lo amava e non poteva immaginare la sua vita senza di lui. Bastava che Danilo la prendesse per mano, la portasse a passeggiare nei boschi, la stordisse di parole e le sue paure svanivano.

In seguito alla morte della nonna, Liliana si era convinta che Danilo sarebbe cambiato, sarebbe cresciuto, sarebbe finalmente diventato un uomo. Il primo passo era stato l'ingresso di Liliana nella villetta Liberty, alle pendici del Sacro Monte. Ma era stata l'unica novità: Danilo non era cambiato.

Quella domenica Liliana aveva portato con sé una copia della sua tesi di laurea per mostrarla a Danilo. Era fiera del suo lavoro che le era costato mesi di studio e di fatica. Sperava che Danilo volesse sfogliarla, se non proprio leggerla per intero. Aveva bisogno della sua approvazione, anche perché l'argomento riguardava il diritto del lavoro e, nel trattarlo, Liliana aveva fatto riferimento ad alcune idee base del socialismo.

Quando il treno si fermò alla stazione di Varese, Danilo non era lì ad aspettarla. Gli telefonò e lui rispose con voce assonnata: «Che ore sono?»

«Le dieci, come ogni domenica», rispose lei, irritata.

«Aspettami. Mi infilo il cappotto e corro da te», la rassicurò.

Liliana uscì dalla stazione e si guardò intorno. Il piazzale incominciava ad animarsi, il sole era alto sui monti intorno alla città e il freddo le faceva lacrimare gli occhi. Vide la Seicento di Danilo sbucare da una strada laterale, curvare per fare il giro della piazza e inchiodarsi in uno stridio di freni accanto al marciapiede dove lei stava aspettando.

Il suo ragazzo era spettinato, aveva il viso ombreggiato dalla barba del giorno prima e, sotto il cappotto, indossava ancora il pigiama di flanella a righe bianche e celesti. Le sembrò bellissimo. Gli sedette accanto e gli sorrise.

«Scusami», esordì lui, baciandola frettolosamente su una guancia. E proseguì: «Stanotte ho preso un sonnifero perché non riuscivo a dormire. Sono ancora rintronato».

«Non dormivi perché eri impaziente di vedermi?» scherzò Liliana. E soggiunse: «O forse eri preoccupato perché ti domandavi: 'La ragazza del mio cuore verrà o mi darà buca?'».

Lui emise un borbottio incomprensibile e partì a razzo. Quando arrivarono a casa, Liliana, come ogni domenica, lavò i piatti e le pentole impilate nel lavandino, raccolse gli indumenti sparsi ovunque, vuotò i portacenere, diede aria alle stanze, mentre Danilo faceva il bagno. Poi preparò la colazione e lo chiamò. Lui la raggiunse in cucina. Indossava le pantofole e un accappatoio di spugna. Liliana gli versò il caffellatte nella tazza, imburrò fette di pane tostato e le spalmò di miele, poi sedette all'altro lato del tavolo e accese una sigaretta.

«Tu non mangi?» domandò lui.

«Prendo solamente una tazza di caffè. Ho già fatto colazione a Milano e sono a dieta», rispose.

«Perché? Non hai un filo di grasso in più.»

«Meglio prevenire. E adesso dimmi che cosa non ti faceva dormire.»

«Pensieri», rispose lui, addentando una fetta di pane croccante.

«Pendo dalle tue labbra», lo sollecitò lei.

«Tu sei troppo bella, troppo perfetta, troppo intelligente per uno come me», spiegò Danilo.

La radio, accesa in sordina, stava trasmettendo un preludio di Chopin.

«Vorrei che ti sentissero i tuoi alunni, terrorizzati dal loro professore di filosofia», scherzò.

«Mi hai chiesto a che cosa pensavo e te l'ho detto. Non ti merito, Liliana», ribadì.

«Sai, l'altra sera sono andata al cinema. Ho visto un film in cui il protagonista, un infame traditore, diceva alla sua ragazza che spasimava per lui: 'Non ti merito'. La poveretta non capiva che, con quelle parole, lui la stava congedando. Ma tu, tesoro, non vuoi lasciarmi. Dunque, smettila di dire sciocchezze.»

Danilo non replicò e continuò a mangiare.

Liliana non si sentiva mai completamente a suo agio in quella casa. Aveva sempre l'impressione che la nonna la osservasse con il suo sguardo indagatore. Una volta le aveva mostrato il suo libretto universitario. La nonna aveva esaminato i voti, una sequenza ininterrotta di trenta, e aveva commentato con disappunto: «Che senso ha che una ragazza voglia diventare avvocato? Poveretto l'uomo che la sposerà, perché non sarà mai una buona moglie né una buona madre. Una donna deve saper stare al suo posto: un gradino sotto a quello dell'uomo».

Ricordò quell'episodio mentre Danilo finiva la colazione. Poi, lui andò in salotto e lei lo raggiunse.

«Mercoledì discuterò la mia tesi. Ci saranno mamma, papà, la signorina Pergolesi, i miei fratelli. Sarei felice se ci fossi anche tu», gli disse, porgendogli il librone rilegato. «Hai voglia di dare un'occhiata?» domandò.

Lui prese la tesi, l'appoggiò sul tavolino e non rispose.

«Allora?» lo sollecitò.

«Lo sai che mercoledì sono a scuola tutto il giorno», disse Danilo.

Era sprofondato nella poltrona della nonna, la testa appoggiata allo schienale su un leggiadro centrino di pizzo bianco che gli faceva da aureola. Liliana lo trovò buffo e sorrise, soffocando la delusione. Era preparata alla sua defezione, perché, come la nonna, il suo ragazzo non le perdonava l'attivismo, la capacità straordinaria di apprendere e, soprattutto, l'aver concluso l'università così velocemente con il massimo dei voti.

«Dopo andremo da *Alemagna*, in piazza Duomo. Mamma ha riservato una saletta solo per noi. Potrebbe essere l'occasione per conoscere la mia famiglia che, finalmente, vedrà com'è bello il mio ragazzo», disse con foga.

«Ci sarà anche la sartina?» domandò Danilo, accendendo una sigaretta.

Liliana ebbe un sussulto. Il fidanzato alludeva a Giuseppe che, dopo la maturità artistica, era stato assunto come stilista nel maglificio dove lavorava Ernestina. Aveva disegnato una nuova linea di maglieria per signora che era stata venduta molto bene, incrementando il fatturato dell'azienda.

Liliana aveva raccontato a Danilo della sua famiglia e non gli aveva taciuto l'omosessualità di Giuseppe. Ne aveva parlato con delicatezza e affetto, descrivendone i lunghi anni di sofferenza nascosta e, infine, l'accettazione della sua diversità. Aveva creduto che Danilo, persona colta e intelligente, avesse capito meglio di altri le difficoltà di questo fratello che lei amava tanto. Ora, invece, lui lo aveva insultato inutilmente, senza motivo.

«Sei volgare», osservò, con amarezza.

«Scusa se non ho usato tanti giri di parole per chiedere del tuo adorato fratellino», rispose lui.

Si alzò dalla poltrona e uscì dalla stanza. Liliana era

senza fiato. Lo sentì salire le scale, mentre diceva: «Ritorno a letto. Se hai voglia, sai dove trovarmi».

Lei rimase impietrita. Accese una sigaretta e la fumò fino in fondo. Poi si infilò il cappotto e il berretto di lana, recuperò la borsetta e la tesi di laurea. Uscì sulla strada richiudendosi alle spalle una porta che non avrebbe mai più riaperto.

3

LILIANA riuscì a salire sul treno di mezzogiorno, che si era già messo in moto, perché un passeggero tenne aperto lo sportello e le tese la mano, afferrandola saldamente per il polso.

«Grazie», disse lei, ansante per la corsa forsennata. «Non ce l'avrei fatta senza il suo aiuto», soggiunse, mentre riprendeva fiato.

«Ha fatto tutto da sola», minimizzò il suo soccorritore. «Lei ha la falcata di un corridore professionista», continuò, ammirato.

Liliana lo osservò. L'uomo aveva un volto sereno e rassicurante. Indossava un cappotto color cammello di buon taglio e il colletto della sua camicia era di un candore abbagliante. Liliana si inoltrò con lui nel corridoio cercando un sedile libero e si accorse di essere salita su una carrozza di prima classe.

«Grazie ancora», disse, rivolta allo sconosciuto. E proseguì: «Devo lasciarla perché ho un biglietto di seconda classe».

«Lei è stanca», osservò l'uomo. «Si metta comoda e nessuno la disturberà.»

Sedettero in uno scompartimento vuoto, uno di fronte all'altra e Liliana avvertì il profumo delicato di una colonia maschile che usava anche suo padre. L'uomo tolse dalla tasca del cappotto un quotidiano, lo aprì e, sul punto di incominciare a leggerlo, le chiese: «Tutto bene, signorina?»

«Oggi è una pessima giornata per me», rispose, con sincerità.

L'uomo le sorrise e le offrì il giornale.

«Grazie», rifiutò la ragazza. «Preferisco non aggiungere ai miei guai anche quelli degli altri.»

Lui prese a sfogliare il quotidiano. Passò il controllore e Liliana pagò la differenza per la prima classe.

A un certo punto l'uomo alzò gli occhi dalla pagina che stava leggendo e commentò: «Ha ragione lei, il mondo è davvero pieno di disgrazie. Qui c'è il resoconto drammatico dei danni causati da una mareggiata apocalittica nel Mare del Nord. Seicento vittime tra Brema e Amburgo, senza contare le fabbriche, le case, gli edifici distrutti. Quanti bambini saranno morti in questa tragedia?» ragionò.

Liliana non fece commenti. Capiva che l'uomo tentava di distoglierla dai suoi pensieri bui, ma lei era oppressa dall'amarezza, dalla delusione, dalla rabbia per gli anni perduti con Danilo.

Quando arrivarono a Milano e scesero dal treno, l'uomo le regalò un sorriso di incoraggiamento e le disse:

«Le auguro di tutto cuore una buona domenica, signorina». Si allontanò con passo svelto e lei decise che non voleva ritornare a casa. Così si incamminò verso il centro della città. C'era un piccolo ristorante vegetariano, in via Dante. Entrò, ordinò un uovo al tegamino, ma non riuscì a finirlo. Tornò sulla via spazzata dal vento gelido e proseguì verso il Duomo. Corso Vittorio Emanuele era invaso da ragazzi e ragazze a gruppi, da signore eleganti accuratamente truccate, da famiglie con bambini festosi o piangenti. Un cinese offriva cravatte ai passanti, un ambulante vendeva giocattoli, un cieco, seduto su uno sgabello, suonava la fisarmonica e sperava che qualcuno comperasse i biglietti della fortuna.

Liliana si guardava intorno e invidiò tutte quelle persone che si godevano il giorno di festa. Lei sentiva sulle spalle un macigno che la stritolava. Pensò che Danilo l'aveva presa come si coglie un fiore lungo un sentiero di campagna e, dopo averla tenuta tra le mani per quattro lunghi anni, l'aveva buttata via, come ci si libera di qualcosa che non serve più. In quel momento Liliana, per la prima volta, realizzò che nel cuore di Danilo c'era posto solo per l'arroganza e per un'autostima straripante che gli impediva di amare e di essere felice.

«Ciao, Liliana.»

Il saluto veniva da un uomo imponente con il volto paffuto come quello di un bambino. Le veniva incontro in compagnia di altre due persone. Era Bruno D'Azaro. Gli altri due erano Giovanni Santi e Marina Serpieri. Li conosceva da quando aveva incominciato a frequentare la Casa della Cultura. Bruno era il capo dei giovani socialisti milanesi, Giovanni era un dirigente del partito e Marina era la sua compagna.

«Dove hai lasciato Danilo?» domandò Bruno. Era prossimo ai quarant'anni e aveva sposato una brava ragazza della sua terra, la Sicilia.

«È a Varese», rispose.

«Allora, oggi sei tutta per me», decise Bruno, prendendola sottobraccio. La moglie stava sempre a casa, con i bambini, mentre lui collezionava brevi, appassionati «fidanzamenti» solo con donne dalle forme opulente. Liliana non era il suo tipo.

«Abbiamo pranzato in Galleria e stiamo andando da *Zucca* a bere il caffè», disse Marina.

Liliana si lasciò catturare da quel trio di amici brillanti, fieri di essere figure emergenti sulla scena politica italiana di quegli anni dominata da Fanfani che aveva da poco formato il primo governo con l'appoggio esterno dei socialisti.

Sedettero in una saletta al piano superiore del bar scambiandosi battute scherzose e chiacchierando vivacemente. Liliana faticava a seguire la conversazione e, di tanto in tanto, Bruno le accarezzava una mano, con aria paterna.

A un certo punto, Gianni e Marina salutarono e se ne andarono. Lei rimase sola con Bruno.

«Allora, che cosa ti succede?» le domandò guardandola negli occhi.

Portava vistosi occhiali da miope cerchiati di nero e

gli occhi azzurri, penetranti e dolci, sembravano scavare nella sua anima.

«La mia storia con Danilo è finita», ammise controvoglia. E precisò: «Un fallimento penoso».

«Danilo si crede imparentato con Dio, ma è soltanto un cretino. È mai possibile che una ragazza intelligente come te se ne sia accorta soltanto adesso?» E proseguì: «Io lo conosco bene. È uno senza spina dorsale, che cerca sempre qualcuno che lo sostenga. Sarà un eterno gregario ed è scarso anche in questo ruolo, perché è pieno di presunzione. Mentre tu, Liliana, sei nata vincente».

«I vincenti non subiscono sconfitte», confessò Liliana, con amarezza.

«Questo lo credi tu. Guarda il nostro mondo politico. Ci sono pochi straordinari uomini che sono stati bastonati un'infinità di volte, ma si sono sempre risollevati e sono tornati alla ribalta più forti di prima. La convinzione nelle proprie idee e l'onestà morale vincono sempre. Non dimenticarlo.»

«Grazie, Bruno», disse, alzandosi dal tavolino.

Arrivò in corso Lodi e, mentre saliva le scale di casa, sperò che sua madre l'abbracciasse e le dicesse: «Finalmente questa brutta storia è finita. Era ora che smettessi di perdere tempo con uno che non ti apprezza».

E si rese conto che Danilo apparteneva già al suo passato.

4

«Da quando è finita la storia con Danilo, tua figlia è diventata intrattabile», si lamentò Ernestina.

«Reagisce come può alla prima delusione della sua vita», disse Renato.

«È una testona. Se mi avesse dato retta subito, adesso non soffrirebbe tanto», osservò la donna.

«Lei ha seguito i suoi sentimenti che erano molto più forti dei tuoi consigli.»

I coniugi Corti erano andati al cinema *Corvetto* a vedere un film in costume interpretato da Sophia Loren, attrice che piaceva moltissimo a Ernestina. Ora, mentre ritornavano lentamente verso casa, lei aveva già dimenticato lo svago di quel pomeriggio domenicale, per lasciarsi di nuovo sopraffare dalle solite inquietudini in cui tentava di coinvolgere il marito. Ma era quasi impossibile scalfire l'ottimismo di Renato.

In quel periodo, infatti, per la prima volta dopo molti anni, tutte le forze sindacali si erano coalizzate per raggiungere alcuni obiettivi importanti: il salario, l'occupazione, la riduzione dell'orario di lavoro, il rispetto delle qualifiche professionali.

Renato era felice di questa alleanza e le ansie di sua moglie non riuscivano a guastare il suo buonumore. Così le disse: «Hai avuto anche tu la sua età, te lo ricordi?»

«È da allora che ho perso la pace per seguire un lavativo come te.»

«Allora dovresti essere soddisfatta di Liliana che ha mollato quel Danilo, si è laureata con centodieci e lode e ha trovato un lavoro», precisò lui.

«In uno studio legale che non mi convince neanche un po'», si lamentò la donna.

Ernestina ricordava le parole del Magnifico Rettore che, dopo la discussione della tesi, le aveva detto: «Peccato che sua figlia sia una donna. Se fosse un uomo, con la sua intelligenza e la sua preparazione potrebbe avere un futuro molto brillante». Quella dichiarazione, pronunciata da un uomo di cultura, l'aveva fatta arrabbiare.

Comunque, Liliana si era messa di puntiglio e aveva trovato un impiego retribuito, a differenza di molti giovani laureati che entravano negli studi legali come praticanti senza stipendio.

«C'è mai stato un momento nella tua vita, in cui ti sei sentita soddisfatta di qualcosa? Non ti va mai bene niente!» Renato aveva perso la pazienza e aveva alzato la voce.

«Per favore, non mettiamoci a fare scenate in mezzo alla strada», lo supplicò. E proseguì: «È vero, non sono mai contenta, ma non è colpa mia se le cose vanno diversamente da come vorrei. Guarda Pucci: una volta preso il diploma di ragioniere, dopo che cosa farà? Credi che troverà un lavoro, con tutta la disoccupazione che c'è in giro?»

«Pucci è un vulcano di idee e se il lavoro non c'è, saprà inventarselo», la rassicurò.

«E Rosellina? Non ha l'intelligenza di Liliana e sta sempre con la testa tra le nuvole. Pensa solamente ai vestiti, ai balli, ai ragazzi. Conosce a memoria una quantità di stupide canzonette e ha in mente solo il twist.»

«Che cos'è?» domandò Renato, incuriosito.

«È un ballo che va di moda adesso. La vedessi come si dimena, sempre ferma sulla stessa mattonella. Balla e canta a squarciagola: 'Guarda come dondolo, con le gambe ad angolo'. Ha intorno non so quanti innamorati, con i quali passa ore al telefono per poi dimenticarli nel giro di qualche giorno. Dice che prenderà il diploma di maestra per farci contenti, perché lei vuole fare la cantante. Ti sembra possibile?»

«Hai finito?» domandò il marito.

«Diciamo di sì», rispose Ernestina.

«Invece no, perché non mi hai ancora parlato di Giuseppe.»

La donna tacque. Se gli altri figli la facevano arrabbiare, Giuseppe la faceva soffrire per la sua diversità che gli creava molti problemi. Anche se, da qualche tempo, sembrava più sereno. Ernestina era riuscita a prenderlo sotto la sua ala protettiva e lavoravano insieme nel maglificio, ma si rendeva conto che quell'impiego non era l'ideale per lui. Giuseppe aveva inclinazione per la pittura e, secondo lei, sarebbe potuto diventare un grande scenografo. La domanda di suo marito, tuttavia, non si riferiva al lavoro.

Da qualche tempo, infatti, il figlio aveva lasciato la casa dei genitori dopo avere spiegato a sua madre: «Ho un compagno con il quale mi trovo bene, anche se ha il doppio dei miei anni. È un affermato arredatore d'interni e abita in una bellissima casa in corso Magenta. Insieme siamo felici. Così, andrei a vivere con lui, ma senza fare troppo chiasso».

Ernestina lo aveva aiutato. Si era limitata a informare la famiglia che Giuseppe sarebbe stato ospite di un collega durante il loro trasloco in corso di Porta Romana.

Renato sapeva benissimo che non era quella la verità e ora chiedeva a sua moglie maggiori spiegazioni. Non era stato facile nemmeno per lui accettare la diversità di quel figlio così schivo e silenzioso. Lo aveva osservato per anni, mentre cresceva, e aveva intuito quali fossero i problemi di Giuseppe. Quando si era diplomato al liceo artistico, lo aveva invitato fuori a cena. Si era fatto consigliare da un dirigente del sindacato e aveva avuto l'indirizzo di un piccolo ristorante esclusivo nel centro di Milano.

Quando un maître li aveva accompagnati al tavolo,

Giuseppe gli aveva sussurrato: «Papà, questa cena ti costerà una fortuna».

«Ci sono momenti nella vita in cui vale la pena di spendere», gli aveva risposto Renato.

Padre e figlio, tuttavia, avevano scelto i cibi e i vini meno costosi. Poi Renato aveva appoggiato sul tavolo un pacchetto legato con un grande fiocco di seta.

«È per te», aveva detto.

Era un orologio di marca con la cassa d'oro. Nell'indossarlo, Giuseppe aveva gli occhi lucidi per la commozione.

«Perché fai tutto questo, papà?» aveva domandato.

«Avrei tanto voluto che mio padre lo facesse per me», aveva risposto semplicemente.

Nel ristorante, suddiviso in piccole sale con pochi tavoli ben distanziati tra loro, gli ospiti dialogavano sommessamente.

«E adesso diciamoci la verità», aveva detto Renato, dopo che un cameriere aveva servito due gelati affogati nel caffè.

Giuseppe era arrossito e, dopo una pausa di silenzio, aveva sussurrato: «Ti chiedo perdono per una colpa di cui non sono responsabile».

Renato gli aveva sorriso.

«Non c'è niente da perdonare. Tu sei un giovanotto bellissimo. Vai diritto per la tua strada senza avere paura della tua diversità. Non viverla come un problema e non pensare che lo sia per me, per la tua famiglia, per tutto il resto del mondo. Comportati onestamente, come hai fatto fino a oggi e, per favore, sorridi un po' più spesso.»

«Grazie, papà. Dammi tempo e ci riuscirò. Ma adesso ho solo voglia di piangere e, se non fossimo al ristorante, ti abbraccerei», aveva replicato suo figlio, commosso.

Ora Renato chiedeva sue notizie alla moglie, perché non lo vedeva da qualche tempo.

«Sembra che Giuseppe si sia felicemente accasato. Anzi, vorrebbe che andassimo a trovarlo ma, francamente, non sono certa di volerlo fare», disse Ernestina.

«Che cosa c'è che non ti convince?» domandò Renato.

«Quel povero figlio lavora tutto il giorno, la sera frequenta i salotti con il suo compagno. Questa vita, secondo me, potrebbe distoglierlo da altri obiettivi. Insomma, Giuseppe ha i numeri per fare qualcosa di più e di meglio che non disegnare vestiti», si lamentò.

Renato si fermò, si mise di fronte a lei e le posò le mani sulle spalle dicendole: «Guardami bene in faccia. Questi obiettivi sono i tuoi o i suoi?»

«Sono i nostri, miei e di Giuseppe.»

«Bugia.»

«Sono quello che ho in mente io», sussurrò Ernestina.

Il marito sorrise e l'abbracciò.

«Abbiamo una bella famiglia. Verrà mai il giorno in cui ti vedrò contenta, finalmente?»

5

L'UFFICIO dell'avvocato Romolo Asetti era al terzo piano di un palazzo ottocentesco in via Leopardi. Liliana era stata assunta in autunno, quando la famiglia Corti si era già installata nell'appartamento delle signore Pergolesi. Ogni mese, scriveva una lunga lettera ad Angelina, raccontandole le novità della sua vita, e accludeva la somma concordata. La sua ex insegnante di inglese le rispondeva a giro di posta ringraziandola e annunciandole l'invio di qualche piccolo dono: dischi, libri, abiti stravaganti, borsettine che l'anziana signorina continuava a confezionare. Era felice che i Corti apprezzassero le comodità della nuova abitazione in cui avevano traslocato quasi esclusivamente gli effetti personali, perché Angelina aveva lasciato la casa interamente arredata, limitandosi a spedire in America alcune tele importanti di pittori dell'Ottocento lombardo e le porcellane francesi che erano un patrimonio di famiglia.

Ernestina non aveva osato parlare con Fermo e gli altri

vicini di corso Lodi del trasloco nell'appartamento di Porta Romana. Ci aveva pensato Rosellina, che era andata di casa in casa a magnificare la nuova sistemazione.

Pochi giorni prima del trasloco, Fermo, l'infermiere, si era presentato una sera dai Corti e, sorridendo, aveva esordito: «Quando uno fa una bella vincita, offre da bere a tutti».

Ernestina, suo marito e i quattro figli, seduti a tavola, si erano scambiati un'occhiata interrogativa. Tutti sapevano che Renato compilava la schedina ogni sabato, consultandosi con Rosellina che era appassionata di calcio, nella speranza che la sorte lo favorisse con un bel tredici, ma non aveva mai vinto.

Fermo continuava a sorridere, aspettando che i suoi amici parlassero, ma poiché tacevano, proseguì: «Rosellina ci ha raccontato dell'acquisto di un grande appartamento in corso di Porta Romana. Ci ha descritto i lampadari di Boemia, gli specchi con le cornici dorate, le tappezzerie di seta e i pavimenti in marmo di Carrara coperti da tappeti persiani», spiegò. E soggiunse: «Dice che è stato un colpo di fortuna».

La colpevole annuiva beata e gonfia d'orgoglio.

Ernestina puntò un dito contro la figlia, sibilando: «Tu, sempre tu! Ma quando diventerai un po' seria e responsabile?»

Poi, l'espressione minacciosa si trasformò in una risata che contagiò tutti, mentre Rosellina protestava: «Ho soltanto indorato la pillola, altrimenti che gusto c'era a parlarne?»

Così la bella vincita scomparve ed Ernestina spiegò la sua reticenza nel raccontare ai vicini la novità.

«Tu e gli altri dovrete andare ad abitare in periferia, mentre a noi è capitata un'occasione tanto bella, anche se costosa come un mutuo. Non vorrei che qualcuno pensasse che i Corti si sono montati la testa. Tu ci conosci bene e sai che, se escludiamo questa stupidella di Rosellina, noi tutti non amiamo vantarci, anche perché non ne abbiamo motivo.»

«Però è una novità da festeggiare. Siediti con noi, Fermo. Adesso stappiamo una bottiglia di vino», propose Renato.

«Aspetta. Porto dentro la mia chitarra, così facciamo anche una cantatina», decise l'infermiere che aveva posato il suo strumento sul ballatoio, fuori della porta.

Si aggiunsero altri vicini e fu una serata d'allegria.

Quando andarono ad abitare nell'appartamento delle signore Pergolesi, Liliana ebbe una camera tutta per sé: quella che era stata di Angelina. Per il trasloco e altre spese, i Corti diedero fondo ai risparmi.

Così, Liliana si rassegnò a lavorare per l'avvocato Asetti, accettando mansioni che non richiedevano una laurea, pur di avere uno stipendio, anche se minimo. Non le piaceva neppure il suo datore di lavoro, che la chiamava «cara collega» e, invece di guardarla in faccia, fissava lo sguardo sul suo seno e non perdeva occasione per sfiorarle una spalla o un braccio. Era uno studio cupo, arredato con mobili scuri, ridondanti, enormi, in finto stile rinascimentale. Alle pareti c'erano tele che il professionista definiva di soggetto mitologico, ma erano piuttosto croste raffiguranti baccanali con gli attributi sessuali di donne e cavalieri ben evidenziati. Nel suo ufficio, l'avvocato aveva messo un busto bronzeo di Mussolini e una serie di fotografie con gli autografi del Duce e dei suoi fedelissimi.

Liliana considerava il suo datore di lavoro uno sporcaccione, volgare e fascista, ma si era ben guardata dal descrivere questi particolari in famiglia, anche se sua madre aveva intuito il disagio della ragazza.

L'avvocato le aveva affidato un compito avvilente: doveva andare di casa in casa, di ufficio in ufficio, a recuperare crediti per varie società finanziarie. Comunque, Liliana si considerava fortunata per avere un lavoro e uno stipendio, dopo avere fatto diversi colloqui per entrare in studi professionali importanti. Era stata un'esperienza umiliante. La sua laurea con centodieci e lode non sembrava interessare, ed era ininfluente anche il fatto che conoscesse perfettamente due lingue: l'inglese e il francese. I colloqui si erano svolti tutti secondo un copione ben preciso. La prima domanda era: «Mi dica, dottoressa, lei è iscritta a un partito?»

Lo era stata. Aveva preso la tessera del Partito socialista quattro anni prima, non per convinzione, ma per far piacere a Danilo. Dopo che si erano lasciati, non aveva più rinnovato l'iscrizione e conservava la tessera con alcune fotografie, come ricordo di un tempo in cui aveva creduto di essere felice.

«No», rispondeva, dicendo la verità.

«Ha una simpatia politica?» insistevano i suoi esaminatori.

«Come ognuno di noi», replicava restando sul vago.

«Nel suo caso, quale sarebbe?»

Liliana non riusciva a mentire e confessava candidamente: «Mi piacciono i comunisti».

Gli intervistatori ostentavano facce impassibili e proseguivano nell'interrogatorio.

«È fidanzata?»

Lei rispondeva con un laconico: «Non più», ma loro insistevano.

«Graziosa com'è, avrà presto un fidanzato.»

«Lo spero», diceva.

«Quindi vorrà sposarsi e avere dei figli.»

«Certamente», rispondeva.

«Molto bene. Il colloquio è terminato. Le faremo sapere.»

La storia si era ripetuta, sempre identica, per varie volte. La sera, quando la mamma tornava dal lavoro, trovava la casa riordinata e la cena pronta, la biancheria stirata e i letti preparati per la notte. Madre e figlia si guardavano negli occhi ed Ernestina chiedeva: «Com'è andata?»

«Mi faranno sapere», rispondeva Liliana, con un'aria da funerale.

Un giorno incontrò Bruno D'Azaro in Galleria. L'uomo la invitò a prendere il solito aperitivo al bar *Zucca* e Liliana gli raccontò dei suoi insuccessi nella ricerca di un impiego.

«Vogliono sapere tutto di un candidato. Manca poco

che mi chiedano la marca della saponetta che uso per lavarmi. Io rispondo con sincerità e quelli mi liquidano», si sfogò.

Bruno era diventato sottosegretario del suo partito. Aveva molta influenza e avrebbe potuto trovarle un impiego adeguato con una semplice telefonata.

«Lasciati aiutare», le disse.

«Non voglio raccomandazioni. Scusami, ma è più forte di me», dichiarò Liliana.

Bruno le sorrise, le prese la mano e le sfiorò il dorso con le labbra.

«Se non ti conoscessi, penserei che sei finta. Lascia almeno che ti dia un consiglio: quando fai un colloquio di lavoro, menti spudoratamente. Tu non sai che cos'è la politica, tu non hai un fidanzato e non ti interessa averne uno. Sicuramente non ti sposerai mai. Ma se accadesse, niente figli, perché è stato accertato che non puoi averne e, comunque, non ne vorresti. È un buon consiglio che pagherai rinnovando la tessera di partito.»

«Grazie per l'aiuto. Ho afferrato il concetto: devo raccontare un sacco di bugie. Tu, però, non hai bisogno della mia tessera. Vai con il vento in poppa e non ti serve un'iscrizione in più.»

«Quando si tratta di giovani come te, è utilissima. Sappi comunque che la mia porta è sempre aperta», la rassicurò.

Quando si salutarono, lui tenne stretta tra le sue la mano di Liliana, guardandola negli occhi con tenerezza. All'improvviso, avvicinò il viso a quello di Liliana e la baciò dolcemente sulle labbra. Era stato piacevole quel bacio appena accennato.

«Che cosa fai, Bruno?» domandò Liliana, sopraffatta dall'imbarazzo. Erano in piazza della Scala e i passanti li guardavano incuriositi, anche perché Bruno era un personaggio noto.

«Ci provo, mi conosci», rispose lui.

«Non sono mai stata il tuo tipo», disse Liliana.

«Questo lo pensi tu.»

«Risparmiati la fatica, anche tu mi conosci.»

«Sei un ghiacciolo, lo so. Però una volta ti sei sciolta», obiettò, alludendo a Danilo. Intanto le accarezzava il viso con una delicatezza che la fece vacillare.

«La parte dell'amante non mi si addice», reagì, sottraendosi alle sue carezze.

«Sei una milanese tosta, lo so. Non sprecare mai la tua intelligenza. Lo sento sulla pelle quando una persona ha una marcia in più.»

Quello stesso giorno, Liliana lesse sul *Corriere* un'inserzione. «Studio legale affermato cerca neolaureata in legge per stimolante attività professionale. Offresi stipendio base più incentivi».

Telefonò, si presentò all'avvocato Asetti, mentì come le aveva consigliato Bruno e fu assunta subito. Peccato che quello studio legale fosse di infimo ordine. Comunque era determinata a tenersi stretto quel lavoro fino a quando non avesse trovato un impiego migliore.

Via Leopardi

1

LILIANA scese dal tram in corso Garibaldi e cercò il numero civico indicato sulla documentazione fornita dall'avvocato Asetti. Maledì quell'ottobre piovoso che la costringeva da giorni a inzupparsi d'acqua mentre attraversava la città, dalla mattina alla sera, nel tentativo spesso infruttuoso di recuperare denaro dai creditori di alcune finanziarie. L'impermeabile Pirelli assolveva ancora bene la sua funzione. Anche le scarpe di scamosciato nero, con la suola di para, le tenevano i piedi all'asciutto. Le gambe, invece, si inzaccheravano di acqua sporca.

Trovò il caseggiato, molto simile a quello in cui era vissuta per anni, si infilò nell'androne e bussò alla guardiola della portineria. Sulla porta si affacciò una donna che le chiese, con tono scostante: «Che cosa vuole?»

«Cerco il signor Gino Comolli», disse Liliana.

«In fondo al cortile, ultima porta a sinistra. Se il laboratorio è chiuso, scala a destra, secondo piano.»

Dalla porta socchiusa uscì un delizioso profumo di minestrone di verdure. Liliana aveva saltato il pranzo, accontentandosi di una mela che si era portata da casa, perché la pausa del mezzogiorno era brevissima e non faceva in tempo a ritornare a casa. Sentì i morsi della fame. Deglutì, ringraziò e attraversò il cortile deserto. Su una porta a due battenti, dipinta di grigio, una vecchia targa smaltata portava la scritta: MARIO COMOLLI E FIGLIO - EBANISTI. Bussò. Non rispose nessuno. Abbassò la maniglia e la porta si aprì su un laboratorio che prendeva luce da due grandi finestroni con l'intelaiatura di ferro. La stanza profumava di legno, gesso, colla, solventi e altre essenze. Barattoli di vernice, pennelli e attrezzi di falegnameria erano allineati su un lungo bancone. C'erano delle sedie antiche, una vecchia credenza da restaurare, un enorme candeliere dorato. In un angolo, sul piano di una scrivania, erano appoggiati una lampada e un telefono. Sembrava un locale abbandonato.

Il suo ombrello grondava acqua sul suolo di cemento. Uscì, richiuse il battente e, riparandosi sotto la sporgenza dei balconi, si incamminò verso il vano della scala, salì due piani e bussò a una porta. Dall'interno provenivano voci di bambini. Poco dopo, una bimbetta dall'aria vispa si profilò sulla soglia e la guardò con curiosità.

«Abita qui il signor Comolli?» domandò Liliana.

La piccola si voltò verso l'interno della casa e annunciò: «Papà, c'è una signora che ti cerca». Poi, guardò di nuovo Liliana e aggiunse: «Il papà sta dando la pappa a Giuseppe».

«Anch'io ho un fratello che si chiama Giuseppe», disse Liliana.

«Io sono Maddalena», si presentò la bambina e spalancò l'uscio per farla passare.

Liliana appoggiò l'ombrello sulla ringhiera, strofinò le suole delle scarpe sullo zerbino ed entrò in una grande cucina.

Un uomo magro, dal volto scavato, sedeva davanti a un seggiolone. Era intento a imboccare un bambino. Altre bambine, di un'età tra i cinque e i sette anni, sedevano al tavolo e stavano disegnando qualcosa con le matite colorate.

«Buon giorno», esordì Liliana. «Mi manda lo studio dell'avvocato Asetti. Abbiamo cercato di telefonarle, ma non risponde nessuno. Io sarei qui per quel finanziamento che lei aveva chiesto due anni fa alla Progefin», spiegò, evitando di aggiungere: «Ancora insoluto». Tanto il signor Comolli lo sapeva benissimo.

«Si accomodi. Appena il mio Peppino ha vuotato la sua scodella, la ascolto», disse l'uomo. E soggiunse, rivolto al bambino: «Buona la pappa, vero?»

Il piccolo rise felice.

Quando finì di dare da mangiare al figlio, l'uomo lo sfilò dal seggiolone, lo prese in braccio e sedette al tavolo con le bambine.

«Queste sono Maddalena, la più grande, poi ci sono Cristina, Francesca e, finalmente, è arrivato il maschietto che avrebbe dovuto imparare il mestiere che mi ha insegnato mio padre. Arrivato lui, se ne è andata la sua mamma per una malattia che non perdona. Il piccolo aveva soltanto due mesi. Che cosa può fare un uomo solo con quattro figli da curare? Sono venute le dame di carità. Gliele raccomando. Volevano portarmeli via, i miei raggi di sole, per metterli in orfanotrofio. Le ho cacciate dalla mia casa. Allora sono arrivate le assistenti sociali del Comune. Stesso discorso. La mia Rosa si sarebbe rivoltata nella tomba se avesse saputo che rinchiudevo i suoi bambini in quel brutto posto. Però, intanto, c'erano i pattelli da lavare, le pappe da preparare, le notti in cui il piccolino e anche Francesca si svegliavano e bisognava ninnarli e poi le febbri, la dentizione e tutto il resto. Ho incominciato a trascurare il laboratorio. I bambini erano più importanti», raccontò d'un fiato.

«Non ha parenti che possano aiutarla?» domandò Liliana, mentre pensava alla sua famiglia e si chiedeva che cosa ne sarebbe stato di loro se Ernestina fosse morta quando Rosellina era ancora in fasce.

«Ho ancora la mamma che è in ricovero da otto anni, da quando è stata colpita da una paralisi. Mia moglie era orfana ed era cresciuta in orfanotrofio. Per questo mi raccomandava sempre: 'Se mi capitasse qualcosa, non mandare mai in quel posto i nostri bambini. Piuttosto trovati un'altra moglie'. Scherzava, anche perché né lei né io potevamo immaginare che ci sarebbe toccata questa disgrazia. E poi, come lei mi insegna, le disgrazie non vengono mai da sole. La mia Rosa era morta da due mesi quando i ladri mi hanno svaligiato il laboratorio. Non era roba mia, capisce? Non ero nemmeno assicurato. Ma i Comolli sono gente onesta. Ho ripagato fino all'ultimo centesimo i proprietari dei mobili che dovevo restaurare. E sono rimasto senza un soldo. Così ho chiesto un prestito a questa Progefin. Pensavo: in due anni saldo tutto, perché la figlia maggiore va a scuola, le due più piccole all'asilo, Peppino me lo cura la vicina e io ricomincio a lavorare. Invece, mentre prima che mia moglie morisse dovevo mandare via i clienti perché ne avevo troppi, all'improvviso nessuno mi ha più dato lavoro. La gente ha paura delle disgrazie altrui. Che cosa posso fare? Lei è venuta a chiedermi i soldi, ma io non ho neppure una lira», concluse.

Quell'uomo aveva davvero un'aria onesta e affidabile. Liliana ricordò quando aveva preso coscienza delle ingiustizie sociali e aveva deciso di difendere i deboli dalla prepotenza dei ricchi e dei potenti. La Progefin prosperava sulla rapina legalizzata, l'avvocato Asetti era un malfattore che portava a casa le briciole di quella rapina e lei non era migliore dal momento che lavorava per lui. Prima di arrivare da Gino Comolli, aveva fatto altre tre visite di quel genere, anche se meno drammatiche. Era avvilente doversi guadagnare uno stipendio andando a pretendere denaro da chi non ne aveva.

Si guardò intorno. La casa era ordinata e pulita, come puliti e curati erano le tre bambine e il piccolo che si era addormentato in braccio al padre.

«Non può anticipare nemmeno una piccola somma,

tanto per guadagnare tempo?» domandò Liliana controvoglia, in un sussurro.

«Ho soltanto il denaro sufficiente per pagare l'affitto e le altre spese. Conservo gelosamente gli ori di mia moglie e non li venderò, perché sono delle bambine», affermò lui. E proseguì: «Se potessi avere un po' di lavoro… Guardi, voglio farle vedere qualcosa di interessante», disse, mentre deponeva delicatamente il bambino nella culla, accanto alla stufa.

Aprì un'anta della credenza e prese un pesante raccoglitore, lo mise sul tavolo ed estrasse una serie di fotografie che riproducevano straordinari mobili antichi prima e dopo il restauro.

«Vede? Fotografavo tutti i miei lavori, non solo per i clienti, ma anche per me, perché amo il mio mestiere.»

«Mi darebbe qualche fotografia?» gli domandò Liliana, esitante.

«Perché?» chiese Gino Comolli.

«Stia certo che le riporterò», disse Liliana, senza rispondere.

Le era venuta un'idea. Non avrebbe mai chiesto a nessuno un favore per sé, ma era determinata ad aiutare quella famiglia in difficoltà.

L'uomo le mise in mano una decina di fotografie che lei infilò nella sua borsa.

«Non so perché, ma mi fido di lei», disse il signor Comolli.

«Mi garantisce che potrebbe riprendere il suo lavoro nonostante i bambini e la casa?»

«Certamente», affermò lui.

«Allora, risponda al telefono quando suonerà», si raccomandò Liliana.

Continuava a piovere e si era anche alzato il vento. Liliana ritornò in ufficio bagnata fradicia.

«Meno male che è arrivata, dottoressa», l'accolse la giovane impiegata dello studio.

«Che cosa è successo?»

«Io da qui me ne vado. Non ne posso più di quel porco. Oggi ha cercato di mettermi le mani addosso per due volte: mentre stavo sulla scala a cercare la pratica Boschi e quando mi si è avvicinato per controllare quello che stavo battendo a macchina», sbottò.

«Hai un altro lavoro?» le domandò Liliana.

«Magari! Me la sarei già data a gambe.»

«Ti do un consiglio. Se ti infastidisce ancora, allungagli uno schiaffo robusto. Se poi ti licenzia, andiamo alla Camera del Lavoro e lo mettiamo nei guai. È una promessa.»

«Già, lei è avvocato», considerò la ragazza, con un senso di sollievo.

«Ho appena superato l'esame di procuratore, ma conosco il codice. E adesso dov'è il gentiluomo?»

«Nel suo studio, con un altro avvocato.»

Liliana andò nel suo ufficio. Alzò il telefono e chiamò il fratello Giuseppe.

«Ho bisogno del tuo aiuto», esordì.

«Allora ti aspetto a cena. L'indirizzo lo sai», tagliò corto Giuseppe.

2

LILIANA si fermò davanti al portone di legno antico, lucidato a cera, e lesse la targhetta: PORTINERIA. Suonò il campanello e aspettò che qualcuno le aprisse. Di lì a poco comparve un uomo che indossava una divisa grigia.

«Chi cerca?» le chiese, gentilmente.

«L'architetto Fioretti», rispose Liliana.

«La sta aspettando. Si accomodi», disse lui, spalancando il battente per lasciarla passare.

Liliana si trovò in un androne con una passatoia di velluto verde, il soffitto decorato a stucchi e, alle pareti, applique di cristallo molato che diffondevano una luce morbida. Il portiere l'accompagnò all'ascensore e aprì il cancelletto di ferro battuto. Liliana entrò nella cabina che ospitava un divanetto di velluto verde.

«Ultimo piano», annunciò il portiere, mentre richiudeva il cancelletto.

Suo fratello l'aspettava sulla porta di casa e l'accolse

con un abbraccio. Entrarono in un vestibolo dove si respirava un profumo di fiori appena sbocciati.

«Che lusso», sussurrò Liliana.

«Che disastro», rispose Giuseppe, squadrandola da capo a piedi.

«Sono in giro da questa mattina sotto la pioggia. Una giornataccia», spiegò lei, consegnandogli l'ombrello.

Il vestibolo era immenso e aveva, al centro, un bel tavolo Liberty di legno chiaro su cui era appoggiato un vaso di cristallo che conteneva convolvoli, lillà e candidi gigli.

«Sembra la scenografia di un film», osservò Liliana, ammirata. E aggiunse: «E tu sei bello come un divo del cinema».

«Tu, invece, mi sembri una povera orfanella», esclamò Giuseppe, divertito, osservando i capelli di Liliana appiattiti dall'umidità e le gambe inzaccherate. «Vieni con me e cercherò di renderti presentabile. Voglio che Filippo veda com'è graziosa la mia sorellona.» La prese per un braccio e la guidò lungo un corridoio, coperto da una passatoia color panna, fino a una porta che aprì.

«Questa è la mia stanza da bagno», annunciò.

«Sembra una piazza d'armi», osservò Liliana e ricordò il lussuoso appartamento, a Varese, in cui aveva trascorso la sua prima notte con Danilo. Allora aveva diciannove anni ed era convinta che il suo fidanzato fosse l'uomo della sua vita.

«Togliti scarpe e calze, mentre mi spieghi che genere

di aiuto ti serve», disse Giuseppe, sfilandole l'impermeabile.

«È un discorso un po' lungo», esordì lei.

«Allora ne parliamo dopo. Intanto che ti faccio pulire le scarpe, lavati le gambe e il viso. Fatti vedere. Sì, il vestito può andare, i capelli te li sistemo io con il phon. Scegli il profumo che preferisci», concluse, indicandole una mensola di cristallo su cui erano allineate un'infinità di essenze ambrate, e uscì dalla stanza.

Liliana si lavò sommariamente apprezzando il calore dell'acqua e la morbidezza delle spugne candide. Poi passò in rassegna le boccette e scelse un profumo al mughetto. Si chiamava *Lily of the Moor*.

Giuseppe ritornò poco dopo. Le portò un paio di calze di nailon di un bel beige dorato e, mentre le riconsegnava le scarpe perfettamente pulite, osservò: «Non sono adatte per la cena, ma Filippo chiuderà un occhio. Adesso ti faccio bella. Hai scelto un'essenza molto buona. Ricordati che una donna di classe usa sempre lo stesso profumo».

«Chi ha pulito le mie scarpe?» domandò, mentre lui le sistemava i capelli con la spazzola e il phon.

«La domestica. Arriva al mattino e se ne va dopo aver preparato la cena. Questa sera mangeremo risotto ai frutti di mare, spigola ai ferri con verdure miste e una torta alle noci.»

«Sembra il menu di un albergo di lusso.»

«Ma questo è un grand hotel: gente che va, gente che viene. A cena ci sarà anche Mariuccia Cuneo.»

«Chi è?»

«Una giornalista che scrive di pettegolezzi e belle maniere. È piuttosto avanti negli anni e Filippo la considera una seconda mamma.»

«Lo sai che non ti avevo mai visto così di buon umore?» osservò compiaciuta.

Parlarono fino a quando Giuseppe giudicò che la sorella fosse pronta per essere presentata al suo amico. Allora lasciarono la stanza da bagno e andarono in salotto. La giornalista Mariuccia Cuneo fece il suo ingresso aggrappata al braccio di un affascinante uomo sulla quarantina. Era alto come Giuseppe, abbronzato, indossava pantaloni di flanella grigia, una camicia azzurra e un cardigan di lana blu. Era dunque quello il compagno di suo fratello. Per un attimo Liliana se li figurò seduti sul bordo del letto, mentre si baciavano. Era questa la scena che le si era presentata anni addietro, quando Giuseppe era poco più che adolescente, nella camera da letto dei suoi genitori. Arrossì, mentre il fratello faceva le presentazioni.

«La mia sorellona Liliana», annunciò.

L'architetto Filippo Fioretti la guardò compiaciuto, mentre la giornalista, troppo truccata, le sorrise dicendo: «È davvero una graziosa figliola».

Il salotto era separato dalla sala da pranzo da una parete di vetro, lungo la quale erano allineate rigogliose piante d'appartamento. In sottofondo, l'impianto stereo diffondeva la *Simple Symphony* di Britten che Liliana aveva ascoltato a un concerto in compagnia di Angelina

Pergolesi. Assimilò quel dolce componimento musicale alla vita di suo fratello in quella casa elegante, con un compagno raffinato che rappresentava per lui una guida affidabile e sicura. Capì anche la ritrosia dei suoi genitori che avevano declinato i ripetuti inviti del figlio. In quell'ambiente rarefatto si sarebbero sentiti a disagio.

La domenica precedente, quando Giuseppe era andato a pranzo in corso di Porta Romana e aveva insistito per ospitarli nella sua nuova casa, Renato era stato molto esplicito: «Se tu e il tuo amico volete venire da noi, la nostra porta è sempre aperta e saremo felici di ospitarvi. Ma non chiedermi di entrare in un mondo che non è il mio. Ognuno deve saper stare al suo posto».

«Qual è il tuo posto?» aveva reagito il figlio.

«Io lavoro il ferro e tu la seta. Mi sono spiegato?»

«Tu lavori con la testa e con la forza delle tue idee che sono anche le mie, papà», si era impuntato Giuseppe.

Renato gli aveva dato una pacca affettuosa sul braccio.

«Hai capito benissimo che sto dicendo la verità.»

Ora, in quell'atmosfera ovattata, a quella tavola tutta pizzi e argenti, anche Liliana si sentiva un po' a disagio.

«Allora, Liliana, volevi parlarmi di qualcosa che ancora non mi hai detto», la incoraggiò il fratello, mentre le porgeva il piatto del dolce.

«È una faccenda di lavoro. Non so se posso», dichiarò esitante.

L'architetto Fioretti le regalò un sorriso di incoraggiamento: «Forza, ti ascoltiamo».

Lei raccontò la storia di Gino Comolli e concluse: «Deve trovare dei clienti che gli diano lavoro e io ho pensato...»

Filippo non la lasciò finire.

«Hai pensato bene. Ho diversi mobili pregevoli di fine Settecento che devo far restaurare. Potrei dargliene uno, tanto per vedere come lavora», propose.

Liliana aprì la sua borsa e mostrò le fotografie che le aveva dato Gino Comolli.

La giornalista si infilò un paio di occhialini a pince-nez ed esaminò le foto con gridolini di ammirazione. Poi si rivolse a Filippo: «Guarda questo Maggiolini, caro. Lo vedi com'era ridotto? Guarda come lo ha restaurato ridandogli tutto il suo splendore. E che dire di questo Luigi Quattordici! Assolutamente fantastico. Oh, voglio subito scrivere un pezzo su questo artigiano. Figliola, tu mi devi dare il suo indirizzo perché devo intervistarlo. Sarà una scoperta per le mie lettrici». Era piena di entusiasmo e contagiò anche Filippo.

«Voglio conoscerlo anch'io quando gli affiderò il lavoro», dichiarò.

Giuseppe guardò Liliana e disse: «Fatta, sorellina!»

«Non completamente, perché al Comolli serve un anticipo, altrimenti gli porteranno via il laboratorio.»

«Un anticipo? Ma non si fa, di solito», osservò Filippo.

Liliana non si lasciò intimidire e proseguì: «Gli serve anche del denaro per un'assicurazione contro i furti», ormai era certa di ottenere quello che chiedeva perché Filippo desiderava favorire la sorella del suo compagno e lei se ne era resa conto perfettamente.

«Ma certo, pover'uomo!» intervenne Mariuccia che aveva subito vestito i panni del mecenate.

«D'accordo», dichiarò Filippo, prendendo tra le sue una mano della giornalista e sfiorandola con un bacio.

«Adesso, sei soddisfatta?» le domandò il fratello.

Liliana annuì, felice.

Alla fine della serata, Giuseppe l'accompagnò a casa in macchina.

«Sali?» gli domandò Liliana, quando si fermarono davanti al portone in corso di Porta Romana.

«È tardi e ho ancora un po' di lavoro arretrato. Saluta tutti e, se vuoi, parla bene di Filippo», si raccomandò.

«Ci puoi giurare», lo rassicurò.

Mentre apriva il portone, Giuseppe scese dalla macchina e la raggiunse.

«Dimentichi questa», le disse, mettendole in mano la boccetta di profumo che Liliana aveva abbandonato sul sedile.

Lei gli diede un bacio sulla guancia.

«Grazie per avermi aiutato», gli sussurrò.

«Hai fatto tutto da sola. Hai perorato molto bene la tua causa», affermò Giuseppe.

«Potrei diventare un buon avvocato?» gli chiese.

«O un buon sindacalista!» esclamò il fratello, abbracciandola.

3

Liliana bussò alla porta dell'ufficio dell'avvocato Asetti e, non avendo ricevuto risposta, abbassò la maniglia ed entrò. L'uomo sedeva alla scrivania ed era concentrato nella lettura del suo periodico preferito: una rivista pornografica. Liliana diede un piccolo colpo di tosse e l'avvocato alzò su di lei uno sguardo assente.

«Ho steso la comparsa per la causa Ferrari-Lovati. Dovrebbe firmarla», disse Liliana.

Nello studio legale tutti sapevano che il titolare collezionava riviste pornografiche. L'avvocato non si affrettò a chiudere la rivista, come faceva di solito, e Liliana, con un gesto risoluto, calò i fogli della pratica sulla scrivania.

«La sua firma, prego», ordinò. Era disgustata dalla pochezza di quell'uomo che era l'emblema della volgarità.

In un istante, l'avvocato Asetti si era alzato fronteggiandola da una distanza ravvicinata, mentre fissava lascivamente il suo seno. Liliana reagì con altrettanta prontezza, arretrando di un passo. Afferrò il tagliacarte e lo puntò contro l'uomo.

«Se si avvicina, la infilzo», sibilò.

Lui alzò le braccia in segno di resa. Poi sorrise.

«Certo che con lei non si può proprio scherzare», disse.

«Non ho il senso dell'umorismo», replicò lei. Aveva la voce ferma, ma era spaventata, perché sapeva di essere sola in ufficio. La segretaria era uscita per commissioni.

L'uomo firmò i fogli e glieli tese, dicendo: «Lei è una sciocca a prendersela per così poco».

Liliana non replicò. Uscì e si chiuse a chiave nel suo ufficio. Posò la pratica sulla sua scrivania e cercò di soffocare il disgusto e le lacrime. Resisteva in quello studio ormai da un anno e non se ne sarebbe andata fino a quando non avesse trovato un altro impiego. Aveva bisogno dello stipendio e sapeva che era difficile per i giovani laureati trovare un posto di lavoro.

Suonò il telefono e, poiché la segretaria non era ancora tornata, fu lei a rispondere.

«Qui è lo studio del commercialista», disse una voce di donna. «Chiamo per la dichiarazione dei redditi dell'avvocato Asetti. Mancano un paio di fatture», precisò.

«La farò richiamare dalla segretaria dell'avvocato», tagliò corto Liliana.

Catia, la nuova impiegata, arrivò poco dopo e Liliana aprì il chiavistello della porta.

«Perché si è chiusa a chiave, dottoressa?» domandò la ragazza.

«Indovina», rispose, laconicamente.

«Anche con lei! Ma allora è proprio scemo», sbottò la ragazza.

«Lasciamo perdere», disse Liliana. E proseguì: «Ha chiamato lo studio del commercialista perché mancano delle fatture».

«Oddio! Ho un mare di posta da sbrigare», si smarrì.

«Dammele, vado io a consegnarle. Ho bisogno di uscire per respirare un po' d'aria pulita», decise Liliana.

«Se l'avvocato la cerca, che cosa devo dire?» domandò Catia.

«Non mi cercherà, stai tranquilla», disse, furibonda.

Il commercialista aveva lo studio in via San Vittore e Liliana decise di fare un giro largo, passando da piazzale Cadorna. Il sole di giugno illuminava le facciate dei palazzi ottocenteschi. Entrò in un bar di via Carducci e chiese un cappuccino con brioche. Assaporò la schiuma evanescente del latte mescolato al caffè e apprezzò la friabilità della pasta che sapeva di vaniglia, cercando di dimenticare la volgarità del suo datore di lavoro. Alcuni avventori centellinavano le loro consumazioni guardando le immagini della Città del Vaticano trasmesse dalla televisione che dava notizie sull'agonia di Giovanni XXIII, il Papa buono.

Liliana uscì dal locale e, fermandosi di tanto in tanto a guardare le vetrine dei negozi, arrivò in via San Vittore davanti al palazzo che ospitava lo studio del commercialista. Una targa d'ottone, nell'atrio, indicava il piano dello Studio Brioschi. Salì e suonò il campanello.

«Sono dello Studio Asetti», disse alla ragazza che le aprì la porta.

«Oh, le fatture», trillò la giovane, sorridendo. «Si accomodi. Il dottor Brioschi è al telefono. Pochi minuti e sarà subito da lei», spiegò e la lasciò sola.

Liliana si guardò intorno. Era nell'anticamera tipica di molti studi professionali: muri chiari, attaccapanni, riproduzioni della Milano antica alle pareti, piccole poltrone e un paio di tavolini con riviste e quotidiani.

Sedette, prese il *Corriere della Sera* e incominciò a sfogliarlo. Sentì una porta che si apriva e un rumore di passi che si avvicinavano. Alzò lo sguardo e vide un uomo dal volto sereno che le veniva incontro. Aveva i capelli brizzolati e indossava un abito grigio scuro con una camicia candida.

«Buon giorno», le disse, sorridendole.

«Buon giorno», rispose Liliana, alzandosi.

«Ci conosciamo?» chiese lui, guardandola con attenzione.

Liliana avvertì il profumo del dopobarba che usava suo padre e, dopo un attimo di esitazione, lo riconobbe.

«Lei mi ha aiutato a salire di corsa sul treno, alla stazione di Varese», spiegò.

«Adesso ricordo la sua falcata da centometrista», scherzò, stringendo la mano che la ragazza gli tendeva. E aggiunse: «Come sta?»

«Molto meglio di allora», affermò Liliana.

«Non sapevo che fosse nostra cliente», soggiunse.

«Non io. Lo Studio Asetti, per il quale lavoro», precisò la ragazza.

«Allora venga con me. Sono Sandro Brioschi.»

Liliana lo seguì nel suo ufficio, una stanza ampia con grandi finestre che si affacciavano sulla via alberata. Il pavimento era coperto da una soffice moquette azzurra e alle pareti, negli spazi lasciati liberi dalle scaffalature, spiccavano i manifesti delle esposizioni dedicate a Klimt, Chagall, Poliakoff, Tancredi, Fontana.

«Mi chiamo Liliana Corti. Quando ci siamo incontrati stavo per laurearmi in legge. Adesso ho appena superato l'esame di procuratore», lo informò.

Lui la invitò a sedere e prese posto alla scrivania.

«Complimenti», disse.

Poi prese la cartelletta. «C'è tutto?» domandò.

«Penso di sì. Sono venuta io, invece della segretaria, perché volevo fare una passeggiata», spiegò.

«Come si trova da Asetti?»

«Vuole proprio saperlo?» domandò, un po' esitante.

Il commercialista sorrise.

«Malissimo», dichiarò la ragazza.

Lui annuì.

«Per me, un cliente vale l'altro, ma l'istinto mi dice che lei merita di lavorare in uno studio migliore.»

«Lo vorrei anch'io», confessò Liliana mentre osservava una fotografia, posata sul tavolo, che ritraeva due giovani sorridenti: il commercialista e una ragazza dai lunghi capelli biondi.

«Era mia moglie», disse lui, che aveva notato lo sguardo di Liliana. E proseguì: «Abbiamo frequentato la Bocconi, ci siamo laureati insieme e, quando ci siamo sposati, era già ammalata di leucemia. È mancata due anni dopo il nostro matrimonio. Sono passati dodici anni da allora. Non mi sono più risposato».

«Capisco», sussurrò Liliana, rattristata da quella storia.

«La vita offre sempre una seconda possibilità», osservò lui, per rasserenarla.

«Ma lei non l'ha ancora avuta», disse Liliana.

«Forse non l'ho cercata», ammise Sandro Brioschi.

4

Su una grande targa di metallo blu spiccava la scritta in oro: TANZ SCHULE. Non era necessario conoscere il tedesco per tradurla, tanto più che, dalle finestre aperte, arrivava fin sulla via il suono di un valzer viennese.

«Una scuola di danza!» esclamò Rosellina, gli occhi luccicanti di gioia.

Era in gita con la sua classe in Alto Adige. L'insegnante di storia, Armida Scarpa, una donna attempata e severa, aveva annunciato alla fine delle lezioni: «Quest'anno, per la tradizionale gita scolastica, invece di andare a Roma, come di solito, ho deciso di portarvi a visitare Trento e Bolzano che da quasi cinquant'anni sono un territorio italiano conquistato con il sangue dei nostri valorosi soldati. È difficile stabilire se sia giusto mandare al massacro milioni di giovani per allargare i nostri confini. I giochi dei governi, da sempre, vengono fatti sopra la testa del popolo. Comunque, quelle terre sono nostre dalla fine del 1918 e vale la pena conoscerle».

Le studentesse del penultimo anno dell'istituto magistrale avevano protestato non per amore della Roma antica, ma perché, dopo la capitale, seguivano due giorni di mare, a Ostia. Rosellina aveva commentato con sua madre: «Sarà anche vero che i governi fanno i loro giochi sulla testa del popolo, ma è certo che la Scarpa fa le sue scelte sopra la testa delle allieve».

Così, ventidue alunne, guidate dall'indomita professoressa, si sobbarcarono lunghe lezioni sui valori della patria, sulla grandezza dell'impero asburgico, sulla prima guerra mondiale chiamata così non perché avesse coinvolto tutti i Paesi, ma perché aveva segnato la fine di un mondo che si era nutrito di alti ideali.

Finalmente, dopo due giorni di massacranti spiegazioni, Rosellina aveva visto qualcosa di interessante: l'insegna della Tanz Schule. Non ci pensò due volte prima di infilarsi nell'androne di un palazzo asburgico, salire velocemente le scale di marmo rosa e spalancare la porta della scuola di danza. Vide giovani coppie che ballavano con un'eleganza che l'affascinò, mentre una matura signora passava in mezzo a loro e picchiettava con una bacchetta le spalle, le mani, le gambe dei ballerini impartendo ordini in tedesco. I ragazzi correggevano immediatamente le posture e i movimenti. I loro corpi sembravano fluttuare senza peso sulle note della musica viennese. Rosellina rimase incollata sull'uscio a guardarli in una specie di estatico rapimento. La musica finì, l'insegnante fece i suoi commenti e poi si accorse della sua presenza. Le sorrise e le rivolse una domanda in tedesco che lei non capì.

«Mi dispiace. Io sono italiana», disse la ragazzina.

«Anche noi lo siamo», puntualizzò la donna.

Un paio di compagne di scuola di Rosellina, che l'avevano raggiunta, ora le facevano cenni disperati perché si sbrigasse.

«Mi piacerebbe tanto ballare», confessò Rosellina, ignorandole.

«Da dove vieni?» domandò l'insegnante, mentre i ballerini parlavano tra loro sommessamente e facevano esercizi di tensione delle braccia e delle gambe.

«Da Milano», rispose.

«Nella tua città c'è un'ottima scuola di *tanza*: valzer, tango, polka e latino-americano. Se lo desideri, ti scrivo l'*intirizzo*.»

Rosellina annuì, l'insegnante attraversò il salone, camminando con leggerezza sul parquet lucente, si piegò su un tavolo e sfogliò un quaderno, trascrisse qualcosa su un foglietto e glielo portò.

«Ecco, signorina, se davvero vuoi imparare la *tanza*, iscriviti a questa scuola. Auguri.»

Rosellina ridiscese le scale a precipizio con le sue compagne, tenendo stretto in una mano quel prezioso foglietto.

«Sei tutta matta. Se la Scarpa ci sta cercando, che cosa le diciamo?» l'aggredirono le amiche.

«Che la storia è fatta anche di musica e di ballo», rispose lei, imperturbabile.

Alla fine, quella gita fatta contro voglia aveva avuto un senso: la scoperta della Tanz Schule le aveva rivelato il suo destino di ballerina. Si sarebbe subito iscritta alla scuola di ballo che era in via dell'Orso in zona Brera.

Avanzò la sua richiesta mentre la famiglia era riunita a tavola per la cena. Pucci e il padre risero, Liliana non disse niente, Ernestina si arrabbiò.

«Stai ripetendo l'anno e Dio sa se riuscirai a essere promossa», deplorò.

«Lo sarò perché d'ora innanzi studierò tantissimo se mi iscriverete alla scuola di ballo», garantì.

«Come posso crederti?» domandò Ernestina, disperata.

«Perché solo così potrò fare finalmente quello che mi piace.»

«Quando saprai ballare, mi insegnerai?» domandò Pucci.

«Anche tu ti ci metti, adesso?» lo fulminò la mamma.

«I miei amici vanno a ballare e io non posso andare con loro perché non ci so fare», spiegò.

Ernestina guardò il marito, sperando che intervenisse in suo aiuto. E Renato si rivolse a Rosellina: «Desidero che tu trovi la tua strada e se sarà il ballo, ben venga. Ti regaleremo l'iscrizione a questa scuola ma dovrai impegnarti di più con lo studio».

«E che Dio ce la mandi buona», concluse Ernestina.

Rosellina si alzò dalla tavola e abbracciò la mamma e il papà con gridolini di gioia.

«Ce l'ho fatta, accidenti! Ero sicura che mi avreste detto di no.»

«Allora, che cosa avresti fatto?» le domandò Liliana.

«Sarei andata a pulire le scale pur di guadagnare i soldi per l'iscrizione», dichiarò con determinazione.

Andò a scuola di danza.

Una sera ritornò dalla lezione e disse: «Mi serve un partner».

«Un che?» domandò la mamma.

«Un compagno», tradusse. «Ne ho già provati tre, ma non riesco a legare, mentre è importante stabilire un'intesa con la persona con cui si balla», spiegò.

Ernestina scosse il capo rassegnata.

«Ho capito. E quale dei tuoi cento fidanzati hai scelto?» le domandò.

«Il migliore: mio fratello Pucci.»

«Non ci mancava che questa», si arrabbiò la mamma. «Tuo fratello ha la testa sulle spalle e, ti avverto, guai a te se me lo storti.»

«Caso mai te lo raddrizzo. Sta tutto il giorno con la schiena ingobbita sui numeri in quella squallida banca dove lavora. E, come se non bastasse, la sera tiene tutte quelle contabilità extra che gli fruttano tanti soldi, ma non lo fanno felice», polemizzò la ragazza.

«Tuo fratello non accetterà mai, per sua fortuna», affermò la madre.

Pucci tornò dalla banca in cui era impiegato ormai da alcuni mesi. Ernestina non sapeva come ringraziare la sorte che aveva privilegiato il suo ragazzo con quel lavoro sicuro e ben retribuito. Inoltre, la sera, teneva la contabilità per alcune piccole aziende. Per lui, i numeri non avevano segreti e lo divertivano come se fossero un gioco. Gli piaceva anche ballare, da quando sua sorella gli aveva insegnato i passi basilari.

Rosellina lo affrontò subito.

«Ho bisogno di un partner. Te la senti di frequentare i corsi con me? Abbiamo solo due mesi per prepararci a una gara che si terrà a Cesenatico, in agosto. C'è in palio una coppa enorme. Dimmi che accetti e vinceremo.»

Pucci la ascoltò attentamente.

«Soltanto un trofeo e niente soldi?» le domandò.

«Quelli dovremo sborsarli noi, per i vestiti. Ma ne varrà la pena, perché ci divertiremo moltissimo.»

«Qua la mano, sorellina. Non si può sempre pensare al denaro, come tu mi insegni», disse Pucci.

5

LILIANA telefonò alla segreteria della facoltà di giurisprudenza. Le rispose una voce che conosceva bene, quella della signorina Grisafulli.

«Che piacere sentirla. Come sta, cara?» si informò subito l'efficiente segretaria.

«Molto bene», mentì Liliana. E proseguì: «Vorrei un colloquio con il professor Romani. Crede di riuscire a strappargli un piccolo appuntamento per me?»

«Per un'allieva come lei, il professore ha sempre tempo. Ora è a un convegno a Urbino. La prossima settimana la chiamerò per dirle l'ora e il giorno», promise la segretaria.

Dopo il breve incontro con il dottor Brioschi, Liliana era ritornata in ufficio di pessimo umore. Aveva messo da parte il suo orgoglio e si era decisa a rivolgersi al docente, con cui si era laureata, per chiedergli una raccomandazione. Dopo aver parlato con la signorina Grisafulli, lavorò accanitamente tutto il pomeriggio. Alle sette di sera, riordinò le carte che aveva sulla scrivania e si preparò a uscire dallo studio.

Bussò alla porta dell'avvocato, la schiuse e annunciò: «Io vado».

Il professionista era al telefono e, con una mano, le fece cenno di aspettare. Concluse la comunicazione, si alzò dalla scrivania e disse: «Mi dispiace per il mio gesto inconsulto di questa mattina. La prego di scusarmi, dottoressa».

Liliana lo guardò incredula e fu certa che quelle scuse fossero dettate dal timore che lei si licenziasse.

«Scuse accettate. Buona sera», replicò seccamente.

Lasciò lo studio con un senso di liberazione. Aveva mosso pochi passi fuori dal palazzo, quando un uomo le si affiancò, chiamandola per nome. Era Sandro Brioschi.

«La stavo aspettando davanti al portone. Ma lei è partita come un fulmine», le disse.

Liliana gli sorrise.

«Va di fretta oppure ha tempo per un aperitivo?» le domandò il commercialista.

«D'accordo per l'aperitivo», rispose.

«Ho pensato molto a lei», esordì, quando si sedettero al tavolino di un bar in via Boccaccio.

«Devo sentirmi lusingata?» domandò Liliana.

«Mi piacerebbe che lo fosse, ma ho molti anni più di lei e non sono esattamente un divo del cinema. Tuttavia, pensando a lei mi sono detto che, sempre se lei me lo consente, potrei fare qualche telefonata. Ho alcuni studi legali veramente ottimi tra i miei clienti e potrei sentire se hanno bisogno di un giovane procuratore. Le sembro troppo invadente?» domandò quasi arrossendo. E proseguì: «L'aiuterei volentieri a trovare un lavoro migliore».

«Sembra che io sia destinata a incontrarla nei miei momenti peggiori. Quando sono salita di corsa su quel treno, a Varese, avevo appena liquidato la mia prima e unica storia d'amore. Questa mattina, prima di venire nel suo studio, l'avvocato Asetti stava per mettermi le mani addosso.»

«Allora, le fisso qualche appuntamento?»

Liliana considerò con attenzione l'uomo che sedeva di fronte a lei. Aveva occhi marroni grandi e dolci, il viso quadrato, il mento forte, il naso un po' aquilino e le labbra che si schiudevano spesso al sorriso. Sandro Brioschi le comunicava una sensazione di sicurezza e di serenità. Sembrava davvero una persona di cui potersi fidare.

Invece di rispondergli, domandò: «Dottor Brioschi, lei è sempre così disponibile verso il suo prossimo?»

L'uomo sbottò in una risata.

«Le ho dato questa impressione? Be', si sbaglia di grosso. Sapesse quanta gente mando al diavolo! Soprattutto gli arroganti, gli avari, i bugiardi. E sapesse quanti tipi così ci sono in giro! Vede, il mio è uno studio piccolo, non mi sono mai voluto ingrandire e, quindi, se un cliente mi fa arrabbiare, gli suggerisco cortesemente di rivolgersi altrove.»

«Che cosa la fa arrabbiare, dottor Brioschi?» domandò Liliana.

«Evadere il fisco, per esempio. Inoltre, non mi piacciono le bustarelle passate sottobanco e tante altre furbizie tipicamente italiane.»

Il cameriere servì un aperitivo che andava di moda: spumante secco con un'ombra di gin e poche gocce di liquore alla menta. Lo centellinarono chiacchierando come se fossero vecchi amici.

«La settimana prossima vedrò il professore con cui mi sono laureata. Spero tanto che mi possa aiutare. Certo, nei miei sogni di ragazza, non immaginavo che il mondo del lavoro fosse così difficile e soprattutto così ostile alle donne», si sfogò. E proseguì: «Se lei non si offende, accetterei il suo aiuto come seconda possibilità, se la prima non andasse a buon fine».

«Decida come meglio crede. Comunque, le auguro di risolvere il suo problema al più presto. Quanto all'ostilità verso le donne, ha ragione: è sempre esistita. È un modo per elevare un muro a difesa del sistema maschilista che imperversa ovunque», spiegò il commercialista.

«Non sarà che gli uomini fanno la voce grossa perché hanno paura delle donne?» chiese lei.

«Le donne, quando sono in gamba, possono essere davvero straordinarie. Come lei, dottoressa Corti», disse, guardandola con tenerezza.

Quel complimento la fece arrossire e, all'improvviso, Liliana realizzò che il commercialista le stava facendo la corte.

«Questa sera, come tutti i giovedì, ho appuntamento con i miei fratelli in pizzeria. È meglio che vada», disse d'un fiato, alzandosi.

«Posso accompagnarla?» domandò il dottor Brioschi, scattando in piedi.

Liliana aveva cambiato atteggiamento, sembrava confusa e a disagio.

«Non è necessario. La pizzeria è proprio qui, girato l'angolo», rispose e gli tese la mano per salutarlo. «Grazie di tutto», soggiunse.

L'uomo tenne nella sua la mano di Liliana per qualche istante.

«Grazie a lei. Mi scusi se sono stato un po' chiacchierone. Di solito parlo poco. Mi scusi tanto, dottoressa.» Si era accorto che l'atteggiamento di Liliana era improvvisamente cambiato e si chiedeva che cosa avesse fatto per provocare in lei quella reazione.

«Le farò sapere del colloquio con il mio professore», disse lei e se andò

Sandro Brioschi rimase a guardare la figura slanciata ed elegante di quella bella ragazza che si allontanava velocemente, mentre si interrogava di nuovo su che cosa avesse detto di tanto grave da indurla alla fuga.

6

I FRATELLI Corti si riunivano in pizzeria una sera la settimana per il piacere di chiacchierare liberamente, senza la presenza dei genitori. Giuseppe e Liliana erano sempre i primi ad arrivare.

Quella sera, mentre aspettavano Pucci e Rosellina, Liliana gli disse: «Papà è preoccupato. Le riforme proposte dai sindacati sono in una fase di stallo e c'è il pericolo di una grave recessione, anche se per ora nessuno ne parla».

«Ci sarà una nuova ondata di scioperi che non servirà a niente, come sempre», ragionò il fratello.

«Bella filosofia! Senza lotte, vivremmo ancora in un sistema repressivo e non avremmo neppure la possibilità di respirare», protestò lei, con veemenza.

Il fratello sorrise. Gli piaceva stuzzicare Liliana sui temi sindacali.

Assaporò un fiore di zucca fritto e sussurrò: «Domani vado a Londra con Filippo».

«Me lo ha detto la mamma. Sono un po' invidiosa, lo sai?»

«Non è una vacanza. C'è un'asta da Sotheby's e un cliente di Filippo è interessato a certi paesaggi del Settecento inglese. Vuole che lo accompagni perché sostiene che devo dare un'occhiata alla moda maschile inglese. Sai, lui ha la struttura mentale dell'insegnante.»

«Credevo che ti occupassi di moda femminile. Pensa che io invece passerò il fine settimana a fare le pulizie di casa, come sempre», si lamentò. E soggiunse: «Però mi consola saperti felice con il tuo compagno».

«A volte litighiamo astiosamente», confessò Giuseppe. E proseguì: «Lui ha la mania del lusso, dell'ostentazione, delle frequentazioni importanti…»

«E della Mariuccia», aggiunse Liliana, con aria maliziosa.

«Sta sempre per casa e interferisce come una suocera. Filippo la adora, io no. Tutto quello che lei dice è oro colato, perché è amica di Margaret d'Inghilterra. A proposito, indovina chi ci accompagna a Londra?»

«Mariuccia!» esclamò Liliana.

«Appunto, così sembreremo una coppia di omosessuali con la madre al seguito.»

«Tu sei geloso!»

«Un po'. Ma lasciamo perdere, perché è di te che voglio sapere.»

Liliana raccolse tutto il suo coraggio e, sottovoce, gli rivelò: «Ho un corteggiatore».

Da quando la sua storia con Danilo era finita, si era

chiusa in se stessa, come un riccio, ed era pronta a pungere chiunque tentasse di avvicinarla. L'idea di un nuovo amore la spaventava, perché aveva paura di soffrire. Tra gli ex compagni di università e i fratelli delle sue amiche, c'era sempre qualcuno che le chiedeva un appuntamento. Respingeva tutti con una sorta di alterigia che non le apparteneva, tanto che gli amici l'avevano soprannominata «l'avvocatessa». All'inizio aveva un po' sofferto per questo soprannome, poi ci si era abituata.

Al bar di via Boccaccio, quando si era accorta che Sandro Brioschi la stava corteggiando, per la prima volta non aveva tirato fuori gli aculei. Era fuggita perché aveva capito che il commercialista le piaceva. Sandro Brioschi le sembrava un uomo affidabile come suo padre e, come lui, aveva uno sguardo sorridente e tanta voglia di vivere.

Mentre percorreva il tratto di strada tra il bar e la pizzeria aveva pensato a sua madre. Come avrebbe reagito Ernestina quando le avesse parlato del dottor Brioschi? Le critiche di sua madre la infastidivano, ma l'esperienza le aveva insegnato che doveva tenerne conto.

«Com'è?» le domandò Giuseppe, pieno di curiosità.

«Potrebbe essere...» non finì la frase, perché nel locale fecero irruzione Pucci e Rosellina. «Te lo dirò un'altra volta. Acqua in bocca con le due serpi», sussurrò.

Non c'era bisogno di ulteriori raccomandazioni. Da quando erano adolescenti, Liliana e Giuseppe si scambiavano i loro piccoli segreti, sapendo che sarebbero stati ben custoditi. Rosellina, invece, non sapeva tacere, e

Pucci non resisteva alla tentazione di stuzzicare i suoi fratelli.

«Scusate il ritardo», esordì Rosellina, posando per terra la borsa di tela che conteneva le scarpette e la tuta che indossava alla scuola di ballo.

«Questa sera abbiamo provato alcuni passi di rumba catalana e l'insegnante non era mai soddisfatta», disse Pucci, abbandonandosi affranto sulla sedia.

«Già, sembra facile, invece è tutto un gioco di scioltezza tra braccia, spalle e fianchi. Pucci è bravissimo. Vorrei tanto che lo vedessero i suoi colleghi bancari», esclamò Rosellina.

«Sai le risate che si farebbero», disse Pucci.

«Solo per invidia», precisò Rosellina. «Perché nessuno di loro è bello come te. Io lo dico a tutti: noi fratelli Corti siamo bellissimi», trillò Rosellina. Poi sorrise al cameriere che si era avvicinato con la lista delle pizze: «Non sembra anche a lei che siamo bellissimi?» gli domandò.

Liliana e Giuseppe scossero il capo rassegnati alle intemperanze della sorella minore. Il cameriere sorrise, perché ormai li conosceva.

Mentre mangiavano, Rosellina raccontò della gara di ballo a cui si erano iscritti.

«È a Cesenatico, in agosto. Vi rendete conto? Ci sarà la televisione per riprendere i ballerini, i giornalisti per intervistarli e centinaia di spettatori. Tutti ci vedranno e ci sommergeranno di applausi perché saremo i migliori.

Io sarò uno schianto, soprattutto se Giuseppe mi farà un vestito favoloso come penso», cinguettò Rosellina.

Da alcune settimane, Giuseppe stava mettendo a punto un abito di organza bianca, dalla linea molto scivolata, che avrebbe ravvivato con lustrini d'argento. I vestiti per le gare di ballo, di solito, erano confezionati da sartorie specializzate ed erano carissimi. Rosellina, che non lavorava e non aveva soldi, si affidava senza pudore alla generosità dei fratelli, che erano felici di assecondarla.

«Domenica, quando verrò a pranzo, ti porterò il vestito da provare», disse Giuseppe.

Pucci, invece, aveva deciso di noleggiare un abito adatto per l'occasione. Era sempre molto attento alle spese e amministrava il suo denaro con oculatezza.

I fratelli Corti fecero tardi, alternando chiacchiere a risate e punzecchiature. Come sempre, divisero il conto in tre, perché ognuno si quotava per la sorella minore che continuavano a proteggere e viziare.

Quando stavano per lasciarsi, Giuseppe riuscì a catturare Liliana.

«Non mi hai raccontato del tuo corteggiatore», le sussurrò. «Brucio di curiosità. Avevi detto che potrebbe essere… Che cosa?»

«È un po' avanti con gli anni, sui quaranta, per intenderci», sussurrò lei.

«Come Filippo. I quarantenni, credimi, sono fantastici.»

7

QUELLA sera, prima di addormentarsi, Liliana ripensò alla sua giornata, che era incominciata malissimo e si era conclusa con una novità inattesa. Il viso schietto del dottor Brioschi faceva capolino nella sua mente e risentiva le sue parole: «Le donne, quando sono in gamba, possono essere davvero straordinarie. Come lei, dottoressa Corti».

Fece un raffronto con Danilo e concluse che Sandro Brioschi non aveva niente in comune con lui, fortunatamente.

«Un vedovo», sussurrò, rigirandosi nel letto. Ricordò la fotografia della moglie, una bella ragazza con i capelli biondi. Com'erano stati quei due anni di matrimonio del dottor Brioschi accanto a una donna che si andava spegnendo? Doveva averla amata moltissimo, se aveva deciso di sposarla pur sapendo che era condannata. E in dodici anni di vedovanza, non aveva cercato una nuova occasione. Perché? Per non tradire la moglie? Per paura di soffrire ancora? Eppure, si diceva Liliana, continuando a rigirarsi nel letto, avrà pur avuto qualche altra storia, perché un uomo non può restare senza una donna. Saranno state storie occasionali? Non le sembrava il tipo d'uomo che si accompagna a una prostituta. Dunque, con chi era stato in tutti quegli anni? Quante altre donne aveva avuto? Perché aveva deciso di corteggiare proprio lei? Ma le stava facendo la corte davvero, oppure era soltanto una sua impressione? Elaborò un ultimo pensiero terrificante: forse il commercialista aveva sposato una donna malata perché non voleva un matrimonio durevole, e poi non si era più risposato, perché amava la vita da scapolo.

Infine, si addormentò stremata da tanti interrogativi. Al mattino, tuttavia, era serena e canticchiava sotto la doccia. Quando entrò in cucina per fare colazione sua madre la guardò incuriosita.

«Come mai sei così allegra, stamattina?» le domandò.

«Quanti anni hai, mamma?» le chiese, invece di risponderle.

«Tanti, troppi. E poi non si chiede mai l'età a una signora.»

«Io dico che i primi sono quarantuno», disse Liliana.

«Quarantadue», la corresse Ernestina.

Liliana pensò che il dottor Brioschi era quasi coetaneo dei suoi genitori.

«Quarant'anni sono davvero tanti», sussurrò, sorseggiando il suo caffè.

«Che cos'hai in mente?» domandò sua madre.

Non la ascoltò e continuò a seguire il filo dei suoi pensieri.

«Un uomo di quarant'anni non dovrebbe riservare spiacevoli sorprese. Non credi?»

«Ma di che cosa parli? Che cosa ti succede, questa mattina? Tu mi nascondi qualcosa. Perché non posso mai stare tranquilla? Avanti, sputa il rospo e non mentire», ordinò.

«Mamma, smettila! Quando fai così non ti sopporto. Tu brontoli, minacci, rimbrotti e non sei mai contenta, come dice papà. Vuoi i miei pensieri? Non li avrai!» sbottò Liliana.

«Voglio sapere chi è questo quarantenne che ti fa cantare appena sveglia», s'impuntò Ernestina.

«Stai sparando al buio», s'indispettì la figlia.

«Ho gli occhi di un gatto», affermò la donna.

«Un gatto cieco», urlò Liliana, mentre agguantava la borsetta e usciva di corsa per andare in ufficio.

Non sentì sua madre che diceva: «Di questi figli, io non ne posso più. Mi sto svenando per loro da una vita e, per tutta ricompensa, vengo trattata come l'ultima ruota del carro».

Liliana, quel giorno, affrontò il solito calvario dello Studio Asetti. Incontrò alcuni colleghi dell'avvocato per predisporre due comparse e passò il resto della giornata a occuparsi di recupero dei crediti. La confortò il pensiero di un fine settimana casalingo e sperò ardentemente di incontrare al più presto il professor Romani.

La segretaria le telefonò a casa il lunedì mattina, mentre si preparava per andare in ufficio.

«Venga alle dieci. Il professore l'aspetta», le disse.

«Grazie, signorina Grisafulli», replicò Liliana, chiedendosi come avrebbe potuto giustificare la sua assenza dal lavoro per quella mattina. Telefonò in studio e rispose l'avvocato.

«Sto andando in ospedale a fare un controllo medico, perché non sono stata bene in questi giorni», mentì.

Uscì di casa e s'avviò a piedi verso via Festa del Perdono.

Varcò l'antico androne dell'Università degli Studi di Milano e provò una stretta al cuore ricordando gli anni bellissimi trascorsi tra quelle mura, quando credeva che bastasse una laurea per conquistare il mondo e sognava di sposare Danilo di cui era innamorata.

Ora attraversava il cortile dell'università sperando soltanto che il professor Romani l'aiutasse a trovare un lavoro dignitoso.

Il professore la stava aspettando nel suo studio fumoso, stringendo tra l'indice e il medio il sigaro cubano da cui non si separava mai. Era un uomo dalla stazza monumentale, con un vocione che assomigliava a quello di Mangiafuoco, il burattinaio di Pinocchio. E tuttavia, quando si muoveva, aveva la leggerezza di una libellula e il suo sguardo era limpido e innocente.

Le strinse con vigore la mano, la invitò ad accomodarsi e le offrì una tazza di caffè appena preparato dalla signorina Grisafulli.

Liliana riversò su di lui tutta la sua amarezza. Il docente l'ascoltò con attenzione, mentre dalle sue labbra, nascoste sotto una fluente barba grigia, uscivano nuvolette di fumo pestilenziale. L'uomo stimava Liliana e aveva riposto in quella studentessa brillante e determinata molte aspettative.

«Dia subito le dimissioni da quella topaia», disse. E proseguì: «Gente come l'Asetti disonora la professione ma, mi creda, ci sono individui che fanno di peggio. Più si sale e più aumenta il marcio, fino ad arrivare ai grandi mestatori che servono i lati oscuri del potere e usano la legge per compiere misfatti. Si dimetta», ripeté.

«Non posso permettermi di rinunciare a uno stipendio», sussurrò Liliana.

L'uomo alzò una mano, facendole cenno di pazientare. Consultò la sua agenda, alzò il telefono e compose un numero.

«Sono Romani. Mi passi Eleuteri.» Dopo qualche istante di attesa disse: «Ciao, caro, ho trovato il laureato che cercavi. Come si chiama? Liliana Corti. Certo, è una donna e anche piuttosto graziosa», commentò sorridendo. «Non creerà complicazioni se verrà trattata con il rispetto che merita. Per lei garantisco io. È procuratore legale. Quando vuoi vederla? A mezzogiorno sarà da te. Per sdebitarti mi inviterai a cena.»

Chiuse la comunicazione e la guardò con aria soddisfatta.

«Che cosa fa ancora qui? Il dottor Eleuteri la sta aspettando. Si sbrighi», la sollecitò.

Liliana si alzò lentamente dalla sedia, perché temeva di non riuscire a stare in equilibrio sulle gambe.

«Io non so… è tutto così… Professore, lei è… Io sono…» balbettava come una scolaretta troppo timida.

«Vada via, Liliana», disse lui, che detestava i ringraziamenti.

«Dove, professore? Qual è l'indirizzo?»

Dal petto immenso del docente sgorgò una risata fragorosa.

«Ha ragione!» esclamò.

Scarabocchiò l'indirizzo su un foglietto e glielo tese. Liliana l'afferrò e volò via.

Lasciò l'università eccitata e colma di speranza. Lesse di nuovo l'indirizzo che il professor Romani le aveva dato e le sembrò di sognare. Aveva un appuntamento con il direttore della Collevolta, un'azienda gigantesca, come la Fiat in Italia o la General Motors in America. La sede milanese era in via Paleocapa. Arrivò puntualissima e, al portiere gallonato, annunciò di avere un appuntamento con il dottor Eleuteri.

L'uomo le chiese un documento di identità, poi la fece accomodare in una piccola stanza, accanto alla portineria, e disse: «Attenda, per favore». Richiuse la porta e la lasciò sola.

Liliana sedette su una poltroncina rossa, sotto una stampa antica che riproduceva il Castello Sforzesco. Il suo cuore martellava per l'emozione e si chiese se fosse presentabile. Giuseppe le aveva tagliato i capelli che, adesso, avevano una linea un po' sbarazzina, con una piccola frangia che le copriva la fronte. Portava una gonna di lino celeste e una giacchina corta in maglia di cotone dello stesso colore. Si rammaricò di non aver indossato un abito più adatto all'occasione. La rassicurava soltanto l'essenza del suo profumo.

La porta si aprì ed entrò una signora dall'aspetto severo. Era tutta grigia: il tailleur, i capelli, le scarpe. Sembrava l'insegnante di una scuola religiosa. Liliana si alzò di scatto.

«Dottoressa Corti?» le domandò la donna, con un sorriso. «Mi chiamo Carla Dotti e sono venuta a dirle di pazientare, perché il dottor Eleuteri è ancora in riunione. Le restituisco la sua carta di identità.»

Sparì con la rapidità di un lampo e Liliana si lasciò cadere sulla stessa poltroncina. Pensò: Non si mette bene. Guardò il suo orologio da polso: segnava mezzogiorno e venti. Si trastullò con il braccialetto d'oro, regalo dei genitori per la laurea. E aspettò.

All'una fu tentata di andarsene. Era depressa e le sembrò che la fretta con cui era stata convocata fosse in realtà solo una presa in giro per lei e per il suo docente.

Si alzò dalla poltroncina pensando che la Collevolta fosse un luogo di giganti in cui non ci si cura della dignità dei deboli. Aveva la mano sulla maniglia della porta quando il portiere gallonato l'aprì e si trovò quasi con il viso incollato al suo.

«Le faccio strada», annunciò l'uomo.

Ritornarono nell'ingresso, attraversarono un immenso cortile interno stipato di macchine di grossa cilindrata, entrarono in un altro palazzo e, nell'atrio, l'uomo l'accompagnò all'ascensore.

«Quarto piano», disse il portiere.

Quando l'ascensore si aprì, trovò la signorina Dotti che la stava aspettando. Erano in un ampio vestibolo, a mezza via tra la galleria d'arte e il giardino botanico: quadri astratti alle pareti e grandi piante verdeggianti.

«L'accompagno dal direttore», annunciò la signorina, con aria solenne. La introdusse in una stanza con le pareti rivestite di legno biondo. Tre uomini, tranquillamente seduti su due divani in pelle che si fronteggiavano, separati da un tavolino basso, chiacchieravano sommessamente. Liliana li osservò chiedendosi chi fosse l'interlocutore del professor Romani. Erano eleganti, indossavano abiti perfetti, avevano l'aria disinvolta.

«La dottoressa Corti», annunciò la segretaria con un tono da gran ciambellano.

Due dei presenti si alzarono per salutarla, mentre il terzo le venne incontro, presentandosi.

«Sono Eleuteri», disse e le strinse la mano. Poi spiegò: «Ci scusi se l'abbiamo fatta aspettare. C'è stata una piccola riunione imprevista». Era alto, magro, aveva un viso dai tratti delicati e una voce un po' roca. Liliana ebbe la sensazione di averlo già conosciuto.

«Il dottor Conforti, capo del personale, e l'ingegner Passeri, direttore della sicurezza degli impianti. Conosce già la signorina Dotti, la mia segretaria», annunciò, mentre gli uomini le stringevano la mano. La segretaria si era messa in una posizione defilata, cercando di confondersi con l'arredamento.

Eleuteri invitò Liliana a sedersi sul divano.

«Si accomodi, dottoressa», disse.

Liliana sedette e guardò i tre uomini, sorridendo. Non sarebbe riuscita a spiccicare una parola e si consolò pensando che, tutto sommato, non toccava a lei parlare.

«Il professor Romani è stato suo docente alla facoltà di legge, è così?» domandò il direttore.

«Ho discusso con lui la tesi sul diritto del lavoro», spiegò lei.

Si preparò a subire la solita raffica di domande che conosceva bene. Invece, Eleuteri disse: «Romani mi ha detto un gran bene di lei e, poiché lo stimo, gli credo. La scorsa settimana eravamo insieme a un convegno e gli avevo chiesto di segnalarmi qualcuno per il settore infortunistico. Dunque, sembra che lei sia la persona giusta. Bene, molto bene», affermò il direttore. Chiuse le mani una sull'altra, come se l'argomento fosse concluso.

Passeri e Conforti, intanto, la osservavano.

«Ha con sé un curriculum, dottoressa Corti?» domandò il direttore del personale. Era un uomo relativamente giovane, dall'aria affaticata.

«Mi dispiace, ma temo di non avere nessun curriculum. Mi sono laureata un anno fa e da allora lavoro nello studio legale dell'avvocato Asetti. È tutto, per ora», dichiarò Liliana.

I dirigenti le sorrisero con simpatia.

«Qual è la sua retribuzione attuale?» domandò Conforti.

«Vergognosa», rispose Liliana, con una schiettezza che spiazzò i dirigenti. E proseguì: «La prego, preferirei che mi dicesse lei quanto è disposto a offrirmi».

La signorina Dotti lanciò un'occhiata al suo direttore e si lasciò sfuggire un sorriso.

«La Collevolta potrebbe assumerla in 'biesse', che è la categoria dei neolaureati, con il compito di occuparsi degli aspetti giuridici relativi alla sicurezza degli impianti. Sono novantamila lire al mese per quattordici mensilità, più una serie infinita di agevolazioni che a suo tempo le verranno illustrate», propose Conforti.

Liliana decise di far valere la raccomandazione del professor Romani.

«Mi sono laureata con il massimo dei voti e la lode. Mi sembra di capire che dovrò guadagnarmi il mio stipendio fino all'ultimo centesimo e mi va benissimo, perché amo il mio lavoro. Così direi che centoquarantamila potrebbero essere un compenso ragionevole.»

L'aveva sparata grossa e sentiva il cuore in gola, ma stava giocando una partita importante e aveva ottime carte nelle sue mani.

«Centotrenta», concluse Eleuteri, togliendo al direttore del personale ogni possibilità di contrattazione ulteriore.

Liliana offrì ai tre uomini un sorriso incantevole, mentre si sforzava di contenere la sua felicità.

«Complimenti, dottoressa. Lei sa come farsi apprezzare», affermò l'ingegner Passeri, facendo sentire finalmente la sua voce. Sarebbe stato il superiore diretto di Liliana e non aveva l'aria di essere un uomo mite. Quanto a Conforti, il capo del personale, sembrava non aver apprezzato l'intervento di Eleuteri e non nascose il disappunto per essere stato scavalcato. Era evidente che non correva buon sangue tra i due uomini. Liliana afferrò al volo la situazione ed evitò che Conforti potesse dire qualcosa di sgradevole.

«Sono felice di entrare a far parte della Collevolta», affermò, rivolgendosi a lui, invece che a Eleuteri.

Quella bella ragazza dal sorriso luminoso era dotata di una prontezza eccezionale. I tre uomini la apprezzarono visibilmente.

Il colloquio era durato venti minuti. Liliana avrebbe dovuto presentarsi il lunedì successivo.

Uscì sulla via Paleocapa e si infilò in un bar. Ordinò un caffè e impallidì. Avvertì un senso di vuoto tra stomaco e cervello, non sentiva più il suo corpo e si aggrappò al bancone perché le girava la testa. Si era resa conto di aver fronteggiato tre alti dirigenti della Collevolta con una disinvoltura allarmante.

«Non si sente bene?» le domandò il barista che l'aveva vista vacillare.

«Mai stata meglio», rispose. Bevve il caffè e uscì sulla via alberata. Era felice.

8

ERANO quasi le due del pomeriggio quando entrò nello studio legale di via Leopardi. Era sicura che non avrebbe trovato l'avvocato Asetti che aveva l'abitudine di pranzare in famiglia e concedersi un sonnellino pomeridiano. Non rientrava mai in ufficio prima delle quattro.

La giovane segretaria, colta di sorpresa con la sigaretta in mano, arrossì e si affrettò a spegnerla.

«Sono solamente io. Stai tranquilla», la rassicurò Liliana.

L'avvocato era un igienista e non ammetteva che si fumasse nel suo studio.

«Mi stava venendo un accidente!» confessò la ragazza, con un senso di sollievo. Poi le domandò: «Come sta? L'avvocato ha detto che stamattina è andata in ospedale».

«Sto benissimo, grazie. Anzi, proporrei di farci mandare dal bar qualcosa di fresco, prima di metterci al lavoro», disse Liliana, sedendo di fronte alla segretaria. «Io prendo qualcosa di nutriente, perché oggi ho saltato il pranzo. Che ne dici di un frappè alla fragola? Offro io.»

Aveva bisogno di calmarsi, di riacciuffare i fili della quotidianità, senza lasciarsi travolgere dall'entusiasmo.

Mentre assaporavano la spuma densa e ghiacciata del frappè, la segretaria disse: «A mezzogiorno ha telefonato il commercialista perché gli mancano ancora due pezze d'appoggio per la dichiarazione delle tasse. Gli ho passato l'avvocato, ma prima ha chiesto di lei. Quando gli ho accennato che non stava bene, si è preoccupato».

«È una persona gentile», affermò Liliana.

«Quando vado nel suo studio, mi sembra di entrare in paradiso. Invece, quando arrivo qui, mi sembra di andare in galera. Se non fosse per lei, dottoressa, non resisterei un solo minuto in questo posto», si sfogò la giovane.

«Allora cercati subito un nuovo lavoro perché, tra un momento, entrerò per l'ultima volta in quello che è stato il mio ufficio e scriverò una bella lettera di dimissioni», annunciò.

«Dottoressa Corti, non ci posso credere!» esclamò la segretaria.

«Questa mattina sono stata a un colloquio, non in ospedale. Me ne vado, cara. Mi dispiace tanto per te, ma sono felice di lasciarmi alle spalle questo studio», affermò Liliana.

«Oddio, lui farà il diavolo a quattro!» si allarmò l'impiegata.

«Ma io non ci sarò.»

«E io?» domandò smarrita.

«Sopravviverai e troverai un impiego migliore. Garantito. Il mio numero di casa lo conosci. Telefonami e ci rivedremo, ma fuori di qui.»

Poco dopo abbracciò la ragazza, affidandole la lettera da consegnare all'avvocato. Poi tornò a casa.

L'appartamento al primo piano in corso di Porta Romana era deserto. Mai, come in quel momento, Liliana apprezzò la luce, l'armonia, l'ordine discreto di quelle stanze. Entrò nel salotto, sedette sul divanetto rococò che la accoglieva fin da quand'era una ragazzina e chiamò la società dei telefoni. Chiese di essere messa in comunicazione con il numero di Miss Angelina, a New York. Laggiù erano le nove del mattino e Liliana era sicura di trovarla in casa. Infatti, poco dopo, fu proprio la signorina Pergolesi a risponderle.

«Ho una notizia clamorosa», esordì Liliana. E precisò: «Lei è la prima persona a saperla».

Le raccontò della sua assunzione alla Collevolta e l'anziana signorina che, da sempre, viveva di gioie riflesse, partecipò commossa alla sua felicità.

«Lei mi aveva prospettato orizzonti più vasti per il mio futuro e ora mi sembra di intravederli. E non basta, Miss Angelina. Ho conosciuto un uomo perbene, non tanto giovane, ma affidabile.»

«Dimmi com'è», la spronò Angelina. «Ha il fascino dell'uomo maturo? Descrivimelo.»

«Ha in mente Cary Grant? Bene, non gli assomiglia

nemmeno un po'. È poco più alto di me, capelli brizzolati, l'aspetto di un buon padre di famiglia e usa lo stesso dopobarba del mio papà.»

«E tu ne sei innamorata», concluse la donna.

Ci fu un attimo di silenzio. Liliana ricordò le sensazioni che aveva provato al primo incontro con Danilo. Non era accaduto niente di tutto questo con il dottor Brioschi. Così rispose: «Mi piace molto. Mi dà un forte senso di sicurezza».

«Quando mi scriverai, mandami una sua fotografia. E, se ti sposerai, ti aspetto a New York. Questa volta dovrai davvero venire in America. Da qui potrai attraversare gli Stati Uniti e andare a Los Angeles, dove Beth lavora come scrittrice di soggetti cinematografici. Sono così felice di poter partecipare ancora della tua vita. Il mondo è tuo, Liliana. Ricordalo.»

Chiuse la comunicazione e decise di telefonare al professor Romani. Sapeva che, a quell'ora, lo avrebbe trovato nel suo studio in Università. Quando sentì il suo «Pronto», pronunciato con voce tonante, Liliana annunciò: «Professore, ce l'ho fatta».

«So tutto. Mi ha chiamato Eleuteri per ringraziarmi di averla indirizzata a lui. Sembra proprio che lei abbia fatto colpo, dottoressa. Ma non si culli sull'onda di questo successo e tenga sempre alta la guardia. Alla Collevolta impera il maschilismo più assoluto e quando si accorgeranno che lei ha buoni numeri, le renderanno la vita difficile», l'avvertì il suo docente.

«Farò tesoro del suo consiglio. Grazie di tutto, professore», disse Liliana.

Lasciò il salotto e andò in cucina. Aveva fame. Il frigorifero di casa Corti era praticamente vuoto. Forse la mamma avrebbe fatto la spesa, prima di rincasare. Trovò una mela, la lavò e l'addentò. In quel momento suonò il telefono.

Rispose dall'anticamera. Le vennero i brividi quando sentì la voce dell'avvocato Asetti che le domandava: «Che storia è questa? Da quando in qua lei si permette di lasciare un lavoro senza il regolare preavviso?»

«Da quando il mio datore di lavoro si permette intollerabili licenze», rispose Liliana con calma.

«Le ho già chiesto scusa, non basta?» chiese lui, seccato.

Liliana non replicò e l'avvocato proseguì: «Non sia sciocca. Vuole un aumento di stipendio? Accordato! E adesso torni qui di corsa, perché c'è del lavoro da sbrigare», ordinò.

«Non se ne parla», tagliò corto Liliana.

«È la sua ultima parola?» domandò furibondo.

«Proprio così, avvocato», rispose lei, sicura.

«Lei è una cretina presuntuosa, incompetente e non farà mai carriera.»

Liliana chiuse la comunicazione. Anche se non aveva alcuna stima di quello squallido personaggio, si sentì profondamente ferita per l'insulto ricevuto.

Si rifugiò nella sua camera, si distese sul letto e pianse. Sua madre le aveva detto, più d'una volta: «Gli uomini sono una razza di bastardi: quando una donna ci sta è una puttana, quando non ci sta è una cretina». I minuti scorrevano e, tuttavia, non riusciva a smettere di singhiozzare.

Fu allora che il telefono riprese a suonare. Non aveva nessuna voglia di rispondere. L'apparecchio squillava senza sosta. Si asciugò le lacrime, ritornò in salotto e, finalmente, sollevò il ricevitore, dicendo: «Chi è?»

«Sono Sandro Brioschi, cerco la dottoressa Corti», disse il commercialista, che non l'aveva riconosciuta.

«Sono io. Buona sera, dottore», rispose Liliana.

«Ho avuto il suo numero dalla segretaria dell'Asetti. Come sta? L'ho chiamata in un momento inopportuno?»

«Lei è una delle poche persone con cui mi fa piacere parlare», lo rassicurò.

«So che ha dato le dimissioni. Sono felice per lei.»

«Poco fa mi ha chiamata l'avvocato Asetti e mi ha riempita di insulti.»

«Era da prevedere, conoscendo il personaggio. Perché non mi racconta tutto davanti a un buon piatto di pastasciutta? Insomma, sarebbe un invito a cena, se lei è d'accordo.»

«La ringrazio. Accetto l'invito», rispose Liliana.

«Passo a prenderla alle sette e mezzo. Va bene?»

«Va benissimo, dottore. Ancora grazie», sussurrò.

Depose lentamente il ricevitore, si voltò e vide sua madre, ferma sulla soglia del salotto. Portava due grosse borse della spesa e la guardava, incuriosita.

«La ringrazio, accetto l'invito, benissimo, ancora grazie», ripeté Ernestina, facendole il verso. «Allora?» domandò.

Liliana decise di non parlare, infastidita dall'invadenza di sua madre. Allargò le braccia, come a dire che non aveva niente di speciale da raccontare, e andò in camera sua.

9

Sandro Brioschi l'aspettava davanti al portone. Sembrava molto più giovane dei suoi anni. Indossava una giacca di lino color tabacco chiaro e pantaloni blu, una camicia azzurro pallido e una cravatta regimental a righe blu e tabacco. La colpì la lucentezza delle scarpe, tipicamente inglesi, molto eleganti. Vedendola, lui schiuse le labbra in un sorriso. Si salutarono con una stretta di mano.

Di fronte a loro era parcheggiata un'Alfa grigio metallizzato e il commercialista le aprì la portiera invitandola a salire. Mezz'ora dopo erano in un ristorante sulla Darsena dei Navigli, sotto un pergolato che reggeva una rigogliosa vite canadese. Sandro Brioschi spostò la sedia perché Liliana potesse accomodarsi al tavolo che aveva riservato.

«È molto elegante, dottoressa», constatò l'uomo osservando il semplice tubino di seta blu, bordato di bianco, che Liliana indossava.

«Mio fratello disegna il modello e la mamma lo taglia e lo cuce», spiegò lei.

Il proprietario del locale propose un antipasto di gamberi, tagliolini all'astice e orata ai ferri. Il tutto accompagnato da un Pinot grigio freschissimo.

Liliana esordì raccontandogli l'assunzione alla Collevolta e non smise più di parlare. Quando il cameriere servì la macedonia con il gelato, aveva ormai tracciato un quadro completo della sua vita: i genitori operai, il padre sindacalista, la casa di corso Lodi, l'amicizia con le signore Pergolesi, il trasloco nell'appartamento di corso di Porta Romana, la sua storia con Danilo, l'omosessualità di Giuseppe, il caratteraccio della mamma, la solarità del padre, la sua determinazione nell'affrontare il mondo del lavoro.

«Ora che sa tutto di me, credo che possiamo darci del tu», concluse.

«Grazie. Mi piace il tuo nome, è così dolce. Li-lia-na, sembrano tre note musicali. Ti prego di apprezzare questo volo poetico da parte di un arido commercialista», scherzò.

«È un complimento bellissimo», disse Liliana, divertita.

«Ti sto facendo la corte, te ne sei accorta?» le domandò Sandro.

«Pensi dunque che la vita ti stia offrendo una seconda possibilità?» gli domandò, ricordando il loro incontro nello studio di via San Vittore.

«Forse sì, sempre che tu me lo consenta.»

«Mi piacerebbe se imparassimo a conoscerci piano piano, giorno dopo giorno. Non sono una persona dal carattere facile, ma so quello che voglio: una bella famiglia e un lavoro esaltante. Credi che ce la farò ad avere tutto questo?» gli chiese.

«Non lo so, ma vorrei aiutarti a realizzare i tuoi sogni», disse lui, guardandola con adorazione.

Sandro la riaccompagnò a casa.

«Sei così giovane e hai tanto entusiasmo. Se non lo perderai per strada, arriverai in cima al mondo», le sussurrò, mentre Liliana apriva il portone del palazzo.

Liliana gli tese la mano e Sandro avvicinò il suo viso a quello di lei. Depose un bacio sulla sua fronte. Poi si ritrasse.

«Sono stato troppo audace?» le domandò, sorridendo.

«Spero che tu faccia meglio la prossima volta», replicò lei.

«Sono un po' impacciato. Potrei quasi essere tuo padre.»

«Ma, per fortuna, non lo sei», disse Liliana, con aria maliziosa.

Varcò la soglia, chiuse il portone, vi si appoggiò con le spalle e trasse un lungo respiro. Aveva quasi paura di ammettere che era felice.

Quando entrò in casa, Rosellina le andò incontro e annunciò sottovoce: «La mamma era al balcone e ha visto tutto».

«Tutto, cosa?» domandò Liliana.

«Un uomo che ti baciava», spifferò.

«Non metterti di mezzo anche tu, per favore. Questa non è una casa, è un covo di vipere», s'indignò.

Si chiuse in bagno, ne uscì dopo un quarto d'ora e si rifugiò nella sua stanza. Rosellina si era distesa sul suo letto e l'aspettava.

«Fuori di qui!» ordinò la sorella.

«Ti prego, non mandarmi via. Muoio dalla voglia di sapere tutto», supplicò Rosellina.

«Per poi diffondere ai quattro venti il frutto delle tue fantasie. Alé, fuori», le ingiunse.

Liliana non era arrabbiata come sembrava. Dava per scontata l'invadenza di sua madre e la curiosità della sorella. Le avrebbe lasciate cuocere a fuoco lento. Si infilò sotto le coperte e si addormentò.

Via Paleocapa

1

«VEDE, dottor Crucillà, l'azienda si preoccupa soprattutto della sicurezza dei suoi operai che, come si può ben capire, sono il nostro patrimonio», esordì Liliana nelle vesti di addetta agli aspetti giuridici della sicurezza sugli impianti.

«Dottoressa Corti, l'avverto che non sono nato ieri. Il patrimonio della Collevolta è ben altro. Gli operai vanno e vengono», replicò il funzionario dell'Ispettorato del lavoro, un siciliano che aveva combattuto mille battaglie e conosceva perfettamente la sua materia.

«I nostri operai sono il nostro patrimonio, glielo ripeto. Spendiamo una fortuna per la loro formazione, perché basta che uno, uno solo di loro, sbagli il collegamento di un cavo e salta per aria un'intera rete. Dunque, la professionalità e la sicurezza dei nostri operai sono la nostra garanzia. Faccio questa premessa, perché se lei è d'accordo su questo, potremo intenderci su tutto il resto», precisò lei, per niente intimorita dal piglio severo del suo interlocutore.

Era la fine di luglio e il caldo dell'estate cominciava a farsi sentire anche tra le mura spesse dell'Ispettorato del lavoro. Il dottor Crucillà, di stazza robusta, di tanto in tanto si passava un fazzoletto sul viso per asciugarsi il sudore. Liliana, imperturbabile, sedeva di fronte a lui e faceva ricorso a tutto il suo sangue freddo per non mostrare la tensione di quella prima trattativa, dal cui esito dipendeva il suo prestigio alla Collevolta.

Aveva passato quasi un mese a studiare e analizzare i complessi meccanismi che regolavano tutto l'andamento aziendale, con una particolare attenzione al settore di sua competenza. Ogni sera preparava una lista di domande e, il mattino dopo, si presentava nell'ufficio dell'ingegner Passeri per avere risposte precise e particolareggiate. Qualche volta il suo capo dava segni di impazienza per il puntiglio con cui la dottoressa Corti analizzava le sue risposte e pretendeva nuovi chiarimenti.

«Basta così, dottoressa. Lei ha il potere di sfiancarmi», sussurrava, al limite della sopportazione.

«Le chiedo scusa, ma devo anche tener conto delle nuove normative che nascono ogni giorno e il linguaggio di questi legislatori è così involuto e così smaccatamente ambiguo, che si presta a interpretazioni contraddittorie. Ho passato la notte a studiare le normative tentando di tradurle in concetti chiari. Quindi, la prego, mi dedichi ancora qualche minuto del suo tempo», gli spiegava, sfoderando un sorriso disarmante.

«Ma lei non si riposa mai?» le domandava l'ingegnere.

«È un lusso che non posso permettermi. Ho ancora troppe cose da imparare», si giustificava.

Era la prima a presentarsi in ufficio e l'ultima ad andarsene. Aveva imparato a vestire in modo anonimo, sul genere della signorina Dotti: tailleur e camicetta, niente trucco, niente tacchi alti, solo qualche goccia del suo profumo.

Nonostante ciò, gli impiegati della Collevolta si fermavano a guardarla, quando passava lungo i corridoi, con la sua falcata decisa. I commenti, sussurrati in dialetto milanese, si sprecavano. Liliana non li sentiva, ma li indovinava e li ignorava, passando oltre a testa alta.

Alle cinque e mezzo del pomeriggio, gli uffici chiudevano. Nel silenzio che improvvisamente calava nell'edificio Liliana studiava le pratiche d'archivio.

Una mattina si presentò all'ingegner Passeri domandandogli ragione di una fornitura di caschi protettivi.

«L'anno scorso ne sono stati ordinati cinquemila e sono stati pagati il venti per cento in meno, rispetto agli ottomila acquistati due anni fa. Come mai? Il fornitore è sempre lo stesso e anche il modello è identico, ma questa volta manca la documentazione sulle prove di resistenza. Mi sembra strano che il costo sia diminuito, invece di aumentare», osservò.

«Per maggiori chiarimenti, si rivolga all'ufficio acquisti», la liquidò.

Liliana non si arrese.

«Già fatto. Il direttore ne sa quanto me, perché è qui solo da tre mesi. Ho cercato il suo predecessore: è in vacanza. Per questa fornitura, venduta sottocosto, mancano le prove di collaudo. Se fosse difettosa? A pensar male, non si sbaglia mai e io vorrei tanto risolvere questo piccolo mistero, così poi mi metto il cuore in pace», disse.

«Dottoressa, il collaudo era già stato fatto per l'acquisto precedente, quindi non serviva», spiegò l'ingegnere. E soggiunse: «È tutto chiaro?»

«Così sembra, ma perché non sono tranquilla?» chiese lei.

Il suo capo non rispose.

Pochi giorni dopo, un operaio ebbe un grave infortunio mentre sistemava alcuni cavi dell'alta tensione. Era stato colpito da una scarica elettrica che lo aveva fatto precipitare da un'altezza di dieci metri. Il casco protettivo non aveva resistito all'impatto con il suolo e l'uomo aveva riportato un trauma cranico.

«Me lo sentivo», sussurrò Liliana.

Provvide a far compilare le denunce di legge. Intanto le condizioni dell'operaio erano critiche e l'assicurazione sollevò la questione del casco a norma. A quel punto intervenne l'Ispettorato del lavoro. Si era innescato un meccanismo di contenziosi burocratici che sarebbe durato all'infinito. Liliana non amava le questioni che si trascinavano nel tempo e decise di affrontare subito il problema. Per tutelare la Collevolta promosse una denuncia contro il fornitore dei caschi.

Poi ottenne un appuntamento con l'ispettore Crucillà, che in azienda aveva fama di spietato persecutore ed era stato soprannominato Javert, l'implacabile commissario de *I miserabili*.

Ora Liliana gli sedeva di fronte, determinata a risolvere il contenzioso.

«La Collevolta non è quell'angolo di paradiso che lei vuole tratteggiare. Conosco benissimo gli espedienti che mettete in atto per eludere le norme sulla sicurezza, che ha i suoi costi, mentre l'azienda mira al massimo profitto con il minimo sforzo. Mi spiego?» le disse.

«Mi sono laureata con una tesi sul diritto del lavoro. Come può pensare che sia qui a sostenere le nostre ragioni senza avere la certezza che siamo in regola?»

«Non solo lo penso, ne sono convinto», affermò l'uomo.

«Al suo posto, forse, lo sarei anch'io. Allora, la prego di prendere visione, in via confidenziale, di questo rapporto che la mia azienda non conosce e che non arriverà mai nelle mani dell'assicurazione per non danneggiare l'operaio infortunato», disse e gli tese una breve relazione dell'incidente, da cui risultava che l'operaio era caduto perché aveva trascurato di allacciare il moschettone che doveva reggerlo al palo della luce.

Liliana era convinta che l'azienda avesse la sua parte di responsabilità per non aver chiesto il collaudo dei caschi, ma l'infortunio sarebbe stato evitato se l'operaio non avesse commesso una negligenza.

«E brava dottoressa: ha tirato fuori il coniglio dal cilindro, come un abile prestigiatore», sorrise l'ispettore.

«Allora, che cosa vogliamo fare?» gli domandò Liliana, che era decisa a non rivelare la negligenza dell'operaio a condizione che, però, l'Ispettorato ignorasse l'incidente.

Crucillà spalancò le braccia ed emise un sospiro rassegnato.

«Va bene, dottoressa Corti. Per questa volta chiudiamo l'incidente senza conseguenze e speriamo che il suo operaio sopravviva.»

Liliana uscì dal palazzo dell'Ispettorato e telefonò subito all'ingegner Passeri.

«Niente sanzioni, per questa volta», gli comunicò.

«Come ha fatto?» domandò il suo capo.

«Gli ho detto la verità», rispose lei. Quella verità la conoscevano in tre: il compagno dell'operaio infortunato che aveva steso la relazione, lei e il dottor Crucillà. Nessuno dei tre avrebbe parlato.

2

Il dottor Eleuteri chiuse le mani, una sull'altra e, soffregando i palmi, disse a Liliana: «Molto bene, molto bene. È riuscita a cavarsela egregiamente».

Gli infortuni, imputabili alla negligenza del datore di lavoro, comportavano sanzioni molto pesanti da parte dell'Ispettorato e non era semplice trovare scappatoie, soprattutto da quando Crucillà si occupava degli incidenti più gravi, come nel caso, appunto, dell'operaio caduto dal palo della luce. Nessuno si sarebbe aspettato un risultato positivo da quel primo colloquio di Liliana con Crucillà.

Ora, lei sogguardava il direttore, chiedendosi ancora una volta come mai quel volto le fosse familiare. E in quel momento realizzò che l'uomo assomigliava al suo attore preferito: Charlton Heston.

«Due gocce d'acqua», si lasciò sfuggire.

«Come dice, dottoressa?»

Lei si riprese immediatamente e riacciuffò il filo del discorso.

«Dico che dovrebbero essere eliminate certe disastrose superficialità da parte nostra e non sono così sicura che il commissario Javert abbia fatto bene a non aprire un contenzioso.»

Il direttore, l'ingegner Passeri e il capo dell'ufficio acquisti, seduti con lei sui divani di pelle, la guardarono allibiti.

«È evidente che lei gli ha offerto argomenti inoppugnabili», commentò il capo dell'ufficio acquisti, con un sorriso scherzoso.

Eleuteri si rabbuiò. L'atteggiamento del suo collaboratore era inopportuno e di cattivo gusto. Ma Liliana non aveva bisogno di un avvocato difensore.

«Proprio così. Ho portato elementi giuridici inoppugnabili, non certo aiutata da chi avrebbe avuto il dovere di prendere sul serio i miei sospetti», disse con tono sferzante, fissando negli occhi il capo dell'ufficio acquisti.

L'uomo arrossì e ritrasse la testa nelle spalle, come una tartaruga impaurita.

Suonò il telefono e la signorina Dotti, muta testimone di ogni riunione, si affrettò a rispondere. Poi coprì il microfono e sussurrò, all'indirizzo di Eleuteri: «Il presidente».

Con due falcate, l'uomo raggiunse la scrivania, prese la cornetta dalle mani della segretaria e, battendo i tacchi come se fosse alla presenza di un generale, disse: «Buon giorno, presidente».

Nell'ufficio tutti sentirono il rimbombo gracchiante della voce del grande capo. Eleuteri, sempre sull'attenti, ascoltava e di tanto in tanto diceva: «Certo, presidente. Grazie, presidente».

I presenti sentirono il *clic* che mise fine alla comunicazione.

Era noto, alla Collevolta, che il dottor Eleuteri doveva la sua carriera al fatto di appartenere a una famiglia importante che annoverava tra i suoi membri un vescovo, un parlamentare e un generale dell'esercito. Si sapeva, anche, che aveva frequentato l'accademia militare di Cuneo e che, in ossequio alla volontà paterna, aveva lasciato la divisa per ricoprire il prestigioso incarico alla Collevolta. Il rispetto gerarchico, tuttavia, gli era rimasto addosso come una seconda pelle e, quando il presidente gli telefonava, prevaleva sulle sue facoltà razionali.

La signorina Dotti, quindi, gli prese la cornetta dalla mano e la posò sulla forcella. A quel punto Eleuteri congiunse le mani, sfregò lentamente i palmi, l'uno sull'altro e ripeté: «Molto bene, molto bene». Poi rivolse ai presenti uno sguardo smarrito e sillabò: «Dunque, il presidente ha detto...»

«Di assegnare alla dottoressa Corti una segretaria personale e di proporla, in autunno, per un avanzamento», declinò la signorina Dotti che, essendo di fianco a lui, aveva sentito le istruzioni del presidente.

«Molto bene, molto bene», ripeté Eleuteri che aveva ripreso la padronanza di sé. Quindi soggiunse: «Come vede, dottoressa Corti, nella nostra grande famiglia i meriti vengono sempre riconosciuti. A questo punto direi che possiamo riprendere il lavoro»

Liliana si fermò a bere un caffè al piano terreno prima di ritornare nel suo ufficio, una stanza minuscola che conteneva la scrivania, due sedie e gli schedari metallici. Trovò un uomo ad aspettarla. Era Bonfanti, il capo della commissione interna.

Liliana lo conosceva di vista, ma non si erano mai parlati.

«E così, l'avanzeranno di grado», esordì l'uomo.

Le notizie, all'interno della Collevolta, volavano a una velocità superiore a quella della luce.

«Buon giorno, Bonfanti», disse lei, sedendosi dietro la scrivania.

L'uomo fumava una sigaretta e allungava un braccio verso la finestra aperta per far cadere la cenere sul davanzale. Lei prese il sottopiatto di una piantina d'edera, ereditata dal suo predecessore, e glielo tese.

«Qui si può fumare senza doversi nascondere?» domandò stupita.

«Perché non si dovrebbe?»

Lei non aveva mai osato farlo, ma ora si affrettò a sfilare una sigaretta dalla borsa. Bonfanti gliela accese. Liliana proseguì: «Tutti aspirano ad avanzare di grado. Il facchino spera di diventare magazziniere, l'operaio vuole diventare caporeparto, un 'biesse', come me, mira all'A uno. Lo so che è un modo un po' folle per interpretare la vita. Anche lei ha qualche ambizione nel sindacato.

Chi lavora in una grande città, deve essere competitivo, se vuole sopravvivere. Abbiamo perso il concetto di un mondo a misura d'uomo. E adesso mi dica a che cosa devo il piacere della sua visita», chiese, aspirando una boccata di fumo.

«Visita d'obbligo», rispose Bonfanti. «Oltretutto, lei è la figlia di Renato Corti. Suo padre lo conosciamo tutti. La saluto, dottoressa.» Le sorrise e sparì, com'era venuto.

Quella sera Liliana si confrontò con suo padre a proposito del comportamento di Bonfanti.

«Il tuo incarico dovrebbe essere puramente tecnico, ma, all'interno di una grande azienda, assume anche connotazioni politiche. È normale che il sindacato ti tenga d'occhio», ragionò Renato.

«Loro sanno che ho mediato con l'Ispettorato del lavoro. Punto», precisò Liliana.

«Loro sanno molte più cose di quanto tu creda. Per esempio, sanno che hai coperto la negligenza di un loro compagno. Te ne sono grati e te lo hanno fatto sapere.»

«Pensi davvero che siano così bene informati?» si stupì lei.

Renato annuì.

«Io credo che tu sia la persona giusta nel posto sbagliato. La Collevolta dovrebbe assegnarti all'ufficio del personale. Lì potresti fare qualcosa di più interessante», affermò.

Ernestina entrò in salotto per portare il caffè al marito e alla figlia. La ingelosì la loro intimità e reagì come sempre: brontolando.

«Che cosa avrete da confabulare, voi due?» domandò. Si volse poi al marito, dicendo: «Avevi promesso di portarmi al cinema, questa sera». Quindi chiese alla figlia: «E tu, come mai non sei a spasso con il tuo vecchio innamorato?»

Renato e Liliana si scambiarono un'occhiata e sorrisero. Ernestina non si smentiva mai. Trovava sempre il modo per esprimere la sua scontentezza. Infatti proseguì: «Giuseppe si fa vedere solo in fabbrica. Non parliamo poi di Pucci e Rosellina, sempre in giro a sgambettare. Voi due parlate di lavoro ma intanto ve ne state in panciolle a farvi servire. Chi deve lavare, pulire, stirare, cucinare, fare la spesa? Io, sempre e solo io! Ma se torno a nascere...» Non concluse la minaccia e uscì dalla stanza.

Padre e figlia rimasero di nuovo soli. Si piacevano ed erano fieri l'uno dell'altra.

«Un giorno ti farò conoscere Sandro», disse Liliana.

«Non è una grande passione, vero?» domandò Renato.

«Non ancora, ma lo sarà. Mi piace molto, è un uomo all'antica, per bene, affidabile.»

Renato pensò che non aveva mai dato nessuna affidabilità alla moglie, eppure Ernestina lo aveva sempre amato.

«Peccato», sussurrò.

«Perché?» domandò sua figlia.

«Perché è bello essere follemente innamorati», disse suo padre.

3

Il ristorante sulla Darsena era diventato il ritrovo classico per la cena del lunedì. Liliana e Sandro vivevano la loro storia serenamente, abituandosi l'una all'altro giorno dopo giorno.

Era la fine di luglio e il commercialista era in procinto di chiudere lo studio per le ferie. Aveva programmato da tempo la solita vacanza nel Nord d'Europa in compagnia di un paio di vecchi amici e delle loro mogli. Sandro aveva sempre avuto una compagna per questi viaggi in macchina. Si chiamava Denise Gattoni, era di nazionalità svizzera e viveva a Lugano, dove dirigeva la filiale di una catena di grandi magazzini. Denise aveva abitato a Milano per diversi anni, avendo sposato un italiano, funzionario di una banca milanese, da cui aveva avuto due figli. Un giorno il marito era sparito portandosi via il contenuto della cassaforte e lei era rimasta sola con i bambini. Non aveva più notizie del marito ed era ritornata a vivere in Svizzera con i due figli, nella casa dei suoi genitori. Ma era dovuta venire a Milano diverse volte per sistemare le questioni economiche e il suo avvocato le aveva consigliato di rivolgersi a un commercialista, Sandro Brioschi.

Era nata così la tranquilla relazione tra il vedovo e la donna. Oltre le vacanze estive, trascorrevano insieme il sabato, in una piccola casa che Denise possedeva a Gaggiolo, sul confine svizzero. La domenica mattina, lei accompagnava Sandro alla stazione di Varese, dove lui prendeva il treno per tornare a casa, e poi rientrava a Lugano.

Il primo incontro tra Liliana e il commercialista era avvenuto, appunto, sul treno per Milano.

Il rapporto tra Denise e Sandro durava da diversi anni, senza promesse, né progetti di una vita in comune.

Da quando era incominciata la storia con Liliana, Sandro non aveva più visto Denise. Era ritornato a Gaggiolo una sola volta.

Lui e Denise avevano trascorso la giornata in barca, a pescare sul lago. Si erano scambiati poche parole, avevano catturato qualche luccio, poi erano tornati a casa. Lei si era messa a cucinare il pesce mentre lui, sul terrazzo, beveva un bicchiere di vino e guardava il tramonto. Quando Denise lo aveva raggiunto gli aveva chiesto apertamente: «C'è qualcosa che devo sapere?»

Sandro annuì: «È presto detto: mi sono innamorato», confessò. E proseguì: «Mi dispiace, Denise. Sei stata una buona amica e te ne sono grato. Ci siamo fatti compagnia per tanti anni, ma non abbiamo mai fatto progetti per il futuro. Ti prego, lasciami andare per la mia strada», era commosso e non riuscì a parlare oltre.

Lei aveva sussurrato: «Ti auguro che non ti capiti mai di essere messo da parte, come stai facendo con me».

Ora, mentre erano a cena, e Sandro accarezzava pensieroso la mano di Liliana, lei gli chiese: «C'è qualcosa che ti preoccupa?»

«Voglio che tu sappia che, negli ultimi anni, ho avuto una… una… storia con una donna.»

«Me l'ero immaginato. È finita?» chiese la ragazza.

«Sì, anzi non è mai incominciata, nel senso che non abbiamo mai pensato di vivere insieme», rispose Sandro, e aggiunse: «Tuttavia, non è facile per lei rimanere da sola, dopo che ci siamo frequentati per tanto tempo. Questo mi dispiace perché è una buona amica».

«Perché me lo racconti?»

«Non mi piacciono i segreti e vorrei salvare la mia amicizia con lei.»

«È giusto. Allora, non farle mancare il tuo aiuto.»

Quella sera, tornando a casa, Sandro ripensò alle parole di Liliana e decise di seguire il suo consiglio. Avrebbe aiutato Denise, almeno fino a quando lei ne avesse avuto bisogno.

4

Pucci e Giuseppe, distesi sulle sdraio, al riparo dell'ombrellone, leggevano il giornale, ignorando il chiasso che imperversava sulla spiaggia. Di tanto in tanto si scambiavano qualche parola. Per Pucci quella era la prima autentica vacanza al mare e se la godeva fino in fondo. Da piccolo veniva mandato in colonia con il fratello a Cesenatico e, di quelle estati, conservavano entrambi un ricordo straziante. I fratelli Corti subivano come un esilio il distacco dalla famiglia e, stretti l'uno all'altro, contavano i giorni che li separavano dal ritorno a casa. Le vigilatrici li avevano soprannominati «i due orfanelli» e tali si sentivano, lontani da casa.

Superata l'età per andare in colonia, erano stati felici di trascorrere le estati in città. Poi erano cresciuti. Quell'anno, Giuseppe era andato al mare con Filippo, sulla Costa Azzurra. Ma dopo qualche giorno aveva telefonato a Pucci e gli aveva detto: «Tra poco andrai a Cesenatico con Rosellina per la gara di ballo. Perché non partiamo subito e ci facciamo una piccola vacanza? La nostra amata sorella potrebbe raggiungerci dopo, con un treno».

Ora Pucci guardava la distesa di sabbia come se fosse la spiaggia di Miami e la pensione famigliare in cui alloggiavano gli sembrava un grande albergo. Di tanto in tanto commentava compiaciuto: «Questa è vita!»

Lo disse anche adesso. E Giuseppe, che stava sfogliando una rivista di moda, osservò: «Se vogliamo dirla fino in fondo, il nostro albergo non è tra i migliori della costa. A me sta bene così, perché tu e Rosellina avevate già prenotate le stanze e, inoltre, so che ti saresti disperato all'idea di spendere qualche lira in più».

«Tu, invece, sei Rockefeller», lo rimbeccò Pucci che si adombrava quando qualcuno faceva riferimento alla sua parsimonia.

Giuseppe pensò alla villa di Cannes dove era stato ospite, con Filippo, di un industriale milanese. Sembrava davvero una residenza dei Rockefeller. Tuttavia lui non si era sentito a suo agio in quell'ambiente che non gli apparteneva. Preferiva la modesta pensione di Cesenatico.

«Lo sai che non vorrei mai essere un miliardario», disse al fratello.

«Io sì», replicò Pucci.

«Se conoscessi quell'ambiente, prenderesti la fuga anche tu. È un carosello di smancerie espresse per abitudine o convenienza, ma senza coinvolgimenti emotivi, una ricerca affannosa dei 'posti giusti', della 'gente giusta', del 'vestito giusto', e i giorni naufragano in una serie di banalità senza fine», si sfogò Giuseppe, mentre si interrogava sul suo rapporto con Filippo, che dopo i primi mesi di travolgente euforia, stava scivolando verso la noia. Forse, a causa delle persone di cui l'uomo amava circondarsi che si dovevano inventare continue stravaganze per sopravvivere.

«Sta' a vedere che tutti i ricchi sono noiosi», ironizzò Pucci.

«Quelli che ho conosciuto io lo sono. Sono stufo di grandi alberghi, di case che sembrano musei, di checche sculettanti, di teste vuote e di gente arrogante.»

Pucci fece scivolare gli occhiali da sole sulla punta del naso e rivolse al fratello uno sguardo perplesso.

«Devo essermi perso qualche passaggio. A che punto della tua vita sei arrivato?» chiese.

«Non capisco nemmeno io. Penso che non mi dispiacerebbe ritornare a vivere in casa», sussurrò.

«Ah, no! La mia stanza è mia e non ho intenzione di dividerla con te», si allarmò Pucci. Ma subito dopo domandò: «Hai problemi con il tuo fidanzato?»

«Litighiamo spesso, da un po' di tempo, e non per colpa sua. Il fatto è che lui mi vorrebbe diverso da come sono.»

«Perché, come sei?»

«Sono un Corti, come dice sempre la mamma, e mi piace chiamare le cose con il loro nome. Invece mi ritrovo in mezzo a gente che allude, ammicca, recita. Voglio molto bene a Filippo, ma non siamo fatti per vivere insieme. All'inizio mi sono lasciato abbagliare dal lusso, dalle buone maniere, dal bel mondo. Poi ho cominciato a prendere le misure a tutta quella gente.»

«Già, è la tua specialità. Da ragazzino giravi per casa con il metro al collo», scherzò Pucci.

«E ho capito che devo ritornare sui miei passi. Ho ventidue anni. Se non correggo adesso la mia rotta, quando potrò farlo?» domandò al fratello.

«Ti aspetti davvero una risposta? Io sento aria di burrasca, e non solo in senso metaforico. Guarda quei nuvoloni laggiù. Vado a fare un bagno, prima che venga il temporale», annunciò Pucci e prese a correre sulla sabbia bollente, zigzagando tra ciurme di ragazzini, madri e nonne che si accalcavano sul bagnasciuga. Giuseppe lo seguì e i due fratelli nuotarono fianco a fianco, con bracciate poderose, spingendosi al largo, dove l'acqua era limpida.

Quando ritornarono a riva, la spiaggia si era spopolata, i bagnini avevano chiuso gli ombrelloni e nel cielo saettavano i lampi di un bel temporale estivo. Si coprirono con i teli di spugna e sedettero sotto la tettoia del bar.

«Te le ricordi le nostre estati su questa spiaggia?» domandò Giuseppe.

«Laggiù, oltre quel reticolato», disse Pucci, che stava pensando la stessa cosa, mentre osservava la zona riservata alla colonia.

«Sarei morto di dolore, senza di te», disse Giuseppe. «Ma perché ci mandavano in colonia?»

«Per sadismo. A Liliana e a Rosellina non è mai toccato quel calvario», ragionò Giuseppe.

«Però abbiamo imparato a volerci bene e a capire quanto fosse importante la famiglia.»

«Te la ricordi quella bambina con le trecce bionde che ci portava le caramelle?» domandò Giuseppe.

«Si chiamava Sabrina. Era innamorata di te», disse Pucci. «A me dava le caramelle al limone, a te quelle al lampone, perché sapeva che il limone non ti piaceva. E non piaceva nemmeno a me. Invece mi piaceva lei.»

«Quando mamma e papà venivano a prenderci in piazza Castello, all'arrivo delle corriere, io li odiavo», disse Giuseppe.

«Anch'io.»

«Però eravamo felici di essere finalmente a casa. Ti ricordi quando Liliana diceva: 'Eccoli, i signorini, belli abbronzati'! Mi veniva voglia di graffiarla.»

«Sono stati anni bellissimi, a guardarli con gli occhi di oggi.»

I due bambini soli e malinconici che avevano indossato le tristi divise della colonia erano diventati uomini bellissimi e molte ragazze, sulla spiaggia e nella pensione in cui alloggiavano, gli facevano gli occhi dolci.

A Giuseppe non interessavano, mentre Pucci fingeva di ignorarle anche perché gli piaceva Ariella, una diciottenne di Forlì, che era in vacanza con la mamma.

Il temporale si allontanò. Nell'azzurro del cielo apparve uno splendido arcobaleno e i due fratelli ritornarono in albergo.

Gli ospiti erano già a tavola e la padrona li rimproverò per il ritardo. Servì un risotto alle vongole e li ammonì: «Questa non è la società dei telefoni e io non posso passare la mattina a rispondere a tutta la gente che vi cerca».

Così seppero che la mamma, Liliana, Rosellina e «il solito signor Filippo» li avevano cercati.

«Il signor Filippo ha chiamato tre volte. Gli altri hanno detto che non c'era niente di urgente», precisò la signora, mentre si allontanava per servire gli altri clienti e rimbrottava suo figlio perché era troppo lento, la figlia perché aveva rotto un bicchiere e il marito perché, dalla cucina, non si decideva a passare i secondi piatti.

«Non mi piace», disse sottovoce Giuseppe.

«Ma se è squisito!» ribatté Pucci.

«Non sto parlando del risotto, ma di Filippo. Non fa che telefonare e questo mi infastidisce», affermò, e proseguì: «Che cosa vorranno mai le nostre donne?»

«Vorranno dirci che Rosellina sta per raggiungerci e che Filippo sta perseguitando anche loro. Fregatene.»

Pucci era tutto concentrato su Ariella e quando i loro sguardi si incrociavano, le sorrideva timidamente.

«Quasi quasi, questa sera la invito a ballare», confidò a Giuseppe.

«L'invito lo faccio io, perché ho modi più suadenti», rispose il fratello.

A fine pranzo i clienti della pensione si trasferirono in giardino, sotto il tendone, a bere il caffè, fra un intreccio di chiacchiere e le grida dei bambini che si rincorrevano intorno ai tavoli.

Giuseppe si avvicinò al tavolo a cui sedevano Ariella e la mamma.

«Questa sera, al dancing *Florida*, si balla il liscio. Mio fratello e io saremmo felici di accompagnare le signore, se fossero così gentili da accettare il nostro invito», disse.

Ariella arrossì, mentre sua madre, una robusta casalinga dall'aria schietta, rispose: «Questa è proprio una bella idea. Grazie, signor Giuseppe. Mia figlia e io ci veniamo volentieri».

Subito dopo Giuseppe rassicurò il fratello: «La madre te la gestisco io».

La sera, al dancing *Florida*, mentre Pucci sfoggiava tutta la sua abilità di ballerino in un valzer campagnolo, stringendo tra le braccia la deliziosa Ariella, Giuseppe volteggiava con la madre che blandì paragonandola a una libellula.

Fu allora che, sul bordo della pista, comparvero Rosellina e l'architetto Filippo Fioretti.

5

LILIANA aveva una settimana di ferie, a cavallo di Ferragosto, e approfittava di quei pochi giorni per riposare. Al mattino si svegliava tardi, poi usciva a passeggiare per le vie e le piazze del centro, inondate di sole e semideserte.

Milano, senza i milanesi, era bellissima.

Quando trovava un bar aperto, faceva una sosta per un cappuccino e una brioche. Il cameriere era gentile con i rari avventori e Liliana apprezzava la qualità del servizio, la prima sigaretta della giornata e la lettura del quotidiano, che comperava lungo il cammino.

Quella mattina, quando ritornò a casa, la mamma stava parlando al telefono con il marito.

«Passamelo», le disse. Appena sentì la voce del padre, gli domandò: «A che punto sei del tuo percorso?»

«Sono arrivato a Cortina d'Ampezzo», rispose Renato. «Questa notte dormirò in un rifugio sulle Tofane.»

Renato Corti passava sempre una parte delle sue vacanze da solo, andando in montagna in bicicletta. Era uno stacco rigenerante dai problemi del lavoro e della famiglia e nessuno, nemmeno Ernestina, lo aveva mai contestato. Qualche giorno prima della partenza, incominciava a preparare lo zaino in cui c'era tutto quello che poteva servirgli per la sopravvivenza.

Negli anni aveva messo a punto diversi itinerari con relative soste per la notte in piccole pensioni.

Pedalava tutto il giorno e si fermava nei centri abitati solo per spedire le cartoline e per telefonare a casa. La sera scriveva degli appunti su un piccolo taccuino, per lo più erano riflessioni sul mondo che si era lasciato alle spalle. L'ultimo pensiero, prima di addormentarsi, era per Ernestina e per i suoi figli. Si augurava che qualcuno di loro, un giorno, capisse che l'unica medicina per ritemprare lo spirito era pedalare nel silenzio dei boschi.

Disse alla figlia: «Vedessi lo spettacolo di queste montagne, è indescrivibile!»

Dopo aver parlato con suo padre, Liliana andò in salotto, si sdraiò sul divano rococò e si immerse nella lettura di *Fratelli d'Italia* di Alberto Arbasino.

Non passò mezz'ora e sua madre fece capolino nella stanza.

«Un caffè?» le chiese.

Liliana sorrise, chiuse il libro e si mise a sedere.

«Dai, entra. Sembri un'anima in pena», disse.

«Sta diventando un privilegio riuscire a scambiare quattro parole con te», si lamentò Ernestina, posando sul tavolino il vassoio con le tazzine. «In questi giorni rimpiango gli anni in cui abitavamo in corso Lodi. Lì c'era sempre qualcuno con cui chiacchierare. Qui mi ritrovo a parlare con le mosche. Lo sai che se non parlo, schiatto.»

«No, tu schiatti se non indaghi», la corresse Liliana, mentre rimescolava lo zucchero nel caffè. «Vuoi sempre sapere i fatti altrui.»

«Non è vero. Mi interessano solo quelli dei miei figli. Tu, poi, sei il mio cruccio. Sei sempre così misteriosa! Rosellina, anche se racconta frottole, parla a non finire. Pucci è sempre stato un libro aperto. Giuseppe non ha segreti anche quando tace. Tu sei un mistero. Non assomigli né a me, né a tuo padre. Non so da chi tu abbia preso questo strano carattere», si lamentò.

«Allora, mamma, dimmi che cosa vuoi sapere e io ti risponderò», propose.

«Perché sei qui con me, tutta sola, in pieno agosto, invece di stare con il tuo vecchio innamorato?»

«Perché è in viaggio con gli amici e la sua ex compagna. Avrei potuto dirgli che non mi faceva piacere e lui non lo avrebbe fatto. Ma non è così. Lui le doveva questi giorni di vacanza dopo aver buttato per aria la vita di quella povera donna», spiegò Liliana.

«Oh, caro Signore! Questa poi… ma in che mondo sono capitata? Ma che testa avete voi giovani? Tu… tu fai progetti per il futuro con un uomo che va in vacanza con l'ex fidanzata», si scandalizzò Ernestina.

«Ecco, questo è il risultato per averti parlato. Così non stupirti se di solito taccio, perché tanto tu non capisci niente», sbottò Liliana.

Sandro Brioschi aveva detto a Liliana: «Spero sinceramente che Denise trovi un uomo con cui vivere. Ma intanto, lei aveva pianificato le vacanze con me e con gli amici. Che cosa ne diresti se le proponessi di andare da sola? Io resterei a Milano con te».

«Ti ringrazio, ma mi dispiacerebbe se rinunciassi alle tue vacanze», aveva risposto Liliana. «Non sono gelosa della tua ex fidanzata», aveva aggiunto, mentendo.

«Io non capisco niente, però hai una faccia che non mi piace», ritornò alla carica Ernestina, sbattendo la porta del salotto.

Liliana sbuffò, rassegnata. Ancora una volta sua madre aveva ragione: lei soffriva di gelosia e aspettava con impazienza che Sandro ritornasse.

6

I DUE fratelli Corti aspettavano Rosellina a Cesenatico per la gara di ballo. Non sapevano che sarebbe arrivata la sera prima del giorno stabilito, in compagnia dell'architetto Filippo Fioretti. Giuseppe se li trovò davanti nel momento in cui riaccompagnava al tavolo la madre di Ariella e li guardò come se avesse visto due fantasmi.

Intervenne Pucci a salvare tutti dall'imbarazzo presentando la sorellina e attribuendo a Filippo il ruolo di maestro di ballo.

«Ma se non distinguo una polca da una mazurca?» aveva protestato Filippo, sottovoce.

«Adesso li distinguerai», aveva sibilato Giuseppe con uno sguardo duro. «E per punizione farai la corte alla madre di Ariella.»

«Pago pegno, tanto più che le signore mature sono la mia specialità. Quanto al resto, dovevo vederti, perché stavo impazzendo senza di te», gli sussurrò il compagno.

A spizzichi e bocconi, quando tornarono alla pensione, venne fuori tutta la spiegazione. Filippo confessò che aveva tempestato di telefonate anche Liliana e, quando aveva saputo che Rosellina doveva raggiungere i fratelli a Cesenatico, era partito subito da Montecarlo. A Milano aveva prelevato la ragazza, l'aveva caricata sulla sua Pantera de Tomaso e si erano fiondati in Romagna.

«Ho una stanza con due letti all'*Hotel Mare e Pineta*», annunciò Filippo.

Era mezzanotte e i tre fratelli Corti, con Filippo, stavano passeggiando sul Porto Canale.

«Io sono venuto in vacanza con mio fratello e sto benissimo nella mia pensione», dichiarò Giuseppe.

«Non potrei dormire io al *Mare e Pineta*? È un posto bellissimo! Ci sono camerieri in giacca e cravatta, tappeti persiani nelle sale, e gente molta sciccosa. Ti prego, Giuseppe, lasciami andare con Filippo», supplicò Rosellina. Poi si rivolse all'altro fratello: «Pucci, diglielo anche tu che devo assolutamente alloggiare in un grand hotel».

Pucci stava pensando ad Ariella e non rispose.

«Filippo non ti vuole e neppure io voglio che tu vada a dormire con Filippo», tagliò corto Giuseppe.

«Ma non faremmo sesso!» garantì.

«Rosellina, basta così», si arrabbiò Filippo che sopportava quella ragazzina troppo estroversa unicamente per amore di Giuseppe.

«Non alzare la voce con mia sorella», s'adombrò Giuseppe.

«Scusami, Rosellina, ma tu faresti scappare la pazienza anche a un santo», si difese Filippo.

Lei sorrise compiaciuta.

«Lo so, è la mia specialità far perdere le staffe a tutti. Così adesso vi lascio soli, però sappiate che mi fate un grande torto, perché quel bellissimo albergo è il massimo delle mie aspirazioni», disse, allontanandosi con Pucci.

Appena fu sola con il fratello, cominciò a burlarsi anche di lui. «Hai preso una bella cotta per Ariella. Certo che è proprio carina. Però sono un po' gelosa di lei. Solo poco poco», confessò, mentre tornavano verso la pensione, tenendosi a braccetto. E lo spronò: «Raccontami tutto».

«Sai, lei ha dato la maturità quest'anno ed è passata con il massimo dei voti. Ha una sorella sposata che vive a Bologna, Ariella andrà a stare da lei in autunno, per frequentare la facoltà di lettere. Da Milano a Bologna sono appena due ore di treno. Potrei andare nei fine settimana», spiegò Pucci.

Più tardi, Rosellina incontrò nell'atrio della pensione l'albergatrice, distrutta da una giornata di lavoro. La donna si divertì ad ascoltare le chiacchiere della giovane milanese che studiava da maestra, sognava di diventare una star dello spettacolo e avrebbe partecipato il giorno dopo alla gara di ballo al dancing *Florida*.

Rosellina seppe deviare il discorso quando l'alberga trice volle indagare su quel gran bell'uomo, dall'aria aristocratica, che l'aveva accompagnata da Milano.

«È il mio maestro di ballo», tagliò corto, confermando la versione di Pucci.

La sera dopo, sulla pista del dancing, davanti a una giuria di esperti, muniti di paletta per assegnare i voti ai partecipanti, si spensero le luci, l'orchestra suonò le prime note di un valzer viennese, si fece silenzio tra gli spettatori e un riflettore illuminò il centro della pista dove Rosellina e Pucci stavano ritti, immobili, una di fronte all'altro, le braccia intrecciate, in procinto di muovere i primi passi di danza.

Pucci indossava una camicia bianca, con il colletto alla russa e pantaloni neri che mettevano in risalto i fianchi stretti e la muscolatura perfetta delle gambe.

Dalla platea, Ariella lo guardava e disse a sua madre: «Com'è bello!»

«Non sembra proprio un ragioniere», commentò la donna che, per la figlia, avrebbe preferito un giovane laureato.

Rosellina indossava l'abito di organza bianca, arricchito sul corpetto da arabeschi di paillette d'argento, che Giuseppe aveva disegnato per lei. I capelli, raccolti sulla nuca in un severo chignon, lasciavano scoperto il viso di porcellana dai lineamenti delicati.

Tra gli spettatori, anche i più inesperti percepirono la classe e l'eleganza dei due giovani e nacque spontaneo un lungo applauso quando mossero i primi passi.

Volteggiavano sicuri sulla pista, mentre il pubblico era in visibilio, rapito dalla bravura dei ballerini.

Al valzer seguì uno scatenato boogie-woogie. Allora

fu tutto un gioco ritmico di gambe scattanti, di passaggi quasi acrobatici che rivelarono l'abilità dei due giovani. Il pubblico non smetteva di applaudire, mentre i giudici si abbandonavano a un palese consenso, annuendo sorridenti. Poi fu la volta del tango argentino e infine di un vivace fox-trot. E accadde l'imprevedibile: Rosellina sbagliò un passo, perse l'equilibrio e cadde. Tra il pubblico si levò un coro di disappunto. Pucci sussurrò alla sorella, mentre l'aiutava a rialzarsi: «Coraggio, non è la fine del mondo».

Rosellina fu scossa da un singhiozzo e abbandonò la pista in lacrime. Tuttavia, mentre attraversava la pedana nacque spontaneo un applauso di incoraggiamento. Pucci seguì la sorella nello spogliatoio, tentando di rincuorarla.

Gli spettatori continuarono a battere le mani per richiamare la coppia sulla pista mentre un addetto all'organizzazione raggiunse i fratelli Corti.

«Vogliono proprio voi. La giuria vi ha penalizzato, ma il pubblico vi reclama», annunciò. E soggiunse: «È arrivata anche una giornalista del *Carlino*. Sbrigatevi a ritornare in sala».

«Una giornalista!» Per Rosellina era una parola magica. Si asciugò le lacrime, schiuse le labbra al sorriso e, al braccio del fratello, tornò con passo lieve sulla pista. Insieme si inchinarono al pubblico che urlava: «Bravi! Bravi! Bis!»

«Dov'è la stampa?» domandò in un sussurro a Pucci.

«Non esaltarti. È soltanto la cronaca locale», l'avvertì il fratello che non perdeva mai il contatto con la realtà.

Il direttore della giuria annunciò al microfono: «Fuori gara, per il nostro piacere, e anche per far smettere questa gazzarra, preghiamo i fratelli Corti di ripetere l'ultima prova: il fox-trot».

Questa volta andò tutto alla perfezione e ci volle un po' di tempo prima che gli spettatori si rassegnassero a lasciarli andare.

Mentre si spogliavano degli abiti di scena, il solito addetto all'organizzazione li avvicinò e sussurrò: «C'è un tale, dice di essere un coreografo. Vuole parlarvi».

«Chi è? Come si chiama?»

«Non me lo ricordo. Ma vi aspetta qui fuori.»

Era Max Garcia, il coreografo che allestiva gli spettacoli di varietà per i programmi della Rai.

7

SANDRO tornò in anticipo dalla sua vacanza. Liliana se lo trovò davanti una sera, mentre usciva dal portone della Collevolta.

Era abbronzato e le sembrò affascinante. Lei aveva lavorato per dodici ore consecutive, saltando anche la pausa del pranzo. Era stremata. Aveva i capelli in disordine, la gonna di lino blu, stretta in vita da una fusciacca verde, era stazzonata e la camicetta di piqué bianco non era in condizioni migliori. Si sentiva a pezzi.

«Da quando mi stai aspettando?» gli domandò, come se si fossero appena lasciati. Erano le nove di sera.

«Da un po'», rispose lui, guardandola teneramente.

Era il 20 di agosto, la sera stava scendendo sulla città, l'afa persisteva.

Lei teneva sul braccio una pila di fascicoli, che avrebbe letto a casa, come sempre.

«Ti trovo in forma», disse a Sandro e gli sorrise.

«Speravo in un'accoglienza più calorosa, ma va bene

così», rispose lui, aprendole la porta della sua Alfa per farla salire. Poi sedette al volante, si girò verso di lei e le accarezzò il viso.

«Mi sei mancata», disse Sandro.

Liliana si rifugiò sul suo petto.

«Bentornato», sussurrò

Sandro la strinse forte a sé.

«Sei così esile, tra le mie braccia. Ti ho pensato ogni momento, ti ho scritto ogni giorno una lettera.»

«Non ne ho ricevuta nessuna», protestò Liliana.

«Sono lì, nel cruscotto. Aprilo», sorrise Sandro.

Eleuteri, il direttore, uscì dal portone della Collevolta e, mentre si avviava verso l'auto blu che lo stava aspettando, vide Liliana con un signore dall'aria distinta, all'interno di una bella auto. Sperò con tutte le forze che la sua preziosa collaboratrice non si sposasse né decidesse di fare un figlio.

Liliana aprì il cruscotto. Trovò un plico di lettere legate con un nastrino blu e un astuccio di pelle color avorio.

«Le lettere puoi leggerle dopo, quando sarai sola. Questa scatolina, invece, vorrei che l'aprissi subito. Contiene qualcosa che ho comperato a Parigi, per te», annunciò Sandro. Era un anello di platino con un grosso zaffiro al centro e due brillanti ai lati.

Liliana osservò quel gioiello meraviglioso, incapace di reagire alla sorpresa. Lesse il nome dell'orafo inciso sulla seta, all'interno della scatola: un marchio prestigioso, conosciuto nel mondo.

«Devi aver speso una fortuna e io non lo merito», balbettò Liliana senza staccare gli occhi dal gioiello.

«Ti sbagli, tu vali molto di più», disse Sandro dolcemente mentre le infilava l'anello all'anulare della mano sinistra. Un barbaglio di luce fece scintillare le pietre preziose.

«Mi fai sentire la principessa di una favola», sussurrò Liliana. Poi disse: «Andiamo via di qui. Non vorrei che qualcuno dell'azienda, uscendo, potesse vederci».

Sandro accese il motore e si allontanarono.

Li accolse il solito tavolo del ristorante sulla Darsena.

«Che cosa hai in mente, per noi due?» gli domandò Liliana, mentre il cameriere serviva un'insalata di gamberi di fiume, aromatizzata con piccole foglie di melissa.

«Il matrimonio, se non ti sembra una proposta troppo azzardata», rispose l'uomo.

Liliana restò con la forchetta a mezz'aria e, finalmente, esternò il fastidioso interrogativo che la disturbava da giorni.

«Come sta Denise?»

«Con lei è andata meglio di quanto pensassi.» E le raccontò che dopo aver lasciato Milano, con le due solite coppie di amici, la piccola carovana delle tre auto era arrivata a Gaggiolo, dove Denise li stava aspettando. Avevano fatto colazione nella casa sul lago e poi erano ripartiti. Denise era molto silenziosa e, più di una volta, aveva sussurrato: «Non mi sembra giusto fare questo viaggio insieme».

Sandro e gli amici non avevano voluto che restasse

sola e la loro delicatezza la metteva a disagio. Si erano fermati a Lione per passare la notte e Sandro aveva prenotato per loro due una piccola suite in un antico albergo *avec beaucoup de tradition*. Lei aveva dormito nella camera da letto, lui nel salotto.

Il giorno dopo, superata Parigi, mentre percorrevano la valle dell'Orne, Denise aveva preso la sua decisione: «Riportami a Parigi, per favore».

Lui l'aveva scortata fino all'aeroporto di Orly, dove la donna aveva preso un volo per Barcellona. «Ho dei colleghi di lavoro a cui ho telefonato. Mi aspettano. Farò la mia vacanza con loro, sulla Costa Brava», lo aveva rassicurato.

Ritornato a Parigi, Sandro aveva acquistato l'anello per Liliana e aveva raggiunto gli amici che lo aspettavano a Bayeux. Erano andati per antiche chiese e castelli, per ruderi romani e per boschi.

«Ma che cosa fai qui? Torna da Liliana», lo avevano spronato gli amici, dopo qualche giorno.

Ora, Liliana aveva posato sul tavolo il pacchettino di lettere che Sandro le aveva scritto.

«Le leggerò questa notte», annunciò.

«Ho cercato di raccontarti come sono fatto e quello che provo per te. Non ti pentirai d'avermi al tuo fianco», disse lui.

«Non sarò una compagna facile. Tu lo sai, vero?»

«Sono pronto a tutto», scherzò Sandro, sfiorandole la mano con una carezza.

Liliana ammirò alla luce della candela, posata sul tavolo, la morbida lucentezza delle pietre che aveva al dito. Poi all'improvviso si mise a ridere.

A Sandro, che la guardava stupito, spiegò: «Stavo pensando alla mia sorellina, a quando vedrà questo anello e a quello che andrà dicendo in giro. È capace di raccontare che è appartenuto alla Callas, o alla principessa Soraya. La sua fantasia è incontenibile!»

Quella sera, sul portone di casa, ricambiò il bacio di Sandro con un calore speciale. Liliana era sicura che lui sarebbe stato il compagno giusto per la sua vita.

8

Era la prima domenica di settembre e in casa Corti c'era un gran fermento.

Dopo un lungo e vivace consiglio di famiglia, Ernestina aveva accettato di invitare a pranzo il dottor Sandro Brioschi e Ariella Spada. Ci sarebbe stato anche l'architetto Filippo Fioretti. «Per mettere le cose in chiaro con tutti», aveva deciso. Suo marito, come sempre, non aveva mosso obiezioni.

Ernestina aveva cominciato fin dal giorno prima a darsi da fare intorno ai fornelli, ignorando il suggerimento del marito che le aveva detto: «Ernestina mia, saremo in undici. Perché vuoi sobbarcarti tanta fatica. Ordiniamo il pranzo in una buona rosticceria, così andiamo sul sicuro. Ci costerà un po', ma si tratta di un'occasione speciale».

«Fossi matta! Non regalerò soldi a nessun bottegaio avido. E sarà un pranzo rustico, come piace a me», dichiarò.

«Perché undici? Saremo solo in nove», aveva osservato Rosellina.

«Verranno anche Fermo e sua moglie. Non si dimenticano gli amici fraterni in occasioni così importanti», aveva annunciato il padre. Fermo, l'infermiere di corso Lodi, si era finalmente risposato. «E, dopo pranzo, come usavamo una volta, faremo un po' di musica», aveva soggiunto.

Il menu prevedeva un antipasto di affettati con i sottaceti, un risotto con gli ossibuchi, un'insalata «tanto per lavare la bocca» e la zuppa inglese fatta con il pan di Spagna intinto nell'alchermes.

Le donne di casa avevano lavato e stirato le tende, lucidato gli specchi e battuto i tappeti. Liliana aveva fatto brillare il grande lampadario a gocce, ereditato da Miss Angelina, e preparato nel salotto il carrello con le tazzine per il caffè e la cioccolatiera d'argento. Voleva rinnovare la tradizione delle signore Pergolesi che consacravano il giorno di festa con una buona tazza di cioccolata.

«Non è giusto che tutti abbiano un fidanzato, tranne me», si lamentò Rosellina, mentre aiutava la sorella a piegare i tovaglioli in tela di Fiandra.

«Sei così giovane. Alla tua età io pensavo solamente a studiare», osservò Liliana.

«Tu sei tu e io sono io. Ho bisogno di vita, di aria, di libertà, e la mamma mi soffoca. Io non la sopporto più. Il grande Max Garcia mi ha invitata a Roma per un provino e lei per poco non mi prende a schiaffi. 'Tu devi pensare a prendere il diploma di maestra'», recitò, facendo il verso a Ernestina. «È tutto quello che sa dire. Papà, per quieto vivere, finge di non sentire. A me non servirà mai il diploma di maestra. Sto solo perdendo il mio tempo, mentre le luci del varietà mi aspettano. Liliana, ti prego, metti tu una buona parola con la mamma», supplicò.

«Non ci penso nemmeno. Tu non conosci il mondo dello spettacolo. È molto pericoloso per una ragazzina sprovveduta come te.»

«Ma che cosa ne sai? Passi la vita tra casa e ufficio! Ti rendi conto che io sono ancora vergine! Tutte le mie amiche hanno fatto il grande salto. Io no, perché ogni volta che sono sul punto di cedere, vedo la faccia di nostra madre e scappo. Ti sembra giusto? Siamo nel 1963, Yuri Gagarin e Alan Shepard hanno viaggiato nello spazio, tra un po' gli uomini atterreranno sulla Luna e io sono costretta a vivere come una castellana del Medioevo. Pucci non ha più tempo per ballare con me, perché tutti i sabati va a Bologna dalla sua fidanzata e io non sarò mai una star per colpa vostra.»

«Oggi dovrebbe essere una giornata un po' speciale, possibilmente lieta. Non guastare tutto, per favore», disse Liliana. E soggiunse: «Hai messo male i coltelli: la lama va verso il piatto, non verso l'esterno».

«Oh, scusa la mia ignoranza. Adesso che ti porti al dito un anello che vale una barca di milioni non puoi permetterti di trascurare l'etichetta», la prese in giro Rosellina.

Liliana sorrise. La sorella era riuscita a distrarla dalle preoccupazioni per quella riunione di famiglia. Infatti, temeva che Sandro non piacesse a Ernestina, che Filippo rimproverasse a Giuseppe la sua latitanza, dal momento che era tornato a vivere in casa, che Ariella si scandalizzasse per l'omosessualità di Giuseppe, che Rosellina si vantasse più del lecito.

Invece, tutto andò per il meglio. Il pranzo preparato da Ernestina era ottimo. Sandro simpatizzò subito con Renato e con Fermo. Ariella si lasciò catturare dal fascino di Filippo ed Ernestina riuscì, con qualche occhiataccia, a tenere a freno la lingua di Rosellina.

Quella sera, mentre riordinavano la casa, Ernestina disse alla figlia: «Questo dottor Brioschi mi sembra proprio una brava persona. Sbrigati a sposarlo, perché è ora che tu ti faccia una famiglia. Ricordati che le scintille durano poco. Ciò che conta è la collaborazione tra un uomo e una donna. Lui mi sembra il tipo giusto per una come te che ha deciso di fare carriera».

Liliana non fece commenti.

Il lunedì, quando tornò in ufficio, trovò un messaggio della signorina Dotti: «Il direttore l'aspetta alle dieci per comunicazioni personali». Oddio, che cosa vorrà, si preoccupò. Mentalmente passò in rassegna le pratiche in corso e si tranquillizzò: aveva fatto il suo dovere fino in fondo.

Il dottor Eleuteri le venne incontro con un sorriso smagliante. «Si accomodi, dottoressa», disse, invitandola a prendere posto sul divano. Poi si rivolse alla segretaria. «Per favore, signorina, ci porti un caffè.» Quindi sedette di fronte a lei, le offrì una sigaretta e proseguì: «Ci sono cose di cui dobbiamo parlare. Lo faremo da soli, dopo aver preso il caffè. Si tratta di notizie molto riservate, almeno per il momento, ma desidero che lei ne sia informata».

Intanto la osservava come se la vedesse per la prima volta.

«Lei è molto giovane, dottoressa. Troppo giovane per quello che ha in mente la presidenza. E, tuttavia, appena entrata alla Collevolta ha subito dato prova di grande professionalità. Questo, naturalmente, ha fatto salire le sue quotazioni. Lei ne è consapevole, vero?»

La signorina Dotti bussò ed entrò portando il vassoio del caffè che posò sul tavolo di fronte al divano.

«Bene. Molto bene», disse l'uomo, congedando la segretaria con un cenno del capo. «Quanto zucchero?» domandò a Liliana.

«Se permette, faccio io», propose lei, afferrando la zuccheriera.

«Non per me, dottoressa. Sa, i miei trigliceridi... poi chi la sente mia moglie? Ogni volta che faccio gli esami e non sono nella norma, mi guarda storto, come se fosse colpa mia», rivelò, mentre pescava dal taschino del gilè una piccola confezione di saccarina.

Gustarono in religioso silenzio il loro caffè mentre Liliana si domandava quale piega avrebbe preso quel colloquio.

«Molto bene, molto bene», ripeté il direttore, mentre posava la sua tazzina. «Veniamo a noi, dunque», esordì. E aggiunse: «La Collevolta è sul punto di fondersi con la

Zenit e, ormai è deciso, passerà dal privato al pubblico. Ci sarà tutto un rimpasto dei vari settori e ci aspettano mesi di grande lavoro».

La notizia veniva sussurrata da tempo, e Liliana ne era al corrente fin dal suo arrivo in azienda. Così non le sembrò che quella fosse una comunicazione tanto riservata.

«Ora i collaboratori più efficienti avranno modo di migliorare la loro posizione. Lei è promossa in 'A uno'. Non era mai successo prima d'ora che un neolaureato assunto da pochi mesi passasse di categoria così rapidamente. Sempre che lei accetti, che non abbia altri obiettivi», disse l'uomo.

Liliana lo guardò perplessa, perché non capiva l'aria esitante del direttore che proseguì: «Per esempio, se lei pensasse al matrimonio, ad avere dei figli, come è nelle aspirazioni di ogni giovane donna... Perché vede, dottoressa, le donne si lamentano di non riuscire a fare carriera, ma quando c'è una famiglia da mandare avanti... Lei capisce, vero?»

«Perfettamente», rispose. E domandò: «Lei ha figli?»

«Due. E sono stupendi», affermò, con l'aria del padre felice.

«Questo non le ha mai impedito di occuparsi del suo lavoro», ragionò lei.

«Io parlavo del ruolo della donna. È lei che si occupa della famiglia, mentre l'uomo, che non è gravato da questo peso, fa carriera.»

«Io credo che ci siano uomini capaci di collaborare

con la moglie, magari prendendo su di sé qualche incombenza tradizionalmente femminile», ribatté Liliana.

Eleuteri accese una sigaretta senza offrirne una a lei e abbassò lo sguardo come un bambino offeso. Infine domandò: «Quello che vorrei sapere è se lei intende sposarsi».

«Credo di sì», rispose.

«Vorrà avere anche dei figli, suppongo», ragionò lui.

«Non supponga, dottore. Fino a quando svolgerò correttamente il mio lavoro, nessuno è autorizzato a fare supposizioni sulla mia vita privata», disse Liliana soavemente. Si alzò e soggiunse: «Grazie per il caffè e per la promozione». Poi gli rivolse un sorriso irresistibile.

9

LILIANA richiuse la porta alle sue spalle. Eleuteri restò solo e prese a stropicciare le mani l'una sull'altra, sussurrando: «Molto bene, molto bene».

In quel momento si rese conto di essere stato messo in ginocchio da una ragazzina che aveva tutta l'aria di non temere neppure il diavolo e, a quel punto, sbottò: «Male, molto male!» Il presidente gli aveva detto da tempo di promuoverla. Lui, a questo punto, l'avrebbe licenziata. Ma era anche un funzionario intelligente e, a dispetto delle sue indecisioni, sapeva valutare le capacità dei collaboratori.

Liliana era molto brava. Incassò il colpo e si convinse che niente e nessuno, nemmeno una famiglia, avrebbero distolto la dottoressa Corti dal suo lavoro.

Lei, intanto, si era avviata verso il suo ufficio con passo marziale. Era furibonda. Detestava il maschilismo imperante che relegava la donna al ruolo di umile ancella dell'uomo.

«Buon giorno, avvocatessa», la salutò Bonfanti.

Il capo della commissione interna sedeva di nuovo nel suo ufficio, l'eterna sigaretta tra le labbra

Liliana sedette al suo posto e trasse un sospiro di rassegnazione

«Mi chiamo Corti e sono soltanto procuratore», precisò Liliana.

«Si rassegni. Qui dentro tutti hanno un soprannome», disse lui. E le domandò: «Buono il caffè della direzione?»

Le notizie viaggiavano a una velocità sorprendente.

«È così difficile farvi gli affari vostri?» si indispettì.

«Direi impossibile, dal momento che gli affari nostri sono strettamente legati ai vostri», affermò lui e spense la sigaretta nel portacenere di maiolica che Liliana teneva sulla scrivania.

«Che cosa si dice di questa fusione con la *Zenit*?» domandò lei.

«Che il pubblico sarà meglio del privato», rispose lui, con un'alzata di spalle.

«E lei, che cosa ne pensa?» indagò cautamente.

«Che quelli non allineati, quelli insomma che non piacciono ai capi, sia tra la manovalanza sia tra i colletti bianchi, verranno falciati. Lei non è d'accordo?»

«Sfonda una porta aperta», sussurrò Liliana.

«Inoltre penso che gli operai, specie i turnisti, semineranno zizzania se non cerchiamo di spuntare un contratto migliore e di salvare il maggior numero di teste.»

«Perché mi sta raccontando tutto questo?»

«I perché sono molti. Perché in questo ufficio lei è un talento sprecato. La vorrei come antagonista nelle trattative sindacali. Ma tutto questo è soltanto un desiderio, quindi la risposta più giusta è che lei mi è simpatica.»

«Anche lei mi piace. Ma non dimentichi che io sono soltanto addetta alla sicurezza.»

«Allora rimettiamo i violini nel fodero e mi dica se ha accettato.»

«Che cosa?»

«La promozione con tutto quel che segue: ufficio più grande, piante ornamentali, stipendio raddoppiato eccetera.»

Liliana sorrise.

«Più o meno», disse.

«Eleuteri sa il fatto suo. Si tenga stretta la promozione, punti in alto, avvocatessa. Noi ci meritiamo interlocutori affidabili.» Le strinse la mano e se ne andò.

Liliana restò lì a fissare la parete di fronte alla scrivania, chiedendosi perché Bonfanti cercasse un contatto con lei che era al di fuori di ogni strategia aziendale.

Come sempre, fu Renato a chiarirle le idee, la sera quando ritornò a casa.

«Bonfanti è un politico di razza», le disse. «Viene da te, come va da altri, in odore di promozione. Prepara il terreno in vista di futuri assestamenti. Come lui stesso ti ha detto, gli servono interlocutori affidabili.»

«Presto, in azienda, ci saranno dei capovolgimenti nei quali non desidero entrare. Fino a quando rimarrò invisibile, non rischierò niente. Voglio stare lontana dalle coltellate che voleranno al momento della fusione», affermò Liliana.

«Sai quale dovrebbe essere la tua strategia? Il matrimonio. Sandro mi piace. Lo sai?»

Lei annuì e disse: «Voglio sposarlo da quando l'ho conosciuto, ma non ho fretta».

Da tempo era iniziato un andirivieni tra Roma e Milano di dirigenti ed esperti contabili, perché la Zenit voleva verificare la situazione della Collevolta, prima della fusione, nel rispetto di un antico principio, secondo il quale fidarsi è bene, ma non fidarsi è meglio.

Il giorno dopo l'incontro con Eleuteri, Liliana venne convocata dal dottor Conforti, il direttore del personale.

«Dobbiamo formalizzare la sua promozione», le disse.

Conforti non era solo. C'era anche l'ingegner Passeri.

«E poi?» domandò lei, guardando entrambi gli uomini con sospetto e la grinta dei suoi momenti migliori. Aveva l'impressione che avessero scavato una buca per farla cadere in trappola.

«Deve andare a Roma immediatamente. Laggiù vogliono guardare meglio nel nostro settore della sicurezza e pensano che gli abbiamo tenuto nascoste alcune strutture fatiscenti», spiegò Passeri, con voce suadente.

«Perché proprio io? Sono l'ultima arrivata», protestò.

«Lei è un A uno e sarà all'altezza dei suoi interlocutori», disse il suo capo, mettendole in mano due faldoni di documenti.

La segretaria le consegnò i biglietti del treno, la prenotazione dell'albergo e un fondo-spese per la trasferta, mentre le sussurrava: «Sa, dottoressa, non è mai accaduto prima che una donna fosse incaricata di un compito così delicato».

«Si sbaglia», la corresse Liliana. «A noi donne toccano proprio i compiti più ingrati. Mi hanno promossa di corsa perché gli togliessi le castagne dal fuoco.»

Arrivò a Roma quella sera stessa, con il Settebello, il treno più veloce sulla tratta da Milano.

Era stata a Roma due volte, durante gli anni del liceo e quelli dell'università, ed erano stati soggiorni culturali, spesi tra chiese e musei.

Quando il taxi la depositò davanti all'*Hotel Forum*, che sorgeva davanti ai Fori Imperiali, Liliana dimenticò la stanchezza del viaggio e si sentì una principessa, ospite di un palazzo sontuoso.

Litigò con il portiere per la camera singola che si affacciava su un cortiletto maleodorante e ottenne una doppia con vista sulle rovine antiche, svuotò la valigia e sistemò gli indumenti nell'armadio e nei cassetti, telefonò a sua madre e a Sandro, fece una doccia e si infilò a letto. Ma non riusciva a prendere sonno, perché nella sua testa passava in rassegna la documentazione avuta dal suo capo e valutava relazioni, sentenze, resoconti di indagini, perizie sottoscritte da esperti, alla ricerca di possibili contestazioni.

Così riaccese la lampada, si mise a sedere sul letto, recuperò i faldoni, si armò di penna e carta e cominciò a prendere appunti. Il sonno la vinse quando spuntava l'alba.

Il portiere le diede la sveglia alle sette. Aveva dormito due ore.

Fu una giornata frenetica. I funzionari della Zenit rivelarono un senso spiccato per le indagini capziose e Liliana si rese conto che la sua trasferta non si sarebbe conclusa tanto velocemente. La sera, quando rientrò in albergo, era così stanca che decise di saltare la cena. Ordinò che le portassero in camera un po' di frutta. Questa volta si concesse un bagno rilassante e poi si infilò in una bellissima veste da camera di piqué bianco, che le era stata regalata da Giuseppe per il suo compleanno.

Si sdraiò sul letto e sentì bussare alla porta.

«È aperto», disse.

La porta si schiuse e sulla soglia si profilò la sagoma di un uomo che si nascondeva dietro un fascio di rose bianche.

«Sandro!» sussurrò Liliana, alzandosi dal letto per andargli incontro.

10

«Posso entrare?» domandò Sandro Brioschi.

Alle sue spalle un cameriere reggeva un vassoio con una piccola alzata di porcellana colma di frutta fresca.

«E se non fossi stata sola?» domandò con aria di sfida.

«È un'eventualità che non mi ha sfiorato. Ma non hai ancora risposto alla mia domanda», disse Sandro.

«Ci devo pensare», scherzò lei, alzando una mano al mento con l'aria di voler riflettere. Poi soggiunse: «Va bene, potete entrare tutti e due».

Il cameriere sorrise e depose la frutta su un tavolino basso di fronte a due minuscole poltrone rivestite di velluto azzurro. Guardò la bella ragazza fasciata nella lunga veste da camera e l'uomo che sembrava rapito da quella visione.

«Aspetta la mancia», sussurrò Liliana.

Sandro tolse dalla tasca dei pantaloni una banconota e gliela mise in mano, dicendo: «Ci porti una bottiglia di champagne, per favore».

«Sì, signore. Subito, signore», promise, gratificato

dalla mancia generosa. «Porterò anche un vaso per queste bellissime rose», soggiunse.

«Prima d'ora, non avevo mai fatto follie come queste», ammise Sandro.

«Credo che dovrai lavorare molto di più, se continuerai a trattarmi come una duchessa», disse Liliana. Sedette in poltrona e allungò una mano per prendere una fragola. Sandro la imitò.

«Ho qualche lira da parte. E poi ci sei già tu che lavori più del dovuto», constatò.

«Si vede?» domandò Liliana.

«Hai gli occhi stanchi», osservò Sandro.

«Anche tu», ribatté lei.

«Sono venuto in macchina e sull'Appennino ho trovato il finimondo: prima la nebbia, poi la pioggia battente e infine la grandine», raccontò.

Sentirono di nuovo bussare alla porta. Sandro si alzò, fece entrare il cameriere e disse: «Porti tutto alla suite quarantasei, ultimo piano». Poi si rivolse a Liliana: «La Collevolta non ti ha offerto l'ospitalità che meriti, vieni, ti aiuto a traslocare». La suite aveva due camere, due bagni, un salotto, ed era arredata in stile barocco. Era quanto di meglio l'albergo potesse offrire. A Liliana sembrò di entrare in un piccolo appartamento dall'aria un po' pretenziosa, ma molto gradevole. Venne una cameriera a sistemare i letti per la notte e mise sui cuscini un bacio Perugina. Il vaso con le rose era stato appoggiato su un cassettone panciuto.

«Perché non mi hai detto subito di questa meravigliosa suite?» domandò Liliana.

«Non sapevo come l'avresti presa. L'ho affittata ma non ero sicuro che volessi dividerla con me», confessò Sandro.

«Sai una cosa? Io non sono sicura di meritarti», affermò commossa da quell'uomo che l'amava con lo slancio di un ragazzo alla sua prima esperienza d'amore.

«Vado a fare una doccia», annunciò Sandro, avviandosi verso la sua stanza.

Liliana rigirò la bottiglia dello champagne nel secchiello del ghiaccio. Poi entrò nell'altra stanza, si sdraiò sul letto e accese la radio. Il terzo programma stava trasmettendo un concerto di musica classica. Si lasciò cullare dalle note di Mozart.

Poco dopo Sandro la raggiunse. Indossava un accappatoio di spugna e reggeva nelle mani due flûte piene di champagne.

Liliana dormiva profondamente.

Sandro depose i bicchieri su un cassettone, spense la radio, accarezzò lievemente i capelli scuri di quella splendida ragazza che amava appassionatamente. Uscì in punta di piedi e raggiunse la sua stanza. Andò a letto e si addormentò, vinto dalla stanchezza. Quando si svegliò, accese la lampada sul tavolino da notte e guardò l'ora.

Erano le nove del mattino. Si mosse per alzarsi e una mano gli accarezzò la schiena.

«Liliana», sussurrò.

«Tu non venivi da me, così ti ho raggiunto io», disse lei con la voce impastata di sonno.

Sandro scostò la coperta e l'accarezzò. Lei era morbida e tiepida come l'acqua del mare in estate.

«Lo sai che ore sono?» sussurrò Sandro.

«No, e non voglio saperlo.»

Quella mattina si persero l'uno nelle braccia dell'altra e furono felici come non lo erano mai stati.

Uscirono dalla suite, dopo aver fatto colazione. Nella hall, il portiere consegnò a Liliana una lista di telefonate. L'avevano chiamata dall'ufficio di Roma e da quello di Milano.

«Se telefonassero di nuovo nel corso della giornata dica che la dottoressa Corti si è presa un giorno di vacanza», trillò Liliana, mentre infilava il suo braccio sotto quello di Sandro.

Era una bellissima giornata d'autunno. La brezza che veniva dai colli rinfrescava l'aria e accarezzava le foglie degli alberi.

I due fidanzati passeggiarono tra i palazzi opulenti e le chiese, tra le fontane che buttavano getti d'acqua sfavillante nell'aria luminosa, nei vicoli dove la luce e l'ombra si rincorrevano in un susseguirsi di botteghe e di chioschi che vendevano fiori e bibite fresche, mischiandosi ai turisti.

«Mi sembra di essere su una nuvola, lontano dal mondo», affermò Liliana, felice.

«Io sono in paradiso», replicò Sandro che le circondava le spalle tenendola stretta a sé.

In un'osteria di Trastevere mangiarono fiori di zucca ripieni di mozzarella e alici, carciofi croccanti alla giudia, ruchetta e mazzancolle.

Sandro volle portarla da *Rosati*, in piazza del Popolo, a prendere il caffè. C'erano scrittori, poeti, giornalisti, artisti, produttori cinematografici e stelline in cerca di fortuna.

«Non lasciarti incantare da quello che vedi. Tra questa gente, le persone intelligenti le conti sulle dita di una mano, il resto è nulla», l'avvertì Sandro.

«Sono una milanese, refrattaria a qualsiasi genere di ostentazione. Ma questo folclore è affascinante e se Rosellina fosse qui, cadrebbe in deliquio. Ti confesso un'altra cosa: oggi non ho lavorato e non mi sento in colpa per questo.»

«È terribile!» Sandro sbottò in una sana risata.

«È semplicemente meraviglioso. E lo devo a te.»

Tornarono in albergo. La lista delle telefonate per Liliana si era allungata. Lei infilò il foglietto nella borsetta. Salirono nella loro suite e fecero l'amore.

Poi Sandro prese tra le mani il viso di Liliana e le sussurrò: «Sono innamorato di te come...»

«Come...» ripeté Liliana.

«Come uno studentello alla sua prima storia d'amore. Credi di riuscire a sopportare tutto questo per il resto della tua vita?»

«Devo rispondere subito?» gli domandò Liliana, sorridendo.

Nascose il viso sotto il cuscino e Sandro percepì un «Sì» ovattato.

«Sì?» la incalzò, strappando via il cuscino.

Lei stava ridendo.

«Sì, ti sposo», sussurrò.

Si lasciarono la mattina dopo. Sandro partì per Milano e lei ritornò nella sua camera a spese dell'azienda.

11

LILIANA lavorò senza risparmiarsi. Fronteggiò con rigore e competenza le indagini minuziose della Zenit, guadagnandosi il rispetto dei suoi interlocutori. Riceveva regolarmente le telefonate ansiose del suo capo che si informava su come procedevano gli incontri.

«Torno a Milano domani», gli annunciò, un giorno.

«Come se l'è cavata?» le domandò.

«Per il rotto della cuffia», rispose, con voce contrariata.

«Qualcosa non va?» le domandò Passeri.

«Tutto non va, lo sa benissimo. Stiamo vendendo una barca piena di falle. Io ho svolto il mio compito. A chiudere le falle dovranno pensarci altri», tagliò corto.

Sandro era venuto a prenderla alla stazione.

Si abbracciarono e lui l'aiutò a trasportare uno scato lone zeppo di documenti.

«Ma che cosa c'è qui dentro?» le domandò.

«Carta straccia. Mi hanno mandata laggiù per salvare la forma. La fusione è comunque decisa e io non sono abbastanza cinica per digerire certi giochi di potere», rispose.

«Allora non è la sera buona per una sorpresa», si rammaricò lui.

«Sì, se mi risolleverà il morale», disse Liliana, sedendo in macchina. Lui ingranò la marcia e partì verso i bastioni di Porta Venezia.

«Ho bisogno di silenzio», disse lei, a un certo punto, posando la testa sulla spalla del suo innamorato.

«Così va meglio», sussurrò lui.

La macchina imboccò corso Venezia, in piazza San Babila girò a sinistra, percorse corso Monforte e infine si fermò davanti a un palazzo moderno.

«Perché siamo qui?» domandò Liliana.

«È la sorpresa di cui ti parlavo», disse Sandro. «Non fare domande», le ordinò.

Scesero dall'auto e salirono pochi gradini che conducevano a un portone di legno chiaro. Sandro estrasse dalla tasca un mazzo di chiavi e impiegò qualche secondo per trovare quella giusta. Finalmente aprì un battente e si trovarono in un atrio immenso, rivestito di marmo rosato con striature grigie.

Un ascensore li portò al quarto piano. Le ante scorrevoli si aprirono. Sandro armeggiò con un'altra serratura e infine spalancò la porta su un ingresso spoglio, rischiarato da una lampadina che pendeva dal centro del soffitto.

«Dove mi hai portato?» domandò Liliana.

Da un'apertura ad arco si dipartiva un ampio corridoio con scaffalature, armadi a muro laccati di bianco e porte che davano accesso a camere spaziose e vuote.

«Adesso mi dici perché siamo qui?» domandò Liliana.

«L'ho presa in affitto. È ancora tutta da sistemare e arredare. Sarà la nostra casa», annunciò Sandro.

«Ma è grandissima!» constatò Liliana.

«È silenziosa. Il giardino condominiale è una meraviglia, vedrai. I cinema e i teatri sono a pochi passi da qui. Volevo una casa su misura per te. Ti piace?» domandò Sandro.

Liliana allargò le braccia e prese a piroettare su se stessa, come una bambina.

«È tutto così bello», esclamò, felice. Era ancora incredula. «Se penso alla casa di corso Lodi dove sono cresciuta... Questo, però mi sembra davvero troppo! Grazie, grazie, grazie!» Gli scoccò un bacio sulla guancia.

«Non hai ancora visto tutto.»

Sandro la guidò in una camera con le pareti colore dell'ambra, che aveva al centro un grande letto matrimoniale ancora avvolto nei fogli di plastica. C'era un abat-jour posato a terra e, accanto, un secchiello pieno di ghiaccio che conteneva una bottiglia di champagne.

«Vogliamo inaugurare la nostra casa?» propose Sandro, abbracciandola.

I muri e gli infissi erano stati ridipinti e nella stanza aleggiava l'odore delle vernici.

Liberarono il letto dai teli dell'imballaggio e li buttarono in un angolo.

Lasciarono cadere a terra i loro abiti e si amarono, felici. Poi si addormentarono e, quando si svegliarono, era un nuovo giorno.

«Oddio, mia madre mi aspettava a casa ieri sera», si allarmò Liliana. E soggiunse: «E devo andare di corsa in ufficio».

«Calmati, ragazzina. Ti porterò in ufficio e potrai chiamare casa tua. È tutto a posto, Liliana», la rassicurò lui.

Invece fu Ernestina a telefonare, nel momento in cui Liliana sedeva alla sua scrivania.

«Finalmente ti trovo. Ci voleva tanto ad avvertirmi che non saresti tornata a casa?» sbottò la madre che era stata in pena per tutta la notte.

Aveva telefonato fino a tardi anche a casa di Sandro e nessuno le aveva risposto. Quindi aveva sperato che Liliana e Sandro fossero insieme da qualche parte.

«Hai ragione, mamma. Ti chiedo scusa ma ti avevo detto che non ero sicura di ritornare ieri sera, lo sapevi», disse sua figlia.

«Posso sapere almeno dove sei stata?» martellò Ernestina.

«Sandro e io abbiamo deciso di sposarci. Siamo stati a vedere la casa in cui andremo a vivere e dopo… ci siamo addormentati», confessò la figlia.

Ernestina non fece commenti.

«Mamma mi hai sentito?»

«Sì, perfettamente. È che ho la luna di traverso e speravo di parlare con te», sussurrò e aggiunse: «A che ora torni a casa?»

«Presto, se tutto va bene», disse Liliana.

«Vediamoci alle otto in quella piccola trattoria in via dell'Orso», propose sua madre.

Liliana conosceva bene la mamma e la sua capacità di inventare montagne da un granello di sabbia. Le sue preoccupazioni riguardavano sempre i figli o il marito. Pensò che fosse in ansia per Giuseppe: forse aveva chiuso con Filippo. Oppure si trattava della fidanzata di Pucci, che premeva perché lui chiedesse il trasferimento a Bologna. Oppure Rosellina ne aveva combinata un'altra delle sue. Quel giorno, tuttavia, aveva molte cose da discutere con il suo capo. Dimenticò i problemi famigliari. Aprì lo scatolone che aveva portato da Roma, prelevò gli incartamenti essenziali e si fiondò nell'ufficio di Passeri.

«Ben tornata», esordì il dirigente, invitandola a sedersi.

Liliana, invece, restò in piedi.

«Che cosa avrei dovuto fare a Roma, secondo lei?» domandò con fare severo.

«Si spieghi», disse l'uomo, imperturbabile.

«No, mi spieghi lei. Lei sa che stiamo vendendo una scatola mezza vuota. I romani hanno capito perfettamente che la Collevolta, in parte, li sta imbrogliando, però fanno finta di niente. La proprietà sta vendendo alla Zenit il suo patrimonio come se fosse integro, ma non è così. In questi anni avete ricavato profitti enormi e non avete speso una lira per i nuovi investimenti. I magazzini sono semivuoti, le dotazioni antinfortunistiche sono al collasso e dovrei stendere una relazione su tutto questo.» Dava voce al disappunto che la tormentava da giorni. Avrebbe potuto tacere, preparare un rapporto seguendo l'ipocrisia imperante nell'azienda e prendersi i complimenti per l'ottima esecuzione del suo compito. Dopo essersi sfogata con Passeri, tuttavia, realizzò che la statura di un manager si misura anche dalle sue capacità di autocontrollo, mentre lei aveva perso le staffe.

Pensò anche che, invece di criticare i suoi capi, avrebbe potuto rassegnare le dimissioni. Ma non era così ingenua da credere che le strategie della Collevolta fossero un'eccezione. Sapeva che tutto il sistema economico si reggeva sulle mezze verità. Però, incredibilmente, creava posti di lavoro.

«Capisco la sua amarezza», disse l'ingegner Passeri. «Quando sono arrivato qui dentro, avevo più o meno la sua età ed ero pieno di sacro furore, perché mi sembrava che troppe cose non andassero per il verso giusto. Sono passati tanti anni e io sono diventato un sughero: ho imparato a galleggiare e ad avere cura delle persone che dipendono da me. Ho cura anche di lei, dottoressa. Superi in pace la sua delusione e prepari comunque una relazione, magari usando un linguaggio un po' più morbido.»

Liliana sedette affranta.

«Ho un pessimo carattere», sussurrò.

«Va bene così», sorrise il suo capo.

«Mi sento come una figurante in un gioco più grande

di me. Non so che cosa scrivere nella mia relazione», ammise.

«Quello che scriverà non è importante. Faccia in modo di poter dimostrare quanto sia stato efficiente il nostro settore in questa fase di passaggio dal privato al pubblico.»

Liliana passò la giornata a stendere appunti e, la sera, raggiunse sua madre alla *Trattoria dell'Orso*…

12

POCHI giorni prima che Liliana partisse per Roma, Ernestina era andata a dormire con il mal di denti e, durante la notte, il male si era acuito, svegliandola. Si era alzata e si era fatta alcuni sciacqui con la tintura di iodio diluita, per calmare il dolore. Ma la situazione non era migliorata e, la mattina dopo, era andata al Pronto soccorso odontoiatrico. Il medico di turno le aveva spiegato che non si trattava di una carie, ma di una paradontosi.

«Gran brutto affare», sentenziò il dentista. «Quando comincia, non finisce più», e aggiunse: «È quella che comunemente viene chiamata piorrea: l'osso si ritrae, la gengiva lo segue, la radice del dente si scopre, si infiamma, si formano delle tasche gengivali con i guai che ne conseguono. Dovrà prendere degli antibiotici e poi estrarremo i due molari infiammati».

«Oddio! Finirò come la mia povera mamma che, a cinquant'anni, era senza denti», si allarmò Ernestina.

«Cercheremo di evitarlo. Cureremo le sue gengive e

forse arriverà alla dentiera un po' più avanti di sua madre», disse il medico.

«Lo spero. Non sono giovanissima, ma nemmeno così vecchia», deplorò.

«Dalla sua scheda vedo che ha avuto quattro figli. Il calcio delle ossa risente delle molte gravidanze. Vada dal suo medico e si faccia prescrivere una cura per fermare la decalcificazione», tagliò corto il dentista. Compilò una ricetta e le disse di tornare dopo una settimana per estrarre i molari che erano la causa dell'infezione.

Ernestina si fiondò dal medico della mutua che conosceva da anni e curava tutta la sua famiglia.

«Le parole del dentista sono state una condanna», si lamentò Ernestina.

«I cavadenti, a volte, sono un po' rozzi. Non si allarmi, con l'età uomini e donne perdono tutti un po' di calcio. Cercheremo di rimediare.»

Il medico la visitò accuratamente e, infine, disse: «Lei sta benissimo, signora Corti. Ha qualche problema, oltre i denti?»

«Negli ultimi due mesi non ho avuto le mestruazioni. Forse sono in menopausa», ragionò lei.

«Mi sembra un po' presto. Facciamo un esame delle urine», decise il medico.

Pochi giorni dopo arrivò il risultato. Ernestina era incinta.

Pensò che, alla sua età, con i figli già grandi, un bebè sarebbe stato un'assurdità.

«La zucca e il melone vanno mangiati nella loro stagione», si disse e, per alcuni giorni, tenne per sé il tormento.

A volte guardava Renato e pensava che, se gli avesse rivelato il suo stato, lui le avrebbe risposto con una bella risata e avrebbe detto: «Che meraviglia! La mia Ernestina mi fa diventare papà per la quinta volta». Sarebbe perfino stato capace di organizzare una festa.

Così decise di tacere e tornò dal suo medico.

«Alla mia età, con i figli che presto mi daranno dei nipotini, trovo che sarebbe assurdo avere un altro bambino.»

«Ne ha parlato con suo marito?» indagò il medico.

«No e non lo farò. La faccenda riguarda solo me.»

Ernestina era combattuta e addolorata. Il dottore, conoscendola, non fece commenti. Decise, invece, di rifare l'esame delle urine. «Quando avrò l'esito ne riparleremo», concluse.

Ernestina rientrò a casa, ebbe una emorragia e perse il figlio. Chiamò un taxi e si fece portare al Pronto soccorso del Policlinico. Le fecero subito un raschiamento e le prescrissero qualche giorno di riposo.

Rimase a letto due giorni e, nella solitudine della sua camera, pianse e si disperò.

Prima le pareva di non poter portare avanti una nuova gravidanza e ora si sentiva colpevole come se, non desiderandola, avesse provocato lei quell'aborto spontaneo.

Poi, con fatica aveva ripreso i suoi ritmi abituali, portando dentro di sé un macigno che la schiacciava.

Avrebbe potuto parlarne con Renato e non lo fece, sapendo che lui l'avrebbe abbracciata, cullata, consolata ma non avrebbe capito il suo stato d'animo. Ernestina aveva bisogno di parlare con una donna. Allora aveva cercato Liliana e aveva voluto incontrarla lontano da casa, per parlare più liberamente.

Quando la vide entrare nella saletta della trattoria, le fece un cenno con la mano perché la raggiungesse al tavolo.

«Lo sai che non eravamo mai state al ristorante io e te, da sole?» esordì la figlia sedendosi.

Ernestina spense la sigaretta e versò un chiaretto frizzante nei loro bicchieri.

«Ho ordinato minestrone di lenticchie e lesso con salsa verde», disse sua madre.

«Ottimo. Stasera ho fame», affermò Liliana.

«Dove hai lasciato il tuo fidanzato?» domandò la donna.

«Sarà a casa sua, immagino.»

Un cameriere si materializzò alle loro spalle.

«Gradiscono un antipasto?» domandò.

Le due donne rifiutarono. Liliana si infilò tra le labbra una sigaretta e il cameriere gliela accese. Poi si dileguò.

«Ti faccio una domanda un po' indiscreta, ma apprezzerei la sincerità della tua risposta. Hai mai avuto un… incidente di percorso con qualcuno dei tuoi fidanzati?» bisbigliò.

«Vuoi sapere se sono rimasta incinta?»

Ernestina annuì.

«Ma dai, mamma! Lo avresti saputo.»

«Non ne sono così sicura.»

«Ho sempre temuto una gravidanza con Danilo, perché sapevo che non avrebbe voluto un figlio. Con Sandro, invece, sono tranquilla perché so che ne sarebbe felice. E poi, stiamo per sposarci.»

«Ho avuto un aborto spontaneo, mentre eri a Roma», confessò Ernestina.

Liliana abbassò lo sguardo, senza riuscire a ribattere.

Per lei, i suoi genitori erano individui asessuati. Aveva visto nascere l'uno dopo l'altro i suoi fratelli e aveva visto la mamma con il pancione ma si era sempre rifiutata di associare le sue gravidanze con un rapporto intimo con papà.

«Non dici niente», la sollecitò Ernestina.

«Sono senza fiato», sussurrò Liliana. «Perché me lo hai detto?» domandò.

«Non desideravo un altro figlio, ma da quando l'ho perso mi sento in colpa e sono disperata.»

Liliana si commosse. Strinse teneramente la mano di Ernestina appoggiata sulla tovaglia.

«Quattro figli sono un bel contributo alla perpetuazione della specie. Sei stata fortunata a non dover affrontare il problema di una nuova gravidanza che, alla tua età, sarebbe stata pericolosa anche per il bambino.»

«Lo pensi davvero?» le chiese sua madre guardandola negli occhi.

«Ne sono certa», affermò Liliana, con un sorriso.

Ernestina si soffiò il naso più volte per trattenere le lacrime.

Quella sera, quando andò a letto, sperò di addormentarsi serenamente.

13

QUANDO era stato a Londra con Filippo e Mariuccia, Giuseppe aveva attentamente osservato l'abbigliamento dei giovani che non aveva più niente a che fare con i canoni tradizionali della moda. Era anche andato a un concerto dei Rolling Stones, che raccoglievano deliranti consensi del pubblico più giovane.

Mariuccia si era entusiasmata: «Questo complesso fracassone esprime qualcosa che varrebbe la pena di approfondire».

«Sono d'accordo con te», aveva affermato Giuseppe.

«Per carità! È questo che ci riserva il futuro?» Filippo era inorridito. Lui amava la musica classica e tollerava a stento le canzonette.

A Londra, Giuseppe aveva tratteggiato le linee essenziali dell'abbigliamento di quei giovani e, ritornato in Italia, le aveva elaborate. Senza rinunciare al buon gusto, era riuscito ad addolcire i contrasti troppo stridenti e aveva creato una serie di modelli nuovi. Ora li stava esaminando Marta Scanni, la proprietaria del maglificio, che era molto perplessa su un'innovazione così radicale.

«Noi abbiamo sempre prodotto una linea classica. Ora tu hai abbandonato quasi completamente questo criterio. Pensi che i nostri clienti si lasceranno convincere?» domandò perplessa.

«Dovranno farlo, se vogliono continuare a rifornire i negozi. Noi siamo una via di mezzo tra il consumatore tradizionale e il modaiolo estremo. Questi capi piaceranno alle teenager e alle loro mamme. Venderemo alla grande», pronosticò Giuseppe.

La padrona aveva imparato a fidarsi di lui e diede il via alla produzione.

Quel giorno, in laboratorio, Giuseppe ricevette una telefonata da Lorenzi, un industriale che firmava una linea d'abbigliamento maschile.

«Penso che dovremmo incontrarci», disse l'uomo.

Giuseppe lo aveva intravisto alla esposizione internazionale della moda. Lorenzi aveva visitato lo stand degli Scanni, e la proprietaria aveva detto a Giuseppe: «È un ficcanaso. Bisogna guardarsi da lui. Manda in giro le sue spie a rubare le idee degli altri. È un bandito».

Lorenzi aveva un marchio affermato, vendeva il suo prodotto industriale in tutto il mondo e, da qualche tempo, aveva immesso sul mercato anche una linea femminile che, però, stentava a decollare.

Ora Giuseppe disse: «Sto lavorando tantissimo e il mio tempo è limitato».

«Anche il mio, se è per questo. Quindi non tiriamola

per le lunghe. Venga a casa mia. Mi dica l'ora e il giorno e l'aspetterò.»

«Le va bene lunedì, alle sei e mezzo del mattino?» propose Giuseppe, sicuro di spiazzarlo.

L'uomo non si scompose. «Ottimo. Il mio autista verrà a prenderla alle sei a casa sua. Conosco l'indirizzo», disse

Quella sera, mentre aiutava la mamma a rigovernare i piatti, Giuseppe le parlò di questo appuntamento.

Ernestina sorrise.

«Incominci a far gola a qualcuno. Fai benissimo a incontrarlo, ma attento a non lasciarti incastrare. Nell'ambiente della moda, hanno tutti il pelo sullo stomaco, ma lui più di altri. Sul suo conto si dice più male che bene.»

«Tante maldicenze nascono dall'invidia», ragionò il figlio.

«Anche, ma non solo. Il nostro mondo è piccolo e si finisce per sapere tutto di tutti. Così sappiamo che Lorenzi si accaparra i compratori con mezzi non sempre leciti. È uno che scortica la gente che lavora per lui», lo avvisò Ernestina.

«Mentre gli Scanni non ci spremono, vero? Ci danno soltanto carezze», ironizzò il figlio.

«Li conosciamo e li teniamo a freno. Invece si dice che Lorenzi sia ingovernabile. Gli stilisti che vanno da lui, dopo pochi mesi scappano disperati.»

«Allora, che cosa mi consigli di fare?» le domandò Giuseppe.

Il tono di voce e l'espressione del viso erano gli stessi

di quando era bambino e chiedeva il suo aiuto per risolvere un problema.

Ernestina si intenerì. Chiuse il rubinetto dell'acqua sotto cui stava sciacquando i piatti e si appoggiò al lavello.

«Fammi pensare», disse.

Continuava a credere che Giuseppe stesse sprecando il suo talento al servizio della moda. Era fermamente convinta che i sarti migliori, come Chanel, Cassini, Dior fossero soltanto buoni artigiani dotati di un discreto senso estetico, abbastanza furbi per darsi un tono e insuperabili nel fare soldi. Giuseppe non era furbo ed era un vero artista. Però amava la moda e tanto valeva assecondarlo.

«Quando andrai da Lorenzi, dovresti portare tuo fratello Pucci con te», propose.

«Che cosa c'entra Pucci? Lui è un ragioniere.»

«Appunto! Sa far ballare i numeri come un giocoliere. I contratti, le clausole, le postille sono il suo pane quotidiano. Ha una mente concreta e può esserti utile con uno come Lorenzi.»

Sua madre aveva avuto un'idea geniale come sempre. Giuseppe l'afferrò per le spalle e la baciò sulla fronte mentre lei cercava di liberarsi battendolo sulle braccia con le mani protette dai guanti di gomma.

«Lasciami stare! Che cosa sono tutte queste smancerie?» protestava, ridendo.

«Sei il mio angelo custode, lo sei sempre stata», affermò Giuseppe.

Il lunedì mattina, all'alba, i due fratelli erano pronti a iniziare una nuova avventura.

L'automobile di Lorenzi, una Jaguar scura con i tappetini in vello di montone, alle sei era davanti al portone di casa. L'autista li condusse nella zona di San Siro. Oltrepassarono i cancelli elettrici che si aprirono su un parco tenuto come fosse una scenografia e arrivarono davanti a una enorme villa moderna, dipinta di bianco.

Lorenzi accolse Giuseppe con un sorriso smagliante e rivolse uno sguardo perplesso a Pucci.

«È mio fratello Palmiro. Segue il mio lavoro», spiegò Giuseppe.

«Allora faremo colazione insieme», decise Lorenzi.

Nella sala da pranzo, con ampie vetrate da cui si ammirava il parco circostante, un domestico impettito aspettava di servire gli ospiti.

I giovani Corti apprezzarono la colazione e ascoltarono le proposte del loro ospite, che dichiarò di voler investire su Giuseppe tutta la sua credibilità.

Lorenzi sfoderò il suo repertorio di allettanti prospettive che includevano viaggi e soggiorni all'estero, lanci pubblicitari delle linee che Giuseppe avrebbe ideato su quotidiani, riviste e caroselli televisivi. Garantì che se, come sperava, la nuova linea avesse avuto successo, avrebbe messo in risalto la firma di Giuseppe Corti.

«Tradotto in soldoni, quanto guadagnerebbe mio fratello?» domandò Pucci, anche per porre fine al rosario di tante promesse.

Lorenzi sparò una cifra che era esattamente il doppio

di quanto Giuseppe guadagnava nella maglieria dove aveva un contratto da impiegato.

«Non se ne parla nemmeno», affermò Pucci, con calma.

«Dica lei una cifra», ribatté l'industriale.

Pucci propose un compenso che lasciò Lorenzi senza fiato.

«Giuseppe sta valutando un'altra proposta che include anche il tre per cento di provvigione su ogni capo venduto», dichiarò, mentendo spudoratamente.

«Mi dispiace, ma non posso arrivare a tanto», affermò Lorenzi.

Pucci non si scompose. Si alzò e disse: «Grazie per la colazione. Io devo andare in ufficio e anche mio fratello ha un lavoro che lo aspetta. È stato un piacere conoscerla, signor Lorenzi».

Furono riaccompagnati nel centro della città e, non appena si ritrovarono da soli, Giuseppe si scagliò contro il fratello.

«Tu sei matto da legare! Che cosa ti è venuto in mente di fare una sparata del genere? Avevo una prospettiva di migliorare e hai mandato tutto in fumo. Ho voglia di saltarti al collo e di strozzarti», sbottò.

Giuseppe urlava nel bel mezzo di piazza Medaglie d'Oro, tra una selva di automobili strombazzanti e tram stipati di gente che andava al lavoro.

«Perché non pensi, invece, che ti ho salvato dalle grinfie di un negriero? Quel Lorenzi non mi piaceva e tutto quel parlare di viaggi, di trasferte, successi, era soltanto un modo per averti a buon mercato. Tu vali molto di più. Ecco perché ho fatto quella sparata. Ti ho salvato la vita e non te ne sei nemmeno accorto», dichiarò Pucci. Poi imboccò il corso di Porta Romana per andare a lavorare in banca.

A metà mattina ricevette una telefonata da Giuseppe: «Ha chiamato Lorenzi e accetta la tua proposta».

«Andiamoci cauti. Dobbiamo farci fare un contratto e analizzare bene tutte le clausole, prima di firmarlo.»

«Sei un drago, fratello», disse Giuseppe. Era felice.

14

Dalla fusione di Collevolta con Zenit nacque la Collenit che diventò un'azienda pubblica. All'interno, l'assetto del personale subì dei cambiamenti.

Liliana fu di nuovo promossa e diventò dirigente, pur non avendo ancora la procura per firmare gli atti, che spettava al suo capo. Le nuove responsabilità la tenevano inchiodata alla scrivania per l'intera giornata e, quando ritornava a casa, si occupava di Ernestina che, a tratti, soffriva di malinconia.

Una sera, uscendo dall'ufficio, Liliana trovò suo padre ad aspettarla.

«Sono venuto a prenderti per offrirti l'aperitivo», le disse Renato. Sedettero nella saletta di un bar in via Carducci. Lui finse di informarsi sull'andamento della Collenit, ma era evidente che voleva parlare d'altro e lei aspettò pazientemente.

«Tua madre ha un altro uomo?» domandò infine a

bruciapelo. E proseguì: «Mi tiene a distanza come se non mi volesse parlare».

«La mamma non sta bene», rispose Liliana.

«È malata?» la incalzò il padre, preoccupato.

«È solo stanca», disse.

«Tu non me la racconti giusta. All'improvviso, da un giorno all'altro, senza una ragione, mi ha girato le spalle. Ti sembra normale? Io non la capisco più. Forse, senza volerlo, l'ho contrariata. Ma non è da lei tacere. Se sai qualcosa, ti prego, dimmelo.»

E allora Liliana gli raccontò della gravidanza naufragata.

Renato addentò una patatina fritta, la masticò accuratamente, bevve un sorso di Aperol e, infine, disse: «Sono uno stupido. Mi dispiace tanto di averti carpito una notizia così... così intima. Perdonami, Liliana». Poi soggiunse: «Adesso tutto si spiega. Me la vedrò io con la mamma. Tu stai tranquilla, perché non saprà mai quello che ci siamo detti».

Liliana sentì il cuore più leggero e, dopo qualche giorno, sua madre le telefonò in ufficio: «Perché non vieni a cena con il tuo fidanzato questa sera? Ho preparato le lasagne che piacciono tanto a Sandro».

«Come stai?» le domandò sua figlia.

«Bene, come ai vecchi tempi», la rassicurò.

La giornata era cominciata serenamente.

Liliana scese al bar a prendere un caffè e incontrò l'ingegner Passeri.

«Sono stato chiamato al Politecnico per tenere dei

corsi di formazione antinfortunistica agli studenti. Ho buttato sulla carta una serie di appunti. Se la sentirebbe di riordinarli, dottoressa?»

Fu la seconda buona notizia della giornata

Liliana si divertiva a scrivere e aveva uno stile disinvolto e scorrevole; in azienda, tutti leggevano volentieri le sue relazioni. Il suo capo, invece, oltre a non avere inclinazione per la scrittura, non era aggiornato come lei sulle nuove norme che tutelavano gli addetti agli impianti. Liliana gli preparò un testo brillante.

Il giorno dopo la lezione, Passeri andò a trovarla nel suo ufficio.

«Ho fatto un figurone, la ringrazio», esordì. E soggiunse: «Se è d'accordo, le darei gli appunti per la lezione successiva».

Liliana sapeva che i testi delle lezioni sarebbero stati raccolti e pubblicati in un volume e sperava che Passeri le proponesse di firmarlo con i loro due nomi. Invece le disse: «Eleuteri ha deciso di rimanere con la vecchia guardia. È di quelli che considerano la militanza nella Collevolta come un fiore all'occhiello. Lei, che cosa farà?»

Una parte del patrimonio della vecchia Collevolta era rimasto in mani private e continuare a collaborarvi era considerato un tratto di distinzione. I dirigenti più giovani, invece, avevano fatto il possibile per entrare nell'organico della Collenit. Liliana non sapeva da che parte stare. Sandro le aveva detto: «Un padrone pubblico è meno asfissiante di uno privato. Penso che ti converrà passare alla Collenit, anche perché spero che tu riesca a lavorare meno e ad avere più tempo per noi due».

Ora rispose a Passeri: «Non farò niente, perché nessuno mi ha chiesto niente».

«Io passo dall'altra parte. Chiederò di averla con me e non se ne pentirà.»

Liliana lo seguì. Una sera, mentre stava per lasciare l'ufficio, squillò il telefono interno.

«Sono Torquati», annunciò una voce imperiosa.

Anselmo Torquati era il nuovo capo del personale della Collenit. Liliana non lo aveva ancora incontrato.

«Venga da me. Le devo parlare», disse ancora.

«Quando?» domandò lei. Aveva fretta di uscire, perché Sandro la stava aspettando.

«Subito, dottoressa», precisò l'uomo.

Torquati era in azienda da poco, ma sul suo conto già volavano pettegolezzi. Si diceva che fosse stato un giovane militante fascista, imbarcato poi sul carro socialista per sfruttare i venti favorevoli. Si sussurrava che avesse un debole per le belle signore che, quand'erano compiacenti, avevano ottime probabilità di fare carriera. Insomma, le voci di corridoio avevano tratteggiato un personaggio poco raccomandabile.

Liliana, che si era già costruita una corazza contro individui simili, avendo lavorato con Asetti, si armò della sua esperienza di combattente e raggiunse il dottor Torquati.

L'uomo era solo nell'ufficio che era stato di Eleuteri. Liliana notò che aveva eliminato le piante ornamentali, le fotografie in cornice della vecchia Collevolta, i gagliardetti del Rotary Club, le tendine di mussola inamidata.

Di lui la colpirono gli occhi azzurri, mobilissimi, intelligenti, il viso rosso di chi ha preso troppo sole in una sola volta, il cranio tondo e lucido come una palla da biliardo.

Il dottor Torquati era in maniche di camicia, senza cravatta.

«Si accomodi», le disse, andandole incontro. Le strinse la mano e soggiunse: «Finalmente ci conosciamo».

Sedettero alla scrivania, l'uno di fronte all'altra, e lui la guardò per alcuni interminabili secondi prima di dirle: «Ha un buon profumo».

Liliana aveva chiuso le mani a pugno e le teneva sul grembo, senza fiatare.

«Le sue note sono eccellenti. Pregevole il lavoro che ha svolto a Roma. Lei è assolutamente sprecata come feudataria dell'ingegner Passeri. Qualche obiezione?» domandò.

Liliana tacque e pensò che il nuovo capo del personale non corrispondeva al personaggio tratteggiato dalle voci di corridoio.

«Lei è procuratrice e io ho assolutamente bisogno di una testa pensante che diriga il settore legale negli uffici di Città Studi. È d'accordo?»

Ci fu qualche istante di silenzio. Mentre cercava di superare lo stupore per quella proposta, Liliana si chiese se il suo rossetto non fosse un po' sbavato. Aveva impiegato mesi per trovare la tonalità adatta al suo viso.

«Va bene», disse infine.

L'uomo si alzò, le tese la mano e le sorrise: «Benvenuta sulla nostra corazzata».

15

Liliana e Sandro, come tutti i fidanzati prossimi alle nozze, trascorrevano i fine settimana a fare acquisti per la loro casa. L'architetto Filippo Fioretti si era offerto di aiutarli ad arredarla.

«Ti conosco bene, ormai, e non mi lascerò tentare dalle tue arti di seduttore. Sandro è il commercialista, ma i conti li sto tenendo io e, se ci affidassimo a te, non so quanto riusciresti a farci spendere. Quindi ti ringrazio ma faremo da soli», dichiarò lei.

Liliana si era data dei limiti e non intendeva superarli.

Inoltre Sandro era un compagno delizioso per gli acquisti. La assecondava nelle scelte, si entusiasmava quanto lei per un oggetto insolito, la consigliava rivelando gusto e competenza. Le incursioni nelle botteghe e nei laboratori artigiani, a valutare tendaggi, tappezzerie e mobili, punteggiarono piacevolmente il lungo autunno. Liliana imparava a conoscere i lati più nascosti del carattere di Sandro che glielo rendevano sempre più caro. A volte gli sussurrava: «Ma che cosa ho fatto per meritare un uomo come te?» Lui sorrideva, abbassava lo sguardo e replicava: «Io non mi sono ancora ripreso dalla meraviglia di averti tutta per me».

Una sera, davanti a un profumatissimo piatto di risotto con i funghi porcini, nel solito ristorante sulla Darsena, Liliana annunciò: «Dobbiamo prenotare l'aereo per il viaggio di nozze».

Avevano deciso che si sarebbero sposati a metà dicembre e avrebbero trascorso il Natale a New York, ospiti di Miss Angelina che non vedeva l'ora di riabbracciare la sua amatissima Liliana.

«Già fatto», dichiarò Sandro, mettendo sul tavolo due biglietti di prima classe.

«Tu sei assolutamente pazzo», dichiarò Liliana, allibita.

«Mi aspettavo un grido di gioia.»

«Hai speso inutilmente un sacco di soldi», protestò vigorosamente lei.

«E allora, di questa che cosa ne facciamo?» la interrogò, mostrandole la prenotazione di una suite all'*Hotel Pierre*.

«Non ti sposo più», affermò, guardandolo negli occhi come se volesse incenerirlo.

«È un peccato. Ti stai perdendo una grande occasione», disse Sandro.

«Da dove spunta tutto questo denaro?» finse di insospettirsi.

«Dalla mia riserva aurea», rispose lui, tranquillamente.

Sotto la giacca grigio scuro indossava un maglione a collo alto, secondo la moda lanciata dal film *La dolce vita*.

«Non sapevo che il mio futuro marito fosse un milionario», scherzò lei.

«Infatti non lo sono, ma, nel tempo, ho messo da parte un po' di denaro che userò per farti qualche sorpresa», disse teneramente, accarezzandole la mano su cui brillava il bellissimo anello di fidanzamento.

«Mi dispiace che tu non sia stato il mio primo amore», sussurrò Liliana, commossa.

Trascorsero la notte nella nuova casa, fecero l'amore e poi Liliana disse, piano: «Io ti amo, Sandro».

Lui la strinse fra le braccia e la cullò per farla addormentare.

Il giorno dopo il mondo seppe dell'assassinio del presidente degli Stati Uniti, John Fitzgerald Kennedy. Dopo una settimana, Liliana ricevette una lettera di Miss Angelina che, tra l'altro, scriveva: «Non mi riconosco più in questa nazione che avevo considerato la mia patria. Questo era un paese di uomini liberi, nato per accogliere popoli che fuggivano dalla tirannia e dalla miseria. Il nostro *beloved President* è stato ucciso perché credeva in questi ideali. Da oggi la storia americana cambierà il suo corso e andrà verso il disastro. Mia piccola Liliana, se vogliamo riabbracciarci, affrettati a raggiungermi perche ti sto scrivendo da un letto d'ospedale. Sono stata ricoverata ieri per un problema al cuore».

Liliana chiese subito notizie più precise all'amica

Beth che le rispose per dirle che zia Angelina aveva avuto un infarto e non erano riusciti a salvarla.

«Non mi ha aspettato», sussurrò Liliana, gli occhi gonfi di lacrime. E a Sandro disse: «Il nostro viaggio a New York non ha più alcun senso».

«Forse era scritto che tu non dovessi vedere l'America. In quale altro posto vorresti andare?» domandò.

«Che cosa ne dici della nostra bellissima casa? Ti sveglierei portandoti la colazione e una rosa. E non dovremmo neppure uscire per fare la spesa. Di quella se ne occuperà il portiere.»

Si sposarono in un pomeriggio di dicembre, nella chiesa di San Gottardo. Fu una cerimonia intima, solo con i famigliari di Liliana e pochi amici di Sandro.

Lei indossava una pelliccia di visone biondo, regalo del marito, lui un cappotto di cachemire blu, dono di sua moglie. Ernestina allestì il pranzo di nozze in casa e, quando gli sposi se ne andarono, trasse un lungo respiro: «Spero che abbia una vita meno tribolata della mia», disse a Renato.

«Te la sei passata tanto male?» le chiese suo marito.

Lei gli diede una carezza sulla fronte.

«Io ho avuto te, ed è più di quanto potessi desiderare», rispose e gli sorrise. «Però, mi domando perché non sono andati in luna di miele.»

«Perché non ne avevano voglia.»

«A me sarebbe piaciuto fare un viaggio quando ci siamo sposati, tanti anni fa. Ma avevamo soltanto i soldi per mangiare.»

«Potremmo farlo adesso. Perché non andiamo a Venezia? Tutti gli innamorati ci vanno», propose lui, abbracciandola.

Erano rimasti soli, in sala, tra i piatti e i bicchieri sporchi, gli avanzi del pranzo e i portacenere pieni di mozziconi di sigarette.

«Dici davvero?» domandò lei, esitante.

«Mettiti il cappotto. Ti porto in luna di miele, donna», affermò Renato.

«E lascio tutto così in disordine… la cucina da rigovernare… i nostri figli…»

«Appunto, ci penseranno loro.»

Renato e sua moglie prepararono le valigie e uscirono di casa quasi di soppiatto, lasciando bene in vista, sul tavolo della cucina, un biglietto con poche parole: «Siamo partiti per Venezia e non sappiamo quando torneremo. Mamma e papà».

Città Studi

1

Gli uffici della Collenit, a Città Studi, erano in una strada senza uscita, ampia, con grandi palazzi ottocenteschi che facevano apparire ancora più brutto l'edificio cupo, tutto vetri e cemento, che ospitava i dipendenti e gli operai dell'azienda.

Liliana aveva lottato con Sandro che insisteva nel volerla accompagnare in macchina, almeno in quel primo giorno di lavoro nella nuova sede.

«Preferisco usare i mezzi pubblici, come tutti», aveva insistito lei.

Quando lavorava in via Paleocapa, con un unico mezzo arrivava alla Collenit. Ora avrebbe dovuto prendere un tram e poi un autobus per raggiungere i nuovi uffici.

«Non mi piace saperti in mezzo alla calca», aveva detto il marito.

«Se lo preferisci, potrei usare la bicicletta», aveva proposto.

«Va bene, testona. Fai quello che vuoi», si era rassegnato.

Liliana allora gli aveva sorriso.

«Tu vuoi venire a vedere dove mi hanno spedita e non sarò io a toglierti questo piacere. Accompagnami, ma solo per questa volta. Tanto so che verrai a prendermi tutte le sere e questo è un privilegio che poche donne possono vantare.»

Sandro la scortò fino all'ingresso della Collenit. Si lasciarono con un bacio e lui le sussurrò: «Coraggio, piccolina, fatti valere. So che bruci dalla voglia di buttarti in questa nuova impresa». Sandro leggeva i suoi pensieri, anche quelli che lei non riusciva a decifrare.

Liliana oltrepassò un'immensa portineria a vetri nel momento in cui incominciavano ad affluire impiegati e dirigenti, mentre gli operai entravano da un secondo ingresso laterale.

Ormai conosceva la prassi e si presentò tranquillamente al direttore della nuova sede, il signor Massaroni.

«Allora è lei la Corti. Un po' tanto giovane, mi pare», esordì l'uomo, senza nemmeno invitarla a sedersi.

Era un ometto dai capelli ricci e lo sguardo aggrottato che parlava un italiano misto al dialetto milanese e aveva tutta l'aria di non cercare consensi.

«Dottoressa Corti, se non le dispiace», precisò Liliana, decisa a ricambiare la sua mala grazia.

«Certo. Quando non c'è la testa, c'è la laurea», la sfidò il capo.

«Io ho l'una e l'altra», ribatté lei, per niente intimidita.

«Va ben, va ben, ho capito che ha il suo bel caratterino. Io ho fatto solo le 'tenniche', ma vi mangio la pappa in testa a tutti. Adesso che abbiamo esaurito le formalità, come dite voi che sapete parlare, vada fuori e aspetti Ester, la mia segretaria, che l'accompagnerà nel suo ufficio», tagliò corto, sventolando la mano per invitarla a uscire.

«È stato un piacere essere accolta da lei, signor Massaroni», disse Liliana, sorridendo.

Lui non si diede la pena di replicare.

Ester era la copia esatta, al femminile, del suo capo e la scortò in silenzio in una specie di cubo di cemento scarsamente arredato, con una parete di vetro da cui si vedeva un prato incolto e pieno di cartacce.

«Di là ci sono i suoi collaboratori. Adesso glieli presento», annunciò la segretaria aprendo la porta che dava su un altro cubo dove Liliana vide due uomini, uno giovane e uno di mezza età, seduti alle loro scrivanie.

«Il dottor Valeri e il geometra Munafò», disse brevemente la segretaria. Poi si girò e andò via.

I due uomini si alzarono, chiudendo il giornale che stavano leggendo, evidentemente contrariati per essere stati interrotti. Le strinsero la mano senza dire neppure una parola.

Liliana percepì la loro ostilità, ma si armò di pazienza e disse: «Vi sarei grata se mi portaste le pratiche che state trattando in questo periodo. Grazie». Si rintanò nel suo ufficio e si portò le mani ai capelli, sussurrando: «Dio mio, dove sono capitata?»

Subito dopo chiamò la sede di via Paleocapa e si fece passare il dottor Torquati.

«Lei sa dove mi ha mandato?» esordì.

Sentì una risata.

«Sono le nove del mattino. Lei è lì da mezz'ora e già chiede aiuto?» la stuzzicò.

«Volevo solo ringraziarla infinitamente per lo scherzo che mi ha giocato. Comunque, sfrutterò fino in fondo questa opportunità», disse e chiuse la comunicazione.

Il dottor Valeri entrò nel suo ufficio poco dopo e mise sulla scrivania un paio di fascicoli gonfi di carte. «Sa, dottoressa, l'attività legale di questo reparto è quasi inesistente. In pratica, è un lavoro di routine. Insomma, noi qui tiriamo a campare, come si dice.» Era un trentenne dall'aria frustrata, che parlava evitando di guardarla negli occhi.

«Si accomodi, per favore», rispose Liliana, indicando la sedia di fronte a lei, «e mi spieghi che cosa intende per lavoro di routine.»

Lui glielo spiegò. Era davvero una situazione desolante.

«È tutto qui?» lo interruppe Liliana contrariata.

«Be', c'è qualche problema legale sulla servitù di alcuni terreni… Il territorio da gestire è vasto e nascono grane. Munafò sbriga da solo queste pratiche. La sera le infila nella borsa e se le porta a casa. Credo che non abbia voglia di collaborare con lei», confessò.

«E lei, dottor Valeri?»

Lui si rinserrò nelle spalle.

«Queste sono le pratiche che seguo personalmente. Se vuole, le guardiamo insieme».

«Grazie, preferisco studiarle da sola. Se avrò bisogno di chiarimenti, glieli chiederò», lo congedò Liliana che aveva un gran bisogno di riprendersi dopo il gelo di quell'accoglienza.

Prese in esame la documentazione e si rese conto che la qualità del lavoro svolto dai due collaboratori era piuttosto scadente. Troppe negligenze, troppa trascuratezza e nessuna attenzione alla parte giuridica che avrebbe dovuto essere di importanza primaria.

Liliana si tolse la giacca del tailleur, slacciò i polsini della camicia e si rimboccò le maniche. Aveva davanti a sé una mole di lavoro e non poteva contare sull'aiuto dei suoi collaboratori.

Quella sera, Sandro venne a prenderla e le chiese. «Allora, com'è andata?»

«C'è tutto il settore da rivoluzionare e non ho la speranza che qualcuno mi dia una mano», gli rispose, preoccupata.

«È il massimo delle tue aspirazioni riuscire a fare tutto da sola. E allora, perché non sei felice?»

«Perché vorrei essere contemporaneamente con te e con il mio lavoro.»

«Ma tu ci sei, ragazzina. Hai il dono dell'ubiquità. Non lo sapevi?»

«Sì, lo so: tu mi pensi, io ti penso, dunque siamo insieme.»

«Risposta esatta. Per premio ti porto fuori a cena», disse Sandro, innestando la marcia.

Liliana abbandonò la testa sulla spalla del marito e sussurrò: «Vorrei tanto avere un figlio».

Sandro finse di non sentire. Inveì contro il traffico che intasava le strade e, soltanto più tardi, quando furono insieme nel grande letto matrimoniale le domandò: «Non sarò troppo vecchio per fare il padre?»

Liliana si strinse a lui: «Saresti un padre meraviglioso».

«E potrei continuare a giocare a tennis, a cenare il mercoledì con i miei amici di racchetta, ad andare a pesca la domenica?»

«Io dico di sì. Ho tanta voglia di un piccolo Brioschi da tenere fra le braccia», sussurrò Liliana.

«Allora, perché negarti questa gioia?» concluse Sandro, abbracciandola.

2

ERNESTINA rincasò più tardi del solito con due borse gonfie di provviste che aveva comperato dopo essere uscita dal lavoro. Quando la vide arrivare, la portinaia le andò incontro porgendole un grande fascio di fiori.

«Li hanno portati per lei, signora Corti», disse. E precisò: «In casa non c'era nessuno». Poi vide che aveva le mani occupate e proseguì: «Glieli porto io di sopra», e la precedette lungo le scale.

«È sicura che siano per me?» domandò Ernestina, mentre occhieggiava il mazzo di calle bianche e rose gialle.

«C'è un biglietto con il suo nome», precisò la portinaia.

Ernestina aprì la porta di casa ed entrò seguita dalla donna che l'accompagnò in cucina. Posarono le borse della spesa e i fiori sul tavolo.

«Posso offrirle qualcosa da bere?» domandò Ernestina.

«La ringrazio. Devo ritornare giù di corsa, perché

mio marito è fuori e la guardiola è sguarnita. Sarà per un'altra volta», replicò la donna e se ne andò.

Ernestina era curiosa di scoprire chi le avesse mandato quei bellissimi fiori. Aprì velocemente la busta e lesse il biglietto: «Anche se non ci vediamo spesso come vorrei, la penso sempre con affetto. Filippo».

Posò il messaggio sul tavolo chiedendosi che cosa volesse da lei l'amico di suo figlio.

Mise quell'enorme mazzo di fiori profumati nel vaso più grande che aveva in casa e lo appoggiò sulla consolle, in anticamera.

Poi, decise di affrontare la situazione. Andò in salotto e telefonò all'architetto. Dopo averlo ringraziato gli chiese: «Che cosa posso fare per lei?»

«Ho bisogno di parlarle, signora», rispose Filippo.

«Non di Giuseppe, la prego. Ho sempre evitato di interferire nella vostra storia.»

«Lo so e apprezzo la sua discrezione. Ma...» non riuscì a proseguire ed Ernestina provò molta pena per lui.

«Se ha dei problemi con Giuseppe, ne parli apertamente con lui.» Aggiunse qualche parola affettuosa e chiuse la comunicazione.

Tornò in cucina a preparare la cena ed era di pessimo umore. Filippo era davvero un brav'uomo e le dispiaceva che soffrisse a causa di Giuseppe che, ormai, dedicava tutto il suo tempo a preparare la prima sfilata di modelli disegnati da lui. Lavorava per Lorenzi e guadagnava molto bene, al punto che si era comperato una villa in disarmo in via Mario Pagano.

Ora la stava ristrutturando e, nel frattempo, continuava a vivere in famiglia, anche se aveva orari impossibili ed Ernestina non riusciva quasi mai a incrociarlo.

Quella sera, Giuseppe rientrò a mezzanotte e trovò sua madre, seduta in salotto, che lo aspettava.

«Che cosa fai alzata, a quest'ora?» le domandò.

«Non ti vedo mai», rispose Ernestina.

Si alzò dalla poltrona, spense il televisore e andò in cucina con lui. Sul tavolo c'era la cena per Giuseppe.

«Ho cucinato la caponata di melanzane e i filetti di branzino in umido. Siediti», gli ordinò, prelevando dal frigorifero una bottiglia di bianco secco Duca di Salaparuta. Mise sul tavolo due bicchieri, uno per sé e uno per il figlio.

«Stappa e versa», gli ingiunse, mettendogli in mano il cavatappi. Giuseppe ubbidì.

«Ho visto dei fiori bellissimi, in anticamera», commentò lui, mentre gustava la fresca compattezza del bianco siciliano.

«Me li ha mandati Filippo per poter piangere sulla mia spalla», spiegò Ernestina. E poiché il figlio taceva, soggiunse: «Hai qualcosa da dire?»

«Filippo mi soffoca», confessò Giuseppe, e proseguì: «Ho sbagliato quando sono andato a vivere con lui, ma ero affascinato da un ambiente che non conoscevo. Poi mi sono reso conto che nel suo mondo tutti devono parlare in un certo modo, vestire in un certo modo, frequentare gli stessi posti e la stessa gente e, sotto tutto questo, c'è il nulla. È una specie di consorteria tra pochi che si sono proclamati eletti, che si dannano per avere le foto sui giornali, che si pavoneggiano quando riescono a catturare l'intellettuale di turno o il giornalista di punta. È una vita massacrante che non produce altro se non la noia. E io mi sono molto annoiato, mamma. Filippo ha una marcia in più, ma non può stare lontano da quella gente, e così io non posso stargli vicino. Alla fine, penso che ognuno di noi debba andare per la propria strada», concluse il giovane.

«E la tua strada, qual è?» gli domandò Ernestina.

«Non l'ho ancora trovata.»

«Giuseppe, non fare il furbo con me. Con chi stai, adesso?» domandò a bruciapelo.

La porta della cucina si aprì e comparve Renato. Era in pigiama e aveva gli occhi gonfi di sonno.

«Eccoli qui i ladri di Pisa che ordiscono complotti», esordì vedendo la moglie e il figlio che sorseggiavano il vino. E soggiunse: «Disturbo se prendo un bicchiere d'acqua?»

«Perché non dormi?» domandò Ernestina.

«Perché ho allungato una mano nel letto e ho trovato il vuoto. Non è una sensazione piacevole.»

«Sto parlando con mio figlio. È proibito?» chiese la donna.

Renato bevve un bicchiere d'acqua e commentò: «Tutta colpa della tua caponata. Mi è rimasta sullo stomaco. Non mangiarla, Giuseppe».

«Infatti, stavo per spiegare alla mamma che ho già cenato. Ho passato la sera a controllare come procedono i lavori in via Pagano. Domenica, se volete, vi faccio vedere la mia casa. Ho bisogno di qualche consiglio.»

«Fatti consigliare da Filippo che ne sa più di noi», brontolò Renato, uscendo dalla cucina.

Giuseppe si alzò dal tavolo, posò un bacio sulla fronte della mamma e disse: «Grazie per avermi aspettato. E, a proposito della tua domanda, non sto con nessuno».

Ernestina dubitava che Giuseppe le stesse dicendo la verità, ma non insistette.

«Buona notte», gli sussurrò, sorridendo.

Renato era sveglio quando Ernestina entrò nella loro camera da letto.

«Sono stanca», disse, mentre si spogliava.

«Ma non abbastanza da farti gli affari tuoi», la rimproverò Renato.

«Per quello che ne ho ricavato… Tuo figlio è più misterioso di una tomba», si lamentò. Poi si infilò nel letto accanto al marito che allungò un braccio per attirarla a sé.

«Quando vuoi sapere qualcosa, chiedila a me, Ernestina mia.»

«I nostri figli si confidano con te?»

«Sono meno apprensivo e li conosco meglio di te. Giuseppe, come tutti gli omosessuali, è irrequieto, ma ha i suoi princìpi. È in difficoltà con Filippo perché si è reso conto di non poter vivere con un uomo che ha il doppio dei suoi anni. Si è buttato nel lavoro e, intanto, cresce e riflette. È un ragazzo d'oro. Lascialo tranquillo. E adesso dedicati un po' a me, dal momento che mi hai svegliato», disse, sfiorandole dolcemente il grembo.

Lei accarezzò la schiena del marito e sussurrò: «Fino a quando sarò così stupidamente innamorata di te?»

«Per sempre. Non smetteremo mai di desiderarci», rispose Renato.

3

Rosellina ripassava le materie da portare all'esame di maturità con Roberta, una compagna di scuola che era anche vicina di casa. Si interrogavano a vicenda e, di tanto in tanto, una delle due diceva: «Pausa Coca-Cola». Allora andavano in cucina a bere e poi riprendevano lo studio.

«Che cosa sai dirmi di Federico Secondo di Svevia?» domandò Roberta.

«Che era uno sciupafemmine e io sarei stata felice di farmi sciupare da lui», rispose Rosellina con aria sognante.

Roberta sbottò in una risata.

«Sei tutta scema», disse.

«Lo so. Ma avrei voluto davvero essere la donna del suo cuore. Gli avrei fatto da scendiletto e lo avrei adorato come una divinità. Odio quella deficiente di Costanza d'Aragona che non ha mai capito quanto lui fosse grande, geniale, bello, intelligente. Sai che lui parlava correntemente il greco, il latino, l'arabo, il tedesco, l'italiano, lo spagnolo e il francese? Avido di piaceri spirituali e materiali, cacciatore di donne e di belve...»

«Va bene, va bene! Ma ti consiglio di non rispondere così alla commissione d'esame. Ora tocca a te farmi una domanda.»

«Parlami di Napoleone e della campagna d'Italia», disse Rosellina

Squillò il telefono e la ragazza si precipitò in anticamera a rispondere.

«Cerco la signorina Corti», disse una voce che aveva una netta inflessione americana.

Rosellina, che non si era ancora abituata all'idea che Liliana fosse sposata, rispose: «Mia sorella non c'è. Se vuole dire a me, sono Rosellina».

«Io sono Max Garcia e cerco proprio lei, signorina», precisò il suo interlocutore.

Era il coreografo americano che Rosellina aveva conosciuto quando si era esibita al dancing *Florida* con Pucci.

«La ascolto», disse, mentre agitava un braccio per segnalare a Roberta, che l'aveva raggiunta, quanto fosse importante quella telefonata.

«Sono a Milano, alla Rai, e mi sono ricordato di lei che ballava con suo fratello, se non sbaglio», proseguì il coreografo.

«Mi sono sbagliata io, quella volta», disse al ricordo della rovinosa caduta sulla pista del *Florida*.

«Capita ai migliori. Lei aveva molta classe.»

«Grazie per il complimento», replicò, stando sulle sue.

«Non vorrebbe fare un provino? Ci terrei molto, signorina Corti.»

La ragazza faticò a trattenere un urlo di gioia e, invece, chiese: «È per uno spettacolo?»

«Una serie di spettacoli, quelli del sabato sera, per il prossimo inverno», la informò Max Garcia. E proseguì: «Non sa quanto ho faticato per avere il suo numero di telefono. Avevo sperato che mi chiamasse lei, dal momento che le avevo lasciato il mio biglietto».

Allora decise di fare la preziosa. «Sto preparando la maturità e sono davvero sotto pressione», spiegò.

«Non le ruberemo più di mezz'ora», insistette il coreografo.

«E poi non so se mio fratello potrà venire.»

«A noi servono soltanto ballerine. Basta che venga lei.»

«Mi lasci il tempo di riflettere. Possiamo sentirci domani?»

«La richiamerò questa sera, signorina Corti. Domani spero di vederla in Rai», affermò lui.

Durante tutta la telefonata, Roberta aveva cercato di capire dai gesti e dalle parole dell'amica con chi stesse parlando, e quando Rosellina depose il ricevitore, disse: «Voglio sapere tutto».

«Tu non sai, non puoi sapere quello che sta per succedere. In fondo, non so bene nemmeno io se ho davvero ricevuto una telefonata, se ho parlato davvero con Max

Garcia e se è vero quello che mi ha detto. Non posso dirti niente, perché io stessa non so niente», Rosellina era eccitata e felice.

«Non fare la solita commedia. Di quale spettacolo parlavi? Chi è questo Max Garcia?»

«Facciamoci una Coca-Cola, così ti racconto e cerco di riordinare le idee.»

Quella sera, durante la cena, in casa Corti si tenne una specie di consiglio di famiglia, cui presero parte anche Liliana e suo marito.

Ernestina era fuori di sé dalla rabbia per il provino televisivo che considerava un attentato alla virtù della figlia.

«È mai possibile che queste cose debbano capitare soltanto a te? Di tutti i miei figli, sei quella che mi ha fatto dannare di più.»

«Lo hai sempre saputo che voglio diventare una ballerina!»

«E perché non una buona maestra? Perché non una buona madre di famiglia?»

«E perché il mondo è rotondo e non è quadrato?» strillò Rosellina.

Ernestina alzò una mano per schiaffeggiarla ma Sandro le trattenne il braccio.

«Cerchiamo di ragionare. Le urla non servono», tentò di calmarla suo genero.

«Come si può ragionare con una che non ascolta?» domandò lei.

«Alla fine non mi sembra una proposta indecente. Si

tratta solo di un provino. La Rai è una cosa seria e non è nemmeno detto che venga scritturata», intervenne Pucci.

«Se la prendessero, sarebbe peggio che andar di notte! I giornali li leggete anche voi, dunque sapete bene quello che succede in quell'ambiente.»

«Non ti sembra di esagerare? Il mondo dello spettacolo non è Sodoma e Gomorra», sentenziò Giuseppe.

«Tu stai zitto!» gli ingiunse la madre.

Poi si scagliò contro il marito che, sprofondato nella sua poltrona, sfogliava un giornale, apparentemente disinteressato alla discussione.

«E tu? Tu che sei il padre, perché non intervieni? Nostra figlia deve dare la maturità e prendere il diploma. Di' qualcosa che sia di buon senso, per favore», lo spronò.

Mentre moglie e figlia si azzuffavano, Renato aveva osservato di sottecchi la sua piccolina che era di una bellezza da togliere il respiro.

Aveva pensato che il mondo dello spettacolo non era esattamente quello che si augurava per lei, ma era certamente quello a cui lei aspirava.

Aveva anche ragionato sui suoi figli. Dall'istante in cui erano nati, non aveva mai cercato di costringerli a imitarlo. La vita, i sogni, le aspirazioni dei suoi figli appartenevano a loro, non a lui.

Così si limitò a dire: «Tu cosa vuoi fare, Rosellina?»

«Voglio andare alla Rai a fare il provino. Se non mi prenderanno, me ne farò una ragione. Se mi prenderanno, ne sarò felice», rispose la figlia.

«E sarò felice anch'io. I fantasmi della perdizione non mi fanno paura, perché so che sei una ragazzina solida, a dispetto della tua apparenza frivola. Vivi la tua vita e sappi che avrai sempre il nostro amore», affermò. Poi si rivolse alla moglie: «La discussione è chiusa».

Rosellina fece il suo provino con tante altre ragazze. Ad alcune fu detto: «Vi faremo sapere». A lei, che si stava allontanando di corsa perché doveva ritornare a casa a studiare, il coreografo americano disse: «Sei dei nostri. Ti manderemo il contratto da firmare». E le presentò il direttore d'orchestra, Cristiano Montenero, che tenne tra le sue la mano che lei gli aveva teso e, guardandola intensamente le sussurrò: «Lei è meravigliosa, signorina».

4

Rosellina aveva dato gli esami ed era stata promossa.

Avendo compiuto il suo dovere nei confronti della famiglia, si sentiva finalmente padrona della sua vita.

Aveva in mano un contratto che la legava alla Rai per tutta la durata degli spettacoli del sabato sera, da ottobre a gennaio. Il contratto prevedeva due mesi di prove a Roma. Le ballerine sarebbero state ospitate in un piccolo albergo nei pressi di via Teulada, dov'erano gli studi televisivi, a partire da agosto e, ogni giorno, avrebbero dovuto esercitarsi in palestra.

Ernestina non giudicava conveniente lasciare sola la figlia in quella grande città piena di tentazioni e non poteva neppure accettare l'offerta che le era stata fatta di accompagnarla. Così si dibatteva tra il desiderio di seguirla e la rassegnazione di lasciarla al suo destino, ed era assolutamente inutile cercare di parlare delle sue ansie con il marito e con gli altri figli.

Liliana era stata di un cinismo allarmante, quando Ernestina si era confidata con lei: «Il peggio che le possa capitare sarà perdere la verginità. Puoi essere soddisfatta che Rosellina sia ancora vergine. Come dice papà, non puoi governare la sua vita. Mettiti il cuore in pace», le aveva detto.

«Parli così, perché non hai figli. Aspetta di averne e ti renderai conto delle pene di una madre», aveva reagito Ernestina.

Liliana si sentiva a disagio ogni volta che qualcuno accennava a una sua maternità. Desiderava un figlio che non arrivava.

Si era sottoposta a una serie di esami per scoprire perché non riuscisse a rimanere incinta.

«È tutto a posto», l'aveva rassicurata lo specialista. «Lei è solo troppo ansiosa. Cerchi di stare tranquilla e non abbia fretta.»

«Non sarò certo una mamma assillante come te», aveva replicato stizzita a sua madre che senza saperlo, l'aveva toccata nel suo punto debole

Alla fine, fu Pucci ad accompagnare a Roma la sorellina, a controllare com'era alloggiata, a tenerla d'occhio per un paio di giorni durante le prove e a osservare le altre ballerine per capire se fossero ragazze troppo emancipate e trasgressive.

Fu lui ad accorgersi che, di tanto in tanto, faceva la sua comparsa in palestra il maestro Cristiano Montenero che concentrava tutta l'attenzione sulla sua sprovveduta sorellina.

Montenero era un direttore d'orchestra famoso in

televisione. Era un bel tenebroso sulla trentina, aveva occhi color fiordaliso e una figura atletica. Le ballerine stravedevano per lui e anche Max Garcia, il coreografo, non perdeva l'occasione per dirgli: «Vorrei tanto essere una delle mie ragazze. Allora saprei come farti felice».

Così, prima di partire, Pucci mise in guardia la sorella: «Guarda che quello ti ha puntata. Credo che venga alle prove per catturarti. Stai sulle tue, prima di combinare un pasticcio».

«Non fare come la mamma che vede ombre ovunque. Quello non mi fila per niente. Magari lo facesse!» cinguettò lei.

«Davvero? Allora ti riporto di corsa a Milano», la minacciò Pucci. E non aveva l'aria di scherzare.

«Era solo una provocazione», si scusò Rosellina. «Stai tranquillo, per favore. Intendo occuparmi soltanto del mio lavoro. Tu sai quanto mi piace ballare.»

«Devi farmi una promessa. Se ti accorgessi che stai per fare una sciocchezza o un passo falso, chiamami. Arriverò subito e risolveremo insieme il problema», disse Pucci, abbracciandola, al momento di lasciarla.

Rosellina scoppiò in lacrime e si aggrappò a lui.

«Ho paura», sussurrò.

«Ci hai ripensato?» le domandò.

«No, assolutamente. Ma voglio anche te e gli altri. Mi mancate così tanto», singhiozzò.

«Rosellina, deciditi: o rimani e non fai storie, oppure ritorni con me.»

«Resto», sussurrò lei. Infilò la mano nella tasca della giacca di Pucci, prese il fazzoletto, si soffiò vigorosamente il naso, lo ripiegò e lo rimise a posto.

«Sicura?» domandò il fratello.

«Di' alla mamma che mi sto sacrificando molto per costruire il mio futuro», affermò, con aria melodrammatica.

Pucci sbottò in una risata e, alla fine, rise anche lei.

Il giorno dopo, arrivò puntualissima alla prova del mattino.

Max Garcia era un professionista molto esigente e severo. Sapeva quando blandire e quando fare la voce grossa. Le ragazze, un po' lo amavano e un po' lo temevano.

Nel suo buffo linguaggio, che era un misto di americano e romanesco, diceva: «Il ballo è un divertimento. Se volete divertirvi fino in fondo, dovete farlo bene, e allora si divertirà anche il pubblico. Ma se lo fate male, io vi caccerò via».

Mentre le ragazze ripetevano gli stessi passi fino all'esaurimento, lui commentava, spronava, criticava. Nulla passava inosservato al suo sguardo attento. Amava le sue *girls* e si occupava di loro come un padre.

«Stamattina hai gli occhi rossi. Hai pianto?» domandò a Rosellina.

«Mio fratello è ritornato a casa», rispose lei.

«Allora questa sera vieni a cena con me. Ti porto a mangiare il baccalà fritto e ti farò conoscere mia sorella Manola. Non dirlo alle altre galline, altrimenti si ingelosiscono», sussurrò, sfoderando il suo repertorio di buffi ammiccamenti.

Rosellina, che in quei giorni si era rassegnata al cibo insipido dell'hotel in cui alloggiava, quella sera si trovò nel giardinetto di un'osteria tra una mescolanza di aromi e profumi da capogiro.

Scoprì che il posto era frequentato quasi esclusivamente da gente dello spettacolo. Si conoscevano tutti tra loro, si davano del tu.

Rosellina vide da vicino alcuni personaggi che spopolavano in televisione e pensò a quanto si sarebbe vantata con le sue amiche, quando glielo avrebbe raccontato.

Manola, la sorella di Max, era una donna prosperosa e placida che tutti salutavano con simpatia. Faceva la sarta alla Rai anche per gli attori più famosi.

«Io li vedo ogni giorno in mutande», disse a Rosellina. «Quello porta il bustino per nascondere la pancia, quell'altra è piena di cellulite e se non fosse per la calzamaglia avrebbe smesso da un pezzo di sgambettare. Oh, guarda quella laggiù: le devo imbottire il reggiseno, altrimenti è piatta come un'asse. Attenta alla biondina: è cleptomane, peggio di una gazza ladra.»

Rosellina ascoltava, si divertiva e pensò soddisfatta: È questo il mio mondo! All'improvviso aveva dimenticato la malinconia per la famiglia lontana e le sembrava di essere al centro di un palcoscenico.

«Posso sedermi con voi?» domandò il maestro Montenero, comparendo alle spalle di Rosellina.

«Veramente, noi tre da soli stavamo molto bene», scherzò il coreografo.

«Vuol dire che ora starete meglio», disse lui. Diede un buffetto sulla guancia a Manola, strizzò l'occhio a Max e andò a sedersi di fronte a Rosellina.

Posò i gomiti sul tavolo, appoggiò il viso bellissimo sulle mani chiuse a pugno e le domandò: «Come te la passi a Roma, bambolina?»

«Mi chiamo Rosellina», precisò lei, arrossendo.

«Lo so bene. Ho scolpito il tuo nome nel mio cuore», disse lui.

«Fra un istante ti dirà che hai la faccia di una madonna e lo sguardo di una pantera», intervenne Max. E soggiunse: «È la sua tattica di accerchiamento della preda. Non ascoltarlo», le suggerì.

«E funziona?» domandò la ragazza.

«Di solito ha successo», intervenne Manola.

«Bisogna dire che noi donne siamo proprio sceme», deplorò Rosellina.

«Ma tu non lo sei. Tu sei sveglia come un grillo e deve ancora nascere l'uomo che ti metterà nel sacco», affermò Montenero addentando una forchettata di fritto misto.

Rosellina gli guardò le mani. Non aveva mai visto un uomo con mani così belle e si chiese che effetto le avrebbero fatto se lui l'avesse accarezzata. Aveva avuto fidanzatini e corteggiatori maldestri. Nessuno l'aveva guardata come stava facendo ora il direttore d'orchestra.

Arrossì di nuovo e si rivolse a Max.

«È tardi, ho mangiato più del lecito e voglio ritornare in albergo», disse.

«Posso avere l'onore di accompagnarti?» scattò il maestro, alzandosi.

«Onore negato. Rosellina è venuta con me e io la riporto indietro. Tu fai compagnia a Manola, se vuoi.»

«Lui porta ancora le ghette e detesta i calzini quando fanno le pieghe», sussurrò Manola a Rosellina.

Montenero non si scompose, abbozzò un inchino e baciò la mano che Rosellina gli tendeva.

«Ci vediamo, bambolina», disse.

«Rosellina», insistette lei, percorsa da un fremito al contatto di quelle labbra, così morbide, con la sua mano.

5

Era sabato. Le ragazze del corpo di ballo erano libere fino a lunedì. Rosellina aveva fatto amicizia con due di loro, Stefania e Francesca. Come lei, erano di estrazione operaia, soffrivano per la lontananza dalla famiglia, e avevano pochi soldi. Decisero di andare a zonzo per la città a guardare le vetrine. Avevano fatto una «cassa comune» e affidato a Stefania i soldi per un panino in un bar. Sembravano tre collegiali in vacanza. Erano costantemente afflitte da dolori alla schiena, ai piedi, alle gambe a causa delle prove massacranti. Nonostante ciò passeggiarono per alcune ore ignorando i complimenti, a volte pesanti, dei giovanotti romani che incrociavano.

Mangiarono panini a una tavola calda, poi decisero che potevano permettersi una Coca-Cola da *Rosati*. Quando fu il momento di pagare, Stefania si accorse di essere stata derubata del portafogli. Avvampò, divenne viola ed era sul punto di piangere.

«E adesso come lo paghiamo il conto?» domandò alle due amiche.

«Che figura!» si smarrì Rosellina.

«Io non ho il coraggio di dire al cameriere che siamo rimaste senza una lira», dichiarò Francesca.

«Voi due tornate subito in albergo a prendere i soldi. Io rimango qui e faccio finta di niente. Anzi, ordino un'altra Coca», decise Rosellina che, nei momenti difficili, riusciva a non perdersi d'animo.

Le due amiche partirono come schegge e Rosellina rimase seduta al tavolo, fingendo indifferenza. Se almeno avesse avuto un libro o una sigaretta, per occupare le mani. Ma non fumava e leggeva pochissimo. Non aveva nemmeno gli occhiali da sole. Era lì, in bella mostra ed era terribilmente imbarazzata. Abbassò lo sguardo sul grembo dove riposavano inerti le sue mani. Indossava un abito di piqué di cotone rosa antico punteggiato da piccoli pois neri. Incominciò a contare i pallini, ma non riuscì a concentrarsi. Alzò la testa, bevve un sorso di Coca-Cola e già sentiva lo stomaco in subbuglio. Il bar confinava con il ristorante *Il Bolognese*. Erano le tre del pomeriggio e c'erano ancora dei clienti che entravano per mangiare, mentre altri uscivano con il passo appesantito dal cibo. Le sembrava che i romani passassero il tempo tra bar e trattorie dove si abboffavano e, soprattutto, facevano salotto.

Vide uscire dal ristorante Cristiano Montenero in compagnia di due uomini e di una signora attempata che indossava gioielli meravigliosi. Discutevano animatamente e la signora teneva banco con una gestualità vivace che faceva tintinnare i bracciali.

Rosellina si rannicchiò nella poltroncina di vimini per non farsi vedere.

I tre uomini scortarono la signora a un taxi che era fermo al posteggio di fronte al ristorante. Poi si girarono e fu in quel momento che il direttore d'orchestra la vide. Salutò gli amici e la raggiunse.

«Che cosa fai, qui, tutta sola?» le domandò.

«Mi godo la città», rispose, senza convinzione.

Lui sedette al suo tavolo.

«Hai l'aria triste», osservò lui.

Allora Rosellina raccontò la disavventura.

«Ci vergognavamo di dire che eravamo state derubate e non potevamo pagare. Io sto continuando a bere Coca-Cola e tra poco esploderò. Spero non prima che tornino Stefania e Francesca.»

Il musicista chiamò un cameriere e ordinò un vassoio di pasticcini. «Servono a neutralizzare l'intruglio che hai bevuto», disse.

Lei lo guardò con aria dubbiosa.

«Fidati», proseguì. «È possibile che tu mi consideri uno sciocco. Hai sentito chiacchiere sul mio conto e l'altra sera, mentre ti chiamavo bambolina, ho dato il peggio di me. D'altra parte, nel nostro ambiente tutti si aspettano che io reciti la parte del gigione e non posso deluderli.»

«Chi è Gigione?» domandò lei.

«È un personaggio inventato da Ferravilla, un grande

attore del passato. Si chiamava Gigi, detto Gigione, perché era pieno di spocchia e tronfio. La parola, subito adottata dagli attori milanesi, è entrata prima nel gergo teatrale poi nel linguaggio comune. Un gigione è anche uno che chiama bambolina una ragazza che ha un nome bellissimo come il tuo.»

«Una spiegazione esauriente», osservò lei. Addentò una sfogliatina farcita di crema che disegnò un baffetto all'angolo delle sue labbra. Il musicista allungò la mano e con l'indice la pulì, poi si portò il dito alle labbra e lo leccò. Rosellina si irrigidì, non tanto per quel gesto confidenziale, quanto perché il tocco di Cristiano l'aveva turbata. Se non avesse dovuto aspettare le amiche, si sarebbe alzata e sarebbe corsa via.

«Non c'è problema per il conto del bar. Se devi andare, fallo», disse lui.

«Non lo so», rispose Rosellina, imbarazzata.

Lui chiamò il cameriere e pagò il conto. Poi tese una mano per aiutarla ad alzarsi.

«Ti porto a fare due passi», propose con tono deciso e proseguì: «Voglio che tu conosca le piccole strade tortuose, trafitte da una lama di sole, con l'acciottolato sconnesso e le case sghembe, che sono la parte più bella di Roma».

«Stefania e Francesca...» balbettò Rosellina.

«Il cameriere le avvertirà che sei andata via con un amico», la rassicurò. La prese sottobraccio e la guidò lungo via del Babuino.

«Raccontami qualcosa di te», la sollecitò a mezza voce, mentre percorrevano una stradina silenziosa fiancheggiata da imponenti palazzi e muri di cinta, dalla cui sommità spuntavano le chiome fiorite dei giardini.

«Ho fatto gli esami di maturità e sono stata promossa con voti eccellenti, ma questo lei lo sa», iniziò a raccontare e, poiché la vicinanza di quell'uomo maturo, affascinante e ricco d'esperienza, la faceva in qualche modo sentire imparentata con il successo, proseguì dando libero spazio alla fantasia. «Sono l'ultima di quattro fratelli. Liliana, la maggiore, è avvocato, Giuseppe è uno stilista, viaggia tra Londra e New York e abita in un palazzo antico nel cuore di Milano, Pucci è uno dei massimi dirigenti di una grande banca, papà è un capo del sindacato, la mamma ha un'industria di maglieria molto affermata, viviamo in un enorme appartamento ereditato da una zia americana e abbiamo una coppia di domestici al nostro servizio. Attualmente papà è a Cortina d'Ampezzo, con i compagni di partito, Pajetta, Amendola, Macaluso, Ingrao e altri. Mamma è in Costa Azzurra sulla barca di vecchi amici. Insomma, che altro posso dirle, maestro?»

«Mi chiamo Cristiano e ti prego di darmi del tu», disse lui, con aria divertita.

«Che altro vuoi sapere, Cristiano?» ripeté Rosellina.

«Elimina tutti i lustrini, che sono lo specchio della tua fantasia, e raccontami la tua storia vera», disse lui sorridendo.

Passarono accanto alla bottega di un tappezziere. Era chiusa, ma l'artigiano aveva lasciato in mostra sul marciapiedi, un paio di sedie imbottite, un piccolo tavolo e alcuni sgabelli.

«Fermiamoci qui», propose.

Sedette accanto a lei, passò una mano lieve sul contorno del suo viso, guardandola negli occhi.

«Allora, Rosellina, parlami seriamente di te», la spronò con dolcezza.

Lei abbassò lo sguardo intimidita da quell'accenno di carezza.

«Mi sembra di avere raccontato una storia credibile. Peccato che tu non l'abbia creduta, perché mi piaceva molto», sussurrò.

«Sono sicuro che quella vera è molto più interessante», affermò lui.

«Io sono la piccola della famiglia. Mamma e papà sono operai. Sono cresciuta in una casa di ringhiera ma da qualche anno viviamo in un appartamento signorile nel centro di Milano. È stato un colpo di fortuna, ma questa è una lunga storia. Mamma mi telefona ogni sera, minacciando castighi se combinerò qualche pasticcio. Ho nostalgia della mia famiglia. Non credo di essere una buona ballerina, anche se Max mi ha preso in simpatia e vuole aiutarmi. Guardando le ragazze che ballano con me, mi sono resa conto che hanno una leggerezza che io non avrò mai», osservò. E aggiunse: «L'istinto mi dice che dovrei fare la valigia e ritornare a Milano», confessò con sincerità.

Lui prese tra le sue una mano di Rosellina, la accarezzò e disse: «Sei così bella da togliere il respiro».

Lei ritirò la mano di scatto e replicò: «Io sono soltanto una stupida e se la mamma fosse qui, mi avrebbe già presa a schiaffoni. E non avrebbe risparmiato neanche te, ci puoi scommettere», disse, alzandosi.

«Ma la tua mamma non c'è», ribatté lui, che aveva l'aria di divertirsi.

«E nemmeno tua moglie», sottolineò lei.

«La mia ex moglie non allunga schiaffi, tira pugni. Una volta mi ha steso con un upper-cut al mento. Sono svenuto», confessò.

«Non sapevo che la bionda, evanescente Nadia Brumberg fosse un pugile», si stupì la ragazza, alludendo alla moglie del direttore d'orchestra, che era una étoile del Casino di Parigi. Aveva interpretato molti film musicali e Rosellina la considerava una divinità a tutti gli effetti.

«Provare per credere», rise lui. «Ora che non è più mia moglie è deliziosa, ma fino a quando siamo stati sposati, vivere con lei era come convivere con un terremoto.»

«Bene, si è fatto tardi. Io devo andare», decise Rosellina.

«Ti riaccompagno», disse lui, prendendola sottobraccio.

Aveva una macchina sportiva parcheggiata in piazza del Popolo. La accompagnò fino all'albergo. Scese e le aprì la portiera.

«Se non sono tagliata per fare la ballerina, che cosa farò?» gli chiese, sul punto di lasciarlo.

«L'attrice», rispose lui, pacatamente.

«Ma io non so recitare.»

«Tu reciti da quando sei nata», affermò il musicista. Le prese delicatamente la mano e la sfiorò con un bacio.

«Ci vediamo, Rosellina», promise.

Lei mosse qualche passo verso l'entrata dell'albergo e poi ritornò indietro.

«Che cosa vuoi da me?» lo affrontò, decisa.

«Non lo so ancora. Non farti prendere dalla malinconia, questa sera. Pensa al giorno in cui diventerai una grande attrice», le disse e se ne andò.

6

Il 21 agosto 1964 morì a Yalta Palmiro Togliatti.

A Roma, in via delle Botteghe Oscure, dov'era la sede del Partito comunista, confluirono politici e giornalisti, intellettuali e gente del popolo che venivano da tutta Italia. Arrivò anche Renato Corti, che telefonò alla figlia.

«Domani ci saranno i funerali e dopo i miei compagni ritorneranno a Milano. Io mi fermerò un giorno in più per stare con te», disse il padre a Rosellina.

L'indomani si abbracciarono nella hall del piccolo albergo che, in fondo alla sala, aveva un bar con qualche divanetto logoro e i tavolini traballanti. Padre e figlia sedettero in un angolo un po' defilato.

«Papà, era davvero il Migliore, come lo chiamavano tutti?» domandò Rosellina, alludendo all'uomo politico scomparso.

«Per me lo è stato. Quello che sono lo devo a lui e ad

altri, come lui, che mi hanno instillato dei valori, mi hanno dato punti di riferimento, mi hanno insegnato a studiare la nostra storia», affermò commosso.

Rosellina gli accarezzò un braccio.

«Caro papino, come ti voglio bene», disse di slancio sua figlia.

«Non quanto io ne voglio a te», replicò Renato, sorridendole e proseguì: «Come stai?»

«Credo di essere innamorata», gli confidò in un sussurro.

«E quando mai non lo sei stata? Hai avuto dei fidanzati fino da quando andavi all'asilo. Non saresti la mia Rosellina, se non passassi da un amore all'altro, riempiendo di lacrime i tuoi fazzoletti.»

«Questa volta è diverso.»

«Lo so. È sempre diverso. Quante volte te l'ho sentito dire. Se fossi vissuta cinquant'anni fa, tu ti aggrapperesti alle tende, come Francesca Bertini, ti porteresti il palmo di una mano alla fronte e faresti vibrare il tuo corpo nei singhiozzi. Ti piace recitare la parte della donna che soffre d'amore», scherzò Renato e, tuttavia, poiché Rosellina non reagiva si chiese se non fosse venuto il momento di prenderla sul serio.

«Lui è un uomo, papà. Ed è anche stato sposato», sussurrò Rosellina.

Renato tacque, si sforzò di apparire calmo e disse: «Andiamo per gradi, bambina mia. Tuo padre è un uomo evoluto che conosce la vita e non si perde in un bicchiere d'acqua. Giusto?»

Rosellina annuì.

«Capita che un pulcino, muovendo i primi passi lontano dalla chioccia, incontri un predatore che vuole mangiarselo. Giusto?»

La ragazza tornò ad annuire.

«E allora, il pulcino cosa fa?»

«Scappa», disse sua figlia.

«E tu sei scappata, vero, bambina mia?» Renato parlava lentamente, scandendo le parole.

«Io sono innamorata, papà.»

«Ma è una cosa che poi passa. O no?»

«Papà, è bello da morire e quando mi guarda, con quegli occhi così… così magnetici… io rabbrividisco, mi batte il cuore e mi sento sciogliere», spiegò Rosellina, portandosi le mani al petto. Sulle labbra aleggiava un sorriso e guardava il padre con occhi estatici.

Di fronte a quella mimica, la pacatezza che Renato si era imposto fino a quel momento si trasformò in rabbia. Si alzò di scatto e, puntando un dito minaccioso contro sua figlia chiese: «Chi è questo mascalzone?»

Lei, che non si aspettava di essere aggredita da suo padre, si mise a piangere silenziosamente.

«Mi fai paura», balbettò tra le lacrime.

«Chi è questo mascalzone?» ripeté Renato in un sussurro.

Rosellina si alzò a sua volta, si asciugò le lacrime e lo affrontò: «Non ho fatto niente di male, papà».

«Meglio così. Però adesso tu mi dici chi è questo mascalzone che insidia una ragazzina, affinché io gli possa torcere il collo. Perché questo è esattamente quello che intendo fare.»

«Se la prendi così, non ti dirò mai il suo nome», rispose, decisa.

Renato aveva dimenticato la commozione per il funerale di Togliatti. Pensava solo alla responsabilità che si era assunto quando aveva deciso di mandare a Roma sua figlia.

«Non c'è problema», disse lui, ritrovando la calma. La prese sottobraccio e, insieme, andarono dal portiere: «Mi dia la chiave della camera di mia figlia», ordinò lui.

Salirono nella stanza, Renato prese la valigia che era in cima all'armadio, la mise sul letto, l'aprì e incominciò a riempirla con gli abiti di Rosellina.

«Mi costringi a ritornare a casa?» domandò lei

«Che altro potrei fare?» chiese Renato

«Doveva essere un segreto fra te e me. Ora la mamma scoprirà tutto», ragionò la figlia. «Senza contare che hai firmato il contratto per me. Lo hai firmato proprio tu, papà. E adesso dovrai pagare una penale. Infine voglio che tu sappia che mi hai tarpato le ali. Avrei potuto volare molto lontano, invece… sarò una povera infelice tutta la vita.»

Renato chiuse la valigia e sedette sul bordo del letto, guardando la figlia negli occhi. Rosellina sembrava serena, rassegnata e sorrideva.

I propositi bellicosi del padre svanirono di fronte al candore disarmante di quel viso così solare e limpido.

«Non mi importa niente della penale. Tu sei più importante di tutto, bambina mia», sussurrò. E soggiunse: «Io devo proteggerti. Lo capisci?»

«Fino a quando?» domandò lei.

«Fino a quando sarà necessario.»

«Papà, voglio raccontarti qualcosa che non sai. Quando abitavamo in corso Lodi, un giorno trovai nei campi un passerotto caduto dal nido. Lo portai a casa, lo nascosi nella camera che dividevo con Liliana e lo nutrii con pazienza. Gli davo semi e briciole di pane. Disperavo di salvarlo. Invece lui crebbe. Quando cercava di volare, mi spaventavo e lo rinserravo tra le mani, per paura che andasse a sbattere contro le pareti. Venne la primavera e nel vecchio cortile cominciarono a volteggiare i passeri. Allora uscii sulla ringhiera e gli dissi: 'Adesso puoi andare con loro'. Lo lanciai nell'aria. Le sue ali non si erano irrobustite. Cadde come un sasso sull'acciottolato e morì. Per troppo amore non gli avevo consentito di imparare a volare.»

Dopo qualche attimo di silenzio, Renato disse: «Così, dovrei lasciarti tra le braccia di un uomo sposato», bisbigliò.

«Non sono ancora caduta tra le sue braccia. Ti ho detto solamente che ne sono innamorata. Non credo che lui conosca questo mio sentimento.»

Renato si alzò, le circondò le spalle con un braccio e disse: «Accompagnami alla stazione. Io ritorno a Milano».

7

In autunno, sulle passerelle della Moda pronta, per la prima volta sfilò il marchio Lorenzi by Giuseppe Corti.

Il giovanissimo stilista, che aveva imparato il mestiere nel maglificio in cui la madre lavorava da tanti anni, ebbe un grande successo, rivelando un gusto tutto suo, giocato sul colore e sulla semplicità dei modelli. Aveva creato abiti che potevano essere indossati da tutte le donne, di qualunque età, di qualunque ceto sociale. Per presentarli al pubblico aveva scelto le indossatrici tra le impiegate della ditta Lorenzi e tra le studentesse delle scuole superiori. L'ultimo abito, quello bianco da sposa che coronava la sfilata, fu indossato da Rosellina che si presentò in passerella accompagnata da Pucci, in abito da cerimonia, sulle note di un dolcissimo valzer viennese.

Piovvero applausi su quel debutto che mandò in fibrillazione i giornalisti, eternamente a caccia di novità. Applaudirono persino i cameramen della televisione che erano lì per riprendere la sfilata. Giuseppe venne trascinato sulla passerella mentre il pubblico scandiva il suo nome ritmando il battimani. Era diventato famoso. Lui ringraziò con un inchino, poi si rifugiò tra le quinte invase da compratori che volevano toccare con mano gli abiti della nuova collezione e premevano per parlare con Lorenzi e con lui.

Lorenzi lo abbracciò e gli disse: «Ricordati che devi tutto a me. Se non ti avessi strappato agli Scanni, saresti ancora là a disegnare golfini».

«È pur vero che anch'io ho creduto in lei, signor Lorenzi, quando altri stilisti le hanno girato le spalle», replicò.

«Adesso dobbiamo trattare con i compratori», disse il commendatore che non aveva mai visto tanto entusiasmo tra i suoi clienti.

«Questo è compito suo. Il mio è finito», precisò Giuseppe.

«Non ancora. Sarai la star della festa», puntualizzò a sua volta.

L'abile industriale aveva organizzato un ricevimento superbo, nei saloni del *Grand Hotel*, per tutti gli addetti ai lavori.

«Non verrò alla festa. Sono stanco. Ci vediamo domani», tagliò corto.

Per preparare quella sfilata aveva trascorso notti insonni, durante le quali aveva controllato ogni singolo abito, ogni cucitura, ogni dettaglio.

«Lei non può farmi questo», s'inalberò Lorenzi.

«Posso, invece, perché lo sto facendo», affermò Giuseppe, mentre si allontanava.

Individuò la sua macchina, tra la selva di automobili in sosta, mise in moto e partì a tutta velocità. Aveva un bisogno disperato di stare da solo.

Quando arrivò davanti alla villa di via Pagano, il portone era chiuso, le tapparelle abbassate, le impalcature deserte. Gli operai, che da mesi stavano lavorando alla ristrutturazione, erano andati via.

Entrò nella casa, invasa dall'odore delle vernici, del gesso fresco, della calcina.

Accese tutte le luci e si aggirò per le stanze vuote che rimandavano l'eco dei suoi passi. Alzò lo sguardo al soffitto arricchito da fregi floreali miracolosamente intatti, osservò la ringhiera in ferro battuto che correva lungo lo scalone. Salì al primo piano e sedette sul pavimento del pianerottolo protetto da teli di plastica, appoggiò le spalle al muro e stette lì ad ammirare dall'alto quella casa concepita come un esempio dell'architettura e del decorativismo Liberty. Guardò gli affreschi sul soffitto e sulle pareti che raffiguravano libellule in volo, rose sfatte, rami intrecciati, eleganti aironi e donne in pose statuarie.

Giuseppe avrebbe avuto tutte le ragioni per essere felice, quella sera. Invece piegò il capo e lo appoggiò sulle ginocchia, preda di un dolore che lo accompagnava da sempre. Avrebbe voluto essere estroverso come i suoi fratelli, come i suoi genitori. Qualche volta riusciva a esserlo, ma erano solo lampi nella palude della sua malinconia. Ora ripensava a quando, da bambino, chiedeva a suo padre la luna e Renato rideva e gli diceva: «Quella non posso dartela. Devi accontentarti di guardarla». Non si rassegnava a quel rifiuto e allungava le braccia per acciuffarla da solo. Ma la luna era davvero inafferrabile. A quel punto sentiva un dolore che lo attanagliava tra petto e gola e piangeva disperato. Renato lo abbracciava e prometteva: «Domani ti comprerò un palloncino d'argento». Ma lui voleva la luna e non poteva averla.

«Devo accontentarmi di un palloncino d'argento», disse ora, a voce alta. E proseguì: «Non sono niente, non sono nessuno».

Rialzò il capo e Pucci era lì, davanti a lui.

«Può darsi che tu non sia nessuno, ma intanto a casa tutti ti vogliono: io, Rosellina, Liliana, Sandro, il papà e la mamma.»

«Ecco Pucci il soccorrevole, il perno solido intorno al quale ruota tutta la famiglia», disse tristemente Giuseppe, alzandosi in piedi.

«Andiamo a casa», ripeté il fratello e aggiunse: «Sai, ho fatto un giro al pianterreno e nel seminterrato. C'è una gran quantità di spazio e mi è venuta un'idea. Potresti aprire uno studio con collaboratori tuoi e ideare una linea di moda solo tua. Sei sprecato con Lorenzi. Lui sta guadagnando un pozzo di quattrini sulla tua creatività. Te ne rendi conto?»

Giuseppe lo guardò con stupore.

«Continua», disse, mentre scendevano insieme le scale.

«Diventiamo soci. Io lascio la banca e mi occupo della parte amministrativa e commerciale, tu sarai il creativo e, bello e bravo come sei, avrai ai tuoi piedi tutta la gente che conta. L'istinto mi dice che potremmo mettere insieme un'impresa più redditizia di una miniera d'oro.»

Mentre facevano il giro delle stanze, Pucci delineò un'avventura esaltante.

«Ho un contratto con Lorenzi», osservò Giuseppe.

«Scade tra due anni ed è proprio il tempo che ci occorre per trovare i capitali e progettare il nostro futuro.»

Dal seminterrato uscirono su un piccolo giardino recintato, ingombro di scale, latte di vernici, sacchi di cemento e attrezzi. Sedettero su una panchina di pietra, in mezzo alle cartacce lasciate dai muratori.

«Si può fare», disse Giuseppe.

«Si farà», affermò Pucci.

«Scusami per come ti ho accolto.»

«Hai accumulato tensione e stanchezza in questi mesi.»

«Non sono un artista, Pucci. Sono soltanto un sartino.»

«Ricominci?»

«Pensa a Utrillo, Degas, Renoir, Matisse, Van Gogh, Picasso, pensa a Telemaco Signorini, Modigliani, Miró. Sono questi gli artisti che amo, che mi commuovono fino alle lacrime, che parlano un linguaggio universale. Da bambino, mi bastavano un foglio, una matita, un pennello e facevo schizzi, sognando di diventare un grande pittore. Invece, so disegnare soltanto vestiti, bottoni, impunture...»

«Ma lo sai fare da maestro. È questo ciò che conta», affermò Pucci, sicuro.

«Dai, andiamo a casa. Che cosa ha preparato la mamma?»

«La solita zuppiera piena di pastasciutta.»

«L'ideale per fare festa», affermò Giuseppe, e finalmente sorrise.

8

I CONIUGI Spada, genitori di Ariella, erano partiti da Forlì di primo mattino e alle nove erano a Bologna. Suonarono alla porta di Giuliana, la figlia maggiore, che abitava in via D'Azeglio con il marito, il dottor Raffaele Ercoli, in un appartamento che occupava l'intero secondo piano di un palazzo signorile. Venne ad aprire Ariella, che era già pronta per unirsi a loro. Insieme sarebbero andati a Milano, dai Corti. «Vi ho preparato il caffè e ci sono anche le brioche calde», disse, dopo averli abbracciati. Li aiutò a liberarsi dei soprabiti e li precedette lungo un corridoio fino alla cucina, che era immensa, e conservava gli arredi degli anni Venti. La mamma sedette al tavolo e lasciò vagare lo sguardo sui rami lucenti appesi a una rastrelliera, sul monumentale frigorifero, sulle due credenze gemelle, su una grande affettatrice appoggiata su un apposito tavolino. Quella cucina rispecchiava il gusto bolognese per la buona tavola.

«Giuliana e Raffaele dormono ancora», disse Ariella,

mentre versava il caffè nelle tazzine. Su un'alzatina, al centro del tavolo, spiccavano le brioche dorate.

La signora Spada allungò una mano paffuta e prese quella più grossa.

«A Forlì non le abbiamo così buone», commentò, mangiandola.

«Papà, prendine una anche tu», lo invitò Ariella.

«Sarà il caso», convenne il signor Tommaso Spada e soggiunse: «Dopo tutta la bile che mi hai fatto ingoiare».

«Tommaso, stai bonino, per piacere», lo zittì sua moglie.

C'erano stati giorni di bufera in casa Spada e in casa Ercoli, dopo che Ariella aveva confessato d'essere incinta. Il padre era montato su tutte le furie e il genero gli aveva dato man forte.

«Con tutti i fior di partiti che ci sono a Bologna, dovevi combinare il guaio con un ragioniere che frequenta la pensione *Miami* di Cesenatico! Tu, una studentessa universitaria, con un cognato come Raffaele, ti sei data in pasto a un morto di fame», aveva rincarato la dose sua sorella, fiera di avere sposato il rampollo di una delle più illustri famiglie borghesi della città.

«E poi, chi è questo Pucci Corti?» aveva chiesto Raffaele Ercoli, un cinquantenne, medico dentista, ricco proprietario terriero del Forlivese. La signora Spada, che lo definiva tanto brutto quanto antipatico, diceva di lui: «Mio genero fa un mestiere schifoso: mette sempre le mani in bocca alla gente». Tommaso Spada, invece, si vantava di questa parentela che dava lustro anche a lui, semplice ferroviere, sebbene il genero lo trattasse con sovrano distacco. Quando il dottor Ercoli parlava, qualunque cosa dicesse, il suocero si faceva piatto come un tappetino e annuiva, anche se non capiva di cosa stesse parlando.

«Pucci lavora in banca, la sorella più giovane sta a Roma a fare la ballerina, un fratello si occupa di moda ed è un po'... così... La sorella maggiore lavora alla Collenit e ha sposato un vedovo che fa il commercialista. I genitori sono operai e sembra abbiano un fior di casa, chissà come se la sono procurata. Mia moglie, che ha la testa di una bambina, è innamorata di questo Pucci tanto quanto la figlia. Che ci posso fare?» aveva raccontato Tommaso al genero.

«Mi dispiace per la vostra Ariella che si è rovinata la vita», aveva drammaticamente concluso il ricco dentista.

Era valso a poco che Ariella avesse rassicurato la sua famiglia, dicendo che Pucci intendeva assumersi le sue responsabilità. Quando il signor Spada aveva telefonato ai genitori del ragazzo, chiedendo di parlare con Renato, Ernestina gli aveva detto: «Mio marito non c'è, ma se ci fosse, non le direbbe niente di più di quanto posso dirle io. Sappiamo tutto e affronteremo la situazione secondo le nostre possibilità».

«Sarebbe il caso di incontrarci, dal momento che non ci conosciamo», aveva proposto il signor Spada.

«Quando volete», aveva tagliato corto Ernestina che era furibonda, ma cercava di contenere la sua rabbia.

Si erano accordati per un pranzo in casa Corti, a Milano, la domenica successiva.

Il ferroviere, qualche giorno prima, aveva osato chiedere al genero di accompagnarli per fronteggiare la famiglia di Pucci. Ma il dottor Ercoli si era ritratto inorridito: «Io non mi sporco le mani con certa gente».

Così, in quella mattina di novembre, i coniugi Spada si preparavano a partire per Milano con la figlia dissennata.

Durante il viaggio in treno, Tommaso Spada si consultò con la moglie sul significato delle parole di Ernestina: «Che cosa avrà voluto dire con quella frase?»

«Quale frase?»

«Ha detto che affronteranno la situazione secondo le loro possibilità. Può voler dire tante cose. Potrebbe anche voler dire che se ne laveranno le mani.»

«Perché non la smettete di tormentarvi?» sbottò Ariella.

«Perché sei una irresponsabile, ecco perché! Quel Pucci, come ha inguaiato te, può aver messo nei guai altre sceme come te.»

Mentre gli Spada si tormentavano sul treno per Milano, Renato Corti era stato spedito dalla moglie in pasticceria.

«Non ho tempo di preparare anche il dolce. Scegli tu qualcosa di bello e colorato. Fatti dare anche dei boeri e le violette caramellate. Non mi piacciono, ma su quei provinciali faranno colpo», aveva ordinato Ernestina.

Durante la notte si era alzato un vento umido che annunciava la pioggia, strappava dagli alberi le foglie ingiallite e alzava mulinelli di polvere. Renato era andato in via Orefici, dove aveva comperato i pasticcini e, in piazza Duomo, aveva acquistato *l'Unità*. Poi si era infilato al *Bar Campari* e aveva ordinato un caffè. Si era seduto a un tavolino e aveva incominciato a leggere il quotidiano.

In quei giorni, nelle fabbriche, l'ostilità tra i sindacati di sinistra e quelli di destra si era inasprita. Renato si sforzava di capire cosa stesse succedendo, al di là delle rassicurazioni molto formali della dirigenza. Quel giorno c'era un incontro, a Pavia, tra i rappresentanti sindacali dei metalmeccanici. Lui non poteva partecipare con gli altri compagni perché doveva occuparsi di Pucci. In realtà, Renato non considerava un problema la gravidanza di quella bella romagnola di cui il figlio si era innamorato. Ma dai discorsi di Ernestina aveva capito che la famiglia di lei ne stava facendo un dramma e, dovendo scegliere tra gli impegni sindacali e quelli famigliari, aveva deciso di restare in casa, tanto le sorti del mondo non sarebbero cambiate.

Mentre rincasava, vide Pucci allontanarsi con la macchina. Stava andando alla stazione a prendere i forlivesi. Lui salì lentamente le scale sentendosi ridicolo con quel vassoio di paste in mano e *l'Unità* nell'altra.

Pensò che, forse, sarebbe dovuto andare a Pavia con i compagni, anche se ormai incominciava a essere stanco di fare la guerra contro i mulini a vento. Il socialismo sovietico non incantava più nessuno. Lo stesso Kruscev era stato defenestrato con l'accusa di avere il culto della personalità e adesso c'era Breznev che aveva lo sguardo più feroce di quello di Stalin. Lo stesso Togliatti, nel *Memoriale di Yalta*, che era stato un po' il suo testamento, aveva suggerito una maggior autonomia del Partito comunista italiano nei rapporti con la Russia. Renato, e tanti altri come lui, avvertiva che tra i dirigenti del partito serpeggiava un'inquietudine che non prometteva niente di buono.

Ora, a conclusione di questi pensieri, si disse che, comunque, lui aveva un punto fermo nella vita: la sua famiglia. E concluse che aveva fatto benissimo a restare a casa. Si augurò che i genitori di Ariella non fossero così insopportabili, come sosteneva Ernestina.

Quando furono tutti in salotto, mentre sorseggiavano un aperitivo accompagnato da pane rustico e fettine di Negronetto e la signora Spada ammirava la signorilità dell'appartamento dei Corti, Tommaso Spada si rivolse a Renato.

«Avevamo altre aspirazioni per la nostra Ariella», esordì.

«Quali?» domandò candidamente Renato.

«Volevamo che si laureasse e invece...»

«Invece i nostri ragazzi si sposeranno visto che abbiamo in arrivo un nipotino. Ma Ariella potrà comunque continuare i suoi studi, Certo, mio figlio è soltanto un ragioniere, ma ha qualità eccellenti: prima tra tutte, la voglia di lavorare», replicò Renato.

«E poi, se si vogliono bene...» disse la signora Spada, che faceva il raffronto tra la bruttezza del genero dentista e il giovane Pucci bello come il sole.

«Però questa gravidanza...» martellò il ferroviere.

Chi ha il pane, non ha i denti, ragionò Ernestina. Pensava a Liliana che si consumava nel desiderio di un figlio. Un giorno, le aveva confidato che non sapeva come suggerire al marito una visita andrologica. «Il medico dice che potrebbe dipendere da lui, se non rimango incinta», aveva spiegato.

Ernestina si era scandalizzata. «Non puoi chiedere una cosa simile a un uomo. Se ti mandasse al diavolo, avrebbe ragione», aveva esclamato, perché le sembrava una bestemmia sospettare che un uomo fosse sterile. Poi l'aveva rincuorata: «Lascia perdere le visite andrologiche e abbi fiducia nel tempo».

Così rispose lei all'infelice battuta del ferroviere: «Un figlio è sempre una benedizione. I ragazzi, per il momento, potranno vivere con noi, se vogliono. Per fortuna abbiamo una casa grande e comoda».

Tommaso Spada non replicò, ma alla fine del pranzo, scotendo il capo, disse: «Dobbiamo rassegnarci».

«Basta, babbo! Io non ti sopporto più», sbottò Ariella, che stava sparecchiando la tavola con l'aiuto di Pucci.

Scese il silenzio e i due giovani si rifugiarono in cucina a preparare il caffè. «Lo hai steso», disse il suo ragazzo. E soggiunse: «Perché non cerchi di capirlo? Si aspettava un genero ricco quanto il bolognese, e si trova costretto a digerire un bancario milanese».

«Tu sei l'uomo dei miei sogni», sussurrò Ariella accarezzandogli il petto. Lo amava appassionatamente e, parlando con le amiche, lo assimilava a Rock Hudson, «però Pucci è più bello», sosteneva.

Ma se era stata catturata dalla sua bellezza, in seguito aveva apprezzato la sua intelligenza e la concretezza. Non era così ingenua e sprovveduta come pensava la sua famiglia ed era certa che Pucci non l'avrebbe mai delusa.

Ora, lui le disse: «Non lavorerò in banca per tutta la vita. Ho un grande progetto, anche se ci vorrà qualche anno per realizzarlo, ma un giorno tuo cognato dentista mi invidierà».

«Di cosa si tratta?» domandò la ragazza, mentre disponeva le tazzine su un vassoio.

«Non è il momento. Adesso portiamo il caffè», rispose lui.

Ariella sapeva che il suo ragazzo non parlava mai a caso e benedisse la gravidanza che le consentiva di sposarsi subito e di vivergli accanto.

9

ARIELLA era al settimo mese di gravidanza e, dal giorno delle nozze, viveva felicemente a Milano, nella casa dei suoceri.

I genitori Corti la consideravano come una figlia e Rosellina l'aveva eletta a sua confidente: «Un privilegio che finora avevo riservato soltanto a Pucci», le aveva detto.

Rosellina era tornata da Roma in gennaio. Un'agenzia di modelle le aveva proposto un contratto per la pubblicità di un cosmetico. Era stato Pucci a farle da agente e si era intascato la sua percentuale. Il giovane aveva scoperto un mondo in cui il denaro correva a fiumi ed era necessario leggere e interpretare con attenzione i contratti per sfruttarli al meglio.

Pucci si stava appassionando a quella materia nuova e interessante, dalla quale Rosellina rifuggiva, perché era al di là delle sue capacità di comprensione, e si fidava ciecamente del fratello.

Ora lui le aveva trovato una ditta che produceva birra e cercava una ragazza immagine non solo per la pubblicità sui cartelloni stradali e sulla carta stampata, ma anche per la televisione. Tra tante facce graziose, era stata scelta lei e Pucci aveva spuntato un buon compenso. Rosellina, felice di apparire, non voleva neppure sapere quanto guadagnasse. Le bastava avere dei soldi da spendere in frivolezze. Ora aveva acquistato un corredino per il piccolo che doveva nascere.

Era un pomeriggio di festa e i due sposi si erano rifugiati in camera da letto perché Ariella aveva le caviglie gonfie e aveva bisogno di riposare. Rosellina era entrata nella loro stanza portando uno scatolone color grigio perla, chiuso da un nastro bianco.

«Fatemi spazio», disse, sedendosi sul letto e deponendo la scatola sulla coperta. «Ho fatto acquisti per il mio futuro nipotino», soggiunse gonfia di entusiasmo.

«Vediamo», si incuriosì la cognata, disfacendo il fiocco. Emersero piccole camicine di seta bianca, rifinite a mano e orlate di pizzo, cuffiette arricciate e impreziosite da nastrini, coperte e lenzuolini ricamati che erano una gioia per gli occhi.

«Ma sono una meraviglia!» esclamò Ariella. «Pucci, guarda che tenerezza! Rosellina, devi aver speso un patrimonio.»

«Tra un attimo tuo marito dirà che sono matta da legare», disse la ragazza.

«Sei matta da legare», confermò il fratello. «Come puoi pensare che un neonato, che bisogna lavare e cambiare ogni cinque minuti, possa essere vestito con questa roba?»

«Lo hai sentito? Tutti uguali gli uomini. Piuttosto che darti una soddisfazione, si tagliano la lingua», commentò Rosellina.

«Lascialo dire. Io ti sono grata per questo regalo», ribatté Ariella. E si fece aiutare dalla cognata a risistemare il corredino dentro la scatola. Poi soggiunse: «Raccontami qualcosa di piacevole. Ti vedo così poco».

Pucci si eclissò, brontolando.

«Non fargli caso. È andato di là a fumarsi una sigaretta», disse Rosellina. E proseguì: «Allora, che cosa vuoi sapere?»

«Del tuo bel tenebroso, per esempio», la stuzzicò Ariella.

«Abbassa la voce. Cristiano Montenero è tabù in questa casa», sussurrò la ragazza.

«Ne sei sempre innamorata?»

«Accecata di passione. Non mi vedi? Mi sto consumando come un lumicino. Morirò di consunzione come le fanciulle dell'Ottocento», bisbigliò, con tono drammatico

Ariella sorrise, ricordando la porzione di tagliatelle al ragù che la cognata aveva divorato a pranzo.

«Ho combattuto una battaglia feroce contro tutte le paure che questa famiglia di aguzzini mi aveva messo addosso. E contro Cristiano il quale, ogni volta che eravamo sul punto di fare l'amore, scappava come una lepre, dicendo che non voleva rovinarmi la vita. Finalmente ho vinto le sue resistenze e le mie paure», sospirò ricordando la sua prima notte d'amore. Il musicista le aveva detto, tenendola tra le braccia come se fosse una reliquia: «Un giorno ti sposerò». Lei aveva replicato: «Non ho nessuna intenzione di sposarti, né di avere figli. Ho già la mia famiglia. Un'altra non mi serve».

Ora soggiunse, a beneficio della cognata: «È tutto così romantico!»

Ariella precisò: «Sì, però lo sposerai, vero?»

«Perché sciupare con il matrimonio un rapporto che si alimenta del timore dell'abbandono? Ci amiamo appassionatamente, ma se ci sposassimo ci ameremmo di meno.»

«Che cosa dici? Lo sentiresti più tuo», affermò Ariella.

«È assolutamente mio già adesso. Dove trova un'altra bambolina che gli piaccia quanto gli piaccio io?»

«Già, questa è la tua fortuna. Piaci a tutti.»

«Dici sul serio?»

«È proprio così, Rosellina», disse Ariella, abbracciandola.

«Mi piace che gli altri mi apprezzino. Sono assetata di consensi», affermò e soggiunse: «Perché sposarmi? Avrò comunque dei figli: i tuoi e quelli di Liliana, sperando che riesca a farne uno, poverina».

Quella sera, Pucci e Ariella andarono al cinema con Liliana e suo marito a vedere *Mary Poppins*.

Le due cognate, sedute l'una accanto all'altra, si godevano la bella favola. Di tanto in tanto, Ariella sorrideva, posava una mano sul grembo e sentiva il suo bambino che tirava calci. Quando uscirono dal cinema, Sandro invitò tutti al bar, sotto la galleria, per concludere la serata con una tazza di cioccolata calda.

Le due donne andarono alla toilette e, mentre si lavavano le mani, Liliana sussurrò alla cognata: «Sono incinta».

«Me lo dici solo adesso?» le domandò Ariella con le mani gocciolanti d'acqua sospese a mezz'aria.

«Per ora non lo sa neppure mio marito, ma sono così felice che devo dirlo a qualcuno», spiegò.

«Perché non ne hai parlato con Sandro?»

«Voglio trovare un momento assolutamente perfetto per questa grande notizia», le confidò Liliana.

Barrow – Cornovaglia

1

Maria De Vito e sua suocera Evelyn, sedute sul prato davanti all'antico cottage, conversavano piacevolmente mentre Nelson era andato a giocare a tennis con Peter Burton, il pastore. Sir Pitt, il cane dei coniugi De Vito, sonnecchiava disteso davanti alla soglia di casa.

«Non ricordo un agosto così generoso di sole come quest'anno», disse Evelyn.

«Rinfrescato da una brezza sottile e discreta», osservò Maria.

«Ho letto sul *Morning Post* che in Italia sta diluviando.»

«Poi ritornerà il caldo e l'afa taglierà le gambe a tutti quelli che restano in città.»

Suocera e nuora parlavano di banalità in quei giorni di vacanza a Barrow, in Cornovaglia.

Dalla finestra della cucina, aperta sul giardino, arrivò un profumo delizioso di cannella.

Maria De Vito si alzò dalla sedia.

«Vado a spegnere il forno. Credo che la torta di mele sia pronta», annunciò.

Evelyn la guardò attraversare il prato. Indossava un prendisole color turchese, che fasciava i seni piccoli e il ventre piatto, e si compiacque di quella nuora che aveva quasi sessant'anni e conservava le fattezze di una ragazza. Sir Pitt si alzò con uno sbadiglio e si defilò dalla soglia per far passare la sua padrona. Anche lui sembrava felice di quella vacanza. Maria mise la torta sul davanzale della finestra per farla raffreddare, prelevò dal frigorifero una ciotola che conteneva rondelle di ananas fresco, le dispose su due piattini e uscì di nuovo per dividere lo spuntino con la suocera.

Mentre mangiavano il frutto dolce e succoso, il cane drizzò le orecchie e subito dopo partì come una scheggia verso il cancello del giardino, dimenando forsennatamente la coda.

«Sta arrivando Nelson», dissero insieme le due donne.

Dalla curva della stradina, bordata da siepi di bouganvillee, spuntò Nelson che pedalava sulla sua bicicletta.

Indossava pantaloncini da tennis azzurri e una maglietta bianca. Portava a tracolla la racchetta chiusa nel fodero.

«Ho stracciato quel presuntuoso di Burton», annunciò con fierezza, quando raggiunse le due donne, mentre Sir Pitt si abbandonava alla solita svenevole danza di benvenuto.

Era accaldato e felice. Scese dalla bicicletta, ordinò al

cane di rientrare nei ranghi e depose un bacio sulla guancia della moglie e della madre.

«Dovrai dargli la rivincita», disse la moglie.

«Vincerei ancora io e lui mi odierebbe», disse Nelson.

«Potresti farlo vincere», gli propose con un sorriso malizioso.

«Allora non mi divertirei», affermò lui. Era felice.

Si avviò verso una piccola costruzione di legno in cui parcheggiò la bicicletta. Poi annunciò: «Vado a farmi una doccia».

Poco dopo, si ritrovarono tutti insieme in giardino per bere del tè e mangiare la torta di mele. Il gatto Artù approdò sul grembo di Evelyn per avere la sua parte di dolce, Sir Pitt uggiolò pietosamente posando il muso sulle ginocchia di Nelson per ottenere un boccone.

Poi il medico accese la pipa, sua madre e sua moglie si concessero una sigaretta.

«Padre Burton mi ha detto che hanno messo in vendita la palazzina dei White. Hai presente quella bella casa di mattoni, con il portone rosso e il giardino che fiancheggia lo stagno?» domandò alla moglie e proseguì: «I White si sono trasferiti nel Connecticut, per stare con i figli. Kevin è un po' malandato e la povera Leonor non sta meglio. Con i ragazzi si sentiranno più sicuri. Che ne diresti se la comperassimo?» propose a Maria che rispose con un sorriso. Aveva capito da tempo che il marito sentiva il bisogno di tornare alle sue radici. Lei, ancora una volta, lo avrebbe assecondato.

«Sono più di vent'anni che i White non ci mettono mano. È in condizioni pietose, quella casa», osservò Evelyn.

«Ma era bella, una volta. Io me la ricordo com'era quando avevo quindici anni. Mi tuffavo nello stagno con i piccoli White e poi la loro mamma ci offriva il tè nella veranda, in mezzo ai fiori che lei accudiva con un amore maniacale. Era la proprietà più bella di Barrow», si entusiasmò Nelson.

«Tesoro, stai pensando di andare in pensione?» domandò Maria De Vito.

«Non subito. Non potrei abbandonare i miei pazienti. Ma da qui a un paio d'anni...» Nel suo sguardo azzurro brillava la gioia di un bambino per una prospettiva molto allettante.

Sua madre lo osservava e taceva. Non dubitava che la nuora avrebbe seguito Nelson, ma si chiedeva se sarebbe stata felice in un piccolo paese della Cornovaglia.

«Credo che se comperassimo quella palazzina, faremmo un'ottima scelta», disse Maria. «Sono sempre vissuta nelle grandi città e ora mi sembra che sia il momento di respirare un po' di aria di campagna», concluse, rassicurando suo marito.

I coniugi De Vito ritornarono a Milano per la riapertura dello studio. Nelson riprese le sedute con i pazienti che si ripresentarono puntualmente dopo la lunga vacanza estiva.

Soltanto Liliana Corti brillò per la sua latitanza.

«Che cosa faccio, professore? La chiamo?» gli chiese la segretaria dopo che Liliana aveva mancato il primo appuntamento.

«Aspettiamo», disse lo psichiatra.

Liliana tornò la settimana dopo.

Lui le disse solo: «Come sta, signora Corti?»

Intanto la guardava con curiosità. Liliana indossava un tailleur amaranto che sfumava nel viola, portava calze e scarpe blu. Il viso privo di trucco sembrava più sereno.

«Sa, non volevo più ritornare da lei. Mi pareva di potercela fare da sola. Invece sono di nuovo preda dell'angoscia.»

«A che punto eravamo rimasti?» chiese il medico.

«Alla mia gravidanza tanto voluta quanto sofferta, sei mesi di immobilità nel letto. Non potevo alzarmi neppure per mangiare. Ma ero felice, anche se il mio lavoro subì una battuta d'arresto.»

Città Studi

1

«L'HAI voluta la bicicletta? Pedala!» disse Ernestina.

«È quello che sto facendo, mamma», rispose Liliana, mentre agitava il biberon, con latte e biscotti, per il piccolo Stefano che aveva appena compiuto tre mesi. «Ma devo anche riprendere il lavoro, altrimenti posso dire addio alla mia carriera.»

Madre e figlia erano in cucina nella casa di corso di Porta Romana. Stefano e la cuginetta Tina, che ora aveva dieci mesi, dormivano nella camera dei nonni. Era un pomeriggio d'aprile e, come ogni domenica, i Corti si erano riuniti per il pranzo. Poi gli uomini erano andati allo stadio, Ariella si era chiusa in camera a studiare perché doveva dare un esame, Rosellina era volata via di soppiatto, ma tutti sapevano che si sarebbe incontrata con Cristiano Montenero.

«È più importante Stefano o la carriera?» domandò Ernestina.

«Ma che domanda mi fai?»

«Rispondi!» la sollecitò Ernestina.

«Tu vuoi solamente provocarmi. Vuoi farmi ammettere che antepongo il lavoro a mio figlio. Ma non è così. Hai avuto quattro figli e, in parte, li ho accuditi io, mentre tu lavoravi in fabbrica», la sferzò.

«Complimenti, avvocatessa! Hai aspettato tutti quest' anni per rinfacciarmelo.» Ernestina uscì sul terrazzino e si appoggiò con le braccia al parapetto, guardando giù, verso il cortile.

Liliana posò il biberon sul tavolo. Vide la schiena di sua madre che si andava incurvando e la ricordò, in corso Lodi, in quella identica posizione. Era una sera fredda d'inverno, Liliana aveva protestato per il solito riso bollito ed Ernestina l'aveva colpita con uno scappellotto. Poi era uscita sul ballatoio a smaltire il suo disappunto e la preoccupazione per il marito che non era ancora rientrato da una manifestazione di piazza.

Oggi, come allora, Liliana le andò vicino e le posò una mano carezzevole sulla spalla.

«Scusami tanto, mamma», sussurrò. «So quanto devo a te e a papà. Il fatto è che sono preoccupata, perché dopo aver tanto desiderato il mio Stefano, ora mi rendo conto, con sgomento, che il ruolo di mamma mi va stretto. Sono davvero smarrita di fronte a questa mia scarsa attitudine al ruolo materno. Io cambio pannolini, preparo pappe, canto ninne-nanne ma ho anche voglia di fare tante altre cose. Tu dovevi lavorare per consentire a noi la sopravvivenza. Io, invece, voglio lavorare per affermarmi professionalmente. Amo il successo, mamma. Ti ricordi che cosa dicevo quand'ero ragazzina?» le domandò.

«Volevi andare in capo al mondo», sussurrò Ernestina.

«Lo voglio ancora e la presenza di un figlio non può impedirmelo.»

«Sei sicura?»

«Lo sono.»

«Allora, dov'è il problema?»

«Il problema, come sempre, sei tu. Se assumo una baby-sitter per Stefano, tu dirai che lo trascuro per la mia ambizione.»

«Ti preme tanto il mio giudizio?»

«Ho sempre avuto bisogno della tua approvazione, mamma.»

«Mi fai sentire un dittatore.»

«Ma lo sei. Lo sei sempre stata.»

«Bell'epiteto per una madre.»

«Splendido, direi, visti i risultati. Lo so che non sei mai contenta, che trovi da ridire su tutto e su tutti, ma sei riuscita ad avere una splendida famiglia e la tua parola per noi è legge. Sei stata tu a dare ai tuoi figli la forza di farsi strada nella vita. Papà ci ha insegnato l'allegria e l'onestà. Tu ci hai insegnato la tenacia e ci hai dato tanto amore. Così adesso io sono qui a chiederti di aiutarmi a risolvere il problema di Stefano. Voglio tornare a lavorare. Cerca per me una donna fidata alla quale lasciare il mio bambino quando vado in ufficio.»

Ernestina ricacciò indietro una ciocca di capelli che le

ricadeva sulla fronte. Rientrò in cucina, sedette al tavolo, accese una sigaretta.

«Ci sarebbe la moglie di Fermo», disse infine «Ha curato la suocera fino al mese scorso, quando è morta.»

«È morta la mamma di Fermo? Non lo sapevo», osservò Liliana, dispiaciuta

«Al funerale ci siamo andati io e il papà. Voi avete sempre tante cose da fare. Comunque adesso Maddalena è disponibile. È una donna con la testa sulle spalle. Perché non le telefoni?»

Una settimana dopo, Maddalena faceva il suo ingresso in casa Brioschi. Era una donna vitale, che si portava addosso un profumo di borotalco e trasmetteva sicurezza.

Prese tra le sue braccia morbide il piccolo Stefano e dichiarò: «Rientra nella mischia, Liliana. Questo pezzo di Marcantonio e io fileremo in perfetto amore».

Erano le parole che Liliana voleva sentirsi dire. Le rimase accanto per qualche giorno e, dopo un anno di assenza, ritornò in ufficio.

Il clima era cambiato e lei avvertì subito il senso di inquietudine che aleggiava tra il personale. Ma non se ne curò. Era felice di sedere di nuovo alla sua scrivania, di spulciare le pratiche per aggiornarsi e la sera, quando Sandro andò a prenderla, lei gli corse incontro e lo abbracciò come se non lo vedesse da un secolo.

«Calmati, ragazzina», le disse il marito, che tuttavia era felice di vederla contenta.

Quando salirono in macchina, Liliana abbandonò la

testa sulla sua spalla e gli sussurrò: «Perdonami per tutto il tempo in cui sono stata una compagna intrattabile. Tu sei stato molto paziente e solo ora mi rendo conto di averti trascurato per tanti mesi».

«Eri impegnata a occuparti del nostro bambino», rispose lui.

«Come sta? Lo hai visto?» domandò e già nella sua voce c'era un velo di ansia.

«Sì, l'ho visto. Maddalena mi ha detto che se continui a telefonarle ci pianta in asso», l'avvertì.

«Ho chiamato solamente sei volte», si giustificò.

«Mi ha anche detto che, poiché Fermo ha il turno di notte in ospedale, può stare da noi fino a tardi. Così ho prenotato un tavolo al nostro ristorante.»

«Davvero? Quanti mesi sono che non usciamo a cena io e te?»

«Tanti, troppi. Ma adesso sono seriamente intenzionato a corteggiarti come e meglio di prima.»

Sandro aveva infilato la circonvallazione esterna che portava alla Darsena.

«Guarda nel cruscotto», le suggerì.

Liliana trovò una scatola di velluto che sprigionò il bagliore di una stupenda collana di perle.

«Sei proprio pazzo», sussurrò Liliana, conquistata dalla bellezza di quel gioiello.

«Era il minimo che potessi fare per ricambiare il tuo dono. Mi hai regalato un piccolo Brioschi, mi hai fatto diventare padre e questa è un'emozione che, alla mia età, non tutti possono provare.»

Quando rincasarono, dopo una cena a lume di candela, il bambino dormiva nella sua culla e Maddalena gli sedeva accanto, lavorando all'uncinetto.

Sandro dovette insistere per riaccompagnarla a casa. Quella, dopo tanto tempo, fu la prima di una lunga serie di serate che Liliana e il marito trascorsero insieme come fossero ancora due fidanzati.

Una sera, prima di addormentarsi, lei gli disse: «Ancora una volta devo ringraziare mia madre. Solo lei poteva trovare per Stefano un angelo come Maddalena». Poi, in un sussurro, soggiunse: «Mi sembra tutto troppo bello, per essere vero».

In realtà, Liliana incominciava ad avvertire aria di burrasca alla Collenit. Comunque decise di tenere per sé i suoi timori.

2

ERANO passati anni e la tensione che Liliana aveva avvertito in azienda si percepiva ormai ovunque nella città: sui tram, per le strade, nei negozi, a teatro, nelle scuole e traspariva dai giornali.

Venne presto il momento in cui non era prudente andare in centro, soprattutto il sabato, a causa delle continue manifestazioni di piazza che degeneravano in atti di vandalismo e in scontri con la Polizia. Liliana ricordava i cortei della sua adolescenza, a cui partecipava suo padre, e constatava che ora, a differenza di allora, dominavano la violenza, la voglia di sfasciare il mondo, il desiderio di colpire, ferire, distruggere.

Una mattina, arrivando alla Collenit, si vide sbarrare l'accesso agli uffici da un gruppo di operai che non conosceva.

«Oggi lei non entra in azienda», disse uno col volto coperto da un passamontagna.

«Senta, non mi faccia perdere tempo», cercò di reagire, anche se l'atteggiamento minaccioso di quell'uomo l'aveva spaventata. «Devo passare. Ho una riunione tra pochi minuti», spiegò, sperando di rabbonirlo.

«Non ci saranno riunioni perché stiamo picchettando il palazzo. Le do un consiglio: vada via», le ordinò l'uomo dal volto coperto.

Liliana capì che non era il caso di insistere. Si girò e s'avviò verso il fondo della via dove c'era un bar-tabacchi che conosceva bene. Era il locale in cui Sandro l'aspettava la sera, quando lei tardava a uscire dall'ufficio.

Si infilò nella cabina del telefono e compose il numero privato di Massaroni, il direttore del personale.

«Sono qui dalle sette di questa mattina», disse l'uomo con voce affranta. «Sono prigioniero nel mio ufficio. Lo sa che picchettano il palazzo?» annunciò.

«Ho appena parlato con un brutto ceffo che non mi ha lasciato entrare», disse Liliana.

«Si sono arrampicati sulla cancellata e hanno rimosso la bandiera. Per quella bandiera, io ho rischiato la vita in guerra, si rende conto? Li ho visti dalla mia finestra e non ho potuto fare niente per evitare lo scempio», raccontò con tono concitato.

«Non faccia l'errore di chiamare la Polizia, perché non sappiamo come potrebbero reagire», gli raccomandò.

«Ha in mente un'altra strategia, dottoressa?» chiese lui.

Un ragazzo, entrato nel bar, aveva infilato un gettone

nel juke-box selezionando una canzone di Modugno. Il volume era altissimo e la musica strappalacrime, che raccontava una storia di aristocratica solitudine, strideva con ciò che stava accadendo poco lontano da lì.

«Io non farei niente. Prima o poi si stancheranno di picchettare e andranno via», disse.

«Lo pensa davvero? Quelli sono capaci di fare irruzione qui dentro e non vorrei farmi ammazzare da questi disgraziati.»

«Se ci saranno guai peggiori, sappia che io le ho sconsigliato di far intervenire le forze dell'ordine», lo avvertì e chiuse la comunicazione.

Uscì dalla cabina e andò quasi a sbattere contro il geometra Munafò che, come lei, aveva cercato rifugio nel bar. Era pallido e impaurito.

«Non hanno fatto passare neanche lei?» gli chiese Liliana.

«Mi hanno buttato da una parte e sono caduto. Ho creduto che volessero ammazzarmi a bastonate. Ma chi sono? Cosa vogliono? Hanno il viso coperto dai passamontagna. Gli impiegati arrivano a cinquanta metri dal palazzo e poi se ne vanno, scappano.»

«Fra quelli che mi hanno fermato, solo uno aveva il viso coperto. Gli altri non li ho mai visti prima d'ora», osservò Liliana. Ordinò due caffè e disse a Munafò: «Metta lei lo zucchero».

La mano del collaboratore tremava quando afferrò il cucchiaino.

«Ho sentito dire che questi vengono dalla Righetti-

Magnani, così non rischiano di essere riconosciuti, mentre i più duri della Collenit sono andati nella loro fabbrica», spiegò l'uomo.

«Oddio, papà», sussurrò Liliana, e il suo cuore prese a galoppare.

Ritornò nella cabina telefonica e compose il numero del reparto in cui lavorava Renato.

Le rispose un compagno che la rassicurò.

«Tuo padre sta trattando con un gruppo di esagitati», la informò.

«Voglio parlargli», insistette Liliana.

«È fuori dai cancelli, non posso chiamarlo. Noi stiamo seguendo la scena dai finestroni del primo piano. Stai tranquilla, perché Renato sa il fatto suo ed è capace di farsi ascoltare. Bada piuttosto a te, perché alla Collenit c'è un gruppo dei nostri, i più violenti».

Dalla via arrivò fino al bar l'urlo delle sirene della Polizia. Liliana chiuse la comunicazione e si affacciò sulla porta del bar con altri avventori e alcuni colleghi.

«Idiota!» deprecò Liliana, alludendo al direttore che aveva chiamato le forze dell'ordine.

Assistettero impotenti alla distruzione delle vetrate del palazzo colpite dai cubetti di porfido lanciati a pioggia dai manifestanti, mentre la Polizia cercava di fermarli con getti d'acqua e lanci di lacrimogeni.

«Siamo fortunati se non ci scappa il morto», sussurrò Munafò terrorizzato. Nell'aria echeggiavano urla, insulti, slogan bellicosi scanditi contro i dirigenti della Collenit, accusati di essere servi dei padroni.

Liliana uscì di corsa dal bar, imboccò una via laterale, riuscì a salire su un taxi e diede l'indirizzo della Righetti-Magnani

«Fossi matto», disse il tassista. «Mi hanno appena avvertito che c'è una manifestazione in corso.»

Lo convinse, con una buona mancia, a farsi accompagnare in zona e poi proseguì a piedi verso lo stabilimento del padre.

I cancelli erano chiusi, non c'era nessuno in giro, sembrava una fabbrica abbandonata.

Uno degli uomini di guardia alla portineria la riconobbe e la lasciò entrare.

«Suo padre è nel capannone due, con quelli del comitato di fabbrica», le disse e spiegò che Renato era uscito in strada a trattare con i manifestanti e, tra l'incredulità di tutti, era riuscito a farli andare via. «Adesso lo avverto che lei è qui.»

Liliana aspettò il padre in una saletta squallida invasa dal fumo delle sigarette.

Quando Renato arrivò, lei lo abbracciò, tremante.

«È tutto finito», la rassicurò lui, accarezzandole i capelli.

«Fino alla prossima volta.»

«È così», ammise lui.

«Ma che cosa sta succedendo? Da che parte viene tutta questa aggressività? Ti sembra giusto scendere a patti con la violenza?» domandò smarrita.

«Andiamo a fare due passi», propose suo padre prendendola sottobraccio.

Uscirono dalla fabbrica e si incamminarono lentamente lungo la via che fiancheggiava i capannoni.

«Queste teste calde non vogliono un confronto democratico e si fanno strumentalizzare da chi ha interesse a destabilizzare un sistema che non è perfetto, ma funziona perché ha delle regole. Quello che mi spaventa è che dietro la violenza di oggi non ci sono regole. Questa gente danneggia il movimento operaio, che ha una tradizione di tutto rispetto», spiegò Renato.

«Io vado a casa, papà. E tu?» gli domandò.

«Torno in assemblea. I capi del sindacato, in questi frangenti, brillano per la loro assenza. È necessario fare il possibile per riportare un po' di calma.»

«Meno male che sta per arrivare l'estate e andranno tutti in ferie. Ma dopo? Come sarà l'autunno?»

«Cavalcheremo la parte sana della protesta. Questo dobbiamo fare, Liliana.»

«Ma io che cosa ci faccio in mezzo a questo guazzabuglio? Sono così depressa che ho voglia di mollare tutto. Detesto la violenza, papà.»

«Saresti la prima Corti che rinuncia alla lotta», affermò Renato.

«Non è vero. Anche la mamma è andata in pensione anticipata», sottolineò Liliana.

«Tua madre ha combattuto per tutta la vita. Tu non hai ancora cominciato a scaldarti i muscoli.»

«Guarda che stai parlando con un'antagonista, con una che sta dall'altra parte della barricata.»

«Non fare mai l'errore di pensare che i buoni siano solo da una parte e i cattivi dall'altra. Le cose buone nascono quando si abbattono le barricate, ci si guarda in faccia e si incomincia a trattare.»

«Me lo ricorderò», disse Liliana.

3

Era un venerdì pomeriggio di metà dicembre. Renato era tornato alle tre dal suo turno di lavoro.

«L'appartamento all'ultimo piano è pronto per essere abitato. Non hai voglia di vederlo?» gli domandò la moglie.

Pucci aveva chiesto un mutuo e, facendo un autentico affare, aveva acquisito l'intero sesto piano del palazzo di Porta Romana. La sua famiglia stava crescendo. Alla piccola Tina si era aggiunto Roberto, che andava per i due anni. Pucci e Ariella avevano bisogno di spazio, anche perché Ariella, che si era laureata, ma non aveva nessuna intenzione di dedicarsi all'insegnamento, era di nuovo incinta.

«È venuto proprio bene, vedrai», disse ancora Ernestina.

Renato ispezionò le numerose stanze, i bagni, il salone con il caminetto, la cucina attrezzata, il grande terrazzo che si affacciava sul corso.

«È proprio una casa da ricchi», convenne Renato. «Siamo diventati dei borghesi», constatò.

«È peccato?» domandò la moglie.

«Quando uno ha i piedi al caldo, smette di preoccuparsi per gli altri.»

«Sei tu quello che ha sempre lottato per una vita più dignitosa», gli fece notare.

«Più dignitosa, appunto. Ma qui io vedo la frivolezza, l'ostentazione, la voglia di appartenere a una classe privilegiata. È una questione di moralità.»

«Non fare un comizio. Tanto ci sono solo io a sentirti», replicò Ernestina che, invece, era molto fiera della buona riuscita dei suoi figli. E soggiunse: «Vieni, andiamo a inaugurare la cucina. Ci facciamo il caffè con la macchina dell'espresso».

Sedettero l'uno di fronte all'altra a gustare il caffè a piccoli sorsi. Renato era insolitamente silenzioso.

«Tu sei preoccupato per i disordini in città, per quello che può succedere a Liliana, per la situazione che, in fabbrica, ti sta sfuggendo di mano», disse lei, accarezzandogli un braccio.

«Un tempo sapevo come andavano le cose. Adesso mi sento colto alla sprovvista», confessò lui. «È vero, sono preoccupato, perché non so dove ci porterà questa violenza.»

«Non farti il sangue cattivo. Tu hai già dato, come si dice. Mettiti in seconda fila e goditi la famiglia. Santo cielo, devo essere proprio io a dirti queste cose?»

«Hai imparato la lezione da me.»

«E tu l'hai dimenticata», gli fece notare.

«Sono stanco, Ernestina mia. Stanco e sfiduciato», confessò mentre appoggiava sul lavello le tazzine vuote.

Lei si alzò dal tavolo per lavarle e riporle. Renato si mise alle sue spalle e l'abbracciò.

«Mi chiedo quando quei due ragazzi si decideranno a trasferirsi quassù», disse Ernestina.

«Forse vogliono tenere questa casa per bellezza. Stanno bene al primo piano, con te che li servi di barba e capelli», sussurrò il marito, sfiorandole l'orecchio con le labbra.

«Non farmi così», lo implorò lei, asciugandosi le mani.

«Dimmi che ti do ancora i brividi», la stuzzicò lui.

«Che Dio mi perdoni, ma è proprio così», ammise.

«Allora tocca a noi inaugurare questo appartamento», disse. Sollevò la moglie tra le braccia, come faceva quand'erano giovani, la portò nella camera del figlio e della nuora, la adagiò sul letto e le sbottonò la camicetta, mentre le sussurrava tenere parole. Ernestina sorrideva benedicendo la menopausa che l'aveva liberata dalla paura di una gravidanza. Era felice di amare e farsi amare dal suo Renato, perché lui aveva un cuore grande, una mente luminosa e pensieri buoni, perché aveva la forza di un uragano e la dolcezza della brezza di primavera, perché era il solo uomo che avesse conosciuto e non ne aveva mai desiderati altri, perché era il padre dei suoi figli e, infine, perché era un amico sincero che, anche nei momenti peggiori, era sempre riuscito a farla sorridere.

«Ernestina mia, quasi mi vergogno d'essere così felice con te», sussurrò lui, gravandole addosso con tutto il suo peso.

«Lo so, perché è quello che provo anch'io», rispose lei, in un soffio.

Quando si rialzarono dal letto, si guardarono negli occhi con l'imbarazzo di due innamorati che avevano fatto una marachella.

«Nel letto nuovo dei nostri figli», deplorò Ernestina.

«Forse abbiamo un po' esagerato», convenne il marito.

«Rimettiamo tutto a posto. Sarebbe terribile se sapessero quello che abbiamo combinato», disse lei.

Rassettarono il letto con cura, poi Ernestina disse: «Non si accorgeranno di niente».

«Se al letto non verrà voglia di spifferare ogni cosa», replicò Renato.

«I letti non parlano», affermò Ernestina.

«Ma io sì», disse una voce argentina alle loro spalle. Si girarono allarmati. Rosellina era sulla soglia della camera, una spalla appoggiata allo stipite della porta, le braccia conserte e un sorriso malizioso. Ernestina avvampò. Renato aggrottò le sopracciglia.

«Che cosa ci fai qui?» domandò.

«Avete lasciato aperta la porta di casa nostra e anche quella di questo appartamento. Giù non vi ho trovato così sono salita. Non temete, sono appena arrivata», li tranquillizzò con un candore solo apparente.

«Si chiede permesso prima di entrare in casa d'altri»,

sbottò Ernestina mentre, con dita nervose, cercava di ravviarsi i capelli.

Renato stemperò l'imbarazzo con una risata.

«Vieni qui, Rosellina», disse, allargando le braccia per stringerla al petto. «Tua madre voleva che vedessi la casa di Pucci. È bellissima. Te lo garantisco, perché abbiamo collaudato il letto. Un letto accogliente è il fulcro intorno al quale ruota la famiglia.»

Ernestina si era già defilata ed era scesa al primo piano con l'ascensore. Renato e la figlia infilarono le scale, allacciati l'uno all'altra.

«Papà, è successa una cosa terribile», disse Rosellina.

«Davvero?» domandò lui, guardandola con allegria.

«In piazza Fontana, alla Banca dell'Agricoltura, una bomba ha fatto una strage. Ne stanno parlando tutti, per la strada, in televisione, alla radio», annunciò la figlia.

Renato sbiancò. Corse in casa e telefonò a Liliana.

«Non ti muovere. Non uscire dall'azienda, non venire in centro. Hanno fatto esplodere una bomba in piazza Fontana. Ora vado a vedere che cosa è successo. Aspetta che ti richiami, prima di lasciare il tuo ufficio. E avverti tuo marito, che non venga a prenderti.»

4

Rosellina spalancò la porta a due battenti su una camera settecentesca e si fermò sulla soglia, volgendo lo sguardo intorno a osservare gli affreschi sulle pareti e sulle volte del soffitto, gli arredi preziosi color pastello e il grande letto con le cortine di tulle rialzate. Un uomo giovane, dal fisico ben modellato e dal volto virile, era disteso sul letto. Un lenzuolo candido nascondeva la sua nudità. Rosellina aveva i capelli lunghi e inanellati, trattenuti da una fascia colorata. Indossava un maglione di lana lungo, slabbrato agli orli, confezionato con pezze di tanti colori, una gonna a fiori che cadeva informe fino alle caviglie e un paio di zoccoli da contadina.

«Mio Dio, sembri una stracciona!» disse il giovane, con tono scherzoso. Lei gli raccontò che era fuggita da una manifestazione femminista cui aveva preso parte e durante la quale, per ore, si era sgolata a scandire slogan contro lo strapotere del maschio, inneggiando al libero amore. Buttò via gli zoccoli, sganciò la gonna che si afflosciò sul pavimento, si sfilò il maglione e sciolse la fascia che le tratteneva i capelli. Rimase con una sottoveste di seta corta che rivelava la perfezione del corpo e delle gambe. Con un balzo leggero saltò sul letto e si infilò sotto il lenzuolo.

«Sei tornata presto», disse il giovane, prendendola tra le braccia.

«Ho chiuso, Filippo. Io non ne posso più di assemblee, dibattiti, sfilate di protesta, panini con i würstel e i crauti, abiti sbrindellati, amore libero, canzoni femministe, chitarre e spinelli, ammucchiate in mezzo a gente che non si lava, lunghi indottrinamenti sui diritti delle donne che, per carità, sono sacrosanti, ma si possono difendere in altri modi. Ho chiuso, Filippo.»

«Davvero?» domandò lui.

«Ho voglia di un bagno caldo e profumato, di tacchi a spillo, di vestiti di seta con tanti lustrini. Amo sentirmi bella, elegante, desiderabile. Mi piacciono le canzoni e i romanzi d'amore e voglio poterlo dire senza essere definita una sporca borghese.»

«Che si trastulla con il giovane duca Filippo Adalberto Maria degli Altieri che ama perdutamente questa sporca borghese», affermò lui, ridendo.

Rosellina si staccò dal giovane e lo guardò negli occhi.

«Che cosa pensi?» domandò lui e proseguì: «Sai, conoscere i pensieri della propria donna è il tormentone di tutti gli innamorati».

Lei gli sorrise.

«Vuoi davvero sapere che cosa penso?» domandò, guardando gli affreschi dipinti sul soffitto.

«Sono bellissimi, vero?» disse lui. «Questa era la camera da letto dei miei bis-bisnonni, vissuti in un'epoca in cui ci si dedicava con passione ai giochi d'amore. Sono sicuro che i miei avi si sono divertiti moltissimo in questa stanza. Ma non è a questo che tu stai pensando.»

«Infatti. Ma se te lo dicessi, potrei deluderti», confessò lei.

«Provaci», la sollecitò.

«Pensavo che per quanto mi sia sforzata, non riesco a essere una figlia dei fiori, una seguace di Timothy Leary, una che crede nell'uso benefico degli allucinogeni. Io credo in questo momento bellissimo che sto vivendo con te, credo che sia un privilegio abitare in una villa come questa, credo nella quiete del lago che si profila di là dal balcone, nel profumo degli oleandri che penetra nella stanza, in queste lenzuola di seta così impalpabili che mi fanno sentire su una nuvola.»

«Mi stai dicendo la verità?» chiese lui, poco convinto.

«Non esattamente. Non ti ho detto fino in fondo quello a cui stavo pensando», si corresse Rosellina.

«Allora vai avanti, ti ascolto», la spronò lui.

«Io voglio un uomo che mi sposi, per amarlo ed essergli fedele per tutta la vita. Voglio essere una moglie e una madre. Voglio avere tanti bambini, perché mi piacciono e voglio un guardaroba che esalti la mia femminilità, gioielli, feste, allegria e, quando sarà proprio necessario, qualche lacrima, che non guasta mai. Questo pensavo.»

«È quello che volevo sentirti dire da tanto tempo!» esclamò lui, felice.

«E allora, ti prego, sposami!» esclamò Rosellina, abbracciandolo.

Il sipario si chiuse con un fruscio di velluto mentre scrosciavano gli applausi del pubblico.

Dopo qualche istante, il sipario si riaprì e i riflettori illuminarono Rosellina che sorrideva al centro della scena con il lenzuolo di seta drappeggiato intorno al corpo. Il pubblico entusiasta continuava ad applaudire. *Sposami, ti prego*, era il titolo della commedia musicale scritta da due collaudati autori di teatro e musicata da Cristiano Montenero, il compositore e direttore d'orchestra che era da tempo il compagno dell'attrice esordiente.

Rosellina aveva debuttato con successo sul prestigioso palcoscenico del teatro *Manzoni* dopo una sola settimana di prove. Aveva tenuto la scena per due ore, con la padronanza e la disinvoltura di una grande mattatrice e nessuno, nemmeno i produttori, rimpiansero la grande Elvira Valli, per la quale la commedia era stata scritta.

Tutto era accaduto per caso. Rosellina frequentava la scuola di recitazione del *Piccolo Teatro*. Durante l'estate, erano incominciate le prove di *Sposami, ti prego* e Cristiano l'aveva voluta vicino a sé. Elvira Valli, la prima attrice, era una quarantenne bionda, molto seducente e sensuale, che si imponeva sul palcoscenico per l'eleganza e la forte personalità. Era la classica primadonna, capricciosa e tiranna, con un vizio segreto: l'alcol.

Giorno dopo giorno, nel corso delle prove, aveva notato Rosellina che si aggirava tra le quinte e, con tono distaccato, le aveva detto: «Perché non cerchi di renderti utile, carina?»

La ragazza non chiedeva di meglio ed Elvira la usava per le sue commissioni, compreso l'acquisto delle bottiglie di whisky. Rosellina le massaggiava le spalle indolenzite e l'aiutava a imparare a memoria le battute della commedia.

Il debutto era avvenuto agli inizi di settembre in una città di provincia, tanto per saggiare le reazioni del pubblico. Gli autori temevano il messaggio reazionario del testo, in quegli anni di accesa contestazione. Agli applausi degli spettatori erano seguiti gli insulti di un gruppo di studenti che inveivano contro la commedia «biecamente borghese». Il regista e i produttori, tuttavia, si erano accorti che lo spettacolo sarebbe stato comunque un fiasco per la deludente interpretazione della prima attrice che non riusciva a calarsi nel ruolo della giovanissima protagonista. La critica di provincia non si era sbilanciata, limitandosi a definire la commedia un piacevole intermezzo in tempi di grande impegno civile e lasciando intendere, tra le righe, che l'aristocratica Elvira Valli risultava poco credibile nelle vesti di una giovane femminista prima arrabbiata e poi sdolcinata. L'unico momento di verità, nella sua interpretazione, era stato quello in cui, spogliandosi degli abiti da hippy, si mostrava con uno stupendo abito di Valentino.

Indignata per gli applausi tiepidi e per gli insulti, la primadonna aveva dato forfait alla cena tradizionale con la compagnia.

«Torno in albergo», aveva detto.

In realtà era andata a ubriacarsi in un'osteria e, ritornando in macchina in albergo, aveva preso male una curva. L'auto si era schiantata contro un albero e lei era stata ricoverata d'urgenza in ospedale.

All'alba il regista aveva fatto irruzione nella camera di Cristiano. Il musicista e Rosellina dormivano ancora.

«Sveglia! Si smonta tutto, si rifanno i bagagli e si torna a casa», aveva annunciato.

Rosellina si era messa a sedere sul letto. Indossava una camicia da notte di seta con un'ampia scollatura che coprì subito con il lembo del lenzuolo.

«Che cosa è successo?» aveva domandato.

«Elvira ha avuto un incidente di macchina e si è rotta una gamba e un braccio. Se va tutto bene ne avrà per tre mesi.»

«È un peccato dover rinunciare allo spettacolo», osservò Rosellina. La sua voce sembrava il trillo di un passerotto.

«Peggio, è un vero disastro», disse il regista, affranto.

«Io so ballare, cantare e conosco tutto il copione a memoria. Ma proprio tutto, anche le battute degli altri attori», dichiarò la ragazza.

Cristiano e il regista si guardarono senza parlare.

«Oh, non fa niente. È un'idea sciocca che ho buttato lì per cercare di aiutarvi», disse lei.

Il successo di Rosellina era nato così.

Gli autori avevano apportato le necessarie correzioni al testo. C'erano state alcune rappresentazioni in piccoli capoluoghi e il consenso era stato assoluto. Alla fine di settembre, la compagnia aveva debuttato a Milano.

Mentre Elvira Valli era relegata in un letto d'ospeda le, al teatro *Manzoni* scrosciarono gli applausi.

Rosellina, al centro del palcoscenico, sorrideva inchinandosi per ringraziare.

Cristiano l'aspettava dietro le quinte.

«Questa sera è nata una stella», le sussurrò.

Lei si rifugiò in lacrime tra le sue braccia e disse: «Non sono mai stata così felice!»

5

«Tɪ sembra questo il momento di aprire un'azienda?» domandò Ernestina a Giuseppe e proseguì: «Ci sono manifestazioni e disordini ogni giorno. La gente è preoccupata e non pensa a comperare vestiti».

«Lo sai quando hanno inventato lo smalto per le unghie? In America negli anni Trenta, durante la grande recessione. Nei momenti peggiori, la gente ha bisogno di gratificazioni. Lo dimostra il successo della commedia di Rosellina. Ho depositato il marchio Corti Collection e intendo produrre vestiti tanto belli quanto costosi. Pucci ha studiato un piano economico. Possiamo farcela, mamma. Io voglio farcela», disse Giuseppe.

Era una sera d'autunno, umida e malinconica. Nella villa Liberty in cui Giuseppe viveva e lavorava, erano riuniti Ernestina e i suoi figli con i loro compagni. Renato era rimasto a casa ad accudire i nipoti. I giovedì sera in pizzeria erano ormai un ricordo lontano, ma capitava spesso che la famiglia si ritrovasse a cena a casa dell'uno o dell'altro fratello. Ernestina era grata alla sorte per questi figli che si amavano e solidarizzavano tra loro, anche se ognuno aveva preso strade diverse. Solo Rosellina continuava a essere il suo cruccio, perché viveva con Cristiano ma non voleva sentir parlare di matrimonio. Il giorno prima, approfittando di una visita di sua figlia nella casa di Porta Romana le aveva detto: «Se tu e Cristiano vi amate tanto, perché non vi sposate?»

«Perché non abbiamo bisogno di qualcuno che certifichi la nostra unione. E poi, io non mi vedo nei panni di una moglie. Mamma, sono un'attrice, non una donna votata alla casa e ai figli.»

«Questo significa che non mi darai la gioia di avere altri nipoti per casa?»

«Mi sembra che ce ne siano abbastanza. Pucci ne ha tre e potrebbero aumentare, Liliana ne ha uno ma, a quanto so, ne vorrebbe un secondo. Io ho già i miei nipotini da coccolare. Non desidero avere dei figli miei.»

«Tu sei una ribelle, questa è la verità, e non sei nemmeno innamorata di quel povero Cristiano che ti sbava dietro come un cagnolino.»

«Mammina, perché non stai un po' tranquilla? Io sono felice così e anche il mio compagno lo è. Vedi, io sono innamorata dell'amore. Oggi c'è Cristiano, domani potrebbe esserci Andrea», l'aveva sfidata con l'immancabile sorriso malizioso.

«Oddio! E chi è questo Andrea? È possibile che io sia sempre l'ultima a sapere le cose?» Ernestina si era passata una mano sulla fronte, come se volesse scacciare il fantasma di una nuova trasgressione di Rosellina che non assomigliava a nessuno dei suoi fratelli.

«Calmati, mamma. Non c'è nessun Andrea. Avrei potuto dire Mario o Luigi. Insomma, non puoi pensare che una donna debba per forza restare legata allo stesso uomo per tutta la vita.»

«Tu sei tutta scema. Avrei dovuto prenderti a schiaffi quand'eri bambina, invece di regalarti le caramelle ogni volta che ne combinavi una delle tue. Ma eri così graziosa...»

«Tu hai avuto la fortuna di incontrare papà. Ma c'è un solo Renato Corti su questa terra. Se ne esistesse un secondo, ti assicuro che sarebbe mio per sempre.»

«Tu non capisci niente della vita di coppia. Non sai che un uomo e una donna, per vivere insieme tutta la vita, devono sapersi venire incontro. Il mondo è pieno di uomini belli, onesti e vitali come tuo padre. Scarseggiano invece le donne capaci di apprezzarli. Tu sei una zucca vuota. E non aggiungo altro, perché sono abbastanza arrabbiata e finirei per dire cose sgradevoli», l'aveva rimbrottata.

Rosellina le aveva accarezzato una mano, sorridendole.

«Mamma, facciamo pace. Lo sai che non sopporto di vederti arrabbiata. Prendimi come sono, se mi vuoi bene. Io ti ho sempre accettata come sei, e sei bellissima, mammina.»

Ernestina aveva finito per abbracciarla.

«Sei una lavativa e, tuttavia, non hai mai smesso di

piacermi. Quando sei nata, le fate sono state generose con te. A qualcuno donano la bellezza, ad altri l'intelligenza, ad altri la forza di sopportare i dolori della vita. A te hanno dato la capacità di piacere. È un regalo di cui non hai alcun merito. E, tuttavia...»

«Tuttavia è così, mammina cara. Hai dimenticato di dire che anche a me piacciono gli altri», aveva concluso Rosellina, con gioiosa lievità.

A Ernestina non restava che sottomettersi alle scelte dei suoi figli. Aveva accettato che Liliana scegliesse un uomo tanto più anziano di lei, che Pucci si sposasse quando non era ancora in grado di avere una casa per la sua famiglia, che Giuseppe avesse un nuovo compagno.

Si chiamava Maurizio Zangheri, ma gli amici lo chiamavano Rizio. Era un gallerista. Curava anche una rubrica d'arte su un importante periodico del settore. Era stato sposato e aveva due figli che lo avevano bandito per la sua omosessualità e questo era il grande dolore della sua vita. Aveva dieci anni più di Giuseppe ed era un compagno molto paterno. Avevano deciso di non vivere insieme, così Rizio continuava ad abitare nel suo appartamento e Giuseppe nella villa Liberty. A differenza di Filippo il gallerista non amava la mondanità. Era nato in una solida famiglia borghese, si era laureato in storia dell'arte e aveva imparato il mestiere dal padre. Ernestina era convinta che fosse il compagno ideale per suo figlio e si stava affezionando a lui.

Ora, nel salottino attiguo allo studio di Giuseppe, Ernestina discuteva con il figlio, alla presenza di Rizio che ascoltava e taceva. Gli altri erano al pianterreno. Gli uomini disputavano una partita a biliardo, le donne chiacchieravano di frivolezze, il domestico filippino, Oscar, era in cucina a preparare la cena. L'impianto di filodiffusione trasmetteva musica sinfonica a basso volume. Fuori incominciava a piovere.

«Metti che qualcosa vada storto. Ti ritrovi senza lavoro e con una montagna di debiti. Hai pensato a questo?» martellò Ernestina.

«No, non ci ho proprio voluto pensare, perché andrà tutto nel migliore dei modi», disse Giuseppe.

«E tu, non dici niente?» interrogò Rizio che li ascoltava sfogliando distrattamente un volume d'arte barocca.

«Io so come si gestisce una galleria e come stipulare contratti con gli artisti, non mi intendo di moda e di vestiti. Però credo fermamente nel talento di Giuseppe e, per quel poco che so, sono sicuro che Pucci non si sarebbe mai licenziato dalla banca se non fosse certo che la Corti Collection decollerà come un Jumbo e infrangerà la barriera del suono. Pucci e Giuseppe sono una coppia destinata a vincere», affermò.

Ernestina sapeva che Rosellina sarebbe stata la *testimonial* della nuova impresa e aveva la bellezza, la popolarità e la credibilità per far presa sul pubblico.

«Le vostre sono parole, sogni. Io ho lavorato per venticinque anni in un'industria di abbigliamento e conosco la complessità e i rischi di un'impresa. Ora io dico: che bisogno c'è di imbarcarsi in un'avventura che presenta un sacco di difficoltà e non mi farà dormire la notte?

Non ti bastava il tuo stipendio? Non ti bastavano le percentuali sul venduto che guadagnavi con Lorenzi? Guarda che chi troppo vuole, nulla stringe», profetizzò.

«Mamma, io non voglio diventare ricco. I soldi arriveranno comunque, a palate. Ma non è solo per far soldi che Pucci e io coltiviamo questo progetto. È per realizzare il nostro sogno che brillerà nella storia della moda italiana. Dormi sonni tranquilli, ti prego. Pucci e io ce la faremo», affermò Giuseppe.

Dal pianterreno arrivò un coro di voci: «La cena è pronta!» Confluirono tutti in sala da pranzo e si sedettero intorno al grande tavolo ovale in palissandro.

Oscar entrò nella stanza reggendo la zuppiera del minestrone di verdura. Ernestina venne servita per prima e, mentre portava il cucchiaio alle labbra, sogguardò la sua famiglia. Era fiera dei suoi figli che si erano fatti spazio nella vita, aiutati dalla loro intelligenza e dal desiderio di affermarsi. Ma quanti altri milioni di giovani avevano lottato come i suoi senza approdare a nulla? E soprattutto fino a quando la fortuna avrebbe benedetto la sua bella e grande famiglia?

6

GLI anni passavano veloci. Nella primavera del 1977, Pucci e Sandro avevano fatto una spedizione a Forte dei Marmi in cerca di una casa per l'estate. Avevano affittato una villa per i mesi di luglio e agosto, confortevole e grande tanto da poter ospitare la tribù dei Corti. In fondo al giardino c'era un cancelletto che si apriva sulla spiaggia. La scelta della Versilia era nata da un desiderio che Ariella aveva espresso al marito: «Sono sempre andata al mare in Romagna. Per una volta, mi piacerebbe provare la Toscana».

Così, il primo fine settimana di luglio, la famiglia Corti al completo prese possesso della villa, con l'intesa che solamente Ernestina e Ariella sarebbero sempre state presenti con i bambini, mentre gli altri, compresi Liliana e il marito, vi avrebbero trascorso i sabati, le domeniche e le ferie d'agosto.

Per la Collenit si profilava un'estate rovente. La Polizia stazionava in permanenza davanti ai cancelli per evitare possibili attacchi terroristici.

Il lunedì mattina, al rientro dal mare, Sandro accompagnò la moglie al lavoro.

«Saremo soli fino a venerdì, tu e io, come ai vecchi tempi», le disse fermando l'auto davanti all'ufficio.

«Che cosa hai in mente?» gli domandò Liliana.

«Cene a lume di candela e passeggiate sotto le stelle», propose lui.

«Mi sembra un ottimo programma», convenne lei.

«Lo sarà se ti ricorderai che sei anche una moglie e non solo una dirigente della Collenit.»

«Non metterla su questo piano o dovrò ricordarti le tue promesse mancate, da quando è nato nostro figlio. Hai trascurato le cene del mercoledì con i tuoi amici, le partite a tennis e la pesca», replicò. Si sentiva sempre in colpa per tutti gli impegni di lavoro che la sottraevano alla famiglia e, proprio per questo, non sopportava le critiche del marito.

«Vogliamo litigare alle otto e mezzo del mattino?» le domandò lui.

«Scusami. Qualche volta riesco a essere molto irragionevole», rispose con dolcezza.

«E io sono molto geloso della mia donna che e bellissima e passa il suo tempo con uomini che non conosco e sono certamente più giovani di me», ammise Sandro.

«Non ce n'è nemmeno uno con il quale vorrei avere un solo istante di intimità. Se li conoscessi, mi crederesti.» Era sincera. Amava suo marito che le perdonava tante manchevolezze e la sostituiva accanto al piccolo Stefano ogni volta che doveva assentarsi per gli impegni di lavoro.

Sandro era davvero un compagno meraviglioso.

«Buona giornata, ragazzina», disse lui, sfiorandole la guancia con un bacio.

«Anche a te, tesoro mio», sussurrò lei, abbracciandolo.

«Il tuo profumo mi fa impazzire. Lo sai?» sussurrò lui, trattenendola tra le braccia.

«Ci vediamo questa sera. Vieni a prendermi alle sette», lo salutò Liliana e scese dall'automobile.

Sandro ripartì sgommando, lei oltrepassò i cancelli sotto lo sguardo vigile dei poliziotti di turno.

Stava per raggiungere il suo ufficio quando vide il direttore che, dal fondo del corridoio, le veniva incontro.

Lo aspettò ed entrarono insieme nella stanza di Liliana. Lei posò la borsetta sulla scrivania, premette il pulsante dell'interfono e disse alla sua segretaria: «Due caffè, Maria, per favore». Poi si rivolse al suo capo: «Lo vuole anche lei, vero?»

Lui fece un cenno di assenso e posò sul tavolo un fascicolo di documenti che aveva in mano.

«Le dispiace se, prima di affrontare la giornata, bevo il mio caffè?» domandò Liliana con un'intonazione che voleva dire: «Lasciami in pace ancora per qualche istante, prima di assillarmi con un nuovo problema».

L'uomo non batté ciglio e si accomodò sulla poltroncina di fronte alla scrivania. Maria entrò reggendo il vassoio con le tazzine fumanti e la zuccheriera.

«Serve altro, dottoressa?» domandò.

Liliana la liquidò con un cenno della mano.

Dopo aver bevuto il caffè, entrambi si accesero una sigaretta e, infine, Liliana disse: «L'ascolto».

Il direttore, che anni addietro l'aveva accolta con supponenza, da tempo aveva imparato ad apprezzarla. Liliana si distingueva dagli altri dirigenti per la sua totale mancanza di ossequio ai superiori, che trattava come fossero colleghi, e soprattutto per l'alta professionalità con cui si era guadagnata la stima di tutti, anche degli operai.

«Deve condurre la trattativa con i lavoratori», esordì Massaroni.

«Non spetterebbe a lei?» obiettò Liliana.

«Non più. Lei è la mia assistente, a tempo determinato. Con quel branco di delinquenti che dovrebbero essere presi a scudisciate, io non tratto. Venerdì sera è successo un pandemonio e non posso perdere la faccia», spiegò.

Liliana pensò che l'aveva già persa se si faceva sostituire da lei. Sapeva che gli operai erano in agitazione per il rinnovo del contratto e, evidentemente, l'azienda faceva conto sulle sue capacità per risolvere il problema.

«Ho chiesto alla sede di Roma che mandino qualcuno per affiancarla, ma non arriverà prima di qualche giorno. Intanto qui ci sono cinquecento scalmanati che soltanto lei può affrontare», spiegò Massaroni.

«Sta scherzando?»

«Francamente no. La presidenza è d'accordo. Non vogliamo scioperi né disordini in azienda.»

E così, durante il fine settimana, mentre lei era in Versilia con la famiglia, la Collenit le aveva assegnato un ruolo temporaneo senza nemmeno interpellarla.

«Non faccia difficoltà, tanto lo sanno tutti che lei ha a cuore gli interessi dei lavoratori.»

«Mi dia le carte e non si aspetti risultati esaltanti», precisò Liliana. Spense la sigaretta e aspettò ulteriori informazioni.

«Conosce le richieste inaccettabili che hanno avanzato. Si regoli come crede. L'importante è che dica no a tutto, senza creare disordini, s'intende.»

Liliana si ricordò di Bonfanti, il sindacalista che, quand'era in via Paleocapa, le aveva detto: «La vorremmo come antagonista». Ora fu certa che dietro quella manovra ci fosse proprio lo zampino di Bonfanti, perché a Massaroni non sarebbe mai venuto in mente di fare il suo nome.

«Non s'illuda. Io accetterò le richieste che riterrò giuste», rispose decisa, e aggiunse: «Altrimenti resterò qui, nel mio ufficio». Il direttore fu costretto ad assentire, poi se ne andò.

Liliana telefonò al marito.

«Mi dispiace tanto per il nostro programma di questa sera. Mi mandano a trattare con gli operai. Scendo adesso e non so quando potrò liberarmi. Per favore, telefona tu a mia madre e senti come vanno le cose con Stefano. Ti richiamerò appena possibile», gli disse.

Sentì un lungo sospiro di rassegnazione.

«Il programma è soltanto rimandato, non cancellato. Poi ti spiegherò tutto.» Cercò di rabbonire il marito.

«Non voglio sapere niente», replicò Sandro con voce dura e chiuse la comunicazione.

Liliana si alzò dalla scrivania, afferrò il plico dei documenti e uscì dall'ufficio.

Scese al piano terreno e spalancò con un gesto deciso i battenti del salone in cui erano riuniti i rappresentanti di tutti i reparti, sia interni sia esterni. Massaroni le aveva detto che erano cinquecento. Le sembrarono molti di più. Quella moltitudine di gente fissò lo sguardo su di lei che avanzava verso il tavolo, addossato alla parete di fondo. L'aria era irrespirabile a causa del caldo e del fumo delle sigarette. Posò sul tavolo i documenti accanto al blocco per gli appunti. Rimase in piedi a guardarli in silenzio. Conosceva molti di loro personalmente. Altri, quelli dei reparti esterni, li vedeva per la prima volta. Era terrorizzata. Posò saldamente le mani sul tavolo per fermare il tremito e disse: «Buon giorno».

Gli operai continuavano a fissarla in silenzio.

Lei pensò a suo padre. Era stato e continuava a essere uno di loro, ma sapeva esprimere le proprie ragioni e ascoltare quelle degli antagonisti. Lei, in quel momento, era l'antagonista e si chiese se, tra quegli uomini, ci fosse qualcuno che assomigliasse a Renato Corti.

«Chi prende la parola?» domandò con voce ferma.

«Quando arriva il capo?» domandò un uomo dal fondo della sala.

«Il capo ha perso la pazienza. Quindi dobbiamo vedercela tra noi», replicò.

Ci fu un istante di silenzio e poi uno scroscio di risate.

«Non pretenderanno che ci mettiamo a trattare con una donna?» sbottò un operaio, interpretando il pensiero di tutti.

«Siete qui per avanzare richieste o per sostenere il concetto fascista che la donna ha il cervello più piccolo dell'uomo?»

Le sue parole colpirono alcuni che abbassarono lo sguardo e nascosero le mani nelle tasche delle tute. Altri, invece, intonarono un coro di «Buuuh», mentre qualcuno la invitò ad andarsene a casa.

«Vada a fare la calzetta, che è meglio. Se il capo del personale, da quel vigliacco che è, non si presenta, venga il direttore generale. Che cosa può mai capire una donna delle nostre questioni!»

«Ne capisco quanto voi», affermò Liliana, con voce ferma. «Sono cresciuta in una famiglia in cui si mangiava pastasciutta condita con problemi sindacali. Quando voi andavate ancora all'asilo infantile, io conoscevo a memoria la storia dei movimenti operai, delle leghe contadine, delle sconfitte e delle vittorie che sono costate lacrime e sangue ai lavoratori. Quindi smettiamola con questa indignazione da femminucce e affrontiamo le questioni serie.»

Alcuni di loro la conoscevano e la rispettavano, ma altri, punti sul vivo, si rifiutavano di prenderla sul serio. «Con quella bocca può dire ciò che vuole», sbottò una voce rude, ripetendo lo slogan della pubblicità di un dentifricio.

La battuta infelice veniva da qualcuno nel gruppo di giovani che si ammassavano in fondo alla sala. Liliana dovette ricorrere a tutta la sua forza d'animo per non lasciare la riunione, sbattendosi l'uscio alle spalle. Era la sola donna in un consesso di uomini arrabbiati e, ad aggravare la situazione, era giovane, bella, elegante. Era sicura che molti di loro intendevano continuare a umiliarla per indurla ad andarsene.

Risentì la voce aspra di Ernestina che le diceva: «L'hai voluta la bicicletta? Pedala!»

E lei pedalò, prendendo la rincorsa.

«L'imbecille che ha pronunciato questa volgarità non aiuta i suoi compagni. Io sono qui per lavorare. Chi non desidera fare altrettanto, può andarsene», disse, scandendo le parole a una a una. Non ci furono commenti, e Liliana proseguì: «Dunque, ho il mandato per portare avanti questa trattativa. Voi fate le vostre richieste. Insieme vedremo quali sono le necessità più urgenti che mi impegno a soddisfare a nome dell'azienda».

Un operaio, in prima fila, disse: «Allora comincio io a nome dei compagni del mio reparto. Ma sappia che, se non raggiungiamo un accordo, andiamo via tutti quanti e domani il palazzo sarà nostro».

«Non accetto ricatti, ma soltanto una sana discussione», affermò Liliana. Sedette finalmente al tavolo e aggiunse: «Vi ascolto».

Nel primo pomeriggio, il caldo, il fumo delle sigarette, il puzzo del sudore erano diventati insopportabili. Ma la discussione aveva preso l'avvio e procedeva senza disordini. Gli operai si alternavano al tavolo della trattativa, dandosi i turni per andare a mangiare e a sgranchirsi le gambe. Liliana rimaneva incollata alla sua sedia e ringraziò quelli che le portarono, da fuori, acqua fresca e caffè. Arrivarono le otto di sera, poi le dieci e passò anche la mezzanotte. All'alba, Liliana aveva concesso alcuni passaggi di categoria, accolti con un applauso. Li riteneva sacrosanti e se la proprietà non fosse stata d'accordo, avrebbe comunque dovuto digerirli.

«Sono un po' stanca», disse a un certo punto. Guardò l'ora al suo orologino da polso e soggiunse: «Non so come stiate voi. Io sono sul punto di crollare».

Ci fu un coro di risate.

«Lei è una leonessa! Se lo lasci dire da noi che ce ne intendiamo di interlocutori», commentò un operaio anziano.

«Grazie. Direi che possiamo fissare le date per i prossimi incontri.»

Mentre prendeva nota delle date, si chiedeva come avrebbe potuto esporre alla dirigenza le concessioni fatte.

Da via Paleocapa era arrivato Torquati che ora la aspettava con Massaroni nella sala riunioni. I due avevano le facce segnate dalla stanchezza. Erano già informati di tutto e la guardarono con rispetto.

«Ha fatto un buon lavoro», bofonchiò Massaroni.

«Complimenti! È riuscita a evitare guai peggiori», esclamò Torquati informandola che Sandro la stava aspettando nell'atrio.

«Domani, anzi oggi, si prenda la giornata di riposo. Ci rivediamo mercoledì», le disse il suo capo.

7

LA nuova riunione era stata fissata per il venerdì. Liliana era di pessimo umore, anche perché percepiva l'irritazione del marito, che si era chiuso in un mutismo impenetrabile.

Una sera lo affrontò. Erano seduti al tavolo della cucina a mangiare di malavoglia un'insalata di riso. Lei spinse da parte il piatto e disse: «Vogliamo discutere? Io non ce la faccio ad andare avanti con questa tensione».

«D'accordo», replicò Sandro.

«Chi comincia?» domandò lei.

«Tu, come sempre», disse Sandro.

«Molto bene», acconsentì lei, accendendo una sigaretta.

Il marito la imitò e lei proseguì: «Non mi parli da tre giorni. Che cosa ti ho fatto?»

«Domandati che cosa stai facendo a te stessa. Ti lasci menare per il naso dai tuoi capi che ti mandano allo sbaraglio perché tu tolga dal fuoco la patata bollente. Perché? Per che cosa? Per la carriera? Per dimostrare che sei la più brava di tutti? Per raccontare a nostro figlio che la mamma è un guerriero? Sai quanto gliene importa al piccolo? Insomma, perché?» domandò.

«Io non ti ho mai mentito. Quando ci siamo incontrati, ti ho detto subito che avevo progetti ambiziosi per il mio lavoro e tu eri d'accordo, tanto che ti sei offerto di aiutarmi», puntualizzò lei, spegnando nervosamente la sigaretta.

«Che cosa ho fatto, finora, se non incoraggiarti, spalleggiarti, darti una mano? Ma ora stai superando il segno. Riesci a immaginare quello che ho passato lunedì scorso? Sei uscita dalla riunione alle quattro del mattino!»

«E tu, hai un'idea di quello che ho passato io in quelle terribili diciotto ore?»

«La domanda rimane la stessa. Perché?»

«Perché voglio una promozione», spiegò Liliana.

«Non ti basta quello che hai? Sei un alto dirigente della Collenit, hai una casa, un marito, un figlio. Perché vuoi una promozione?»

«Mi piace trattare con gli operai. È quanto di meglio io sappia fare. Ho ereditato da mio padre la capacità di stabilire rapporti equilibrati e se otterrò l'accesso alla sala dei comandi, potrò gestire più liberamente gli interessi dei lavoratori, senza trascurare quelli della proprietà. Perché se i padroni sono avidi e sfruttatori, i sindacati non sono l'acqua santa. So bene che il mio apporto è una goccia nel mare, ma quindicimila dipendenti sono una gran bella fetta di umanità da gestire con cuore e cervello. Perché non dovrei farlo?»

«Perché domani sera abbiamo un appuntamento con nostro figlio, per esempio. Te ne sei dimenticata? Hai presente il piccolo Stefano che è al mare con la nonna e i cuginetti?»

«Non prenderti gioco di me. Ho ben presente mio figlio, dal momento che l'ho voluto con tutta me stessa e per averlo ho abbandonato il lavoro. Domani sera noi saremo al Forte, da lui».

«Io ci sarò. Tu entrerai in riunione domani mattina alle nove e chissà quando ne uscirai. Ma questa volta non sarò lì ad aspettarti.»

Liliana scostò la sedia, si alzò e buttò nel secchio della spazzatura i resti della cena. Poi sussurrò: «Li ho avvertiti l'altro giorno che non sarei andata alla riunione di domani. Ieri sera è arrivato un funzionario da Roma. Sarà lui a portare avanti la trattativa. Io uscirò dall'ufficio alle cinque, come tutti i venerdì».

La rabbia di Sandro sbollì.

«Non potevi dirmelo subito?» le chiese.

«Come facevo? Tu non mi parlavi più», si lamentò lei.

«Certo che abbiamo fatto una bella litigata», si compiacque.

«Bella litigata? Non hai mai assistito a quelle tra mia madre e mio padre. Ernestina faceva volare i piatti.»

«E qualche volta gli allungava uno schiaffo. Me l'ha raccontato tuo padre.»

«Però si amano. Si sono sempre amati, loro due», sottolineò Liliana.

«E noi?»

«Dobbiamo ancora mettere a punto le nostre strategie», scherzò Liliana.

«Nella nostra camera?» domandò Sandro raggiungendola e sfiorandole il viso con una carezza.

Il mattino successivo Liliana entrò in azienda alle otto. Gustò il solito caffè, accese la sigaretta e sentì trambusto nei corridoi, mentre il suono dei telefoni stava diventando assordante. Maria, la segretaria, fece capolino nel suo ufficio.

«Il direttore al telefono», annunciò.

Liliana sollevò il ricevitore.

«Dottoressa, c'è maretta nella sala delle trattative», esordì.

«Non c'è il funzionario romano, laggiù?» domandò.

«Appunto. Pare che vogliano lei. Gli hanno lanciato un fermacarte e lo hanno ferito alla fronte.»

«Bisognerà sostituire i fermacarte con cartellette di plastica Fanno meno male», tagliò corto. Era assolutamente decisa a non lasciarsi coinvolgere in quella riunione. Aveva fatto una promessa a suo marito e l'avrebbe mantenuta.

«Io non mi sento bene», disse alla segretaria. «Mi chiami un taxi, perché voglio tornare subito a casa.» Aveva capito che l'azienda aveva bisogno di lei, ma questa volta non poteva lasciarsi coinvolgere.

Poco dopo irrompeva nello studio di Sandro.

«Partiamo subito», annunciò.

Sandro non chiedeva di meglio. Aveva ancora una montagna di pratiche da esaminare, ma il lavoro poteva aspettare, sua moglie no.

Furono due giorni caotici e festosi. C'era tutta la famiglia al Forte, eccetto Giuseppe che era rimasto in città a preparare la prima sfilata della Corti Collection che avrebbe presentato a settembre. Liliana e il suo bambino furono inseparabili. Stefano pretese di dividere il letto con i genitori, durante la notte, e fu accontentato. Per emulazione, anche i quattro cugini vollero dormire con Pucci e Ariella che finirono su una branda, ai piedi del loro letto invaso dalla nidiata dei figli.

Trascorsero le mattine in spiaggia e i pomeriggi in giardino a giocare con i bambini, tra pianti, capricci, litigi e risate.

Renato si isolò con Liliana.

«Ho saputo che te la sei cavata piuttosto bene con la tua prima riunione», le disse.

«Te lo ha detto Sandro?» gli domandò.

«Mi hanno informato i miei compagni.»

«È stata un'esperienza terribile. Come hai potuto trascorrere una vita con personaggi così arroganti?» deplorò.

«L'esempio viene dai padroni, che sono molto più prepotenti e maleducati di loro. E altrettanto maschilisti. Credi che ti daranno una promozione?»

«Saranno costretti a farlo. Venerdì hanno spedito nell'arena un dirigente romano contro il quale hanno lanciato un fermacarte ferendolo alla testa. Volevano me per proseguire la trattativa», disse Liliana, con orgoglio.

«Non farti illusioni», la avvertì il padre. «Fra quegli uomini, su cento teste pensanti, ce ne sono altrettante che mirano soltanto a sfasciare il movimento operaio. In apparenza sembrano i più integralisti, invece sono manovrati da chi non ha nulla da spartire con le nostre regole. E se devo spiegarti fino in fondo come la penso, ti dico: bada a te, Liliana. Contro il tuo collega hanno lanciato un fermacarte, contro di te potrebbero lanciare qualcosa di molto più pesante.» Renato parlava con serietà ed era molto preoccupato.

«Le cose funzionano così anche nella tua fabbrica?» gli domandò.

«Identiche. Il sindacato non è fatto di santi e di martiri. I nostri capi sostengono di avere a cuore gli interessi dei loro iscritti, ed è vero. Ma, prima ancora, hanno a cuore i loro interessi che sono quelli del potere. Le loro strategie sono identiche a quelle della classe dominante. Alla fine i capi dell'una e dell'altra fazione riescono sempre a mettersi d'accordo. Quando un sindacalista infastidisce troppo la proprietà, lo allontanano con una promozione. Gli danno un incarico politico nel governo e quello smette di dare noia. È inutile che ti faccia dei nomi, perché li conosci. Stanno facendo tutti quanti un gioco sporco e tremo al pensiero che tu ti esponga, perché potrebbero buttarti nella spazzatura.»

«Che cosa devo fare, papà?» domandò Liliana, preoccupata.

«Devi fare quello in cui credi. Non è più questione di destra o di sinistra. Il buono e il cattivo sono dall'una come dall'altra parte. Ci sono state abbastanza vittime e non tutte erano innocenti. Quando questi anni terribili saranno finiti, allora si farà la macabra conta dei morti. La nostra società ha bisogno di cambiamenti, ma chi ha deciso che debbano avvenire all'insegna della violenza? Non io e non altri milioni di operai come me. Ho guardato con orrore agli anni in cui è prevalsa la strategia della spranga per risolvere i problemi della società. Mi dicevo: va bene la rivoluzione culturale, va bene l'occupazione delle fabbriche e delle scuole, sono sacrosanti i diritti delle donne, è doveroso uno scontro sociale e costruttivo. Ma la violenza, che senso aveva, che senso ha? Dal sangue e dalla devastazione nasce solamente la rabbia e altra violenza. Si è innescata, nella nostra società, una spirale perversa di cui non vedo la fine. E tu ci sei nel mezzo.»

«Ma tutto questo sta aiutando le donne a crescere, non credi?»

«Io credo che le donne sarebbero cresciute meglio con l'aiuto di una dialettica pacata.»

«Ma come fai a ragionare con l'ignoranza, la volgarità? Non c'è più rispetto per la cultura, per la sacralità delle istituzioni. Pensa a che cosa rappresenta nel mondo il nostro *Teatro alla Scala*. È il tempio della cultura civile, sociale, politica. E dobbiamo assistere allo spettacolo di quei disgraziati che lanciano sul pubblico badili di spazzatura. Questo non è confronto dialettico, è ignoranza, è disprezzo per le nostre tradizioni. Ma io credo che la gente abbia più buon senso delle masse. La violenza finirà. Forse la società non sarà più quella di prima, ma qualcosa di buono resterà.»

«Lo penso anch'io. Ma intanto dobbiamo fare i conti con le difficoltà attuali. Non vorrei che tu ne facessi le spese.»

«Papà, io mi ricordo bene quando la Polizia ti bastonava. Non hai mai lasciato la presa. Non lo farò nemmeno io.»

«Sei più cocciuta di tua madre», brontolò Renato.

«Sempre a confabulare, voi due», intervenne Rosellina che stava cercando il padre e lo aveva finalmente trovato con Liliana, seduto nel gazebo nascosto dagli oleandri.

«Puoi unirti a noi», propose la sorella. E continuò: «Anche se dubito che i nostri argomenti ti interessino».

«Fai male a dubitarne. Dovresti esserne certa», affermò Rosellina.

«Io vado ad aiutare la mamma per la cena», decise Liliana. E soggiunse: «E non sarebbe male se qualcuno si preoccupasse di darci una mano».

«Non far conto su di me. Io devo andare dal parrucchiere», annunciò Rosellina.

Liliana si avviò verso casa, brontolando contro le dive che snobbano i lavori domestici, Rosellina sedette sul divanetto accanto al padre.

«Coccolami un po'», gli disse.

«Il tuo pubblico non ti gratifica abbastanza?» domandò Renato.

«Le coccole del mio papà sono tutt'altro e mi gratificano molto di più», cinguettò lei.

Renato sorrise, infilò una mano tra la massa dei suoi capelli e glieli scompigliò.

«Passano gli anni e tu rimani sempre una bambina», commentò, scuotendo il capo. Poi soggiunse: «Come stai, Rosellina?»

«Sono molto giù, papà. Lo sai che Elvira Valli mi ha tolto il saluto? Va dicendo che le ho scippato un ruolo, che sono una ladra.»

«Non è così?»

«Solo un pochino. Non sono stata io a finire ubriaca contro un albero. Era scritto che dovesse essere così. Ricordi quella notte nell'accampamento dei nomadi, quando siamo andati a reclamare i conigli di Pucci?»

«È stata una bella avventura per voi ragazzini.»

«Ricordi quella vecchia zingara quando disse che anch'io sarei stata una ladra e avrei raccolto applausi come se fossi una principessa?»

Renato annuì.

«Disse qualcosa anche a te, che la morte aveva cercato di acciuffarti, ma poi era scappata. Avevi rischiato di morire per quel trauma cranico. Aveva proprio visto giusto, non credi?»

«Soltanto lassù conoscono la nostra sorte», rispose Renato.

La breve vacanza di Liliana finì. Ritornò a Milano la domenica sera con Sandro e suo padre. Il lunedì mattina, sulla scrivania del suo ufficio, trovò il messaggio minaccioso delle Brigate Rosse che, pochi giorni dopo, tentarono di ucciderla.

8

NELLA stanza d'ospedale, dopo l'intervento chirurgico per ricucire il muscolo e il tendine della gamba trapassati dalle pallottole, arrivavano ogni giorno fasci e cesti di fiori, accompagnati da biglietti che esprimevano dolore, rammarico, solidarietà. Fuori della camera, stazionavano in permanenza gli agenti dell'antiterrorismo. Liliana era piombata in una depressione grave e, incapace di piangere, si rifiutava anche di parlare. Al suo capezzale si alternavano tutti i componenti della sua famiglia. Un giorno, con gli occhi lucidi di pianto, Ernestina le annunciò: «Se ti ammazzavano... ci pensi a tuo figlio?»

Liliana parlò per la prima volta.

«Tieni lontano il mio bambino da questa storia», disse.

«È quello che cerchiamo di fare. Al Forte, la stampa ci ha assediato. Abbiamo dovuto fare i bagagli e ci siamo nascosti in un alberghetto in Valseriana», e, abbracciandola, aggiunse : «Sbrigati a venir fuori da questo ospedale. Nella vita, c'è rimedio a tutto e tu devi ricominciare velocemente a vivere».

«Penso al poliziotto che è morto per causa mia», mormorò Liliana. «Aveva due figli piccoli», spiegò. «Sono andata a trovare la moglie e i bambini.»

«Non è colpa mia, mamma. Io ho fatto soltanto il mio lavoro.»

«Be', vedi di guarire e di ridimensionare i tuoi obiettivi. Viviamo in un mondo bastardo che non ha rispetto per nessuno. Vedi di averne tu, per te stessa e per la tua famiglia», disse Ernestina.

«Come sta Stefano?» domandò Liliana.

«Gioca con i suoi cugini ed è all'oscuro di tutto. La sera parla al telefono con Sandro il quale gli ha raccontato che sei fuori per lavoro. L'ha bevuta. Ma fino a quando?»

«Fino a quando lascerò questa stanza. Aspetto che mi tolgano i punti di sutura della ferita. Il gesso dovrò portarlo per quaranta giorni. Di' a mio figlio che la mamma lo raggiungerà su una gamba sola», disse Liliana. Poi spalancò le braccia, strinse a sé la madre e pianse tutte le lacrime che aveva trattenuto fino a quel momento.

Quando Ernestina uscì dalla stanza, Renato la stava aspettando in corridoio.

«Allora?» le domandò.

«Ha parlato e ha pianto. Guarirà presto», rispose la moglie.

Liliana ricevette le visite dei grandi capi della Collenit, dei rappresentanti del consiglio di fabbrica e di alcuni sindacalisti.

«La rivogliamo tra noi, dottoressa. Le hanno fatto una cosa molto brutta e se c'è qualcuno che non la meritava, era proprio lei», le disse un operaio, che parlava anche a nome dei suoi compagni. Liliana lo conosceva bene. Era quello che, all'inizio della sua prima riunione, l'aveva invitata ad andare a casa a fare la calzetta.

Le raccontò che in azienda, quando si era risaputa la notizia, gli operai avevano osservato due minuti di silenzio.

«Sembra niente, dottoressa. Ma due minuti di silenzio sono lunghi. Non si sentiva volare una mosca. Qualcuno ha pianto. Dopo non abbiamo più voluto entrare in assemblea e abbiamo rimandato il seguito della vertenza a settembre, quando ci sarà lei ad ascoltare le nostre ragioni. Perché a settembre lei tornerà, vero?»

Liliana tornò. A fine agosto era andata in ospedale per togliere l'ingessatura e l'ortopedico l'aveva sottoposta a una visita accurata. «Con la ginnastica e la fisioterapia riprenderà l'uso normale della gamba. Forse resterà una lievissima claudicazione, perché c'è una differenza di pochi millimetri con l'altra gamba. Potrebbe correggerla con un supporto all'interno della scarpa», aveva spiegato il medico. E aveva concluso: «Avrà ancora due bellissime gambe».

«Il più bel paio di gambe della Lombardia», disse una voce dal tono inconfondibile.

Liliana e il medico volsero lo sguardo alla soglia della stanza dove si profilava la figura imponente di Bruno D'Azaro.

«Vedo che ha visite, dottoressa. L'aspetto tra un mese per la visita di controllo», disse l'ortopedico, andandosene.

Il medico aveva riconosciuto il parlamentare socialista che Liliana non vedeva da anni. Bruno era molto dimagrito, lo si notava soprattutto dal colletto della camicia che gli andava largo. «Tua moglie dovrebbe rifarti il guardaroba», disse lei, dopo averlo abbracciato.

«Riprenderò i miei chili quando tutta questa buriana si spegnerà.»

«A che cosa devo l'onore di questa visita?» domandò Liliana.

«Ho saputo dai miei informatori che eri qui e ho pensato di offrirti la colazione», precisò.

Qualcuno bussò alla porta e un'infermiera spinse nella stanza un carrello apparecchiato come se fossero in un grand hotel. La colazione veniva dalla pasticceria *Taveggia* che era vicinissima al Policlinico.

«Riesci a camminare?» domandò Bruno, premuroso.

«Sì, grazie. Basta che avvicini una sedia al carrello.»

L'infermiera uscì lasciandoli soli.

«Come te la passi?» gli domandò Liliana, mentre afferrava un croissant fragrante e morbido.

Lui mostrò quattro dita di una mano e disse: «Non una, ma quattro guardie del corpo. Te lo immagini? Vivo blindato. Per quel che servono...»

«Già, se vogliono colpirti, ci riescono comunque», replicò lei.

«E quando arrestano i pochi che si fanno beccare, perché i più riparano all'estero, questi si dichiarano prigionieri politici.»

«Ci sono troppe connivenze e compiacenze, a tutti i livelli», affermò Liliana.

«È così», convenne Bruno, portandosi alle labbra la tazza del cappuccino. E proseguì: «Perché non mi parli di te?»

«Vuoi sapere se sto bene? No, sto male. Di notte ho gli incubi, basta un niente per mettermi in allarme, prendo un sacco di tranquillanti.»

«Lascia la Collenit e monta sul mio carro.»

Liliana sorrise.

«Una volta, per amore, avevo preso la tessera del tuo partito. Lo sai.»

«Ma non l'hai più rinnovata.»

«Tremavo all'idea che mio padre lo scoprisse.»

«Non è una vergogna essere socialisti.»

«È che non mi piacciono le vie di mezzo.»

«Ti faccio notare che gli italiani, sostanzialmente, sono dei moderati.»

«E anche un po' conservatori. Vedi alla voce: Democrazia cristiana.»

«Vuoi farmi la storia della nostra politica?»

«Voglio dirti che sono molto lusingata della tua proposta, ma non posso accettarla. Se volessi una tessera di partito, sceglierei quella comunista. Dopo di che, in azienda, mi farebbero le scarpe. Mi caccerebbero anche se avessi la tessera del tuo partito.»

«Ti promuoverebbero se avessi un santo patrono nella Dicì.»

«Io voglio essere promossa per la mia professionalità.»

Bruno guardò l'orologio.

«Devo andare», le disse. Aveva capito che non era il caso di insistere.

«Ti sono grata per questa visita», replicò Liliana. «E anche per la colazione. Avrei voluto che mi vedessi un po' più attraente.»

«Ma lo sei. Lo sei sempre stata, Liliana. Non ho più il tempo né la voglia di rincorrere le sottane, ma tu continui a farmi girare la testa», sussurrò. Si chinò su di lei e le sfiorò le labbra con un bacio. Liliana arrossì, come quand'era fresca di laurea e lui l'aveva baciata allo stesso modo.

Nel momento in cui stava uscendo, Liliana lo richiamò.

«Non hai più saputo niente di Danilo?»

«Ci pensi ancora?»

«Pura curiosità.»

«È rimasto una mezza tacca. Ha lasciato l'insegnamento e si è messo a fare lo psicologo. Fa i test attitudinali o qualche diavoleria del genere per alcune aziende del Varesotto.»

Liliana tornò alla Collenit dopo una settimana. Nel suo ufficio trovò una grande pianta ornamentale e un mazzo di rose bianche sulla scrivania. Erano il benvenuto della direzione e delle maestranze. Poi, da Roma, la chiamò il direttore generale.

«È in grado di muoversi, dottoressa?» le chiese.

«Non sarei qui, altrimenti», rispose lei.

«Allora prenda il primo treno per Roma. Ho una proposta da farle», la informò.

Varese

1

La direzione centrale della Collenit era in piazza Venezia. Liliana non ritornava a Roma dai tempi della fusione della Collevolta con la Zenit, con il passaggio dalla proprietà privata a quella pubblica. La nuova sede era sontuosa e l'ufficio del direttore generale sembrava il set di un film americano. C'erano tappeti, piante, fiori, quadri e mobili d'epoca. Il direttore generale era un tipo alla Laurence Olivier.

Stringendole la mano disse: «I giornali non le hanno reso giustizia. Lei è molto più bella che in fotografia».

«La ringrazio. Avrei comunque preferito non comparire in nessun modo», replicò con tono deciso, sapendo per esperienza che dietro ogni complimento si nascondeva un raggiro.

«La capisco. Siamo stati tutti molto in ansia per lei. A quanto vedo non ci sono segni di quel brutto incidente.»

«Non per contraddirla, ma i segni ci sono, eccome! L'aspetto più terribile dell'attentato è sentirsi addosso l'odio feroce di qualcuno. Ognuno di noi vorrebbe essere approvato, se non amato. L'odio ferisce più di una pallottola.»

«Certo», disse il direttore generale, invitandola a sedere.

Liliana pensò che quell'uomo così affascinante probabilmente occupava la poltrona più alta della dirigenza perché aveva un santo protettore. Si limitò a sorridere, aspettando che lui tirasse la stoccata che, infatti, arrivò.

«Dottoressa Corti, lei ha fatto un tirocinio di tutto rispetto come assistente del capo del personale. L'azienda le è molto grata per il ruolo che ha svolto ma, come lei mi insegna, la gratitudine, per essere tale, deve tradursi in qualcosa di tangibile», esordì, parlando con il linguaggio di una circolare aziendale. Liliana tacque e aspettò che proseguisse.

«Urge la nomina di un nuovo capo del personale nel distaccamento in cui lei opera attualmente, perché Massaroni se ne va», aggiunse il direttore generale.

Era sicura che se gli avesse chiesto il nome del distaccamento, lui non avrebbe saputo risponderle. Continuò ad aspettare pazientemente il seguito.

«Sono stati fatti due nomi per questo incarico, il suo e quello del dottor Maraschi. Lei ha sicuramente qualche numero in più rispetto al Maraschi, il quale, però, ha due punti di merito in più rispetto a lei. Primo, è un uomo. Le donne, lei mi insegna, sono più emotive, più facili al coinvolgimento personale. Secondo, è democristiano, come me. Mi corregga se sbaglio.»

«I direttori generali, anche quando sbagliano, non devono essere corretti», disse Liliana con voce falsamente melodiosa.

L'uomo si abbandonò a una risata.

«Noto che lei è profondamente milanese anche nel senso dell'umorismo. Se me lo consente, venderò la sua battuta.»

Liliana era dilaniata da una rabbia feroce che faticò a contenere. Avrebbe avuto alcuni argomenti da contrapporre alla vergognosa viltà dell'uomo. Preferì tacere, sapendo che una sfuriata non sarebbe servita a niente e aspettò invece di sapere in quale modo l'azienda intendesse sdebitarsi con lei. «Molto milanese e molto inglese», ripeté l'uomo in uno sfavillio di denti da cartellone pubblicitario.

«Lei è una persona affascinante, ma non ha bisogno di sentirselo dire da me. Così, sono pronta ad ascoltarla», disse.

L'uomo non sembrò accorgersi né della presa in giro, poiché si riteneva davvero irresistibile, né della sollecitazione a concludere.

«Mi sarebbe piaciuto averla qui nella casa-madre», dichiarò.

«Invece...» si spazientì Liliana.

«Invece... Ma non si può mai dire... Da cosa nasce cosa. Per ora ho il piacere di comunicarle che lei ha la nomina a capo del personale della sede di Varese. Mi dicono sia un'area molto importante, che comprende tutto il territorio a ovest della Lombardia. Lei è stata promossa, dottoressa Corti», annunciò con solennità.

Il buon senso le suggeriva di dimostrare un minimo di entusiasmo per questa promozione, anche se andare su e giù da Varese ogni giorno le avrebbe sottratto ore preziose da dedicare al marito e al suo bambino, mentre il suo collega Maraschi avrebbe avuto il posto di lavoro dietro casa. Decisamente, la grande Collenit, per la quale aveva rischiato la vita, non si stava sprecando. Lei mirava alla direzione del personale in via Paleocapa, dove sapeva che avrebbe avuto un raggio d'azione molto più vasto che le avrebbe permesso maggiori possibilità di innovazioni.

«Devo accettare?» domandò, senza scomporsi.

«E me lo chiede?»

«Glielo chiedo perché vorrei sapere in che cosa si traduce la mia promozione.»

L'uomo le regalò un altro sorriso

«Stipendio raddoppiato, un utile sui dividendi di fine anno, tutte le facilitazioni concesse ai massimi dirigenti, viaggi aerei in prima classe, e così via», elencò il direttore che a questo punto si sentiva un po' spiazzato dall'imperturbabilità di Liliana.

«Forse nelle note che le sono state fornite sul mio conto non è scritto che, grazie alle mie capacità, la Collenit ha risparmiato molti milioni. Non è scritto neppure che la produttività è aumentata perché conosco i miei uomini a uno a uno e so capirli e farmi capire. Dunque, un'offerta adeguata sarebbe esattamente il doppio di quello che mi ha proposto. Inoltre, poiché conosco il direttore di Varese e so quanto ama indire riunioni dopo l'orario d'ufficio, vorrei una macchina con autista che mi prelevi da casa e mi riaccompagni ogni giorno. Sa, io ho una famiglia che mi sta molto a cuore, mi piace stare in compagnia di mio figlio e di mio marito, dopo una giornata di lavoro», sparò con calma.

Il direttore generale chiuse le labbra sulla dentatura smagliante, chinò lo sguardo e prese a tormentare i polsini d'oro della camicia

«Lei è davvero una donna molto pratica e sa quello che vuole», disse, quasi in un sussurro.

«Voglio gestire i miei dipendenti, assumerli, trasferirli, promuoverli, rimuoverli, non secondo la tessera di partito, ma secondo giustizia.»

«Avrà quello che chiede», concluse il direttore generale.

Liliana si alzò, imitata da lui, e gli tese la mano.

«La ringrazio», disse. E soggiunse: «Ora devo andare. Il mio treno parte tra un ora e arriverò a Milano troppo tardi per dare il bacio della buonanotte al mio bambino».

Mentre l'accompagnava alla porta, l'uomo sembrò farsi piccolo piccolo. Liliana Corti lo aveva messo in soggezione.

«Mi scusi per averla trattenuta con le mie chiacchiere», disse.

«È stato un incontro molto interessante», rispose lei, sulla soglia. Poi soggiunse: «A proposito, non ho mai gravitato nell'area socialista. Io voto per i comunisti, ma ho amici ovunque, anche tra i democristiani».

L'uomo incassò il colpo e tornò a sorridere, mentre la guardava allontanarsi con la sua falcata lievemente claudicante.

Liliana acciuffò un taxi al volo per farsi riportare alla stazione e da lì, poco prima di prendere il treno, telefonò al marito.

«Arrivo a Milano a mezzanotte. Vieni a prendermi? Ho un sacco di cose da raccontarti. Dai un bacio per me al piccolo Stefano», disse tutto d'un fiato.

Sandro non replicò.

«Tesoro, mi senti?» domandò Liliana.

«Ti sento e sarò in stazione a prenderti», rispose il marito con una voce che non gli conosceva.

«Sandro, stai bene?» insistette.

«Sì, ragazzina. Stefano e io stiamo bene. Fai buon viaggio.»

Liliana riattaccò il ricevitore e si avviò lungo il marciapiede dove il suo treno stava per partire.

Quando arrivò a Milano, oltre a Sandro c'erano anche Pucci e Giuseppe ad aspettarla. Lei li guardò disorientata.

«Che cosa è successo?» domandò con un filo di voce.

«Hanno ammazzato papà», disse Giuseppe.

2

RENATO aveva smesso da tempo di credere in un mondo migliore. Le tensioni all'interno della fabbrica e nel sindacato erano andate sempre più aumentando e lui si era ritrovato sempre più solo. Erano finiti gli anni in cui i compagni lo guardavano come un esempio da seguire per il raggiungimento di una giustizia sociale.

Non aveva mai cercato di imporre le sue idee e si era scontrato più d'una volta con gli estremisti che avevano fatto la loro comparsa tra le file dei compagni sostenendo che i problemi andavano risolti con le maniere forti.

Diceva: «Il terrorismo non ha niente da spartire con il movimento operaio. A chi fomenta la politica del terrore, dobbiamo rispondere con la ragionevolezza delle nostre convinzioni».

E alla moglie, qualche volta, sussurrava: «È finita un'epoca, Ernestina mia. Ho fatto un bel viaggio, ma è arrivato il momento di scendere dal treno».

In fabbrica, nascosto dietro la macchina del caffè, un

giorno aveva trovato un volantino delle Brigate Rosse. Aveva condotto un'indagine personale e alla fine aveva scoperto l'autore. Era un compagno, un militante comunista. Renato aveva esitato a denunciarlo. Poi aveva capito che non poteva tacere. Quel giorno aveva firmato la sua condanna a morte.

Fu lasciato solo, in tribunale, ad accusare il compagno. Il brigatista venne condannato da un giudice abbastanza scettico che commentò: «Tutto sommato, è una bega tra operai». Il sindacato aveva scelto di non schierarsi. Renato temeva per la sua vita, ma aveva tenuto per sé le sue paure. Quand'era tornato in fabbrica, gli amici avevano capito che dovevano organizzarsi da soli per difenderlo. Al mattino e alla sera, quattro compagni lo scortavano da casa al lavoro e viceversa. Per il resto viveva blindato.

Ernestina non aveva ancora superato lo spavento per Liliana e adesso era terrorizzata per lui.

«Ti conosco, Renato, e so di non averti mai visto così. Tu temi il peggio», gli aveva detto.

«Smettila con le tue fissazioni», l'aveva rimbrottata. Poi aveva parlato con i compagni. «Mia moglie è spaventata. Adesso basta. Se dimostriamo d'avere paura, è come ammettere che i terroristi hanno raggiunto il loro scopo. Questa sera ritorno a casa da solo.»

Era uscito dalla fabbrica alla fine del turno, aveva attraversato il piazzale del parcheggio, si era accostato alla sua macchina e, nel momento in cui stava sedendosi al volante, era stato colpito da cinque colpi di pistola. Uno gli aveva trapassato il cuore.

Ora il suo corpo era sul tavolo dell'obitorio al Policlinico. Liliana e il resto della famiglia poterono vederlo soltanto il giorno dopo, quando fu composto in una bara.

Quella notte, la casa di Porta Romana fu invasa da tanti amici. Il telefono non smetteva di suonare, arrivarono telegrammi di condoglianze da politici di tutti gli schieramenti. I Corti erano attoniti per quello che era accaduto. Ernestina era pietrificata dal dolore. I compagni di Renato, d'accordo con i vertici dell'azienda, decisero di allestire la camera ardente nell'atrio monumentale della fabbrica in cui Renato aveva lavorato una vita intera. Le maestranze si erano organizzate per vegliare il feretro, in un silenzio agghiacciante, mentre gli operai, i dirigenti, i politici sfilarono per ore a rendere omaggio all'uomo che aveva combattuto con fede e umiltà tante battaglie. La gente si era mobilitata spontaneamente. Ogni famiglia operaia si era sentita colpita a morte. Al funerale, fatto a spese dello Stato, intervenne anche il presidente della Repubblica. In trecentomila presero parte al corteo che accompagnò Renato dalla fabbrica al cimitero. E, in fondo, lui ottenne quello che aveva sempre voluto: la fine delle lotte all'interno della fabbrica.

Passarono i giorni, le settimane, i mesi. Alla fine i Corti ritrovarono un po' di serenità. Ernestina, invece, non aveva pace. Chiusa nel suo dolore, sembrava che non avesse più interesse per la vita. Si era isolata nel grande appartamento di corso di Porta Romana dove era vissuta per tanti anni con suo marito. Si sentiva annegare nella solitudine del grande letto che da sempre aveva diviso con Renato. I figli andavano a trovarla e lei li accoglieva di malavoglia. Loro le parlavano e lei non replicava. Era come se non li vedesse né li sentisse. Ariella le affidava i suoi bambini per qualche ora e lei li accudiva senza gioia Non andava neppure al cimitero. Diceva: «Lui non è là sotto. È rimasto qui, nel mio cuore».

Giuseppe era il solo con il quale, qualche volta, riusciva a parlare.

«Che ci sto a fare al mondo?» gli domandò, un giorno.

«Tu non devi più abitare in questo appartamento. Vieni a stare da me», le propose.

«Non capisci. Non è un problema di casa. Mi manca lui, il suo sorriso. Mi mancano le liti e le riappacificazioni. Non mi parla più, non mi tocca più. Non ho più le sue cose da lavare e stirare. Mi seggo in cucina a bere il caffè e a fumare una sigaretta e lui non è lì a dirmi: 'Ernestina mia, ti voglio tanto bene'. Il mio uomo, adesso, è nel silenzio e io so che si sente solo, molto solo senza di me» sussurrò.

«Mammina, io non ho parole per consolarti, ma vorrei tanto che tu sentissi l'amore che abbiamo per te. Io rivoglio la mia mamma viva e vitale. Ora che papà non c'è più, i tuoi figli hanno bisogno di te», disse Giuseppe accalorandosi.

Ernestina accarezzò con gli occhi quel figlio così di

verso eppure così simile al suo Renato. Era diventato un sarto famoso. Il suo marchio Corti Collection mieteva successi nel mondo. La casa di via Mario Pagano adesso era la sede dell'azienda, mentre lui abitava in un attico in via Borgospesso.

Ernestina non sapeva bene se essere felice o contrariata per questo successo. Continuava ad avere la sensazione che Giuseppe stesse edificando un impero sull'effimero. Pensava: È qualcosa che non durerà, perché sotto non c'è niente. E ancora: Questa follia per i vestiti, che sta contagiando tutti, ha in sé qualcosa di inquietante. Non è con gli abiti che la gente può dare un senso alla vita.

Quel giorno gli sorrise e disse: «Come gli assomigli». Alludeva a Renato.

«Tutti noi gli assomigliamo, anche Liliana e Rosellina. E assomigliamo anche a te, mamma.»

Lei scosse il capo.

«Liliana è una nevrotica, non è mai contenta di niente.»

«Proprio come te, mamma.»

«Rosellina è una farfalla. Qualche volta si posa su un fiore, ma quasi sempre svolazza senza una meta.»

«Rosellina è un'artista.»

«Vorrei tanto che si sistemasse. Ha quasi trent'anni e sarebbe tempo che avesse un marito», sospirò.

Giuseppe, alla fine, era riuscito a stanarla dal suo silenzio, a strapparle un sorriso.

Prima di lasciarla l'abbracciò.

«Sii più serena, mamma. Arriveranno giorni miglio ri», le disse.

«Chissà...» sussurrò lei.

Vennero a salutarla Pucci con la moglie e i nipotini. Il giorno dopo dovevano partire per una breve vacanza in montagna. Lei li abbracciò.

La sera, si preparò qualcosa da mangiare e poi andò subito a letto. Si sentiva stanca, affaticata. Quando fu sul punto di addormentarsi, pensò con un sospiro: Ho tanto bisogno di starti vicino, Renato. E non si svegliò più.

3

LILIANA sedeva ai piedi del letto di Stefano, che lottava con tutte le sue forze contro il sonno perché gli piaceva ascoltare la sua mamma che modulando la voce gli leggeva *Alice nel paese delle meraviglie*.

Era trascorso quasi un anno dal giorno in cui Liliana aveva subìto l'attentato, che gli era stato taciuto, e otto mesi dalla morte del nonno. Ora, all'improvviso, Stefano le chiese: «Mamma, dimmi la verità. Le pallottole fanno male?»

«Perché mi fai questa domanda?» rispose Liliana.

«A scuola, il mio compagno Redaelli mi ha raccontato che tu zoppichi un pochino, solamente un pochino, perché ti è entrata una pallottola nella gamba. E mi ha detto anche che il nonno non è morto perché aveva il mal di cuore, ma perché gli hanno sparato. Glielo ha detto il suo papà.»

Era inutile negare. Se Stefano le poneva domande così importanti, allora era in grado di accettare la verità, ragionò Liliana.

«Il tuo compagno ha ragione. Hanno sparato a me e al nonno. Io me la sono cavata, il nonno è morto», disse.

«Le pallottole fanno male?» tornò a domandare.

«Dipende da dove ti colpiscono. Il nonno non ha sofferto, perché è stato colpito al cuore ed è morto all'istante. Io, invece, ho sentito male per un attimo, poi sono svenuta e non ho sentito più niente.»

«Perché tutti mi hanno raccontato che eri caduta dalle scale e ti eri rotta la gamba?»

«Perché ci pareva brutto raccontarti che qualcuno mi voleva così male da volermi ammazzare», spiegò.

«Sono state le Brigate Rosse, vero?»

«Vero.»

«Il nonno era comunista e anche tu lo sei, un pochino. Le Brigate Rosse sono comuniste. Perché vi odiano?»

«Perché credono che non siamo abbastanza arrabbiati contro quelli che sfruttano il lavoro altrui.»

«Come quando gli insegnanti ci danno un brutto voto perché dicono che non abbiamo fatto abbastanza bene il compito?»

«Più o meno.»

«Allora le pallottole sono come dei brutti voti.»

«I brutti voti non uccidono.»

«Però fanno male.»

«Sì, fanno male. Ma tu non hai questo problema. Sei bravissimo a scuola.»

«Però anche tu e il nonno siete stati bravissimi.»

«Forse io non lo sono stata, ma il nonno meritava dieci e lode, te lo assicuro.»

«Allora vuol dire che le Brigate Rosse non sanno quando uno fa bene e uno fa male», osservò Stefano.

«È proprio così, bambino mio. Loro non sanno, ma credono di sapere e questo è terribile. Sarebbe come se i tuoi professori ti insegnassero una cosa sbagliata e poi ti dessero un brutto voto nel momento in cui tu gli dimostrassi che hanno sbagliato.»

«Va bene», disse Stefano, affondando la testa nel cuscino.

«Che cosa va bene?» domandò Liliana.

«Ho capito. Le Brigate Rosse sono ignoranti e l'ignoranza, come dice papà, va a braccetto con la cattiveria. Quelli che hanno sparato a te e al nonno sono ignoranti e malvagi. Tant'è vero che adesso sono in prigione, così non faranno più male a nessuno», affermò, traendo un lungo sospiro. Sbadigliò, chiuse gli occhi e sussurrò: «Buonanotte, mamma».

Liliana lo baciò lievemente sulla fronte, stette lì a osservarlo, il cuore gonfio di commozione. Stefano si addormentò e lei uscì dalla camera in punta di piedi.

Sandro era in salotto, sprofondato in poltrona a guardare la televisione. La sentì arrivare e allungò un braccio per acciuffarla e farla sedere sulle sue ginocchia.

«Dorme?» domandò, alludendo al figlio.

«Come un angelo», confermò Liliana.

Il marito la abbracciò.

«È stata una buona notte più lunga del solito», disse lui, spegnendo il televisore.

«Stefano mi ha fatto delle domande.»

«Le sue esigenze sono sempre più importanti delle mie», protestò, insinuando una mano nella scollatura della camicetta della moglie.

«Sei geloso anche di nostro figlio?» domandò sorridendo.

«Non dovrei esserlo? Non ci sei mai e quando sei a casa passi più tempo con Stefano che con me.»

«Per te ho tutta la notte», civettò Liliana. Era molto stanca, ma anche suo marito aveva diritto a una razione di tenerezza.

«Allora andiamo subito a letto», decise Sandro.

«Faccio una doccia veloce», disse Liliana.

Aveva avuto una giornata difficile, perché era stata costretta a sospendere dal lavoro due operai colti sul fatto mentre rubavano materiale dal magazzino. Si era rifiutata di denunciarli e per questo aveva dovuto scontrarsi con il direttore e con il capo dell'economato. Aveva interrogato i due uomini, che avevano ammesso la loro colpa e avevano anche dichiarato che quello non era il primo furto. Liliana lo sapeva. Da tempo sparivano cavi e utensili dal magazzino.

«Perché lo fate?» gli aveva chiesto.

«Ce lo dica lei, dottoressa. Lo sa meglio di noi», rispose il più giovane dei due, e aggiunse: «È un modo per arrotondare il salario».

Non sembravano preoccupati per essere stati sorpresi con le mani nel sacco. Questo atteggiamento l'aveva spiazzata.

«Se tutti facessero come voi, il magazzino si svuoterebbe nel giro di un'ora», sussurrò. «Credo che ognuno di noi debba essere un buon esempio per chi gli sta vicino. Voi non avete dato un buon esempio ai vostri compagni.»

«Il buon esempio, dottoressa, viene dall'alto. In questa azienda, se guardiamo in alto, cosa pensa che vediamo?» le aveva domandato l'uomo.

«Me lo dica lei.»

«Qui è tutto un arraffa arraffa, dottoressa. I capi intascano le buste, la manovalanza si accontenta delle briciole.»

Le era sembrato che qualcuno l'avesse colpita allo stomaco con un pugno.

«Se sapete qualcosa, questo è il momento di dirlo», aveva ordinato.

«Guardi che non siamo mica nati ieri. Chi parla è fottuto per sempre.»

«Questo è un ragionamento mafioso e non mi piace.»

«Lei è la figlia di Renato Corti e noi le portiamo rispetto, ma altri sono figli di una buona madre. Faccia le sue indagini e ne scoprirà delle belle.»

Liliana gli aveva creduto. Li aveva sospesi per tre giorni, ma si era rifiutata di denunciarli. Quei due le avevano servito un piatto avvelenato e lei avrebbe dovuto scoprire chi aveva messo il veleno. La prima pista da percorrere era proprio quella del capo dell'economato e poi avrebbe dovuto spulciare tra le pratiche dell'ufficio acquisti. Non le piaceva fare il poliziotto e non era nemmeno compito suo indagare sui colleghi. Ma, a questo punto, aveva un dovere nei confronti del personale. Era fermamente convinta che i dirigenti dovessero dare il buon esempio. Avrebbe potuto scaricare la patata bollente sul direttore, ma, chissà come, l'istinto le diceva che se lo sarebbe inimicato. Da quando era arrivata a Varese, non aveva avuto la vita facile. Era l'unica donna dirigente ed era guardata con sospetto perfino dalle segretarie che erano disposte a servire un uomo, ma non una donna. Doveva appurare la verità con molta discrezione e lo avrebbe fatto la sera, quando gli uffici si svuotavano.

«Ma non questa sera», aveva sussurrato a se stessa. Aveva voglia di rivedere il suo bambino e suo marito. Era uscita dalla stanza e, lungo il corridoio, si era imbattuta in un uomo alto, magro, il viso scavato, i capelli ricci e neri che gli scendevano sulle orecchie. In una mano reggeva una cartella di pelle, nell'altra aveva infilato una sigaretta tra l'indice e il medio. Aveva qualcosa di familiare. Lui le aveva sorriso.

«Ciao, Liliana», aveva esordito, fermandosi davanti a lei. Era stato un secondo pugno nello stomaco.

«Danilo!» aveva esclamato in un sussurro.

«Hai fatto carriera», aveva detto lui.

«La solita sigaretta per tenere occupate le mani?» aveva replicato, mentre scrutava le rughe che gli segnavano le guance. Si era ricordata di quello che le aveva raccontato Bruno D'Azaro: Danilo aveva smesso di insegnare ed elaborava test attitudinali.

«Già, tanto per tenere le mani occupate», aveva ribadito.

«Che cosa fai qui?» gli aveva domandato.

«Non lo sai? Sottopongo ai test il personale che poi tu assumi. Non hai mai letto le mie schede?» aveva ribattuto con un'ombra di arroganza che lei conosceva bene.

«Non sapevo che quelle note fossero tue», aveva detto, quasi scusandosi. E aveva proseguito: «Sai, non ho mai dato molta importanza a queste diavolerie americane. Assumo la gente a spanne, guardandola in faccia». Le belle labbra di Danilo avevano disegnato un sorriso lievemente sprezzante. Non era cambiato. Stava per dirle qualcosa, ma lei lo aveva preceduto: «È un metodo empirico, lo so, ma infallibile. Guardo negli occhi il mio interlocutore e capisco subito con chi ho a che fare. Mi sono sbagliata una sola volta, quando ho incontrato te, ma ero molto giovane e ingenua».

Lo aveva lasciato senza neppure tendergli la mano. Quando l'autista aveva spalancato la portiera dell'auto che l'avrebbe riportata a Milano, Liliana aveva già dimenticato quell'incontro.

Ora, mentre era sotto la doccia, le parve di sentire lo squillo del telefono. Chi poteva chiamare a quell'ora? Comunque c'era Sandro a rispondere. Uscì dalla doccia e suo marito schiuse la porta del bagno. Le tese l'accappatoio, mentre la guardava con un'espressione dolorosa.

«Che cosa c'è?» domandò Liliana, improvvisamente allarmata.

«Asciugati e vieni in cucina. Ho messo sul fuoco la caffettiera», disse, senza ascoltare la sua replica.

Liliana si era infilata velocemente una vestaglia e aveva tallonato il marito in cucina.

«Sandro, che cosa c'è?» ripeté, preoccupata. Lui l'abbracciò e sussurrò: «Devi essere forte, ragazzina, perché la tua mamma non c'è più. Se n'è andata nel sonno, senza accorgersene».

4

La grande villa Liberty di via Mario Pagano ospitava la direzione e gli uffici della Corti Collection.

Liliana suonò al cancello che si schiuse con uno scatto metallico. Percorse il breve viale di porfido, entrò nell'atrio rischiarato dalle grandi vetrate multicolori che, filtrando il sole, creavano giochi di luci sulle pareti affrescate e sul legno chiaro del pavimento. Era un tardo mattino di sabato, la villa era immersa nel silenzio. Giuseppe si affacciò dalla balaustra del primo piano e guardò giù.

«Non ci posso credere!» esclamò. «Sei proprio tu», soggiunse, mentre scendeva rapidamente le scale.

Liliana stava quasi sull'attenti al centro dell'atrio e scrutava il fratello con aria interrogativa. Indossava un tailleur grigio-perla. Dalla giacca spuntava una camicetta di seta azzurro pallido.

Giuseppe si era fermato sull'ultimo gradino e la osservava con occhio professionale.

«Allora?» lo sollecitò lei.

«Sei un'altra Liliana», concluse lui.

«Un'altra in meglio o in peggio?» insistette.

«Dammi il tempo di abituarmi al tuo nuovo aspetto», disse Giuseppe. Le andò incontro, la prese sottobraccio e uscirono nel giardino, dove fiorivano le rose, gli iris, i mughetti.

«Allora?» ripeté lei.

«Il biondo ti dona», rilevò lui, con un sorriso di approvazione.

Liliana era appena uscita dal parrucchiere, dove aveva deciso un taglio drastico e un cambio radicale del suo aspetto.

«Ma non ne sei convinto. Il tuo giudizio è importante e se questa Liliana platinata non ti convince, posso ritornare dal parrucchiere, prima di presentarmi a mio marito. Sii spietato, ti prego», gli disse.

«Alla mamma saresti piaciuta», affermò Giuseppe. E soggiunse: «Perché questo cambiamento?»

Sedettero su un divanetto in vimini, affondando nei cuscini ricoperti di tela a fiori.

«Ho sentito il bisogno di lasciarmi alle spalle un passato troppo pesante e ho pensato che, cambiando l'aspetto, forse posso anche cambiare qualcosa dentro di me.»

«Perché?»

«Quand'ero bambina sentivo un sassolino fastidioso sullo stomaco. Crescendo, il sassolino è diventato un masso. Vorrei sollevarlo e lanciarlo lontano. Ho bisogno di leggerezza, Giuseppe. Il biondo è un colore più lieve del castano», spiegò.

«Non sei la sola ad avere un masso sullo stomaco. La sorte non ci ha regalato confetti in questi ultimi anni, ma la vita ci ha premiato per tanti dispiaceri.»

«Non c'è giorno in cui non pensi alla mamma e al papà. Farei qualunque cosa per riaverli qui, vicini a noi», sussurrò Liliana.

«Loro non sono andati via. Io li porto dentro di me e parlo con loro perché sento che mi ascoltano», disse Giuseppe. Gli occhi si inumidirono, abbracciò la sorella e disse: «Te li ricordi gli schiaffoni di mamma? E le risate del papà? E le canzoni degli anarchici e le zuppiere di pastasciutta e i sospiri che venivano dalla loro camera da letto? Quanto si sono amati quei due e quanto hanno lavorato per offrirci il meglio! Sono stati magnifici. E Rosellina è diventata la vestale dei loro ricordi. Ieri sera sono andato a cena da lei. Ha conservato la casa di Porta Romana così come l'aveva lasciata la mamma. Nell'armadio ci sono ancora tutti i suoi vestiti. Sul comodino del papà c'è l'ultima copia de *l'Unità* con alcune frasi di un discorso di Berlinguer che lui aveva sottolineato e l'ultimo volume della *Storia del Partito comunista italiano* di Paolo Spriano. Su quello della mamma sono rimaste le sigarette, il Ronson d'argento che papà le aveva regalato e il romanzo di Gavino Ledda, *Padre padrone*. Rosellina mi ha detto che mamma e papà sarebbero contenti se riprendessimo il rito del pranzo domenicale in Porta Romana».

«Dici che dovremmo farlo?» domandò Liliana.

«Dico che è tempo di rispolverare le buone vecchie abitudini.»

«Allora, domani andiamo da Rosellina?» propose la sorella.

«Così tutti ammireranno la tua trasformazione radicale. Stai bene davvero. Sembri una ragazzina.»

Trascorsero una bella domenica. Ariella aveva cucinato il pranzo per tutti. Liliana aveva apparecchiato la tavola con la tovaglia in tela di Fiandra che era stata l'orgoglio di Ernestina. Rosellina l'aveva addobbata con ghirlande di fiori bianchi. Giuseppe aveva provveduto al vino e al dessert, Pucci aveva selezionato la musica di sottofondo, scegliendo il genere che piaceva ai suoi genitori: i valzer di Strauss e i tanghi di Gardel e Piazzolla. I bambini, ammassati in fondo alla tavola, mangiavano, ridevano, giocavano. Ariella, di tanto in tanto, quando il chiasso superava i limiti della tolleranza, si alzava e distribuiva scappellotti, come faceva Ernestina. Fratelli e cognati chiacchieravano senza sosta. Rosellina raccontava la prossima tappa del suo lavoro. Avrebbe fatto cinema, in America. Un produttore di Los Angeles l'aveva scritturata per il ruolo di protagonista in un film brillante tratto da una commedia dell'italo-americano Mike Brenner, al secolo Michele Brentano.

«Sarò la donna di un gangster nel periodo del proibizionismo e morirò facendo da scudo, con il mio corpo, a un bambino orfano che si ritrova per caso in mezzo a una sparatoria tra bande rivali. Naturalmente, con questo finale, riscatterò la mia vita dissoluta e quella di Frank, il mio uomo, che costruirà un orfanotrofio per i bambini abbandonati. Ma, prima di morire, sarò stata una ragazza spumeggiante, ballerò e canterò vestita di lustrini, dirò un sacco di battute esilaranti e, con la mia fine, spezzerò il cuore di tutto il pubblico. Non vi sembra un'avventura fantastica?»

«Il film o il tuo viaggio in America?» domandò Sandro, che in tanti anni non era ancora riuscito a mettersi in sintonia con la giovane cognata.

«Ma sei proprio un commercialista!» sbottò Rosellina.

«Effettivamente», sussurrò Pucci. E soggiunse: «Caro Sandro, tu non hai ancora capito che ogni istante della vita di Rosellina è un'avventura fantastica. Lei riesce a cospargere di petali di fiori anche la strada da qui all'edicola dove va a comprare il giornale».

«E sono la zia prediletta dei miei nipoti», affermò lei, rincarando la dose.

«Per forza. Gliele dai tutte vinte», intervenne Liliana.

«Senti chi parla! Esserti fatta i capelli biondo platino non ha addolcito il tuo carattere», la aggredì sua sorella.

«Io ho la testa sulle spalle. La tua, invece, è sempre tra le nuvole», replicò Liliana.

«Sei invidiosa dei miei successi artistici?» insinuò Rosellina.

«Nutro solo la speranza che tu riesca a diventare una persona adulta.»

«Questo non accadrà mai. Io non voglio diventare come te. Casa, lavoro, lavoro e casa. Noi Corti siamo dei creativi e tu sei una pedantissima manager. Non basta schiarirsi i capelli per affrontare la vita con un briciolo di leggerezza. Il guaio è che tu hai preso tutto dalla mamma, che non rideva nemmeno se le raccontavi una barzelletta.»

«Non toccare la mamma! Tu sei stata sempre la sua croce.»

«Se è per questo, ha avuto altre croci. O no?» disse Rosellina, passando in rassegna i componenti della famiglia.

I bambini si erano zittiti e ascoltavano il battibecco delle due sorelle con profondo interesse.

«Bambini, andate di là a giocare», ordinò Pucci, ma nessuno gli obbedì.

«Così che le due scriteriate possano azzannarsi meglio», precisò Giuseppe, accompagnando il suo commento con una risata.

Ariella alzò il volume dello stereo. Le note di un tango argentino fluttuarono nella luce chiara della sala da pranzo.

«Si balla!» esclamò Pucci, afferrando Rosellina per la vita.

Cristiano Montenero agguantò Ariella e le fece fare una piroetta prima di guidarla in un tango appassionato.

Sandro guardò sua moglie.

«Balliamo?» le propose.

Spostarono il tavolo contro una parete per avere più spazio.

«E noi?» domandò Giuseppe guardando il suo compagno.

«Arrangiati», disse lui e afferrò la piccola Tina, che non chiedeva di meglio che poter ballare con lo zio Rizio.

Alla fine, tra spintoni e risate ballarono tutti, grandi e bambini. Quella fu la prima domenica spensierata dopo tanto dolore e fu il modo migliore per ricordare Ernestina e Renato.

5

Liliana riprese le fila della sua indagine all'interno della Collenit per controllare l'accusa dei due operai sorpresi a rubare: «Qui è tutto un arraffa arraffa. I capi intascano le buste, la manovalanza si accontenta delle briciole».

Aveva spulciato tra gli archivi dell'economato e quelli dell'ufficio acquisti e aveva fotocopiato molte pratiche per poterle studiare a casa, con tranquillità.

«È mai possibile che tu debba lavorare anche di sera?» aveva protestato Sandro.

Finì per raccontargli tutto.

«Ma perché non ti fai i cavolacci tuoi?» sbottò il marito. «Gli anni passano e tu rimani la ragazzina che vuole cambiare le regole del mondo. Rischi di metterti in un mare di guai. E poi, chi ti dice che quei due non abbiano mentito?»

«Erano sinceri. Ne sono sicura. Io ho il dovere di scoprire la verità», disse.

«E dopo? Voglio dire, se scopri che i capi intascano bustarelle, che cosa farai? Andrai da loro a dirgli che sono brutti e cattivi? Li denuncerai?»

«Non lo so», rispose con aria pensosa.

«Guarda che rischi di sollevare il coperchio su una pentola piena di spazzatura. Dopo di che, te lo ripeto, che cosa farai?»

«Non sono nata ieri e so bene che le buste fanno parte del nostro sistema. Ma di fronte a un'accusa, io ho il dovere di indagare.»

«Non sei un giudice e neppure un poliziotto. E poi, hai trovato davvero qualcosa che non va tra queste cartacce che ti porti a casa, sottraendo tempo e attenzione alla tua famiglia?»

«Non ho trovato niente, per ora. Mio Dio, hai ragione, Sandro. Non sarò io a cambiare certi giochi sporchi che fanno parte, da sempre, di un sistema», sussurrò e pensò che se suo padre fosse stato ancora vivo, gli avrebbe raccontato ogni cosa e lui le avrebbe indicato la strada da percorrere. «E non dirmi più che trascuro la mia famiglia, perché questo è un rimprovero che mi offende», sbottò.

Il marito le accarezzò i capelli e le sorrise.

«Non te lo dirò più, anche perché so che fai miracoli per occuparti di me e di Stefano.»

Liliana aspettò che il marito andasse a dormire e poi telefonò a Roma, al direttore della Collenit. Erano le dieci di sera e lo trovò a casa. Il solo modo per passare una notte tranquilla era quello di scaricare sul grande capo i suoi sospetti.

L'uomo la ascoltò, poi disse: «Si tranquillizzi, avvocatessa. Mi occuperò personalmente di questa storia e, se qualcuno ha sbagliato, pagherà».

I dirigenti di Varese non erano mai stati calorosi con lei. Non si rassegnavano all'idea di dover trattare da pari a pari con una donna. Ma ora la mancanza di calore divenne ostilità. Non le parlarono più, la salutavano a stento e, potendo, evitavano di incontrarla. Pochi giorni dopo, era appena entrata in ufficio quando squillò il suo telefono diretto.

«Complimenti!» disse una voce che riconobbe immediatamente. Era quella di Bruno D'Azaro.

«Per che cosa?» domandò, mettendosi sulla difensiva.

«Non te lo hanno ancora comunicato?» domandò l'amico.

«Non farmi stare sulle spine e, soprattutto, non fare il furbo.»

«Devi aver fatto qualcosa di molto speciale, perché sei la prima donna che avrà la direzione del personale in via Paleocapa. Un bel successo!»

Liliana era senza fiato e impiegò alcuni secondi per assimilare la notizia.

«Sei sicuro?» domandò.

«L'informazione è arrivata dieci minuti fa alla mia segreteria. Possibile che tu non ne abbia avuto sentore?» si stupì il politico.

«*Promoveatur ut amoveatur*», sussurrò lei.

«Come dici?»

«Dico che qui non mi volevano più. Sono diventata

scomoda», disse. Era evidente che la direzione centrale aveva deciso di allontanarla da Varese e, per evitare che creasse problemi, l'aveva promossa, consegnandole su un vassoio d'argento un incarico di grande prestigio. Invece di essere felice, le sembrò di avere un'arma puntata contro.

Dopo aver parlato con Bruno, suonò di nuovo il telefono. Il direttore generale la chiamava da Roma per comunicarle la promozione.

«Assolutamente meritata, avvocatessa», sottolineò. «Ha fatto la sua gavetta a Varese e ora è pronta per il grande salto.»

Il telefono continuò a squillare per tutta la mattinata. La chiamavano tutti, compresi i consiglieri comunali, gli assessori, gli uomini politici delle varie correnti. La notizia del suo nuovo incarico era dilagata a macchia d'olio e tutti cercavano di ingraziarsi la donna a cui era stato assegnato un ruolo aziendale e politico. Liliana sapeva che la Collenit le aveva mandato un messaggio preciso: «Ti abbiamo promossa. Adesso stai buona e goditi l'alto onore. Al resto pensiamo noi».

Rincasò presto e trovò il figlio alle prese con un problema di matematica che non riusciva a risolvere.

Maddalena, che continuava ad accudire Stefano come se fosse una nonna, le disse: «Visto che sei qui, io me ne torno a casa. Tuo marito ha chiamato per dire che questa sera farà tardi. Il problema di tuo figlio è superiore alle mie capacità. Perdona la mia ignoranza. Ci vediamo domani». Sul punto di andarsene, osservò: «Non ti vedo bene. Che cos'hai?»

«Niente di particolare», rispose, tentando di sorridere.

«Tale e quale a tua madre: mai contenta», brontolò e andò via.

Liliana aiutò il figlio a finire i compiti, cenarono insieme e lei lo interrogò sulla sua giornata.

«Sei sempre tu a fare le domande. Perché non posso interrogarti anch'io?»

«Accomodati. Che cosa vuoi sapere?»

«Perché sei così nervosa?»

«Si vede?»

«Hai sbriciolato sulla tovaglia tutti i grissini e non ne hai mangiato nemmeno un pezzettino», osservò Stefano.

«Va bene, sono nervosa. Vuoi sapere perché? Perché mi hanno promossa e tornerò a lavorare a Milano», spiegò accendendo una sigaretta.

«Mi sembra fantastico, mammina. Così, d'ora in poi, verrai tu a parlare con gli insegnanti, invece di Maddalena. Alcuni di loro credono che tu sia un fantasma», rivelò il ragazzo.

Stefano non perdeva occasione per farla sentire in colpa. Lei decise di non raccogliere la provocazione.

«Ora mi conosceranno. Adesso guardiamo il telegiornale e dopo si va a letto di corsa», disse.

Davanti al televisore, Stefano si appiccicò a lei che assaporò il piacere di tenerselo vicino.

Sandro rincasò e li trovò abbracciati. Sorrise.

«La mamma è stata promossa e torna a Milano. Però è nervosa, la conosci», spifferò Stefano.

«La conosco e vorrei saperne di più», commentò l'uomo, scrutando l'espressione tesa della moglie.

«Poi ti racconto», disse lei, mentre accompagnava il figlio nella sua stanza. «Intanto mangia. La cena è in tavola.»

Dopo aver messo a letto Stefano, Liliana trovò il marito in soggiorno. Sorseggiava il suo whisky e guardava la televisione.

«Pensavo a quando ti ho conosciuta. Eri a caccia di un lavoro dignitoso. E io volevo aiutarti. Hai fatto tutto da sola e sei arrivata in cima alla classifica, sostenuta soltanto dalla tua intelligenza. Hai fatto molta strada, ragazzina», le disse.

«Però non sono contenta», replicò Liliana.

«Questo fa parte del copione.»

«Non mi avrebbero offerto la direzione del personale in via Paleocapa se non mi temessero. Ma io preferirei essere amata», spiegò.

«Puoi sempre rifiutare la promozione.»

«Fossi matta! È quello che ho sempre voluto. Ma non mi basta.»

Sandro spense il televisore, si alzò dalla poltrona e la fronteggiò: «Aveva ragione tuo padre. Sei insopportabile. Che altro vorresti?»

Liliana fece una smorfia buffa, che voleva esprimere un atto di contrizione.

«Non arrabbiarti, Sandro. Lo sai che a te dico tutto.

Voglio realizzare un progetto che sto elaborando da mesi e che mi sta molto a cuore. Voglio svecchiare la Collenit e alleggerire la sua immagine troppo ingessata. Voglio occuparmi delle donne, dei loro diritti troppo spesso negati. Hanno scelto una donna per un posto importante, io svelerò alle donne le loro grandi potenzialità, perché credano di più in loro stesse. Passano la vita dietro le quinte, mentre possono diventare formidabili protagoniste.»

Sandro prese tra le sue mani quelle di lei e, guardandola con tenerezza, le domandò: «Che cosa c'è che ti rode, ragazzina?»

Liliana ritrasse le mani e le nascose dietro la schiena.

«Perché mi fai questa domanda?» chiese esitante.

«Se non avessi qualcosa che ti rode, saresti più serena. Sei appena stata promossa e già hai in mente un nuovo progetto. Quello che hai non ti basta. Così ti domando che altro vuoi, perché è evidente che ti manca qualcosa», disse lui, parlandole con dolcezza.

Liliana sedette sul divano e alzò sul marito uno sguardo preoccupato.

«Lo pensi davvero?» chiese.

«Per molto tempo ho creduto che volessi un secondo figlio, che non è venuto. In seguito mi sono persuaso che ti manca qualcosa di diverso, qualcosa che non troverai mai fuori di te. Hai costruito la tua vita come un bel mosaico: famiglia, lavoro, affetti, successo. Ma sono rimasti dei vuoti tra cuore e mente. Mancano dei tasselli per fare di te una donna completa. Trovali, Liliana.»

«Io non ti capisco», sussurrò.

«Non importa. Capirai.»

«Io ho tutto quello che una donna può desiderare. Se elaboro progetti è perché ho imparato che non bisogna mai considerarsi arrivati nella vita.»

«E allora vivi, Liliana, e completa il tuo mosaico. Adesso sono stanco e vado a dormire.»

Roma

1

Liliana salì all'ultimo piano di un opulento palazzo rinascimentale romano che si affacciava su piazza di Spagna. Attraversò il vasto pianerottolo delimitato da una balaustra in marmo e si fermò sulla soglia dell'appartamento. La porta a due battenti era spalancata e lei osservò la fuga dei salotti da cui proveniva un brusio di voci, tra il tintinnio dei bicchieri. Era molto tesa, perché i ricevimenti mondani la mettevano a disagio.

Il direttore generale della Collenit e sua moglie, la contessa Doralice Marescotti, l'avevano invitata al loro party per presentarla a esponenti della finanza, dell'imprenditoria, della politica. Per l'occasione, Giuseppe le aveva regalato un abito in georgette di seta rosso corallo. Le aveva detto: «Hai i capelli di platino e una pelle d'alabastro. Questo colore esalterà la tua bellezza». Lei non si considerava bella e ora era terrorizzata, perché sapeva che sarebbe stata al centro dell'attenzione di tanti personaggi che la adulavano palesemente, ma in realtà la consideravano soltanto una provinciale di estrazione proletaria. Quando lavorava, era molto sicura di sé, così si fece coraggio pensando che, in fondo, si trattava soltanto di un appuntamento d'affari. Ed entrò.

Fu subito notata da un gruppetto di signore ingioiellate che emanavano effluvi di profumi costosi. Qualcuno sussurrò: «È arrivata la rossa», alludendo alle sue simpatie politiche.

I padroni di casa si precipitarono ad accoglierla.

«Avvocatessa, la stavamo aspettando», recitarono in coro il direttore generale e la sua nobile consorte.

Due camerieri, con divise da generali della marina, le offrirono champagne e tartine colorate mentre la contessa, che insisteva per essere chiamata semplicemente Doralice, le presentava gli ospiti che le stringevano la mano, subissandola di complimenti.

Doralice ripeteva a ognuno di loro: «L'avvocatessa Liliana Corti, presidente della Commissione femminile della Collenit». Liliana, infatti, era riuscita a ottenere fondi e consensi per realizzare il suo progetto sotto l'egida della sua azienda. Aveva rilasciato interviste ai giornali e alla televisione ed era diventata un personaggio di riferimento per le donne. I vertici della Collenit avevano capito l'importanza della sua iniziativa e l'avevano sostenuta.

Così, ora, gli invitati erano intorno a lei, pronti a offrire e chiedere favori, dietro il florilegio di tante banali parole.

«L'avvocatessa lo nega, ma noi tutti sappiamo che

gode della considerazione di D'Azaro», cinguettò Doralice, a beneficio degli ospiti. D'Azaro stava andando di moda non soltanto in parlamento, ma anche nei salotti milanesi e romani, e associarla al brillante politico era una credenziale. «Inoltre è la sorella di Giuseppe Corti, il creatore della Corti Collection, e di Rosellina Corti, l'attrice.»

La contessa rincarava la dose nelle presentazioni e Liliana si guardava intorno per cercare una via di fuga.

«L'abbiamo vista in tivù. Complimenti, avvocatessa», cinguettavano le signore stracariche di orpelli, come se apparire in televisione fosse un punto di merito.

«Giovane, determinata, bellissima. Lei rappresenta il sogno di ogni donna», la lusingò una signora che si ostinava da secoli ad apparire giovane. Via via che si inoltrava nell'immenso appartamento, Liliana coglieva brani reali e inventati della sua biografia.

Le sembrava d'essere al centro di un incubo. Sorrideva, ringraziava, ritornava a sorridere, domandandosi quando sarebbe finita quella specie di esame che la faceva sentire un animale da esposizione.

Il direttore generale la tallonava raccontandole la storia del palazzo, elencando i prelati che lo avevano abitato e gli artisti che lo avevano affrescato. Lei ascoltava, annuiva e si annoiava. Infine la condusse su un grande terrazzo da cui si vedeva tutta Roma. Soffiava una brezza lieve e Liliana approfittò di un attimo in cui rimase sola per sedersi su una seggiola imbottita, tra due rigogliosi oleandri fioriti. Chinò lo sguardo sulle gambe inguainate nelle calze di velo sottile. La sua ferita era una riga pallida che si notava appena.

«Posso offrirle dello champagne? È il solo vino che non fa ingrassare», disse una voce maschile dall'accento tipicamente lombardo. Lei alzò lentamente gli occhi e vide prima le scarpe di fattura inglese e i pantaloni scuri senza risvolto, poi la giacca che sembrava pennellata su un torace ampio e forte e, infine, il viso giovane e schietto di Sergio Branduani, il ministro del Lavoro.

«Grazie», rispose Liliana.

Si alzò e prese il bicchiere che lui le porgeva.

«La osservo da un po'. Conosco la sua storia e mi fa piacere che sia qui», disse lui.

«Grazie», ripeté Liliana, guardandolo dritto negli occhi scuri e profondi. Poi si appoggiò al parapetto della terrazza e osservò la distesa rosseggiante dei tetti, mentre si sforzava di controllare il battito affrettato del cuore. Che cosa le stava succedendo? Cercò una spiegazione al suo turbamento nella stanchezza e nella tensione che aveva accumulato nella serata.

Anche lui aveva posato le braccia sul parapetto, accanto a lei. Per un brevissimo istante, scomparvero i tetti, la terrazza, il chiacchiericcio degli ospiti e Liliana si sentì sola con lui, isolata dal resto del mondo, sospesa tra cielo e terra.

«Lei non sembra a suo agio in questa casa», disse Sergio Branduani. «Venga con me, la porto via», soggiunse.

2

Liliana sentì sul suo braccio il tepore della mano di Sergio che la guidava per una scala di pietra che dal terrazzo scendeva verso un terrazzino sottostante.

Evidentemente l'uomo conosceva bene il percorso.

«Questo è l'appartamento privato dei padroni di casa», spiegò, mentre attraversavano velocemente una serie di stanze dove alcuni domestici preparavano vassoi di tartine e bevande.

Uno di loro li scortò all'ascensore. Scesero nell'androne al pianterreno e uscirono sulla piazza.

«Liberi!» esclamò lui.

Liliana, che fino a quel momento non aveva osato parlare, gli disse: «Mi aiuti a capire. Io sono un po' frastornata».

«Che cosa vuole capire?»

«Non so perché mi ha sottratto a quella specie di festa. Che cosa penseranno della nostra fuga?»

«Non si preoccupi, Liliana. Lei è così di moda in questo momento, che interpreteranno la sua scomparsa come una strategia per farsi notare», garantì lui.

Si avviarono lungo via Condotti.

«Non mi ha risposto», sottolineò Liliana, che aveva ripreso la padronanza di sé.

«L'ho portata via perché lei non era a suo agio tra quella gente. Inoltre, vorrei invitarla a cena, noi due, soli, lontani dalla confusione», confessò candidamente.

Erano le parole che desiderava sentire. Tuttavia domandò: «Perché?»

«Vuole una risposta di circostanza o devo essere sincero?»

«Tutte e due», rispose lei, sorridendogli.

I negozi stavano chiudendo e la strada era un fiume di macchine e motorini. Aveva dimenticato il soprabito in casa del direttore, e ora aveva freddo. Sergio se ne accorse. Si tolse la giacca e la posò sulle sue spalle.

«La risposta di circostanza è che ho letto il programma della sua Commissione e sono rimasto sconcertato dall'idea di attribuire uno stipendio alle casalinghe. Quella vera è che dopo averla ascoltata in televisione e aver letto alcune sue dichiarazioni sui giornali, avevo deciso di conoscerla.»

Entrarono in un ristorante. Sergio disse qualcosa al cameriere che li guidò in una saletta appartata con un solo tavolo. Liliana gli restituì la giacca, sedette di fronte a lui e lo guardò pensosa. Da quando se lo era ritrovato davanti, le sembrava di stare su una nuvola, ed era una sensazione che non aveva mai provato.

«Mio Dio, come sei giovane», sussurrò Liliana, dandogli del tu, mentre osservava il viso dell'uomo senza una ruga. Era abituata ai solchi che segnavano la faccia di suo marito.

«Mica tanto. Ho solo due anni meno di te», disse lui.

Il cameriere servì piccoli antipasti che assaggiarono appena, sorseggiando un vino bianco, fresco.

«Dove alloggi?» le domandò.

«All'*Hotel d'Inghilterra*. È un albergo confortevole e tranquillo. Ma dovrò trovare una soluzione più economica per l'azienda, dal momento che, per la Commissione, starò a Roma tre giorni la settimana», spiegò.

Sergio le raccontò che abitava in un palazzo di proprietà della sua famiglia, in via Frattina. Anche lui si divideva tra Roma e Milano, dove insegnava diritto del lavoro all'università.

«Che cosa fai, la sera?» gli chiese Liliana.

«Lavoro. È la sola cosa che so fare. Qualche volta vado dal tuo direttore generale per una partita a bridge. Qualche volta vado a teatro. A proposito, ho visto tua sorella recitare al *Sistina*. È molto brava. Ho letto da qualche parte che hai una grande e bella famiglia», disse.

«Ho letto da qualche parte che sei separato da tua moglie», ribatté lei.

Finirono di cenare e, quando uscirono dal ristorante, si incamminarono lentamente lungo le strade strette del centro. Fecero una lunga passeggiata parlando di tutto, come se si conoscessero da sempre.

Quando arrivarono davanti all'ingresso dell'*Hotel d'Inghilterra*, Liliana disse: «Dobbiamo salutarci».

«Mi dispiace lasciarti», sussurrò lui.

Erano l'uno di fronte all'altra. Così vicini da sentire il loro respiro.

Se in quel momento Sergio l'avesse baciata, Liliana lo avrebbe ricambiato. Invece, lui disse soltanto: «Buona notte», e si allontanò.

Lei entrò nell'albergo, il portiere le consegnò le chiavi della stanza e una serie di messaggi. Salì al primo piano, entrò in camera, si tolse le scarpe e sedette sul bordo del letto. Era in preda di un'emozione da adolescente che non riusciva a controllare. Dov'era finita la donna tutta d'un pezzo con la quale aveva sempre convissuto? Si sentì fragile, indifesa e, fatto ancora più stupefacente, non voleva reagire. Piuttosto, desiderava abbandonarsi totalmente alle sue emozioni. Si distese sul letto, spense la luce, chiuse gli occhi e si cullò dolcemente nel ricordo di Sergio. Poi si addormentò. Sognò che facevano l'amore e il loro rapporto era perfetto.

La svegliò bruscamente il suono del telefono.

Alzò il ricevitore e sentì la voce di suo marito.

«Questa sera non mi hai telefonato. Come stai?» le chiese.

«Bene, che ore sono?»

«È mezzanotte. Hai la voce impastata di sonno.»

«Dormivo», sussurrò. E il pensiero corse a Stefano: «Come sta mio figlio?»

«Ha voluto fermarsi a casa di Pucci, con i suoi cugini.

Io ho cenato fuori, con un paio di amici, ma sono rincasato presto. Com'è andato il party?»

«Bene, credo», rispose Liliana.

«Non ne sei sicura?»

«Sono scappata via, dopo un po'.»

Tacquero entrambi, per qualche istante. Poi Liliana proseguì: «Non è il nostro mondo. Non so se farò bene a passare tanto tempo a Roma». Sperò che Sandro le dicesse di ritornare a Milano, e non avrebbe esitato a ripartire.

Invece Sandro replicò: «Non devi chiederlo a me».

Ci fu un altro silenzio. Poi lei sussurrò: «Buona notte». E chiuse la comunicazione.

Si alzò dal letto, si svestì ed entrò nella stanza da bagno. Fece una doccia, indossò la camicia da notte e ritornò in camera. Non aveva più sonno e sfogliò i messaggi che il portiere le aveva consegnato. Erano telefonate di lavoro. Ci avrebbe pensato il giorno dopo. Aprì la finestra e stette lì a guardare il cielo, fumando una sigaretta. Poi tornò a letto. Chiamò il centralino, chiese la sveglia per le sette e finalmente si addormentò.

Il mattino dopo, alle otto, mentre stava uscendo dalla sua stanza, suonò il telefono.

«Corti», rispose.

«Branduani», annunciò una voce con tono scherzoso. «Ho cercato più di un pretesto per chiamarti a quest'ora, ma non ne ho trovano nemmeno uno. Il portiere mi ha detto che hai chiesto la sveglia alle sette. Stai per andare a lavorare?»

«Tra mezz'ora devo essere in ufficio», rispose Liliana.

«Tra un'ora sarò al ministero», disse lui, e aggiunse: «Ci vediamo questa sera?»

«Prendo il volo delle sette per Milano.»

Si salutarono, promettendosi di sentirsi la settimana successiva.

Liliana arrivò all'aeroporto all'ultimo momento, di corsa, come sempre. Le avevano assegnato il solito posto vicino al finestrino, in prima fila.

Il sedile accanto al suo era già occupato.

«Mi scusi», disse all'uomo che leggeva un quotidiano.

«Avrei fatto un viaggio a vuoto, se tu avessi perso questo volo», disse Sergio, abbassando il giornale.

«Un viaggio a vuoto?» ripeté Liliana, trasognata.

«Sono su questo volo solo per stare con te. Staremo insieme per cinquanta minuti. Ripartirò per Roma con l'aereo delle dieci.»

Liliana allacciò la cintura, lui le prese una mano e la sfiorò con un bacio, sussurrandole: «Mi sono innamorato di te».

3

SANDRO l'aspettava all'aeroporto. Lo vide subito, di là dalla transenna. Le sorrideva, con la solita espressione rassicurante. Liliana lo abbracciò forte, come se non lo vedesse da settimane, invece era stata via soltanto due giorni.

«E Stefano?» gli domandò.

Suo figlio fece capolino da dietro il padre.

«Sorpresa», annunciò il ragazzino.

Liliana lo strinse tra le braccia, mentre gli occhi le si riempivano di lacrime.

«Va tutto bene?» le domandò il marito quando andarono a letto. Liliana annuì.

«Non ti sei lamentata per la stanchezza, hai lasciato che il telefono suonasse senza rispondere, sei stata di una tenerezza insolita con me e Stefano e, per finire, hai le lacrime in tasca. Non è da te, Liliana», osservò Sandro, guardandola con tenerezza.

«Sto bene davvero», replicò lei. E, dopo un istante,

soggiunse: «Mi sento un po' strana, ecco tutto». Non riusciva a non pensare a Sergio e, tuttavia, diceva a se stessa che aveva la situazione sotto controllo e che nessuno l'avrebbe mai distolta dai suoi affetti famigliari.

Si sarebbe messa alla finestra per vedere che cosa sarebbe accaduto in seguito, perché al riparo della famiglia si sentiva in una botte di ferro. I colleghi della Collenit le raccontavano che lei era sempre in testa alla classifica delle donne più desiderabili dell'azienda. La lusingava sentirsi ammirata, ma le bastava l'amore di suo marito anche se ora, all'improvviso, il meccanismo dell'indifferenza sembrava essersi inceppato.

«Sto bene davvero», ripeté a Sandro, e a se stessa. Spense la lampada. Lui le sfiorò un fianco, lei allungò il braccio sul suo petto. Fecero l'amore e poi suo marito la cullò per farla addormentare.

Il giorno dopo, andò in ufficio e si tuffò nel lavoro, decisa a non pensare ad altro. Si era seduta da poco alla scrivania quando arrivò la telefonata del direttore generale.

«Ho una buona notizia per lei. Il ministero del Lavoro finanzierà una parte del suo progetto», la informò.

«E per la parte rimanente?» domandò Liliana, mentre pensava che Sergio non aveva perso tempo per favorirla.

«L'azienda le verrà incontro, ma soltanto entro certi limiti. Il suo piano sta avendo ottimi riscontri per l'immagine della Collenit, ma da un punto di vista economico è assolutamente improduttivo», disse brutalmente.

«Mi arrangerò, come sempre», replicò lei. Sapeva bene che non avrebbe trovato difensori per una strategia che si proponeva di aiutare le donne a far carriera.

«Grazie per l'invito dell'altra sera e mi scusi ancora se me ne sono andata così presto, ma ero terribilmente stanca», spiegò, sperando che il direttore non associasse alla sua fuga anche il ministro del Lavoro. Non lo fece.

«Mia moglie e io la ringraziamo per i suoi doni», disse lui. E soggiunse: «Graditissimi». Prima di partire per Milano, aveva scovato in una libreria antiquaria un bel volume sulla storia del golf e un libro del diciottesimo secolo sulla *Historia de l'Urbe*. Li aveva mandati con un biglietto di scuse per essersi eclissata senza salutare.

Liliana era convinta che il direttore generale la considerasse come una specie di nemico in casa. Non solo a causa dell'indagine che aveva svolto all'interno della Collenit, ma anche perché riteneva che lei fosse una beniamina di Bruno D'Azaro, che stava diventando sempre più potente nella sfera del governo. Liliana non si preoccupava di smentire questo equivoco, ben sapendo che la gente crede raramente alla verità. Salutò il direttore e telefonò alla segreteria del ministero del Lavoro.

«Sono Corti, della Collenit. La direzione mi ha appena comunicato la notizia di un finanziamento per la mia Commissione femminile.»

«Le passo il ministro», disse un funzionario serviziévole.

«Non è necessario che lo disturbi. Mi basta che lo ringrazi di cuore a nome mio.» Si affrettò a chiudere la comunicazione, perché temeva di sentire la voce di Sergio.

Ora era a Milano, al sicuro tra le pareti dell'ufficio e quelle della sua casa. Si riunì con i suoi collaboratori e ricevette un delegato del consiglio di fabbrica. Poi arrivò la notizia del sequestro di Aldo Moro, presidente della Democrazia cristiana. Il lavoro alla Collenit si fermò. Liliana parlò brevemente con i rappresentanti dei sindacati che avevano già ricevuto le direttive dalle varie sedi. Era sciopero generale. Liliana tornò a casa. C'era Sandro ad aspettarla, e Stefano arrivò poco dopo. Anche la scuola aveva chiuso i battenti.

Trascorsero la giornata incollati al televisore e passarono la serata a casa di Giuseppe, in via Borgospesso, con il resto della famiglia. Rosellina telefonò da Los Angeles. La notizia era subito rimbalzata di là dall'Atlantico e lei voleva saperne di più.

«Che cosa vogliono questi brigatisti?» domandò. Piangeva, perché quell'attentato al cuore della democrazia rinnovava il dolore per la perdita del padre e per il ferimento di Liliana. Seguirono giorni e poi settimane frenetiche. Liliana aveva cancellato gli appuntamenti romani. Poteva ugualmente lavorare da Milano al programma della sua Commissione, ma soprattutto ora c'erano problemi più gravi, perché ancora una volta la violenza si opponeva alla legalità.

Poi Moro venne ucciso e il clima di terrore si riacutizzò ulteriormente.

Arrivò l'estate e Liliana andò a Roma. Rosellina era ritornata esultante dalla sua esperienza californiana. Il film che aveva interpretato sarebbe stato presentato al

Festival cinematografico di Venezia. Era diventata una diva anche al di là dell'oceano. Durante la lavorazione del film aveva intrecciato una storia sentimentale con il protagonista maschile. L'avventura si era risaputa e Cristiano Montenero era andato su tutte le furie. Rosellina era a Roma per cercare di rabbonire il suo compagno e telefonò a Liliana.

«Andiamo a pranzo insieme, noi due sole?» propose.

Si accordarono per incontrarsi in un ristorante in prossimità della basilica di Massenzio, che Rosellina conosceva bene. Il maître le scortò al loro tavolo. A quello accanto sedeva Sergio Branduani. Era in compagnia di un attempato uomo politico, stimato da tutti per la sua onestà. Liliana lo vide ed ebbe un tuffo al cuore. Quando Sergio la guardò, i suoi occhi scuri le regalarono un lampo di gioia. Poi riprese a parlare sommessamente con il collega, ignorandola.

Non si erano più rivisti. Lui le aveva telefonato due volte a Milano e lei si era negata, per paura di quello che sarebbe potuto accadere se si fossero parlati. Aveva deciso che preferiva sentirsi un mosaico con qualche tassello mancante, piuttosto che complicarsi la vita. Lui non l'aveva più cercata.

«Che cosa c'è?» le domandò Rosellina.

«Perché?»

«Sei più rossa di un'anguria.»

«Una vampata di calore», minimizzò

Sua sorella prese subito a descriverle il suo «immenso dolore» per il disaccordo con «il solo e unico amore» della sua vita.

«Il fatto è che Cristiano è un uomo di vecchio stampo e non mi offre la sua comprensione. È vero che l'ho tradito, ma soltanto poco poco. Quel Jim Comesichiama è stato un diversivo al tedio di Hollywood. Se la cosa non si fosse risaputa, se la gente si facesse gli affari suoi, ora io continuerei a filare in perfetto amore con Cristiano. Lo sai che ha minacciato di lasciarmi? Senza di lui, invecchierei nel deserto della mia solitudine e di me non rimarrebbe più traccia. Mi stai ascoltando?»

Liliana non osava levare lo sguardo dal piatto di insalata di polipo e rucola, perché temeva di non riuscire a controllare la sua emozione se avesse incrociato di nuovo gli occhi di Sergio.

«Certo che ti ascolto», rispose alla sorella. E poi le domandò: «Era proprio necessario sconfiggere la noia con un tradimento? Non è giusto far soffrire il proprio compagno». Pensava a se stessa e a suo marito.

«È tutta colpa di questo ambiente pettegolo. Lui non doveva sapere. Chi non sa, non soffre. Ti pare?»

«A me pare che tu sia rimasta la bambina di sempre. Comunque, Cristiano ti perdonerà, perché ti ama davvero.»

«Tu dici? Speriamo. Se soltanto lui capisse che, di tanto in tanto, ho bisogno di qualche piccola trasgressione...»

«Ti comporti come un essere vacuo e vanesio», deplorò.

«Non è bello che tu mi dica queste cose. Tu non hai mai avuto qualche piccola avventura?» domandò. Poi misurò l'assurdità dell'interrogativo e si affrettò a dire: «È una domanda idiota, trattandosi di te. Cancellala. Tu hai i paraocchi come i cavalli e non vedi al di là di tuo marito e del tuo lavoro».

Liliana si guardò bene dal correggerla, anche se Rosellina stava provocandola, senza saperlo.

«Il fatto è che tu non hai mai sognato una grande passione, quella che ti fa perdere di vista la realtà e si nutre di desiderio e ti fa sentire vitale. Io, questa passione l'ho vissuta con Cristiano. A tratti la vivo ancora con lui. Negli intervalli, poiché ho bisogno di fuoco, accendo una fiammella altrove. La passione è come un fiume: vive fintanto che la sorgente la nutre. Cristiano è il fiume, io sono la sua sorgente. Non potrà mai fare a meno di me, anche se, di tanto in tanto, io lo tradirò. Poco poco, quanto basta per ingannare l'attesa del ritorno di fiamma», spiegò.

Un cameriere si avvicinò al loro tavolo e sussurrò a Rosellina che era desiderata al telefono.

«Preferisce parlare in ufficio, o vuole che le porti il telefono al tavolo?» le domandò.

«Al tavolo, grazie», disse. Poi rivolse a Liliana un'occhiata maliziosa.

«So già chi mi cerca. È Marco Taddei.»

Era il più importante produttore cinematografico del momento.

Il cameriere portò il telefono al tavolo e Rosellina

sussurrò poche parole, quindi riagganciò. Il suo viso era il ritratto della felicità. «Sai, devo scappare. Dimenticavo di dirti che ci frequentiamo da qualche tempo con molta discrezione, perché non vogliamo pettegolezzi. È assolutamente adorabile e anche pazzamente innamorato di me. È in macchina, proprio qui davanti al ristorante. Gli avevo detto che dovevo assolutamente pranzare con te. Ora ti lascio, sorellina», concluse, chinandosi su di lei per sfiorarle la guancia con un bacio.

Liliana l'afferrò per un braccio. «Un attimo fa stavi spegnendoti di consunzione», bisbigliò con aria stizzita.

«Ma tu credi sempre a quello che racconto?» scherzò Rosellina, avviandosi fuori dal locale. Per poco non si scontrò con il politico che era al tavolo di Sergio. Anche l'anziano onorevole se ne stava andando. Liliana e Sergio rimasero ai loro tavoli.

Lui si alzò, mosse due passi e si sedette di fronte a lei.

«E adesso?» le domandò Sergio, guardandola teneramente.

«Adesso siamo soli», rispose Liliana e gli sorrise.

4

USCIRONO insieme dal ristorante. Sergio la prese sottobraccio e disse: «Lo vedi? Era scritto che non potessimo sfuggirci». E aggiunse: «In queste settimane ho pensato molto a te».

«Non voglio ascoltarti», reagì lei.

«Io non cerco avventure. Mi sono innamorato di te.»

«Taci, ti prego», sussurrò Liliana. «Devo correre in ufficio, ho un appuntamento con l'onorevole Comesichiama per discutere di qualcosa che non ricordo più. Oddio, Sergio, sono così confusa.»

Lo guardò smarrita. Lui tacque. Poi, posò le mani sulle spalle di lei e disse piano: «Ti chiedo solo di pensarci. Tu sei importante per me, e continuerai a esserlo, comunque vada fra noi».

Si salutarono con l'intesa di sentirsi a fine pomeriggio per cenare insieme.

Liliana arrivò alla sede della Collenit e la segretaria la informò che il suo appuntamento era stato rimandato.

Ne approfittò per telefonare a Sandro, che non sentiva dal giorno prima.

«Stefano ha la febbre alta, la gola arrossata e non riesce a deglutire», disse suo marito.

«Hai chiamato il medico?»

«Aspettavo di sentire il tuo parere. Forse dovrei dargli il solito antibiotico.»

«Il medico lo chiamo io, subito. Poi prendo il primo volo per Milano», decise lei.

«Forse non è il caso», osservò Sandro.

«È il caso, invece», replicò lei che si sentiva in colpa pensando al marito, solo a casa, con il figlio che stava male.

All'aeroporto telefonò a Sergio per avvisarlo che non si sarebbero visti, quella sera.

«Stai tranquilla. Tuo figlio guarirà presto», cercò di rassicurarla. E non aggiunse altro.

L'aereo decollò in un cielo trasparente come una lastra di cristallo e atterrò a Milano in perfetto orario.

Quando arrivò a casa, il medico stava finendo di visitare suo figlio e diagnosticò una semplice tonsillite.

«Sarebbe il caso di levarle, queste tonsille. Sono ridotte male e si infiammano per un niente», concluse, prima di andarsene.

Liliana coccolò il suo ragazzino febbricitante, Maddalena corse in farmacia a comperare il solito antibiotico e Sandro uscì di casa dicendo che sarebbe rientrato per l'ora di cena. Madre e figlio rimasero soli.

«Come ti senti?» gli domandò Liliana, seduta sul bordo del suo letto.

«Da schifo.» Faticava a parlare a causa del male alla gola. «Oggi c'era il compito in classe di matematica e rischio un non classificato sulla pagella perché ho mancato anche quello del mese scorso», le disse.

«Perché l'hai mancato?» chiese Liliana.

«Mamma, non ricordi? C'era la funzione per commemorare il nonno», rispose lui, con l'aria di compatirla.

Se n'era completamente dimenticata, ma fu pronta a reagire: «Non ricordavo che quel giorno avessi il compito in classe».

«Diventi sempre più strana, mamma. Anche precipitarti da Roma per una tonsillite non è da te.»

«Bugia. Ogni volta che ti ammali io ti sono vicina. Ricordi quelle otiti terribili, quand'eri bambino? Ti cullavo per ore. E quando perdevi sangue dal naso? Io correvo a casa per starti vicino. Dunque, oggi non ho fatto niente di più di quello che ho sempre fatto. E non dirmi che sono strana», lo rimbrottò.

Maddalena tornò con le medicine. Liliana andò in cucina a preparare una crema alla vaniglia per suo figlio. Alla fine del pomeriggio era quasi sfebbrato. Quando Sandro rincasò, cenarono tutti e tre in cucina.

Liliana aveva preparato semolino, torta di patate, passato di frutta.

«Cosa sono tutte queste pappine?» le domandò Sandro. Aveva l'aria contrariata e non lo nascondeva.

«Stefano fa fatica a deglutire», spiegò Liliana.

«Ma io no!» sbottò. Si alzò da tavola e andò in salotto.

Dopo aver mangiato, Stefano ritornò a letto e Liliana raggiunse suo marito. Lui era seduto sul divano e seguiva una partita di tennis in televisione. Lei afferrò il telecomando, spense il televisore e gli disse: «Parliamo».

«Da dove vogliamo incominciare?» le domandò Sandro, guardandola con severità.

«Dai tuoi scatti d'ira», affermò lei.

«E perché non dal fatto che non so niente di come vivi quando sei a Roma?»

«Sai tutto, invece. Lavoro, lavoro e ancora lavoro. Comunque dimmi che cosa vuoi sapere. Tu fai le domande, io ti rispondo.» Aveva parlato con tranquillità e fermezza.

Sandro scosse il capo, abbassò gli occhi e sussurrò: «Sono geloso della mia bellissima moglie».

Liliana si commosse. Guardò quell'uomo che l'aveva sempre amata, aiutata, rispettata, che si era sempre tenuto in disparte, perché lei potesse emergere e fare carriera, che l'aveva riempita di attenzioni ed era sempre pronto ad ascoltarla e guidarla.

Si sedette accanto a lui, lo abbracciò e disse: «Non sopporto che tu soffra per causa mia. Tu sei mio marito, sei il padre di mio figlio, sei l'uomo più importante della mia vita».

5

STEFANO era guarito rapidamente e Liliana sarebbe dovuta tornare a Roma. Voleva lasciar decantare le sue emozioni. In quei giorni si sentiva vulnerabile, perché Sergio le piaceva molto e temeva di abbandonarsi a una storia che le avrebbe sconvolto la vita. Così decise di fermarsi a Milano anche la settimana successiva, sperando, con il trascorrere dei giorni, di ritrovare la padronanza di sé.

La domenica, tutta la famiglia si riunì da Rosellina nella casa di Porta Romana.

Lei faceva la spola tra Roma e Milano ed era di nuovo felicemente accanto a Cristiano.

Giuseppe, aiutato dalla lungimiranza di Pucci, aveva edificato un impero economico e la Corti Collection era diventata uno dei colossi italiani della moda.

Pucci e Ariella avevano una vita molto equilibrata. Lei sfornava figli a getto continuo, perché il ruolo di chioccia l'appagava pienamente. Apprezzava anche quella che definiva «una vergognosa agiatezza», che suscitava l'invidia del cognato bolognese ed era diventata l'orgoglio del padre ferroviere il quale, di tanto in tanto, ripeteva: «Chi avrebbe detto che mio genero, oltre a essere bello, fosse anche un genio?»

«Tutti, tranne uno stupido come te e quell'arrogante di Bologna che adesso si vanta di una parentela che voleva evitare», gli rinfacciava la signora Spada.

Ora la famiglia Corti era intorno alla tavola. Mancavano solamente Ernestina e Renato. Ai loro posti sedeva la nidiata dei nipoti, ai quali gli zii raccontavano una storia che cominciava sempre così: «I vostri nonni ci hanno cresciuti a patate, pastasciutta e scappellotti».

I bambini più grandi li correggevano: «Veramente solo la nonna era manesca. Il nonno ci faceva giocare, sorrideva sempre e ci cantava la canzone degli anarchici».

Erano a tavola, davanti a una grande teglia di lasagne con il ragù alla bolognese. Liliana osservava Sandro, Stefano e quella sua grande famiglia che aveva affrontato e superato difficoltà e dolori. Pensò che non avrebbe mai potuto rinunciare a loro perché erano la parte più concreta, più solida, più felice della sua vita.

Alla fine del pranzo, Rosellina le disse: «Vieni un momento nella mia camera. Vorrei mostrarti un vestito della mamma».

Era soltanto un pretesto. Infatti, appena furono sole le confidò: «Ho sentito una voce a Roma. Sai quanto sia pettegola quella città. Si dice che tu sia fuggita da una festa con il ministro Branduani che, per inciso, è un gran bell'uomo».

Liliana si distese sul letto, incrociò le mani dietro la testa e chiese con noncuranza: «Chi te l'ha detto?»

«Stai tranquilla, è una persona poco attendibile, per cui nessuno ha raccolto il pettegolezzo. Anche perché Branduani passa per un lupo solitario e tu per una donna in carriera che non conosce frivolezze», spiegò Rosellina. E proseguì: «Allora, è vero?»

Liliana sorrise: «Sai che è davvero strano subire un interrogatorio di questo genere da te?»

«Già, i ruoli si sono invertiti e ora sei tu sotto processo», disse la sorella, divertita. «Dunque?» incalzò.

«È vero, ma siamo fuggiti da una festa noiosissima soltanto per andare a cena insieme. Nient'altro.»

«Peccato!» esclamò Rosellina, delusa. «Speravo che avessi smesso di recitare il ruolo della donna forte per farti trascinare da una folle passione. E allora la tua sorellina svampita ti avrebbe potuto aiutare.»

«Saresti stata davvero capace di darmi un buon consiglio?» domandò Liliana, incredula.

«Certamente. Ti avrei detto: ascolta il tuo cuore», affermò con tono melodrammatico.

«Lo sapevo. Non avresti potuto dire niente di diverso», esclamò Liliana, alzandosi dal letto e scoppiando in una risata che finì per contagiare anche Rosellina. Però, mentre rideva, le sfuggì un singhiozzo. Continuava a combattere contro il desiderio di lasciarsi travolgere da una storia esaltante con il bellissimo professor Branduani.

6

Più di una volta, nel corso della mattina la segretaria si era affacciata sulla porta del suo ufficio per ricordarle l'appuntamento con un giornalista che si occupava di economia per un importante quotidiano. Liliana non era in vena di rilasciare interviste.

«Scusami con lui e chiedigli se possiamo rimandare l'incontro», disse.

«Conosco il personaggio. È più suscettibile di una gatta che cova la sua nidiata. Mai inimicarsi la stampa. Me lo hai insegnato tu», le ricordò la donna.

«Allora lo invitiamo a colazione», decise Liliana.

«Dove prenoto?»

«Non c'è tempo per un'uscita. Facciamo qui, nel mio ufficio. Tramezzini, gelato, acqua minerale e un caffè, quello speciale che sai fare solo tu», ordinò alla segretaria.

«A proposito di tramezzini, ti ricordo che domattina alle nove hai un appuntamento con l'onorevole Tardini.

Ti ho prenotato un posto sul volo delle sette», la informò.

L'onorevole Tardini era soprannominato tramezzino perché da sempre si barcamenava tra due opposti partiti che se lo rimpallavano a seconda delle necessità.

«Disdici l'appuntamento, per favore. Non posso andare a Roma, per il momento», disse Liliana che lasciava al tempo e al silenzio la risposta che Sergio aspettava da lei.

«Solita scusa? La dottoressa Corti ha un problema personale e non può allontanarsi da Milano?» domandò la segretaria. Liliana annuì e sorrise pensando che nessuna scusa era mai stata tanto vera.

Poi ricevette il giornalista. L'intervista verteva sui differenti metodi di assunzione dei laureati nelle aziende del Nord e in quelle del Sud Italia.

«Al Nord privilegiamo i colloqui, al Sud escono i bandi di concorso. Qui, il mercato del lavoro assorbe una buona parte di laureati. Da Roma in giù, per un posto da ingegnere ci sono mille aspiranti, quindi il bando è inevitabile», dichiarò Liliana, dissertando anche sul sistema cronico delle raccomandazioni, dell'assistenzialismo e del clientelismo.

«Le sue, dottoressa, non sono dichiarazioni politiche», osservò il giornalista che stava apprezzando la squisita morbidezza di un tramezzino al salmone.

«Sono un imprenditore e ho solamente due interessi: il profitto dell'azienda e il benessere dei dipendenti.»

«Due interessi che possono essere in conflitto», affermò l'uomo.

«Sono convergenti, se nel condurre un'azienda si tiene sempre presente l'interesse di ogni singolo dipendente, dal fattorino al direttore generale.»

«Però le Brigate Rosse le hanno sparato e hanno ucciso suo padre. Che cosa le hanno insegnato queste esperienze drammatiche?»

«Che le regole si cambiano con il confronto dialettico, non con la violenza. Si è mai chiesto perché la nostra economia ristagna? Il clima di terrore e di intimidazione non l'ha aiutata a crescere.»

«Ma lei, dottoressa Corti, da che parte sta?»

«Con i lavoratori, fintanto che le loro rivendicazioni non danneggiano l'azienda. Se un'impresa è costretta a chiudere per mancanza di profitti, il proprietario può contare sui guadagni che ha accumulato, mentre gli operai restano senza lavoro e senza soldi.»

«È come mettere insieme il diavolo e l'acqua santa.»

«Il diavolo non è mai così brutto come si pensa e l'acqua santa a volte è un po' sporca. Li metto insieme, sì. Insieme potrebbero anche andare in paradiso.»

«Non le sembra di esagerare?»

«Assolutamente sì. Ognuno ha i suoi sogni. Questo è il mio», concluse.

«Com'è il suo rapporto con i dipendenti della Collenit?»

«Lo chieda a loro. Parli con chi vuole, quando vuole.

La Collenit ha la massima trasparenza per quanto riguarda la gestione del personale.»

L'intervista venne pubblicata il giorno dopo e scatenò un putiferio. Un noto anchorman televisivo partì all'attacco di Liliana su una rete nazionale, accusandola di razzismo. «La signora milanese sarebbe capace di pretendere anche l'esame del sangue dai laureati del Sud, mentre per quelli del Nord le basta un'occhiata per capire se sanno il loro mestiere. È una vergogna! Anche perché è noto che la suddetta signora è incline da tempo a privilegiare le donne a scapito dei padri di famiglia.» Alcuni giornali si avventarono contro la Collenit che consentiva a una virago di esercitare il suo potere all'interno di un'azienda in cui, contrariamente a quanto sosteneva lei, il conflitto tra dipendenti e classe dirigente era ampiamente documentato. La presidenza della Collenit, sommersa da lettere di insulti prese le distanze da lei. Il direttore generale, quando Liliana gli telefonò, si fece negare. Fu lasciata sola da tutti.

«Oggi, quando sono scesa in mensa, nessuno si è seduto al mio tavolo», confessò amareggiata al marito. «Anche gli operai si tengono alla larga da me.»

«Che cosa pretendevi? L'economia è in crisi, ci sono licenziamenti e cassa integrazione. Intanto la bilancia dei pagamenti con l'estero è fortemente passiva, cresce il debito pubblico e tu dichiari un idillio tra dirigenza e manovalanza, mentre tutti sanno che prosperano un'economia sommersa e il lavoro nero. Ma dove hai la testa, Liliana?»

Poi, inaspettatamente, sul più importante quotidiano economico uscì un articolo in prima pagina firmato dal professor Sergio Branduani. Era una difesa a spada tratta delle parole di Liliana. Il docente di diritto del lavoro sosteneva con franchezza che il direttore del personale della Collenit operava esattamente in base alle richieste del mercato e aveva avuto l'onestà di ammetterlo, che era tempo di smetterla con le bugie, gli imbrogli, l'assistenzialismo e che per far marciare le aziende e incrementare la produttività occorreva gente di grande professionalità e ogni azienda aveva il diritto di scegliere i candidati più idonei e l'idoneità si stabiliva meglio con i colloqui piuttosto che attraverso i bandi, spesso manipolati. Con la sua voce autorevole e rispettata dalle correnti di tutti i partiti, il ministro plaudiva al coraggio di una dirigente che aveva anche la forza di credere in un sogno.

Liliana telefonò a Sergio e si emozionò quando sentì la sua voce.

«Grazie», gli disse.

«Ho scritto quello che penso», rispose lui.

Ci fu un attimo di silenzio.

«Mi suggeriscono di prendere una vacanza, tanto per lasciar decantare tutta questa confusione», disse lei, infine.

«Ottima decisione. Una vacanza ti aiuterà a ritrovare la serenità. Non ci siamo più visti né sentiti ma, come vedi, puoi sempre contare su di me.»

«Lo so, grazie», rispose, commossa. Aveva gli occhi lucidi di pianto quando depose il ricevitore. Era sicura che, se fosse stata davanti a lui, gli sarebbe caduta fra le braccia.

Liliana andò in Svizzera, sul lago di Lugano, con Sandro, Stefano e i figli più grandi di Pucci. Aveva scelto un albergo molto confortevole con un campo da golf privato. I ragazzi avrebbero preso lezioni di golf, Sandro avrebbe incontrato alcuni colleghi svizzeri con i quali aveva rapporti di lavoro, mentre lei voleva soltanto dormire e riflettere serenamente.

L'articolo del professor Branduani aveva ribaltato la situazione. Il direttore generale le aveva telefonato per augurarle buona vacanza. Bruno D'Azaro le aveva mandato un mazzo di fiori con un biglietto: «Ho bisogno di persone come te nel mio partito. Vieni a trovarmi». La sua segretaria la informava quotidianamente dei messaggi di solidarietà che continuavano ad arrivare per lei in ufficio.

«Scendo in città», le disse un giorno il marito, dopo che ebbero pranzato. Sapeva che Liliana sarebbe andata in giardino a leggere un libro, mentre i ragazzi avrebbero passato il pomeriggio in piscina.

«Ci vediamo più tardi», lo salutò Liliana.

Con un romanzo e un pacco di riviste si sedette su una sdraio, in giardino, sotto l'ombra generosa di un vecchio platano. Il sole, fendendo gli spazi esigui tra le foglie, creava giochi di luce e ombra. Da lontano arrivavano le voci dei ragazzi che si tuffavano in piscina dal trampolino. Il ronzio estivo degli insetti le conciliava il sonno e Liliana si addormentò. La svegliarono i ragazzi

Sua nipote Tina aveva un taglio profondo sull'avambraccio. Si era ferita mentre giocava con Stefano finendo contro il filo spinato della recinzione.

Il portiere dell'albergo prestò il primo soccorso, ma Liliana decise che era meglio scendere in città e consultare un medico.

Un taxi li portò al Pronto soccorso dell'ospedale cantonale. Non era davvero nulla di grave, disse il medico che ripulì la ferita e praticò un'iniezione antitetanica. Tina, però, chiese di telefonare subito a sua madre per raccontarle l'incidente.

Liliana non voleva che sua cognata si allarmasse, così le disse: «Tina, non vorresti andare al cinema a vedere *I predatori dell'Arca perduta* e telefonare questa sera alla mamma, come fai di solito?»

Il film di Spielberg era decisamente allettante.

Portò al cinema Stefano e i cugini, pagò i biglietti per loro e disse: «Io ne approfitto per fare un giro dei negozi. Verrò a prendervi alla fine del film».

«Zia, ci lasci i soldi per i pop-corn?» domandò Tina che, ormai, aveva dimenticato la sua ferita.

Lei andò a passeggiare sotto i portici della piazza che si affacciava sul lago, ammirando la fioritura dei gerani alle finestre dei palazzi che ospitavano banche e uffici delle multinazionali. Non resistette al desiderio di comperare una borsetta disegnata da suo fratello, nel negozio Corti Collection. Costava una fortuna, come tutti gli abiti e accessori firmati da Giuseppe.

Stava per attraversare la piazza invasa dai tavolini dei

bar affollati di turisti, quando vide Sandro. Era seduto a un tavolo in compagnia di una bella signora, non più giovanissima, molto elegante.

La sua prima reazione fu lo stupore. «Che cosa combina mio marito?» si chiese. Poi riconobbe la donna di cui aveva visto, in passato, alcune fotografie.

7

La bella signora era Denise, la donna che Sandro aveva lasciato tanti anni prima dopo aver iniziato a frequentare lei. Liliana sapeva che, tra loro, era rimasta un'amicizia importante di cui non era gelosa, ma avrebbe preferito che il marito le dicesse che approfittava di questa vacanza per incontrarla. Poi considerò che non aveva alcun diritto di interferire nella vita di Sandro, né di esprimere giudizi.

Tuttavia, quando la sera si sedettero a tavola nella sala da pranzo dell'albergo, lei annunciò: «La settimana ventura riprenderò il lavoro. Andrò subito a Roma».

«Mi sembra una buona idea», disse Sandro. E soggiunse: «Oggi ho preso un tè con Denise».

«Chi è Denise?» domandò Stefano.

«Una vecchia amica», rispose Sandro.

Liliana incassò la lezione e non fece commenti. Ma più tardi, distesi nei grandi letti gemelli della loro camera, lei gli chiese: «Come sta Denise?»

«È costantemente afflitta da un mare di problemi e per lei è importante sfogarsi con me.»

«Denise ha sofferto quando la vostra storia è finita», osservò.

«Un po' ho sofferto anch'io, non per me, per lei. Ma tu sei entrata come un ciclone nel mio cuore e nella mia vita», rispose Sandro

«E se succedesse a me la stessa cosa?» gli chiese.

Sandro si levò gli occhiali, ripiegò il giornale che stava leggendo e si girò a guardarla.

«Che cosa?» domandò.

«Se all'improvviso perdessi la testa per un altro uomo?» chiese Liliana.

Sandro le accarezzò il viso e la guardò con tenerezza.

«Forse non sono esattamente l'uomo dei tuoi sogni, ma ti amo come il primo giorno in cui ti ho conosciuto.»

Come sempre Sandro la lasciava libera di scegliere, senza ricorrere a ricatti affettivi o famigliari.

Liliana gli sorrise e lo abbracciò.

Gli anni passarono veloci, un mattino li svegliò il telefono. Erano le otto e, a quell'ora, non poteva che essere qualcuno della famiglia.

«Rispondi tu, per favore», lo pregò Liliana con voce assonnata. Sandro alzò il ricevitore, ascoltò, poi le disse: «È una chiamata da Palazzo Chigi. Pare che Rosario Armati ti voglia parlare», riferì, porgendole l'apparecchio.

Liliana salutò, ascoltò e poi rispose: «Si figuri, lei non

disturba mai. Sì, sono in vacanza con la mia famiglia, ma domani mattina alle undici sarò da lei. Anche se temo di non essere la persona migliore per questo incarico».

Chiuse la comunicazione e si rivolse a suo marito che la guardava con aria interrogativa.

«Ti dice qualcosa la Commissione per le pari opportunità della Presidenza del Consiglio dei Ministri?» domandò e proseguì: «Mi propongono di farne parte».

«Stai attenta. Tu non hai dimestichezza con le istituzioni dello Stato e i loro riti», osservò Sandro.

«Vedrò di capirci qualcosa.»

«Questo significa che domani mattina partiremo all'alba», sospirò Sandro.

Il giorno dopo, Liliana era a Roma nell'ufficio di Rosario Armati.

«In fatto di pari opportunità, lei è una specialista, avvocatessa. Inoltre, ha un forte ascendente sulle donne. Quindi non faccia la ritrosa e accetti», le disse Armati, con il piglio sbrigativo che lo contraddistingueva.

«La ritrosia è una componente del fascino femminile. Questa se la segni sul suo taccuino, perché potrebbe tornarle utile», replicò Liliana.

Lui le rispose con una sana risata, poi disse: «Poveri noi se, in futuro, avremo a che fare con un esercito di donne come lei».

«Al nostro fascino, voi contrapponete l'arte sottile dell'intrigo e seminate di trappole il nostro cammino. Dorma sonni tranquilli, onorevole, perché nel nostro

Paese le donne continueranno ad accontentarsi di uno zuccherino, ancora per un bel pezzo.»

Gli aveva restituito pan per focaccia, così avrebbe imparato a ordinarle di non fare la ritrosa. Liliana accettò e seppe da Armati che erano state alcune donne imprenditrici a proporla per la Commissione.

«Meglio così», disse. E spiegò: «Mi sarebbe dispiaciuto sapere che c'era di mezzo qualche funzionario di partito».

Dopo l'incontro a Palazzo Chigi andò in ufficio. Lì seppe che gli operai delle centrali elettriche addetti ai turni di notte minacciavano uno sciopero se non fossero state accolte le loro richieste per il rinnovo del contratto, e in questo caso avrebbero bloccato non soltanto la Collenit ma tutte le industrie del Paese.

Liliana chiamò la sua segretaria a Milano e disse: «Arriverò in via Paleocapa prima di sera, in tempo per partecipare all'assemblea dei turnisti».

8

PRIMA di ripartire per Milano, Liliana aveva chiesto un incontro con il direttore generale della Collenit.

«Io vado ad affrontare i turnisti, ma devo sapere quanto l'azienda è disposta a offrire per il rinnovo del contratto», aveva esordito, senza troppi preamboli.

«Il dieci per cento», aveva risposto lui.

Lei aveva scosso il capo.

«Chiedono il quindici. Dieci è troppo poco.»

«Non possiamo offrire di più. Questo è davvero il massimo», aveva ribadito il direttore.

«La Collenit può offrire di più. Non mi dica che non è così, perché conosco le cifre al centesimo. E non tiri in ballo i capitali necessari alla ristrutturazione, che è in programma da anni e non è ancora stata fatta. Ma questo non mi riguarda», affermò lei, con aria sbrigativa.

«Appunto, non la riguarda», sottolineò il direttore.

«Anche se la ristrutturazione radicale dei vecchi impianti si tradurrebbe in una migliore prevenzione degli infortuni. Comunque, io non affronto i sindacati per concedere soltanto il dieci per cento. So che il quindici è davvero troppo, per noi. Il dodici mi sembra accettabile per tutti», dichiarò.

«Non se ne parla. L'undici è il massimo», intervenne il direttore.

«E allora si prepari a uno sciopero che le costerà molto di più», lo avvertì.

«Avvocatessa, posso ricordarle che se concediamo il dodici ai turnisti, avremo addosso anche gli altri operai che avanzeranno richieste analoghe? Si rende conto che sarebbe come dare un segno di debolezza?» si accalorò il direttore generale.

«È questo l'errore dei padroni e degli operai. Mostrare i pugni per vedere chi li ha più robusti. Se proponessi il suo dieci per cento la vertenza non si risolverebbe.»

«Conto sul suo fascino, dottoressa. Lei sa come trattare con quella gente!»

«Quella gente è la nostra gente. Lavorano per noi, si fanno male per noi, a volte qualcuno muore per noi. Non sto facendo un comizio comunista, sto soltanto dicendo che se non dimostriamo la nostra volontà di capire, dovremo fare i conti con le conseguenze di uno sciopero selvaggio e, a quel punto, interverrebbe il governo che, d'autorità, potrebbe imporre un aumento più alto del quindici per cento.»

Quindi proseguì: «Le trattative con gli operai sono una passeggiata se le confronto con le discussioni che sistematicamente devo affrontare con lei».

«D'accordo per il dodici per cento», accondiscese il direttore intimamente convinto che gli operai non lo avrebbero accettato.

Tornò a Milano e corse a casa per abbracciare il figlio che si preparava a partire per Oxford. Sarebbe stato ospite di un college per due mesi. Liliana e Sandro avevano deciso di accompagnarlo e avevano progettato un breve soggiorno in Inghilterra, loro due da soli.

Dovevano partire dall'aeroporto di Malpensa alle otto del mattino dopo. Lei supplicò il marito di occuparsi dei bagagli.

«Vado subito in azienda per una trattativa con i sindacati. Spero di concluderla prima di notte. Se invece le cose andranno per le lunghe, partite senza di me. Vi raggiungerò dopo», disse.

Nella sala riunioni della Collenit la trattativa segnava il passo. I dirigenti incominciarono a dare segni di stanchezza, mentre gli operai, abituati a lavorare di notte, erano ben svegli e determinati a non cedere.

«A che punto siamo?» domandò Liliana a un collega, prima di entrare nella sala.

«Siamo fermi al dieci per cento e loro non vogliono accettarlo», rispose l'uomo. Lei entrò nella sala con un sorriso smagliante e fu accolta da un boato di applausi.

«Ho sentito i capi, a Roma e vi dico subito che non vi daranno l'aumento che chiedete, perché è troppo alto», esordì.

«Buuuh!» rumoreggiò la sala. E piovvero contestazioni e commenti a dimostrare quanto gli operai fossero informati sulla reale consistenza del patrimonio dell'azienda, quanti fossero gli sprechi, quante e quali le operazioni sbagliate. Infine, uno dei sindacalisti si alzò e disse: «Dottoressa Corti, lei è arrivata qui dentro sapendo quanto l'azienda è disposta a concedere. Dunque, tiri fuori l'aumento dal suo cappello».

«Dodici», rispose Liliana.

Si fece silenzio. Lei proseguì: «Questo aumento, tradotto in soldoni, rappresenta quattro paia di scarpe nuove per la famiglia, la rata del mutuo sulla casa, cinque giorni di vacanza al mare e qualche altra cosa ancora», spiegò Liliana.

A quell'ora i dirigenti di Milano sonnecchiavano nei loro uffici e quelli di Roma compilavano una lista di candidati adatti a sostituire Liliana Corti che, ne erano certi, questa volta avrebbe fatto fiasco, perché i turnisti non si sarebbero accontentati di quell'aumento.

Liliana telefonò al direttore generale alle due del mattino.

«È fatta», gli disse.

«Niente sciopero?» domandò lui. Sembrava quasi deluso, perché aveva una gran voglia di liberarsi di quella dirigente «rossa».

«Hanno firmato», rispose lei. Poi chiuse la comunicazione.

Quando rientrò in sala, gli operai avevano fatto comparire sui tavoli bottiglie di vino frizzante. Liliana brindò con loro.

9

AVEVANO preso alloggio in un piccolo albergo che aveva come insegna una bandierina in ferro smaltato con la scritta FOX INN e il profilo di una volpe dalla coda superba.

Rosellina si era presentata a sorpresa all'imbarco per Londra con un ricco bagaglio e l'abbigliamento di un'adolescente: jeans sfilacciati, maglietta attillata e occhialoni da sole per nascondere l'assenza di trucco.

«Sono dei vostri», aveva annunciato con il suo trillo argentino.

Stefano l'aveva presa tra le braccia, rischiando di travolgerla.

«La mia zia prediletta», aveva esclamato.

«Gatta ci cova», aveva sussurrato Sandro all'orecchio di Liliana.

Quando erano saliti a bordo dell'aereo, le due sorelle si erano sedute vicine. Liliana crollava dal sonno, ma sua sorella aveva voglia di chiacchierare.

«Va bene, raccontami tutto sottovoce, così mi addormento meglio», aveva detto Liliana.

«Cristiano sta diventando sempre più pedante. Invecchia, dice che ha problemi di colesterolo e che non ce la fa a starmi dietro. Io avevo bisogno di una ventata d'aria fresca. Ho dei copioni da leggere e devo scegliere una commedia per la prossima stagione. Ho deciso di tornare in teatro. Sai, il cinema paga meglio, ma il contatto con il pubblico mi manca. Non vedi come sono patita? Un mese a Londra mi risolleverà il morale», sussurrò.

«Ma a chi vuoi darla a bere?» disse Liliana, mentre l'aereo decollava.

«Sei la solita maliziosa. Non c'è niente tra me e Tom Hagen, non ancora. Sai, è un attore del *London Theatre*. Uno schianto di scozzese, ti assicuro. Me lo ha presentato Taddei, a Roma. Faremo il giro della Scozia. Non ci sono mai stata, ma pare che sia una regione bellissima Però, prima vengo con voi a Oxford. Quel tesoro di Cristiano mi ha prenotato una camera al *Fox Inn*, dove siete voi. Lui ci è già stato e dice che ci troveremo benissimo. Dunque, ti dicevo, sono determinata a stare un po' con Tom. Non che voglia tradire Cristiano. Lui è l'uomo della mia vita. Sì, forse lo tradirò, ma poco poco e lui non se ne accorgerà nemmeno. Liliana, mi ascolti?» domandò.

Sua sorella si era addormentata e dormì fino a quando l'aereo atterrò a Heathrow.

Noleggiarono un'auto per andare a Oxford. Sandro guidava, Stefano scattava fotografie dal finestrino, Liliana aveva ripreso a dormire e Rosellina parlava a ruota libera, anche se nessuno l'ascoltava.

Fu una bella vacanza. Stefano telefonava alla sera per aggiornare i genitori sulle attività del college. Liliana e suo marito andavano in giro per la campagna inglese, si addentravano nelle stradine delle piccole città a fare incetta di paccottiglie, sceglievano i ristoranti più caratteristici, camminavano tenendosi per mano.

Quando tornarono in Italia, Liliana venne convocata a Roma dal direttore generale della Collenit. Non lo aveva più sentito dalla notte in cui era stato firmato il nuovo contratto con i «turnisti».

Lo incontrò al tavolo di un ristorante.

«La Collenit intende mandare a Bruxelles, alla Comunità Europea, qualcuno che la rappresenti degnamente», le annunciò.

«Perché me lo sta dicendo?» domandò Liliana, che già temeva il seguito del discorso.

«Perché ho pensato a lei, avvocatessa. Lei conosce bene i problemi dell'azienda, parla correttamente inglese e francese e ha dato prova, più volte, di saper tenere testa anche al diavolo», spiegò lui.

Era evidente che volevano tenerla lontana dai problemi operativi della Collenit.

«Perché dovrei accettare la sua proposta?» gli domandò.

«Perché le conviene sia professionalmente sia economicamente», rispose lui addentando un grissino.

«Qualcuno vuole togliermi la direzione del personale?» domandò, senza accalorarsi.

«Avvocatessa, non faccia illazioni inutili. Lei è nota per la sua schiettezza, ma c'è un limite alla mia pazienza», replicò lui, seccato.

«Molto bene. Allora accetto il nuovo incarico che andrà a sommarsi alla direzione del personale e ai lavori della Commissione di cui mi occupo», concluse serafica.

Nella saletta del ristorante frequentato da politici e imprenditori Liliana era stata notata da tutti. I più prossimi al loro tavolo avevano inutilmente cercato di intercettare il dialogo fitto tra lei e il direttore generale della Collenit. Una mano sfiorò la sua spalla. Liliana si girò di scatto e si trovò di fronte Bruno D'Azaro che domandò con aria divertita: «È in corso un complotto?»

«Come sempre, quando ci si incontra a questi tavoli», replicò Liliana.

Il direttore si alzò per stringere la mano al parlamentare che, dopo, si chinò su di lei per sfiorarle i capelli con un bacio.

«Comportatevi bene con questa ragazza. Vale tanto oro quanto pesa», disse Bruno. Poi si allontanò. Dopo un attimo tornò sui suoi passi e le sussurrò: «Mi ritiro dalla politica Domani leggerai la notizia sui giornali».

Il direttore della Collenit non aveva sentito quel sussurro, ma poco dopo disse: «Allora è vero che lei è amica dei socialisti».

«Soltanto di Bruno e la nostra amicizia non c'entra

con la politica», spiegò Liliana. Era vero, anche se nessuno le aveva mai creduto.

Quando rivide Sandro, era preparata ad affrontare una bufera. Lui la spiazzò.

«È una bellissima notizia. Verrò con te a Bruxelles. Non ti lascio sola in quella città che non conosci. Ormai Stefano è grande e io posso dedicarmi un po' meno a lui e un po' di più a te, ragazzina», le disse.

Furono anni di grande lavoro e relativa serenità. Sandro aveva ormai ceduto il suo studio, un po' a causa dell'età e un po' perché aveva concluso che c'era già una donna in famiglia «che lavorava per quattro» e lui si adoperava per alleviare le sue fatiche.

Poi venne il giorno in cui arrestarono il presidente di un ente benefico milanese. Era un socialista che intascava tangenti.

Liliana telefonò a Bruno. Voleva saperne di più.

Bruno D'Azaro, dopo che si era dimesso dalla sua carica di sottosegretario ed era uscito dal partito, aveva ripreso a occuparsi del suo studio legale che adesso era tra i più importanti della città.

Una volta le aveva detto: «Liliana, hai fatto bene a star lontana dalla politica».

Ora le disse: «Tieniti forte, perché l'arresto di quell'uomo segna l'inizio di uno scandalo che travolgerà tutto il nostro sistema politico ed economico. Si preparano tempi durissimi».

Fu così. Milano venne chiamata la «patria di Tangentopoli». Quando Liliana andava a Roma, gli amici le sorridevano, le davano una pacca sulla spalla e dicevano: «Voi milanesi, con tutto il vostro perbenismo, state subendo una lezione memorabile. Altro che Roma ladrona!»

Infatti gli arresti erano all'ordine del giorno. Giornali e televisione non parlavano d'altro. Era come se all'improvviso si fosse scoperchiato un pozzo da cui usciva un tanfo intollerabile. Alla Collenit caddero molte teste, contemporaneamente a quelle di molti politici di quasi tutte le correnti. Lei non fu mai coinvolta e tuttavia, quando scadde il suo mandato alla Commissione femminile, non le fu rinnovato.

«Meglio così», sentenziò Sandro. «Gli anni passano anche per te. La Commissione europea e la direzione del personale sono più che sufficienti.»

Liliana, invece, la prese male. Aveva lavorato tanto al progetto in favore delle donne e ora temeva che qualcuno meno esperto di lei potesse vanificare tutta la sua fatica.

Poi gli eventi precipitarono. Alla Collenit arrivarono un nuovo presidente e un amministratore delegato che godeva fama di tagliatore di teste. Nei corridoi della sede di via Paleocapa girava voce che tutti i capi, dai cinquantacinque anni in su, sarebbero stati licenziati. Anche Liliana apparteneva alla vecchia guardia.

Un giorno incontrò in via Veneto, a Roma, l'ex direttore generale. Era sotto inchiesta come altri del suo potente partito. La invitò a prendere un aperitivo al bar dell'*Excelsior*.

«Cara avvocatessa, i bei tempi sono finiti», si lamentò.

«Anche la sua poltrona sta traballando», le rivelò e sembrava rammaricato nel darle questo annuncio.

«Direttore, alla Collenit i cambiamenti al vertice non hanno mai spaventato nessuno. Io sono su un gradino più basso e sarò al sicuro.»

«Non si faccia illusioni, avvocatessa. Questi nuovi personaggi tagliano i rami vecchi senza neppure sapere chi siano, né che cosa abbiano fatto. Segheranno anche lei», disse brutalmente e, per la prima volta in tanti anni, la guardò con simpatia. «Ormai non ho più nulla da perdere e posso dirle che una rompiscatole come lei ha dato fastidio a tutti, in azienda. Ma io l'ammiravo per la sua dirittura morale. È stato un piacere litigare con lei. Venga a trovarci, quando sarà passata la tempesta. Anche mia moglie sarà felice di rivederla», soggiunse.

Il giorno dopo l'uomo finì in manette.

Alla fine dell'anno Liliana venne convocata dal nuovo direttore generale.

Era un uomo segaligno, dal viso asciutto e il sorriso sgradevole. La ricevette in maniche di camicia. La giacca e la cravatta erano passate di moda. Non la invitò neppure a sedere.

«Allora, avvocatessa, quando pensa di salutarci?» esordì.

Liliana guardò il panorama, al di là delle grandi finestre che si aprivano su piazza Venezia. Le luci di Natale e il suono di una zampogna arrivavano fin dentro l'ufficio. Più d'una volta, nel corso di quei mesi, aveva pensato di dare le dimissioni, sollecitata anche da Sandro che le diceva: «Abbiamo di che vivere agiatamente per il resto dei nostri giorni. Esci dalla mischia».

«Non ci penso proprio», rispondeva lei.

«Sarebbe un bel gesto nei confronti dei nuovi padroni.»

«Non lo capirebbero neppure. Sono arroganti e assetati di potere. Non vedono l'ora che io alzi i tacchi. Ma la mia gente, i miei operai, le mie impiegate ci rimarrebbero male», si difendeva.

«Ci rimarrai male tu», l'avvertiva.

Ora ci rimase male.

«Perché dovrei lasciarvi?» domandò al nuovo direttore. E soggiunse: «Sto portando avanti un buon lavoro per l'azienda sia a Bruxelles sia alla direzione del personale», spiegò. Sapeva già d'aver perso la partita, ma voleva una spiegazione plausibile.

«Lei qui ha già dato il massimo. Ora abbiamo bisogno di gente giovane. E poi, mi dicono che lei è stata molto vicina ai socialisti. Adesso, per sua sfortuna, i socialisti sono finiti dietro le sbarre», le disse con un sorriso odioso.

«Le hanno fornito notizie inesatte. Sono andata avanti a dispetto dei miei amici socialisti che, qui dentro, non hanno mai avuto alcun peso. E, con tutto il rispetto, anche lei ha qualche santo in paradiso», replicò con tono sferzante.

L'uomo si alzò di scatto dalla poltrona. Il sorriso odioso era sparito e la guardò come se volesse incenerirla.

«Se non sarà lei a fare le valigie, mi costringerà a licenziarla», tuonò.

Liliana ormai aveva assorbito il colpo e ritrovò il controllo abituale. Sorrise e disse: «Lei non può licenziarmi perché il mio contratto scade tra cinque anni. Ma sono io che me ne vado perché uno deve capire quando è arrivato il momento di arrendersi. Tuttavia, non è necessario che lei sia così volgare, direttore. È un consiglio per il futuro: impari un minimo di classe, tanto il risultato non cambia. Questo consiglio è gratis». Si avviò con passo fiero verso la porta. Poi si voltò e ritornò indietro. Disse: «È un peccato che ci lasciamo così, perché lei è una persona intelligente. Se ci fossimo conosciuti in circostanze diverse, avremmo forse potuto diventare amici».

Avvenne una specie di miracolo. L'uomo le sorrise, aggirò la scrivania e le tese la mano.

«Anche lei è una donna intelligente. Sa che cosa le dico? Non la licenzio, non completamente. Le lascio l'incarico a Bruxelles. Veda cosa riesce a portarmi a casa. Perché non lasciamo perdere il lei?»

«Perché sono una vecchia signora ancorata ai valori del passato. La ringrazio per avermi offerto la possibilità di continuare a lavorare per la Commissione europea. Lo apprezzo moltissimo, mi creda. Tuttavia, la mia risposta è no. Voglio il licenziamento e una liquidazione sostanziosa, perché ho fatto guadagnare molto denaro alla Collenit e ora sono sicura che l'azienda mi ringrazierà adeguatamente.»

Liliana tornò nel suo ufficio, riempì uno scatolone con tutte le sue cose, prese l'aereo e tornò a casa. Si rifugiò tra le braccia del marito e, tra le lacrime, gli disse: «È finita».

Sito della Guastalla

1

Era un bel pomeriggio di maggio, a Milano, con un cielo trasparente, il sole caldo e l'aria profumata di tiglio. Era esplosa la primavera dopo molti giorni di pioggia.

Nello studio del professor De Vito le finestre erano spalancate e le tapparelle erano in parte abbassate per schermare l'irruenza del sole.

Liliana era seduta sulla solita poltrona, di fronte allo psichiatra.

«Ero sempre vissuta di corsa e, da un giorno all'altro, mi sono ritrovata senza più niente da fare. È stato terribile, professore», disse.

«Ma è passato un po' di tempo, ormai, e lei sembra rifiorita», osservò Nelson.

«Dice davvero?» domandò sorridendo.

«Non l'ho mai vista così giovane e bella», confermò il medico guardandola con attenzione.

«È vero, mi sento proprio bene. Pensa che durerà?»

«Sono ottimista e dovrebbe esserlo anche lei.»

«Già. Ho appena compiuto sessantadue anni. Dovevo arrivare a questa età per smettere di vivere in affanno e riuscire a guardarmi intorno apprezzando le piccole gioie di ogni giorno. Lei ha fatto un buon lavoro.»

«Lo ha fatto lei. Io mi sono limitato ad ascoltarla.»

«Può darsi. Comunque non ho dimenticato in quali condizioni ero quando mi sono presentata da lei, la prima volta. Rivivere i drammi, le emozioni, i fatti della mia vita è stato un cammino difficile e faticoso ma mi ha fatto molto bene. Lei mi ha aiutato a guarire dall'ansia, a trovare una serenità che non conoscevo», affermò e aggiunse: «Le ho detto che le mie due nipotine, le bimbe del mio Stefano, quand'erano più piccole mi guardavano con sospetto e mi chiamavano 'la nonna nuova', perché non mi vedevano quasi mai? Ora voglio diventare 'la nonna prediletta'. Devo recuperare con loro tutto il tempo perduto»

«Mi sembra un buon progetto. E suo marito, che genere di nonno è?»

«Le bambine lo chiamano 'nonno Brontolo' e non dico altro», scherzò. Poi accese una sigaretta, mentre Nelson armeggiava intorno al fornello della sua pipa.

«E Sergio Branduani? Non vi siete più rivisti?»

«Ci siamo incrociati una volta, anni fa, quando andavo su e giù da Bruxelles. È accaduto in aeroporto. Era ancora un uomo stupendo, da togliere il respiro. Abbiamo preso un caffè insieme. Mi confessò che, a volte, gli capitava di fare il mio numero di telefono e si fermava prima dell'ultima cifra. Volevamo sembrare tutti e due disinvolti, parlando del nostro incontro come di una cotta giovanile. Poi, prima di salutarci, lui disse: 'Sei stata molto saggia, Liliana. Non saremmo mai stati felici noi due, insieme'. Aveva gli occhi lucidi e anch'io ero commossa.»

«È stata davvero molto saggia, ha preso la decisione giusta.»

«Lo devo a mio marito, alla sua scenata di gelosia», ammise Liliana, con un sorriso. E soggiunse: «Devo dirle anche che il mio lavoro alla Collenit e alla Commissione per le pari opportunità, a distanza di anni, dà ancora molti frutti. Le mie donne mi telefonano ancora per chiedermi consigli. Non ho seminato nel vento. È una bella soddisfazione. Anche i miei operai a Natale si ricordano di me. Mi mandano bigliettini d'auguri. Sanno che sono sempre stata dalla loro parte».

«Progetti per il futuro?» domandò Nelson.

«Un viaggio sul Danubio, con tutta la famiglia. Rosellina e Cristiano, Giuseppe e Rizio, Pucci e Ariella e naturalmente io con mio marito. I figli li lasciamo a casa. E lei, professore?»

«Ho comperato una casa a Barrows, in Cornovaglia. Mia moglie è già là da un mese per seguire i lavori di restauro. Mia madre, che è ancora una roccia, le dà una mano. Lascio l'Italia e vado a fare il pensionato nel solo posto in cui ho sempre desiderato vivere», disse.

«E i nostri appuntamenti?» si allarmò Liliana.

«Lei, dottoressa Corti, non ha più bisogno di me», constatò.

Era vero. Non aveva più bisogno di lui. I tempi in cui si sentiva una nave in balia della tempesta erano passati.

Liliana uscì nel sole. Decise che sarebbe rincasata a piedi, perché le piaceva camminare e voleva godersi quella bella giornata di maggio. Per strada si specchiò in una vetrina. Era ancora una bella signora e il tailleur grigio perla della Corti Collection si adattava splendidamente alla sua figura. Telefonò a sua nuora e le disse: «Vado io a prendere le bambine in palestra. Le porto al *Sant'Ambroeus* a fare merenda con una bella tazza di cioccolata».

IN TUTTE LE LIBRERIE

il nuovo romanzo di

Sveva Casati Modignani

LA MOGLIE MAGICA

di cui proponiamo le prime pagine

1

Ernesta Solmi, custode di un'elegante palazzina Liberty in via Eustachi, lesse ad alta voce la notizia riportata sulle pagine di cronaca milanese del *Corriere della Sera*.

«Ennesima vittima della depressione. Una casalinga trentaquattrenne, madre di due figli, residente in via Eustachi, è stata ricoverata in terapia intensiva al Policlinico, per aver ingerito un'elevata quantità di sonniferi. Il marito ha dichiarato che la donna soffriva da tempo di crisi depressive e, da tre anni, era in cura da un neurologo.» La donna in questione era Mariangela Bombonati, sposata Pinazzi, detta Magìa, un nomignolo che si era data da bambina, quando aveva cominciato a parlare. Se qualcuno le chiedeva come si chiamasse, rispondeva Magìa, perché non riusciva a pronunciare il suo nome per intero.

Ernesta sedeva al tavolo della portineria con l'amica Marina Corti, domestica a ore in casa Pinazzi. Marina ascoltò la lettura dell'articolo e sospirò: «Povera Magìa, così timida, così riservata. Speriamo che si salvi».

«Quand'è arrivata nel palazzo, era una ragazza esuberante, piena d'allegria, te la ricordi? Poi, piano piano...» commentò Ernesta, senza finire la frase.

Era l'undici di dicembre. Sulla città, oltre alla cappa grigia di umidità e smog, gravava una crisi economica che investiva molte famiglie. La gente non aveva voglia di sorridere e nemmeno di festeggiare il Natale ormai imminente.

In trent'anni di onorato lavoro come portinaia, era la prima volta che Ernesta non si decideva a recuperare dal deposito nel cortile né il grande albero di Natale, con il suo corredo di luci e bocce colorate, da collocare al centro dell'atrio, né i ricchi festoni d'abete da appendere con nastri di seta scarlatta alla ringhiera in ferro battuto delle scale.

Ora, seduta al tavolo della portineria, disse a Marina: «Pensa che proprio ieri mattina, mentre spazzavo il cortile e Magìa faceva salire i figli sull'auto per accompagnarli a scuola, ho domandato: 'Signora Pinazzi, i suoi bambini non stanno nella pelle per l'arrivo del Natale?' Lei mi ha guardato con la solita espressione un po' triste, e subito le ho spiegato: 'Perché quest'anno, io farei a meno di queste feste. Sarà che sto invecchiando'. Allora Magìa ha sorriso e, mentre sedeva al posto di guida, ha detto: 'Io penso che sarà un Natale di pace'. Parole testuali».

«Pensava alla sua pace, quella eterna», dichiarò Marina con voce funerea. Quindi sospirò: «Speriamo che il Signore guardi giù, considerando che quei due innocenti hanno un gran bisogno della mamma, perché se restano soli con quel padre...» Ancora una volta lasciò le parole in sospeso, tanto Ernesta sapeva benissimo quello che Marina intendeva.

«Certo che il Pinazzi ha preso un bello spavento. Magari potrebbe rinsavire», commentò Ernesta, posando nel lavello le tazzine del caffè che aveva bevuto con l'amica.

«Io vado. Ci vediamo dopo», disse Marina, abbottonandosi il cappotto e avvolgendosi intorno al collo la sciarpa di lana.

Ernesta aggirò il paravento di legno che divideva la cucina dalla portineria e, raggiunti i fornelli, scoperchiò la pentola dentro cui stava cuocendo il minestrone. Subito si diffuse nell'aria il profumo delle verdure. Spense il fuoco, gettò nella pentola qualche foglia di basilico fresco e rimise il coperchio per lasciare riposare la minestra.

Nei mesi invernali, la palazzina di via Eustachi veniva ben riscaldata. Ernesta, tuttavia, era una donna freddolosa e considerava il minestrone caldo una panacea contro i raffreddori e le influenze di stagione.

Da ottobre a marzo, l'odore delle sue verdure ristagnava nell'atrio e lungo le scale. Anni addietro, i condomini se ne erano lamentati tra loro, senza osare farne parola con lei, per timore di umiliarla, perché era una presenza preziosa per tutti loro. Alla fine si erano decisi a regalarle una potente cappa aspirante. La situazione era migliorata, ma non risolta, e quando qualcuno cautamente le diceva: «Signora Ernesta, ma non si stanca di nutrirsi a minestrone?» lei replicava candidamente: «È un cibo così buono! Posso offrirgliene una terrina?» Accettavano tutti per non offenderla.

Quel giorno, lo propose anche a Paolo Pinazzi, quando lo vide comparire nell'androne all'ora di pranzo, prelevare la posta dalla casella, e dirigersi verso l'ascensore. Dopo averlo salutato, gli chiese notizie della moglie.

«Ha lasciato stamani la terapia intensiva, sta meglio, grazie.»

Era pallido, stralunato, aveva la barba lunga e i capelli arruffati.

«Mi sa che anche lei non sta tanto bene», osservò.

«Sono solo stanco, perché non dormo da ieri e nel pomeriggio devo prelevare i bambini da scuola e accompagnarli dalla mamma che insiste per vederli.»

«Se le fa piacere, le porto qualcosa da mangiare», gli propose. Lui la ringraziò e lei preparò un vassoio con una scodella di minestra, un'insalatina fresca e una fetta di formaggio saporito, tagliata da una forma quadrata di quartirolo nostrano che sua figlia, sposata a un allevatore di bovini del lodigiano, le regalava settimanalmente con altre prelibatezze della loro azienda agricola. Vi aggiunse anche una coppetta di castagne lessate con il miele e affogate nella panna montata.

Entrò in casa Pinazzi e trovò l'uomo rannicchiato sul divano, in pigiama e vestaglia, gli occhi gonfi di stanchezza.

Lei appoggiò il vassoio sul tavolino, dalla cucina gli portò le posate, un tovagliolo e l'acqua minerale. Lui cercò il suo sguardo e le domandò con l'aria di un bambino smarrito: «Perché la mia Magìa ha fatto un gesto tanto orribile? Io non capisco. È giovane, è bella, non le manca niente. Perché?»

CONTINUA

Della stessa autrice

Anna dagli occhi verdi

Il Barone

Saulina (Il vento del passato)

Come stelle cadenti

Disperatamente Giulia

Donna d'onore

E infine una pioggia di diamanti

Lo splendore della vita

Il Cigno Nero

Come vento selvaggio

Il Corsaro e la rosa

Caterina a modo suo

Lezione di tango

Vaniglia e cioccolato

Vicolo della Duchesca

6 aprile '96

Qualcosa di buono

Rosso corallo

Rosso corallo (Edizione illustrata)

Singolare femminile

Il gioco delle verità

Mister Gregory

Un amore di marito

Léonie

Giulia per sempre
(Disperatamente Giulia, Lo splendore della vita)

Il Diavolo e la rossumata

Palazzo Sogliano

La moglie magica

Stampato presso ELCOGRAF S.p.A.
Stabilimento di Cles (TN)

Prova d'acquisto
978-88-6836-101